GVN
TIA

Brigitte Riebe

Die Versuchung der Pestmagd

Roman

Diana Verlag

MIX
Papier aus verantwortungsvollen Quellen
FSC® C014496

Verlagsgruppe Random House FSC® N001967
Das für dieses Buch verwendete
FSC®-zertifizierte Papier *EOS*
liefert Salzer Papier, St. Pölten, Austria.

Redaktion | Dr. Herbert Neumaier
Umschlaggestaltung | t.mutzenbach design, München
Umschlagmotiv | © Pam Francis/Photographer's Choice/Getty Images
Vorsatz | © Stadtarchiv Mainz/BPSP/14.3.B
Autorenfoto | © Schelke Umbach
Satz | Leingärtner, Nabburg
Druck und Bindung | GGP Media GmbH, Pößneck
Printed in Germany 2015

ISBN 978-3-453-29135-5

www.diana-verlag.de

Für Edith, meine Bücher-Tante

Fleuch pald,
fleuch ferr,
kum wieder spot,
das sind drei Krewter
*in der Not.**

Merkspruch bei Seuchen

Es gibt überall einen Platz,
an dem ein Engel landen kann.

Volksweisheit

* Flieh bald, flieh weit weg, komm spät zurück,
das sind drei Kräuter in der Not.

Prolog

Larven schwirren aus im Schutz der Dunkelheit, laufen mit leuchtenden Laternen durch die engen Gassen. Ein Trommeln und Trillern, dazu Schreien, Knurren, Fauchen und Krächzen, als wären zweibeinige Wölfe, Füchse und Luchse unterwegs oder Raubvögel, unheimliche Wesen, die die Nacht gebiert. Kaum einer in der Stadt findet heute Schlaf, denn die alten Winterbräuche sind zwar seit Jahren strengstens verboten, aber dennoch so lebendig wie nie zuvor. Vergesst die alte katholische Pfaffenfasnacht, der keiner eine Träne nachweint! Es lebe die neue, die tolle, die wahnwitzige Burenfasnacht, die vor nichts und niemandem Respekt hat!

Sie steht am Fenster, so nah, dass sie den Geruch des alten Holzes in der Nase hat, und starrt durch die gewölbten Glasscheiben nach draußen. Neben ihr im Weidenkorb liegt das schlafende Kind. Ihre Hände sind klamm, obwohl das Feuer im Ofen prasselt. Ausgerechnet in dieser Nacht ist sie allein. Ihr Mann wacht bei einem Sterbenden, und den wilden Jungen hat sie längst an die dunkle Schar verloren, das weiß sie, seit er sich irgendwann heimlich aus der Tür gestohlen hat.

Ein schutzloses Haus voller Weiber: die Alte mit dem löchrigen Gedächtnis, die unter dem Dach wohnt, weil sie dem

Himmel ganz nah sein will; das Mädchen an der Schwelle zur Frau, das sie wie eine Tochter liebt; das Sonnenkind mit dem lichten Flaum, das noch an ihrer Brust trinkt – und sie selbst, die Frau mit dem silbernen Halsband, das die alten Narben verbirgt.

Doch was ist mit jenen auf ihrer Seele?

Sie zuckt zusammen, als sie eine zarte Berührung am Knöchel spürt, und muss im gleichen Augenblick über ihre Schreckhaftigkeit schmunzeln. Dann bückt sie sich und fährt mit der Hand über das knisternde Fell. Die Weiße ist eine Katze und vervollständigt somit die Frauengesellschaft.

Abermals schaut sie angespannt hinaus. »Im St.-Alban-Tal mit seinen verschlungenen Bachläufen sind wir geschützt.« Das hat er ihr versichert, als sie zögerte, sich abermals in der Stadt ihrer Kindheit anzusiedeln. »Du wirst dich fühlen wie auf einer Burg, von der ein Wassergraben jeden Feind abhält.« Doch trifft das auch zu für diese Nacht, wo alle außer Rand und Band zu sein scheinen?

Das Pfeifen, Knurren und Trillern wird immer lauter. So nah also sind sie schon – viel zu nah für ihren Geschmack! Einen Moment lang ist sie drauf und dran, nach oben zu laufen und die Alte und das Mädchen aus dem Schlaf zu reißen, um bloß nicht länger allein zu sein, doch am Fuß der steilen Treppe angelangt, zögert sie. Was würde es schon bringen, in vier weitere ängstliche Augen zu schauen? Die beiden waren nicht von hier und könnten nicht erfassen, wozu die Narren der Fasnacht fähig sind.

Du schaffst es, spricht sie sich selbst Mut zu. Die Mauern des Hauses sind stark. Keiner kann uns etwas tun.

Aber was ist mit der Wasserseite?

Die Hintertür führt direkt auf die kleine Holzbrücke, gerade hoch genug gewölbt, damit ein Kahn darunterpasst.

Wie konnte sie nur diesen Zugang zum Haus vergessen? Und wo ist der Schlüssel, um das Versäumte schnellstens nachzuholen?

Ihre Hände fliegen, als sie zu suchen beginnt. Aber sie findet den Schlüssel nirgendwo, nicht am Haken, an den sie ihn für gewöhnlich hängt, nicht auf dem Kaminsims und auch nicht auf der Truhe.

Ob ihr Mann ihn aus Versehen mitgenommen hat?

Unsinn! Er braucht nur einen Umhang, um sich vor der Kälte zu schützen, und seine abgeschabte Tasche mit den Instrumenten und Arzneien. Außerdem hat er sein Leben riskiert, um ihres zu retten. Niemals würde er etwas tun, das sie in Gefahr bringen könnte.

Trotzdem klopft ihr Herz nun überlaut. Draußen auf der Brücke hört sie schwere Tritte, dann etwas, das für sie wie das Schlagen riesiger Flügel klingt. Ja, es ist Fasnacht – aber manch nächtlicher Schabernack der Masken fällt so roh und derb aus, dass Menschen durchaus Schaden nehmen können. Wieso hat sie sich nur überreden lassen? Weshalb den Fuß ausgerechnet wieder in diese Stadt gesetzt, in der sie sich schon einmal so abgrundtief verlassen gefühlt hat?

Wenn du vor der Gefahr nicht fliehen kannst, musst du ihr ins Auge schauen. Auf diese Weise ist sie schon einmal dem sicheren Tod entkommen, auch wenn es sie allergrößte Überwindung gekostet hat. Sie strafft sich, wischt sich kurz über die Augen. Dann packt sie ein dickes Holzscheit und reißt mit der anderen Hand entschlossen die hintere Tür auf. Im ersten Moment sieht sie nichts als Federn, fast so dunkel wie die mondlose Nacht. Das große Wesen vor ihr bleibt zunächst stumm.

Sie braucht ein paar Augenblicke, um die Larve zu erkennen – den Krähen-Joggi, den hinterhältigsten aller Nachtmahre, dessen scharfer Schnabel unschuldige Seelen zerhackt. Etwas Kaltes greift nach ihrem Herzen. Unwillkürlich macht sie einen Schritt zurück, als ein wüstes, rostiges Krächzen erklingt, das ihr durch und durch geht.

Sie hebt den Arm mit dem Scheit. Wenn nötig, wird sie zuschlagen, so fest sie nur kann, das weiß sie plötzlich. Über diese Schwelle kommt keiner, der ihre Schützlinge gefährden könnte, selbst wenn es nur ein Streich sein sollte!

Hat sie ihm Angst gemacht? Mit einem Mal kommt Bewegung in das seltsame Federtier.

Sie ahnt die Hand mehr, die nun die Larve herunterreißt, als sie wirklich zu sehen, so schnell geht jetzt alles auf einmal. Die grünen Augen allerdings, die ihr entgegenblitzen, sind ihr bestens vertraut, ebenso wie der Mund in dem rußigen Gesicht, der sich jetzt zu einem übermütigen Lachen verzieht: Es ist Jakob, ihr Sohn, den sie einst jahrelang für tot gehalten hat.

Erleichterung breitet sich in ihr aus. Doch ein Rest von Fremdheit, ja sogar Furcht hält sich trotz allem hartnäckig.

Erstes Buch

VERGEHEN

Eins

Basel, Frühling 1542

Sobald der Regen einsetzte, begann die Stadt zu stinken. Nele behauptete steif und fest, es nicht zu riechen, doch Sabeth bewegte bei Johannas Worten zustimmend den silbrigen Kopf.

»Das sind die heimatlosen Seelen«, sagte sie. »Jene, die keine Ruhe gefunden haben. Sie wohnen im Fluss, in den Kanälen, in alten Gemäuern. Da sie nicht ins Licht gehen können, bleiben sie gebunden – und vermodern.«

Johanna musterte sie erstaunt. Seit ihrer überstürzten Flucht aus Köln hatte der Zustand der alten Magd sich auf erstaunliche Weise verbessert. Nach wie vor brachte sie vieles durcheinander oder rang vergeblich nach verlorenen Worten, doch wenn sie die Kleine brabbeln hörte, wirkte sie so klar wie seit Jahren nicht mehr. Barbara war Sabeths auserkorener Liebling, ihr Barbelchen, wie sie sie zu nennen pflegte. Sie wachte über sie, wann immer sie konnte. In Sabeths Armen war offenbar sogar das schmerzhafte Zahnen leichter, und das Kind belohnte die liebevolle Fürsorge mit entzücktem Lachen, sobald es Sabeths faltiges Gesicht erblickte.

So hat sie jetzt nicht nur Mutter und Vater, dachte Johanna, wenn sie die beiden so einträchtig zusammen sah, sondern sogar eine Großmutter. Vincents Eltern waren schon vor

Jahren im fernen Amsterdam verstorben; ihren eigenen Vater hatte sie niemals gekannt, die Mutter viel zu früh verloren, und was sie später bei ihrem Oheim hatte erleben müssen, verdiente den Namen Familie nicht.

Wie der große Bruder tatsächlich zu seiner kleinen Schwester stand, wusste Johanna allerdings nicht genau. Manchmal fand sie Jakob nachdenklich vor der Wiege, versonnen auf das schlafende Kind starrend; dann wieder packte er Barbelchen, tanzte mit ihr im Kreis herum oder warf sie hoch, bis sie vor Vergnügen juchzte. Er hatte ihr ein Paar winzige Schuhe aus weichem, rotem Leder gemacht, in denen sie in nicht allzu langer Zeit wohl auch die ersten Schritte machen würde. Aber es gab durchaus auch jene kurzen, scharfen Blicke, die Johanna jedes Mal erstarren ließen, weil sie in ihnen seine alte Wut wiederfand: Wut wegen einer verpfuschten Kindheit, in der er wie ein Stück Vieh an einen Bettler verkauft worden war, der mit dem Jungen von Ort zu Ort zog, ihn brutal verprügelte und zum Stehlen zwang. Wut, weil es Jakob trotz seiner wiedergefundenen Familie noch immer so unendlich schwerfiel, anderen Menschen zu trauen. Wut vielleicht auch deswegen, weil er es immer wieder fertigbrachte, im letzten Moment alles bisher Erreichte durch unbedachte Worte oder Taten zu verderben.

Wahrhaft sesshaft geworden war er bis heute nicht. Zu tief steckten die rastlosen Vagabundenjahre in ihm. Mehrstöckige Häuser raubten ihm den Atem; größere Menschenansammlungen verabscheute er aus tiefstem Herzen. Er war ein Einzelgänger geblieben und brauchte freien, weiten Himmel über sich, um sich wirklich lebendig zu fühlen. Das hatte Johanna ihn einmal zu Nele sagen hören, die daraufhin in Tränen ausgebrochen war, weil sie Angst bekam, Jakob würde schon bald wieder fortlaufen.

Nele – das war die nächste Sorge, die ihr schon mehr als eine schlaflose Nacht bereitet hatte. Das Mädchen war liebenswert und half ohne Murren im Haushalt, und natürlich war es keine Frage gewesen, die verlassene Waise auf der Flucht aus Köln mitzunehmen, nachdem sie dank Vincents Heilkunst die Pest überlebt hatte. Zwischen Jakob und ihr knisterte es heftig, das war unübersehbar. Nele vergötterte ihn, und auch Jakob hing innig an ihr – aber die beiden waren noch zu jung, um sich schon für immer aneinander zu binden. Das Mädchen, dem Johanna beizeiten ins Gewissen geredet hatte, war offenbar vernünftig genug, um das einzusehen. Jakob dagegen rebellierte und ließ sich nicht in die Karten schauen, wie weit sie schon miteinander gegangen waren.

»Dann heirate ich sie eben auf der Stelle«, rief er wütend. »Und dann hast du uns gar nichts mehr zu sagen.«

»Sie ist erst sechzehn, Jakob. Und du bist gerade mal neunzehn. Lasst euch doch noch ein bisschen Zeit!«

»Du warst auch nicht viel älter, als du mit mir schwanger wurdest«, konterte er. »Und wir sind trotzdem nicht verhungert.«

»Aber ich musste mich als Bademagd verdingen, um uns durchzubringen. Dabei hab ich mich mit der Pest infiziert. Nur deshalb habe ich dich damals in Itas Obhut gegeben. Und wir wissen, wie gemein und hinterhältig sie das ausgenutzt hat.«

»Dieses rote Teufelsweib soll bis zum Jüngsten Tag in der Hölle schmoren.« Jakobs Gesicht war auf einmal hart. »Aber muss das auch bedeuten, dass ich wie ein Mönch zu leben habe?«

Davon konnte keine Rede sein. Jakob hatte ganz offenkundig bereits in sehr jungen Jahren begonnen, mit Frauen zu verkehren, und sein anziehendes Äußeres hatte es ihm dabei leicht gemacht. Er schien einen ausgeprägten Hang zu Hübschlerinnen zu haben, das hatte sie sich aus gewissen Andeutungen zusammengereimt, und manchmal befürchtete sie, dass er auch in Basel nicht von seinen früheren Gewohnheiten ließ. Offiziell waren die Hurenhäuser geschlossen, seit die Reformation die Stadt erfasst hatte. Doch im Verborgenen blühte die käufliche Liebe munter weiter. Erst vor wenigen Wochen hatte Vincent zwei junge Frauen behandelt, die an der Lustseuche erkrankt waren und schätzungsweise Dutzende von Freiern damit infiziert hatten. Seit Jahren beschäftigte er sich intensiv mit dieser Krankheit, hatte dazu Hunderte von Seiten in seiner peniblen Schrift verfasst. Doch entscheidend weitergekommen war er nicht. Bislang gab es keine Heilung, sobald Amors vergifteter Pfeil ins Schwarze getroffen hatte, allenfalls Linderung für eine gewisse Zeit. Und wenn Jakob sich bei einer dieser Frauen ansteckte? Ein Gedanke, den Johanna jedes Mal rasch wieder fortschob, sobald er sie streifte.

»Du brauchst Geld, wenn du eine Familie ernähren willst.« Sie wusste, wie sehr Jakob dieses Argument hasste, und gerade deshalb brachte sie es als letzten Trumpf. »Ehrlich verdientes Geld. Also ergreif jede Gelegenheit, die dein Vater dir bietet! Je schneller du vorankommst, desto eher kann Nele deine Braut werden.«

Jakob senkte den Kopf und zog sich schweigend in seine Kammer zurück. Nach außen hin hätte sie es beinahe für einen Sieg halten können.

Doch genauer besehen lief es ganz und gar nicht so, wie Vincent und sie es sich für ihren Großen ausgemalt hatten. Das spürte sie, wenn die beiden von Visiten zurück nach Hause kehrten oder Kranke den weit gereisten Medicus im St.-Alban-Tal aufsuchten und Jakob dabei assistieren sollte.

Vincent de Vries war ein hochgebildeter Mann, der nicht müde wurde, in Theorie und Praxis gegen Seuchen und Gebrechen anzugehen. Als Junge hatte er eine Lateinschule besucht, später an berühmten europäischen Universitäten studiert und war daher im Lateinischen und Griechischen ebenso bewandert wie im Niederländischen, Deutschen und Italienischen. Jahre der Heilkunst in verschiedenen Städten hatten seine Diagnosen geschärft, auch wenn er dabei oftmals die engen Grenzen der ihm gesteckten Möglichkeiten verfluchte. Den Kampf gegen die Pest hatte er furchtlos aufgenommen und dabei zu Methoden gegriffen, die andere Ärzte als zu »neumodisch« und »unchristlich« verwarfen.

Wie jämmerlich musste sich daneben ein Sohn vorkommen, der lediglich den Gaunerjargon Rotwelsch fließend beherrschte und es bislang allenfalls im Beutelschlitzen oder Falschspiel zur Meisterschaft gebracht hatte! Dabei waren Jakobs Hände geschickt, und er konnte Dinge behalten, die er lediglich im Vorbeigehen aufgeschnappt hatte. Er liebte alles, was grünte und blühte, und merkte sich auf Anhieb, wozu Heilpflanzen und Kräuter geeignet waren. Jedoch fehlte ihm jegliches Sitzfleisch, und Lesen und Schreiben, das Nele ihm mit wahrer Engelsgeduld erst richtig beigebracht hatte, zählten noch immer nicht zu seinen Lieblingsbeschäftigungen.

Was sollte nur aus ihm werden in dieser Stadt, die so streng und bigott geworden war, seit Johannes Oekolampad und seine Anhänger die Reformation eingeführt und den Bischof nach Freiburg vertrieben hatten? Ihre Herrschaft war zwar nicht ganz so strikt, wie es die Zwingli'sche Kirchenordnung in Zürich vorschrieb, doch das früher so weltoffene, allen Vergnügungen zugewandte Basel war längst kein Ort mehr, an dem es sich unbeschwert leben ließ. Es gab keine übermütigen Hochzeiten mehr, kein traditionelles Totengedenken, keinen Gottesdienst alten Stils. Die Heiligen, die man jahrhundertelang um Beistand angefleht hatte, waren abgeschafft, die Kirchen gestürmt und aller Bilder sowie jeglichen Schmucks beraubt. Klöster hatte man ausnahmslos geschlossen. Etliche Nonnen und Mönche, die zu alt oder zu entrückt waren, um wieder in der Welt Fuß zu fassen, lungerten als jämmerliche Lumpengestalten bettelnd herum.

Sogar das Straßenbild hatte sich gegenüber Johannas Jugendtagen entscheidend verändert. Ihr fiel es nicht das erste Mal auf, als sie zum Markt ging, um etwas Frisches für das Abendessen zu kaufen, weil sie das vergorene Kraut, die Rüsselkäfer im Mehl und den Mäusekot in den Nüssen von Herzen leid war. Natürlich hätte sie ebenso gut Nele damit beauftragen können, die sich am Herd geschickt anstellte und eine gute Köchin zu werden versprach, aber ihr Bedürfnis nach frischer Luft war so groß gewesen, dass sie sich lieber selbst auf den Weg gemacht hatte, allerdings züchtig verhüllt. Ihren weizenblonden Zopf, der seine alte Länge noch nicht wieder ganz erreicht hatte, wagte sie hier nicht offen zu zeigen, um nicht als schamlos zu gelten.

Jeder Blick verriet ihr, wie richtig diese Entscheidung gewesen war. Die Frauen, die ihr mit vollen Körben entgegenkamen, hatten keine leuchtenden Kleider an wie in ihrer Erinnerung, sondern trugen allesamt gedeckte Farben, die sie wie kleine Rebhühner aussehen ließen. Nicht einmal die Hauben waren hell, wie sie es von Köln her kannte, wo auf manch einem Frauenkopf geradezu abenteuerliche Gebilde in Weiß oder Creme geschwankt hatten. Hier trug man jetzt eng anliegende Kappen, meist aus braunem oder grünem Stoff gefertigt. Nirgendwo strahlendes Blau, erst recht kein freches Rot. Es war, als hätte ein schwermütiger Maler alles mit feiner Asche überpinselt, um jede Freude, allen Übermut auszulöschen. Sogar der Himmel fügte sich heute nahtlos in dieses triste Bild: Dunkle Wolken jagten sich, und der nächste Guss von oben würde sicherlich nicht mehr lange auf sich warten lassen.

Johanna ging schneller weiter. Die Marktstände unter dem Münsterhügel waren schon ziemlich geplündert, so spät war sie dran, aber es gelang ihr dennoch, bei einer runzeligen Bäuerin ein paar letzte Bündel Gundelrebe sowie Kresse, Bärlauch und Sauerampfer zu ergattern, Grundlage für eine schmackhafte Suppe, die allen im Haus guttun würde. Nebenan kaufte sie noch Eier, die Jakob mit Vorliebe gleich halbdutzendweise verschlang, als sei er noch mitten im Wachstum. Dann fiel ihr ein ordentliches Stück Bauchspeck ins Auge, das alle satt machen würde. Aber Johanna zögerte, weil ja noch immer Fastenzeit war, die sie als Katholiken einhielten, während die Reformierten ringsherum nichts mehr darum gaben. Schließlich entschied sie sich stattdessen für geräucherte Forellen von einem jungen Händler, die gegen keinerlei kirchliches Gebot verstießen.

Lautes Wiehern riss sie aus ihren Gedanken.

Heute war Pferdemarkt, das hatte sie bei ihrem Aufbruch ganz vergessen. Unwillkürlich richtete sie ihre Schritte jetzt zur Nordseite des Marktes. Rosa, das Pferd, das sie von Köln nach Basel getragen hatte, gehörte ebenso zum Haushalt wie die weiße Katze Mieze. Johanna hing sehr an der lebhaften Stute, mit der sie eine wechselvolle Geschichte verband, und hatte seitdem eine Schwäche für schöne Rösser entwickelt.

Auch am Pferdemarkt neigte sich der Betrieb offenbar dem Ende zu; die meisten Tiere hatten bereits neue Besitzer gefunden. Ein junger brauner Wallach zerrte an den Stricken, die ihn hielten, bis ein Mann in einem langen dunklen Mantel zu ihm trat und mit leiser Stimme auf ihn einredete.

Etwas an seinem Gang und der Art, wie er den Kopf hielt, kam Johanna bekannt vor, doch erst, als das Tier ruhiger geworden war und der Mann seinen spitzen Hut aufsetzte, erkannte sie ihn wieder.

»Mendel!«, rief sie und rannte auf ihn zu. »Mendel ben Baruch aus Köln – ich glaub es nicht! Was in aller Welt habt Ihr hier in Basel zu schaffen?«

»Die Witwe Arnheim!« Ein breites, fröhliches Lachen. »Oder sollte ich jetzt besser Frau de Vries sagen?«

»Johanna genügt«, erwiderte sie rasch. »Ich weiß von meinem Mann, wie sehr Ihr ihm geholfen habt, und dafür danke ich Euch. Aber wolltet Ihr nicht mit Eurer Frau nach Aachen, um Euch dort anzusiedeln?«

Mendels schmales Gesicht mit dem dunklen Bart wirkte auf einmal bedrückt. »Wir sind leider nicht überall willkommen, wohin es uns zieht«, antwortete er. »In Aachen mussten wir feststellen, dass die Schikanen gegen die jüdische Gemeinde von Monat zu Monat zunehmen. Und als Miriam dann endlich schwanger wurde nach all den vielen Jahren, in denen wir uns vergeblich ein Kind gewünscht hatten …«

»Ich hab auch erst vor Kurzem eine kleine Tochter geboren«, unterbrach sie ihn lebhaft. »Barbara. Gerade ist sie neun Monate geworden.«

»Unser Augenstern heißt Lea und ist ein halbes Jahr alt. Mir war wichtig, dass sie in Frieden aufwachsen kann. Deshalb haben wir Aachen schweren Herzens wieder verlassen und leben nun in Mainz, wo ein mächtiger Fürst mit starker Hand regiert. Ich hoffe, dieses Mal bleibt das Schicksal uns mehr gewogen.«

»Und Ihr handelt inzwischen mit Pferden? Habt Ihr Euer Stoffgeschäft ganz aufgegeben?«

Er wiegte den Kopf. »Das ist eine lange, ziemlich verwickelte Geschichte, von der ich das meiste für mich behalten muss. Nur so viel: Ich bin hier im Auftrag eines großen geistlichen Herrn, der sich etwas Spezielles in den Kopf gesetzt hat. Bislang allerdings waren meine Bemühungen leider vergebens. Und wenn ich nicht bald auftreiben kann, wonach es ihn gelüstet, muss ich mit leeren Händen zurückkehren, was ihm gar nicht gefallen wird.«

»Aber zuvor solltet Ihr unbedingt zu uns kommen«, sagte Johanna. »Vincent, Jakob, Nele, Sabeth – sie alle werden sich so sehr darüber freuen!«

»Ich kann Euch doch nicht zur Last fallen …«

»Aber das tut Ihr nicht, lieber Mendel, ganz im Gegenteil! Ihr seid ein Freund, jemand, der uns in Zeiten der Not mutig beigestanden hat, das werden wir Euch niemals vergessen. Vincent wäre außer sich, Euch in Basel zu wissen und nicht in unserem Haus bewirten zu können. Bitte sagt Ja – Ihr müsst es tun. Heute noch!«

Er senkte seinen Kopf, und als er ihn wieder hob, schimmerten seine Augen.

»Ich will ja gern kommen«, sagte er. »Aber wir haben seit vielen Jahrhunderten andere Gebräuche als ihr. Zum Beispiel ist es uns nur erlaubt, bestimmte Speisen zu uns zu nehmen, die zudem noch nach speziellen Vorschriften zubereitet werden müssen. Für Christen mag das reichlich kompliziert klingen, aber für uns ist es ganz alltäglich. Ich möchte euch nicht kränken, wenn ich Gast an eurem Tisch bin und dann alles verweigern muss, was ihr mir auftischt.«

»Wie wäre es dann mit Brot, den ersten Radieschen, einer Kräutersuppe und geräucherten Forellen? Dazu ein Becher Wein – dürftet Ihr das essen und trinken?«

Jetzt lächelte er. »Ja, das könnte gehen. Bis auf den Wein. Aber ich wäre auch mit Wasser oder Bier ganz zufrieden.«

»Dann kommt heute beim Abendläuten! Wir wohnen im St.-Alban-Tal, ganz in der Nähe der großen Kirche. Ein blauer Fisch an der Tür zeigt Euch, dass Ihr richtig seid.«

»Keine weißen Lilien mehr?« Seine Stimme war sanft.

Johanna schüttelte den Kopf und konnte ihn plötzlich nicht mehr anschauen.

»Das ist Vergangenheit«, sagte sie leise. »Jetzt blicken wir gemeinsam in die Zukunft.«

✣

Inzwischen suchte die Krähe ihn jede Nacht heim. War es schon auf der Flucht gewesen, als er erneut ihre scharfen Krallen gespürt hatte, oder erst, nachdem sie in Basel angelangt waren? Jakob hätte es nicht mit Gewissheit sagen können. Jedenfalls quälte sie ihn, ein Albtraum unter anderen, von denen er eigentlich geglaubt hatte, dass sie für immer Vergangenheit seien.

Kaum war er wach, fuhr er hoch, schob sein Hemd nach oben und betastete seine glatte bräunliche Haut. Da war nichts zu sehen oder zu spüren – außer den alten Narben, die ihm jahrelang seinen Spitznamen eingebracht hatten. Doch nun war er nicht länger die Krähe, wie damals in Gaunerkreisen, sondern Jakob, Jakob de Vries, wie er sich manchmal halblaut vorsagte, obwohl es ihm noch immer so entsetzlich schwer über die Lippen ging. Die Leute behaupteten, er ähnle seinem Vater verblüffend, bis auf die grünen Augen, die er von seiner Mutter hatte. Aber wie konnte ein Nichtsnutz wie er einem rechtschaffenen Medicus aus dem Gesicht geschnitten sein, vor dessen Kunst sich alle verneigten?

Es gab nichts, was ihn mit diesem Vater verband – keinerlei gemeinsame Geschichte, denn seine Mutter hatte ihn die ersten Jahre allein großgezogen, bis sie an der Pest erkrankte und ihn in die Obhut einer anderen Frau geben musste, die ihn schließlich für ein paar Silberstücke verkaufte. Während Vincent de Vries nicht einmal geahnt hatte, dass er einen Sohn besaß, und Johanna tränenreich dessen Tod betrauert hatte, den Ita nur vorgetäuscht hatte, war für Jakob eine lange, bittere Leidenszeit angebrochen. Geschlagen, missbraucht, gedemütigt hatte ihn dieser Bettler, dessen Eigentum er plötzlich geworden war, bis er endlich kräftig genug war, sich für all das Erlittene zu rächen. Doch bis heute verfolgten ihn die gebrochenen Augen seines Peinigers, und manchmal hatte er Angst, sie besäßen die Macht, die alten Narben auf seiner Brust erneut zum Bluten zu bringen.

Dann hielt es ihn nicht länger im Haus. Dann konnte Jakob auch Neles fragende Blicke nicht mehr ertragen, so lieb und wichtig sie ihm sonst auch war. Dann zog es ihn mit Macht zurück – zu den Vagabunden, Bettlern und Huren, den Ehrlosen, die nach eigenen Gesetzen außerhalb der Gesellschaft lebten. In solchen Augenblicken, wenn er jemand nobel Gekleidetem auf der Straße begegnete, begannen seine Hände zu zucken. Er musste einfach hinterher und ausspähen, wie sich am besten Beute machen ließe. Schon einige Male hatte er sich unversehens am anderen Ende der Stadt wiedergefunden, ohne genau sagen zu können, wie er eigentlich dorthin gelangt war. Es konnte Stunden dauern, bis er wieder zur Besinnung kam. Danach fand er nur mühsam in sein neues Leben zurück. Die alte Sabeth sah es ihm als Einzige an, wie schwer das für ihn war, und zeichnete ihm verstohlen ein Kreuz auf Stirn, Mund und Brust.

»Leg die dunklen Flügel ab, Jakob!«, sagte sie. »Die brauchst du nicht mehr. Ab jetzt trägt dich die Liebe deiner Eltern. Du musst dich nur noch darauf verlassen.«

Wie gern hätte er ihr geglaubt! Doch jeder neue Tag nahm ihn erneut in die Pflicht und bewies ihm, wie schwierig sein Leben war. Überall lauerten Gefahren wie zum Beispiel im Haus des reichen Braumeisters an der Freien Straße, in das man sie gerufen hatte. Dessen kleine Söhne, beide unter zehn Jahren, klagten über Übelkeit und Schluckbeschwerden, jammerten, der Bauch tue ihnen weh, und sie fieberten stark. Die Mutter ging umher wie ein Geist, so bleich war sie, während der Vater seine Wut auf das Schicksal kaum noch im Zaum halten konnte.

»Rettet sie!«, schrie er, während der Medicus, dessen untere Gesichtshälfte ein Tuch verbarg, die Kleinen mit sanfter Stimme dazu brachte, den Mund zu öffnen. Er zuckte leicht zurück, als ihm ein faulig süßlicher Geruch entgegenschlug.

»Siehst du das, Jakob?«, sagte er halblaut. »Jenen gelblich weißen Belag? Und riechst du vor allem, was ich rieche?«

Jakob nickte. Plötzlich war er froh um das Tuch vor dem Mund, zu dem der Vater ihn genötigt hatte.

»Sie sind unruhig und wollen kaum essen, richtig?« Diese Frage war an die Mutter der kranken Kinder gerichtet.

»Ja, und ständig läuft ihnen die Nase. Der Schleim, der herausrinnt, ist gelblich, manchmal sogar mit Blut versetzt. Und sie müssen immer wieder bellend husten, was mir jedes Mal durch Mark und Bein geht …«.

Vincent erhob sich langsam. »Ich denke, es ist die Halsbräune, die sie quält«, sagte er. »Viele Kinder erkranken daran, aber sie kann durchaus auch Erwachsene treffen. Könnt Ihr Euch erinnern, dass sie Euch befallen hatte, als Ihr klein wart?«

Einträchtig schüttelte das Ehepaar den Kopf. Jetzt schimmerte auch die Haut des Vaters grünlich vor Angst.

»Dann müsst Ihr umso vorsichtiger sein«, sagte Vincent.

»Bindet Euch ein Tuch vor den Mund, so wie mein Sohn und ich es getan haben, wenn Ihr ihnen nahe kommt. Und wascht Eure Hände, bevor und nachdem Ihr sie berührt habt.«

»Aber sie sind doch unsere Kinder!«, begehrte der Braumeister auf. »Unser eigen Fleisch und Blut. Von ihnen kann nichts Böses auf uns kommen!«

»Manchmal eben doch.« Vincents Stimme war streng. »Was würde es ihnen nützen, wenn Ihr auch noch krank würdet?«

»Dann ist das Böse in der Luft?«, flüsterte die Mutter. »Es fliegt umher, auch wenn man es nicht sehen kann?«

Der Medicus zuckte die Achseln. »Wenn wir das genauer wüssten, dann wären wir Mediziner sicherlich einen großen Schritt weiter, aber es könnte durchaus sein. Sich zu schützen kann jedenfalls nicht schaden. Das habe ich in Zeiten der Pest gelernt.« Er wandte sich nach links. »Hol die getrocknete Braunelle aus meiner Tasche, Jakob! Geh mit der Hausfrau in die Küche und bereitet dort einen Tee davon zu. Lasst ihn ein wenig abkühlen, aber warm sollte er schon noch sein. Dieses Gebräu müsst Ihr ihnen dann einflößen. Viele Male am Tag. Wenn möglich, sollten sie zusätzlich damit gurgeln.«

Die blonde Frau vor ihm stolperte beim Gehen über ihren Saum, so aufgeregt war sie. Auf dem Herd stand ein Kupferkessel.

»Das Wasser muss erst richtig aufkochen«, sagte Jakob. »Nur so kann die Medizin sich entfalten.«

Sie schob Holz in den Ofen, derart ungeschickt, dass sie ihm auf einmal leidtat. Ganz offensichtlich war sie mit der Küchenarbeit nicht sonderlich vertraut.

»Habt Ihr denn keine Magd, die Euch zur Hand gehen könnte?«, fragte er.

»Wir hatten sogar zwei.« Jetzt klang sie bitter. »Doch sobald die Kinder krank wurden, sind sie weggelaufen.«

Er hörte ihr plötzlich kaum noch zu, denn er hatte den Ring entdeckt, der neben einem Teller lag. Der geschliffene rote Stein, gebettet in einen schmalen goldenen Reif, funkelte, als wollte er Jakobs Aufmerksamkeit wecken, doch der konnte ohnehin keinen Blick mehr von dem Schmuckstück wenden. Wie edel es an Neles zierlichem Finger wirken würde, die längst schon einen Ring verdient hätte! Doch mit dem wenigen, das er für seine Hilfsdienste bekam, würden sie beide wohl alt und grau werden, bevor sie sich solch ein Juwel leisten konnten.

Blitzschnell griff er zu. Vor seinen Augen wurde es gleißend hell. Dann war es, als wäre es niemals geschehen.

Die Hausfrau goss den Tee auf, konzentriert, weil sie offenbar Angst hatte, sich die Hände zu verbrühen. Jakob pfiff vor sich hin und schaute angestrengt aus dem Fenster.

»Der Medicus wird meine Söhne doch wieder gesund machen, meinst du nicht auch?« Ihre Augen waren rund und braun wie polierte Kastanien.

»Er versteht seine Kunst«, sagte Jakob knapp, weil er sich ärgerte, dass sie ihn auf einmal duzte, und weil der rote Stein in seiner Hosentasche brannte, als bestünde er aus flüssigem Feuer. »Aber seine Anordnungen sind genauestens zu befolgen.«

»Das werde ich tun.« Sie schluchzte plötzlich auf. »Roland hat mich nur zur Frau genommen, damit ich ihm viele Söhne gebäre. Wenn sie nun sterben …«

Jakob legte ihr für einen Moment die Hand auf den geraden Scheitel. »Ihr dürft die Hoffnung nicht verlieren«, sagte er sanft. »Niemals!«

*

Wie blass die beiden waren, als sie nach Hause kamen! Jetzt tat es Johanna auf einmal leid, dass sie Mendel ben Baruch schon heute zum Essen eingeladen hatte. Aber zu einer Änderung war es nun zu spät, denn sie wusste ja nicht einmal, wo sie ihn erreichen konnte. Außerdem hatte sie sich trotz der Fastenzeit große Mühe gegeben, ein anständiges Abendessen zuzubereiten, das allen schmecken würde.

Vincent verschwand sofort in der kleinen Kammer neben der Küche, wo neben einer Holzwanne zwei Waschschüsseln auf einem Gestell standen. Da Johanna die alte Magd nicht mehr gern ans Feuer ließ, hatte sie in der Küche zwei Wasserträge auf dem Herd erhitzt, die sie jetzt mit Neles Hilfe nach nebenan schleppte. Das Mädchen zog sich sofort zurück, weil Vincent schon sein Hemd abgestreift hatte, um sich ausführlich zu reinigen. Johanna jedoch blieb neben ihm stehen und beobachtete ihn ruhig.

Wie sehr sie seinen Körper liebte! Die breiten Schultern, die zarten Schlüsselbeine, die glatte Brust, den Bauch, der immer noch flach und muskulös war wie bei einem jungen Mann, auch wenn das Silber in seinen dunklen Haaren von Jahr zu Jahr mehr wurde.

»Ist irgendetwas passiert?«, fragte sie, nachdem er sich sorgfältig trocken gerieben hatte.

»Ich fürchte, ja. Und hoffe gleichzeitig inständig, dass ich mich irre.« Den Willkommenskuss war er ihr bislang schuldig geblieben. Johanna kannte ihn inzwischen gut genug, um zu wissen, was das bedeutete.

»Dann sag es mir!«

Er fuhr zu ihr herum, und für einen Moment wirkte sein Gesicht verletzlich. »Die Halsbräune«, sagte er leise. »Es gab schon letzte Woche zwei verdächtige Fälle, aber da war ich mir noch nicht ganz sicher. Doch nun sind auch die Söhne von Braumeister Hilty erkrankt – und ich kann so wenig dagegen unternehmen. Deshalb wasche ich mich sorgfältig, wenn ich von den Kranken komme. Das habe ich mir von den Juden abgeschaut, die Wasser weitaus öfter und verschwenderischer verwenden als wir. Obwohl ich nicht die geringste Ahnung habe, ob das gegen Krankheiten irgendetwas ausrichten kann.«

»Braunelle«, sagte sie. »Als Tee gebraut. Hast du das schon versucht? Damit ist unser Sohn wieder gesund geworden, als er kaum ein Jahr alt war.«

»Jakob hat die Halsbräune gehabt?« Vincent klang plötzlich um Jahre älter. »Nicht einmal das weiß ich von ihm.«

»Ihr beide werdet Zeit haben, das alles nachzuholen«, sagte Johanna. »Und was die Ungeduld betrifft, so hat dein Sohn sie eindeutig von dir geerbt. Außerdem habe ich eine schöne Überraschung für dich: Wir bekommen Besuch. Jemanden, mit dem du sicherlich nicht gerechnet hast.«

Er schenkte ihr ein winziges Lächeln.

»Wenn sich bei Jakob auch noch die Klugheit seiner Mutter dazugesellt, will ich ganz zufrieden sein«, sagte er und zog sie fest an sich. Johanna schmiegte sich an seine Brust. Sein Mund berührte ihren Scheitel, ihre Stirn, schließlich ihre Lippen.

Sie küssten sich innig und leidenschaftlich.

»Früher kannte ich die Angst nicht, alles zu verlieren, weil ich nur so wenig besaß«, sagte Vincent, als sie sich wieder voneinander gelöst hatten. »Mein Pferd. Meine Bücher und Instrumente – was brauchte ich mehr? Der Rest war allein in meinem Kopf und in meinen Händen. Jetzt aber habe ich auf einmal eine Frau, zwei Kinder, dazu eine Ziehtochter und die alte Sabeth, die alle unter meiner Obhut stehen …«

»Du hast noch Mieze und Rosa vergessen«, unterbrach sie

ihn lächelnd. Dann wurde sie wieder ernst. »Sollte Jakob sich nicht auch gründlich reinigen, wenn du es schon für so wichtig befindest?«

»Wenn du es ihm behutsam sagst, macht er es vielleicht sogar«, erwiderte er. »Auf dich hört er eher als auf mich. Und wer ist nun dieser geheimnisvolle Besuch?«

Doch Johanna behielt es für sich, bis sie zusammen am Tisch saßen und die Glocken von St. Alban erst viermal und gleich danach siebenmal hintereinander schlugen. Draußen war es bereits dunkel, obwohl deutlich zu spüren war, wie das Licht langsam zurückkehrte und die Tage allmählich länger wurden.

Der Winter ist endgültig vorüber, dachte sie, als sie ein lautes Klopfen an der Tür hörte. Sie stand auf, um zu öffnen. Jetzt bricht die Jahreszeit an, die ich am meisten liebe.

Sie lächelte, als sie Mendel erblickte, der einen Sack in der Rechten hielt, den er ihr zur Begrüßung entgegenstreckte.

»Das ist für Euch«, sagte er. »Die Hülle mag unscheinbar sein. Der Inhalt aber ist es, wie ich hoffe, nicht.« Sie bat ihn herein – und freute sich, weil Jakob ungestüm aufsprang, als er ihn erkannte. Auch Vincent erhob sich, drückte ihm die Hand und bestand darauf, dass er neben ihm Platz nahm. Ohne lange zu fragen, stellte Johanna Mendel einen Krug Bier hin.

»Stärkt Euch erst einmal!«, sagte sie. »Dann redet es sich einfacher.«

Er trank in großen, durstigen Zügen, während sie den Sack öffnete und begeistert das feine blaue Leinen begutachtete, das er ihr mitgebracht hatte. Von großem Dank wollte der Gast nichts wissen, sondern tat alles mit einer Geste ab.

»Schöne Frauen brauchen schöne Kleider«, sagte er. »So und nicht anders verstehe ich mein Geschäft.«

»Und jetzt will ich alles wissen«, sagte Vincent ungeduldig. »Was führt Euch nach Basel?«

Während Mendel zu erzählen begann, füllte Nele die Näpfe mit Suppe, und Johanna schnitt das helle Brot auf.

»Aachen war kein guter Ort für uns«, sagte er. »Die dort ansässigen Juden leben so gebückt und unterwürfig, dass ich kaum noch atmen konnte. Miriam ging es ganz ähnlich; doch zuerst hat sie nichts gesagt, weil sie mir das Leben nicht noch schwerer machen wollte. Zum Glück hat sie sich mir nach einiger Zeit dann doch anvertraut. Dabei liefen die Geschäfte gar nicht übel an – aber was nützt das schon, wenn das Herz dabei immer traurig ist?«

Er lobte die Suppe, das Brot und die Forellen, die auch den anderen am Tisch mundeten. Sogar Barbelchen, die auf Sabeths Schoß saß, streckte die kleine Hand aus und wollte davon kosten. Die Alte formte ein winziges Kügelchen und steckte es ihr in den Mund. Zuerst runzelte die Kleine die Stirn und wirkte misstrauisch, schließlich jedoch begann sie zu strahlen und zeigte dabei vier weiße Zähne.

Mendels Augen begannen bei diesem Anblick zu leuchten.

»Sie sind das Salz der Welt«, sagte er. »Unsere Liebe. Unsere Zukunft. Endlich dürfen auch meine Miriam und ich dieses Glück erleben.« Eine tiefe Falte erschien zwischen seinen Brauen. »Aber es macht einen auch ängstlich, dieses Glück«, sagte er leise. »Weil man stets befürchtet, es könnte zerbrechen.«

»Ich weiß genau, wovon Ihr redet«, sagte Vincent, und Johanna nickte zustimmend. »Die Last ist süß, aber sie wiegt auch schwer. Und dennoch tragen wir sie, ohne uns zu beklagen.«

»So habt Ihr Euch in Basel gut eingelebt?« Mendel war inzwischen beim zweiten Krug Bier angelangt.

»Ich kann die Stadt nicht leiden«, brach es aus Jakob heraus, der bislang auffallend still gewesen war.

»Und weshalb?«, fragte Mendel.

»Eng ist es hier. Und dunkel. Nein, damit meine ich nicht den Fluss, der hier viel wilder fließt, auch wenn er schmäler ist. Den mag ich gern, ich meine die Menschen. Kaum jemand lacht. Alle sind immer nur ernst. Und so vieles ist hier verboten. In Köln, da war es anders, obwohl die Pest gewütet hat, irgendwie heller. Offener. Dorthin möchte ich am liebsten wieder zurück.«

Johanna schüttelte den Kopf.

»Was redest du da, Jakob? Man würde dich sofort aufhängen, oder hast du schon vergessen, dass man dich für den Mord am Ratsherrn Neuhaus bestrafen will? Nur die Klugheit und Kaltblütigkeit deines Vaters haben dich vor dem Galgen gerettet.«

»Es war kein Mord, sondern Notwehr, aber den Tod, den hat er verdient – tausendmal!« Jakobs Kiefer mahlten. »Nele wollte er aus Grausamkeit und Heimtücke umbringen. Er hat sie gezwungen, die widerlichen Pestlappen anzuziehen …«

Das Mädchen stand auf, lief zu ihm und berührte seine Wange. »Aber ich lebe, Jakob«, sagte sie. »Allein das zählt. Was auch immer er vorhatte – es ist ihm nicht gelungen.«

»Köln schlag dir für immer aus dem Kopf!«, sagte Vincent. »Solange Hermann von Wied dort regiert, kommt es für uns nicht infrage. Und selbst wenn eines Tages ein Nachfolger als neuer Erzbischof antritt, ist es weiterhin ratsam, uns von dort fernzuhalten.« Er schob seinen Teller beiseite. »Basel kenne ich schon aus Jugendjahren. Hier hab ich schließlich deine Mutter gefunden. Ja, und es hat sich tatsächlich verändert, seit die Reformierten das Sagen haben. Sogar die

Universität, einst das Aushängeschild der Stadt, hat an Ansehen verloren, weil gute Leute abgewandert sind.«

»Du weißt, ich wollte eigentlich nie mehr hierher.« Johanna sah ihn zwingend an. »Nur deinetwegen hab ich mich schließlich doch überreden lassen. Aber wohl fühle ich mich hier deshalb noch lange nicht. Das solltest du wissen.« Ihr Blick flog zu ihrem Sohn. »Ich kann durchaus verstehen, was du sagst, Jakob. Aber wir sollten vernünftig sein. Wir sind doch gerade erst angekommen. Und noch immer dabei, heimisch zu werden. Vielleicht müssen wir ja nicht für immer hier bleiben.«

Mendel ben Baruch sah sie aufmerksam an. »Eine andere Stadt? Was hieltet Ihr beispielsweise von Mainz?«

»Wieso Mainz?«, fragte Johanna.

»Nun, weil ich zufällig weiß, dass Kurfürst Albrecht von Brandenburg händeringend einen neuen Leibarzt sucht.«

»Mich als Leibarzt eines Kurfürsten verdingen?« Vincents Lächeln war schmerzlich. »Das hatten wir bereits. Und es ist uns allen nicht gerade gut bekommen!«

»Kardinal Albrecht von Brandenburg ist stärker und entschlussfreudiger als der schwache Erzbischof von Köln«, sagte Mendel. »Er liebt und fördert die Künste, hat wichtige Gelehrte an seinem Hof versammelt, ist Essen und Trinken nicht abgeneigt. Seit einiger Zeit plagen ihn allerdings gesundheitliche Probleme, das weiß ich aus sicherer Quelle. Er würde Eure Heilkunst gewiss fürstlich entlohnen, denn ein Pfennigfuchser ist er sicherlich nicht.«

»Um dann bei nächster Gelegenheit Hermann von Wied mitzuteilen, wer ihm bei seinen Malaisen hilft?« Vincents Stimme war scharf geworden. »Vergesst es!«

»Die beiden sind sich spinnefeind. Und seit bekannt wurde, dass von Wied heimlich mit den Lutheranern liebäugelt, herrscht blankes Eis zwischen den beiden Fürsten. Albrecht von Brandenburg hasst die Protestanten, die ihn aus seinem geliebten Halle vertrieben haben. Er will sein reiches Mainz unbedingt katholisch halten.«

»Vergebt mir die Frage, werter Freund«, sagte Vincent, »aber wieso kennt ausgerechnet Ihr Euch in diesen heiklen Belangen so gut aus?«

»Ihr meint, ausgerechnet ich, ein Jude?« Mendels Mundwinkel kräuselten sich leicht. »Ein Jude, der an einem geistlichen Hof überleben möchte, muss das Gras wachsen hören, lieber Medicus. Nichts anderes tue ich.« Er wandte sich zu Johanna. »Außerdem sind die Verbindungen meines Volkes weitverzweigt. Und sie betreffen nicht nur edle Rösser oder feines Tuch.«

Einen Augenblick war es ganz still an der Tafel.

Dann grapschte die kleine Barbara nach einem Löffel, packte ihn fest und haute damit in den Suppentopf, der vor ihr stand. Ein hoher grünlicher Schwall spritzte über den Tisch.

Alle lachten. Die Spannung hatte sich aufgelöst.

»Das Salz der Erde?«, sagte Johanna lachend, während sie den Topf geschwind vor neuen Attacken in Sicherheit brachte. »Ein Salz jedenfalls, das einem bisweilen sehr viel Arbeit machen kann.«

✣

»Hast du das wirklich so gemeint vorhin?«, fragte Vincent, als sie nebeneinander in der Stille der nächtlichen Bettstatt lagen. »Dass du dich hier nicht wohlfühlst?«

»Ich versuche es ja«, sagte Johanna nach einer Weile sehr leise, weil neben ihr die kleine Barbara in ihrer Wiege schlief.

»Das ist keine Antwort auf meine Frage. Ich spüre doch schon länger, dass dir etwas auf der Seele liegt.«

Sie überlegte, bevor sie erneut zu reden begann. »Ich dachte, das mit dem Oheim und dem Büßerkloster, in das er mich gesteckt hat, wäre Vergangenheit. Aber ich muss nur in die Nähe von St. Leonhard kommen – und alles ist wieder so lebendig wie damals: meine Angst, meine Not, die Ungewissheit, was aus mir und dem Ungeborenen werden soll. Ich weiß, es ist für immer vorbei. Aber so fühlt es sich für mich nicht an.«

»Ich habe schon einmal in Mainz gelebt«, sagte Vincent. »Kurz nachdem dein Onkel uns durch seine Intrigen auseinandergebracht hat. Ich war nur ein gutes Jahr dort, dann bin ich weiter nach Straßburg gezogen.«

»Davon weiß ich ja gar nichts ...« Sie wandte sich zu ihm, und er nahm sie in die Arme.

»Es gibt so einiges, das du noch nicht von mir weißt«, sagte er, nachdem sie sich geküsst hatten. »Irgendetwas muss ich dir ja noch zu erzählen haben, während wir beide zusammen alt werden.«

Johanna lachte leise und genoss seine Wärme.

»Ich kannte in Mainz einen Apotheker, mit dem ich damals eng zusammengearbeitet habe«, fuhr er fort. »Auberlin Sixt, so lautet sein Name. Er wäre genau der Richtige, um Jakob in eine Art Lehre zu nehmen. Ich kenne niemanden, der mehr über Heilpflanzen und Kräuter weiß als dieser Mann. Und er besäße zudem die notwendige Autorität, um unseren stolzen, störrischen Sohn zu zähmen.«

»Bist du diesem Auberlin denn noch einmal begegnet?«

Vincent schüttelte den Kopf. »Nicht mehr von Angesicht zu Angesicht. Aber man hat mir immer wieder von ihm erzählt. Sein Ruf ist bis nach Straßburg gedrungen. Wenn er noch am Leben wäre und gesund dazu ...« Er verstummte.

»Mainz liegt nicht gerade weit weg von Köln«, sagte sie.

»Sofern ich Mendel ben Baruch richtig verstanden habe. Das gefällt mir nicht daran.«

»Ein paar Tagesritte, wenn man ein schnelles Ross hat«, sagte Vincent. »Aber man muss ja nicht unbedingt nach Köln reiten. Und wenn die beiden Stadtherren einander so feind sind …«

»Soll das heißen, dass Mendel dich bereits zum Überlegen gebracht hat?«, unterbrach sie ihn.

»Unser jüdischer Freund wird nach seiner Rückkehr beim Kurfürsten meinen Namen ins Spiel bringen, falls sich dazu eine passende Gelegenheit ergibt. Nicht mehr und nicht weniger. Dann werden wir sehen, was weiter geschieht.«

Johanna spürte, wie ihr Herz schneller zu schlagen begann.

»Du würdest es für uns tun«, sagte sie. »Für Jakob und mich. Und dafür liebe ich dich umso mehr.«

»Ihr seid mein Leben, Johanna. Du, Jakob und Barbara. Für euch würde ich alles tun. *Alles*.«

Zwei

Inzwischen waren es nicht mehr nur Kinder, die stark fieberten, das Essen verweigerten und mit dickem Hals pfeifende Geräusche von sich gaben, sondern auch immer mehr Erwachsene, die über Schmerzen im ganzen Körper klagten und aus Schwäche ihr Lager nicht mehr verlassen konnten. Außer Vincent de Vries gab es noch einen weiteren Medicus in der Stadt, den alten Raess, dazu die beiden Bader Gisler und Wältin. Sie gaben sich Mühe, die Patienten untereinander aufzuteilen, um keinen unversorgt zu lassen. Doch Braunelle als traditionelles Heilmittel erwies sich immer öfter als machtlos.

»Die Halsbräune führt uns an der Nase herum«, sagte Vincent verzweifelt, der immer öfter bis spät in die Nacht über seinen Büchern brütete, um herauszufinden, ob er nicht doch etwas übersehen hatte, was die Krankheit bannen könnte. »Mir kommt es vor wie ein teuflisches Spiel: Je mehr wir uns anstrengen, desto schneller schreitet sie voran. Was, wenn es so weitergeht? Dann wären Hunderte in Lebensgefahr.«

Schließlich entdeckte er in einer alten Handschrift die Empfehlung eines italienischen Alchimisten: ein Gurgelwasser aus Salpeter und Schwefel, das er exakt nach dessen

Angaben zusammenbraute und seinen Kranken zu verabreichen versuchte. Doch die Mischung roch derart widerlich, dass die Kinder bereits bitterlich zu weinen begannen, sobald er damit in ihre Nähe kam. Lediglich einige wenige Hartgesottene unterzogen sich freiwillig dieser Prozedur – ohne jedoch davon gesund zu werden.

Es machte Johanna ganz elend, ihn so zu sehen, erst recht, weil sie spürte, dass die angespannte Lage Vater und Sohn weiter entzweite. Nach ein paar Ausflüchten weigerte Jakob sich eines Morgens, die Häuser Infizierter zu betreten, und weder die väterlichen Ermahnungen noch der mütterliche Appell an sein Mitgefühl konnten seine Haltung ändern.

»Was hilft es den Leuten, wenn ich auch noch krank werde?«, sagte er aufsässig. »Ich bin doch lediglich ein Wasserträger, den jeder andere ersetzen kann.«

»Dann lässt du deinen Vater in dieser schwierigen Situation allein?« Es fiel Johanna schwer, Jakob nicht anzuschreien. »Das musst du mit Gott, dem Allmächtigen, ausmachen!«

»Hat nicht Gott uns diese Prüfung geschickt?« Wie klug er zu argumentieren wusste, wenn er sich Mühe gab! Beinahe, als sei er kein ehemaliger Vagabund, sondern ein Gelehrter. »Wenn das zutrifft, hat er sicherlich auch seine Gründe dafür. Gott wird retten, wen er retten will – sofern es in seinen ewigen Plan passt.«

Nach diesen Worten lief Jakob aus dem Haus, wohin, das wusste Johanna nicht. Erst spätabends trudelte er wortkarg und mürrisch wieder ein. War er gerade dabei, erneut in schlechte Gesellschaft abzurutschen? Nach außen hin gab Basel sich so sauber, so fromm, doch kaum war man am Kohlenberg angelangt, wo auch der Henker wohnte, traf man sehr wohl auf ehrloses Gesindel.

Vincent dagegen kämpfte unbeirrt weiter, obwohl er immer

öfter gegen die Krankheit verlor. Der Jüngste des Braumeisters, der fünfjährige Reto, verschied japsend, und die Trauer der Eltern zerriss ihm schier das Herz.

»Jetzt müsst Ihr wenigstens unseren Großen retten!«, bettelte Bethli, die Mutter, in Tränen aufgelöst, während der zweite Sohn hilflos nach Luft rang. »Sonst stürze ich mich in den Rhein. Ohne meine Kinder will ich auch nicht mehr leben.«

Erschöpft erhob sich Vincent. Zu seiner Überraschung war Jakob heute wieder dabei, obwohl es ihn sichtlich Überwindung gekostet hatte, das Haus des Braumeisters zu betreten.

»Tonis Hals ist fast zugeschwollen«, sagte Vincent, nachdem er die Eltern beiseitegenommen hatte. »Und sein Herz wird immer schwächer. Wenn er weiterhin so wenig trinkt, sind auch noch die Nieren gefährdet. Ich kann Euch leider keine großen Hoffnungen machen, so gern ich das auch täte. Setzt das Gurgeln fort, flößt ihm an Flüssigkeit ein, was immer Ihr in ihn hineinbekommt, und betet zu Jesus Christus, zur Jungfrau Maria oder zum heiligen Rochus! Das ist das Beste, was Ihr derzeit tun könnt.«

Zornig funkelte der Braumeister ihn an.

»Dann seid Ihr also gar kein rechtschaffen Reformierter, der nach den Lehren der Heiligen Schrift lebt! Dem alten Glauben hängt Ihr an und wollt durch Zauberwerk und Götzendienst unser Kind verderben. Hinaus mit Euch – auf der Stelle! Einen unserer Söhne habt Ihr ja bereits auf dem Gewissen …«

Toni bäumte sich auf, die Augen übergroß im roten, unförmig geschwollenen Gesicht, als wollten sie aus den Höhlen quellen. Sprechen konnte er nicht mehr, er gab nur noch hohe Pfeifgeräusche von sich.

»So unternehmt doch etwas!« Bethli klammerte sich an den Medicus. »Helft unserem Kind in Gottes Namen!«

»Ich kenne nur eine einzige Methode, die ihm Erleichterung bringen könnte«, sagte Vincent. »Doch dazu müsste ich ihm den Hals aufschneiden …«

»Wenn du die Hand an mein Fleisch und Blut legst, bring ich dich um!«, keuchte der Braumeister.

»Lass ihn, Roland!« Bethlis Stimme klang entschlossen. »Zeigt Eure Kunst, Medicus de Vries – ich vertraue Euch!«

»Es gibt keinerlei Garantie.« Vincents Blick hielt sie fest. »Das müsst Ihr wissen. Er könnte dabei auch sterben.«

»Versucht es!« Sie wirkte plötzlich größer. »Wenn wir nichts riskieren, verlieren wir ihn auf jeden Fall, richtig?«

Vincent nickte.

»Nun denn: Was müssen wir tun?«, fragte sie.

»Erhitzt Wein.« Die Anweisungen des Medicus waren nun sehr knapp. »Und bringt mir einen sauberen Schwamm!« Bethli nickte und lief los. »Außerdem brauche ich Tinte oder Ruß.« Das war an Hilty gerichtet, der ebenfalls hinausrannte.

Vincent sah Jakob an. »Du wirst mir assistieren. Dein Griff ist ebenso wichtig wie mein Schnitt.«

Sehr schnell stand auf einem Stuhl neben dem Krankenlager, wonach er verlangt hatte, dazu ein Schilfröhrchen, das er aus seiner Tasche geholt hatte. Er brachte Toni behutsam in eine sitzende Stellung und bat Bethli, ihren Sohn von hinten mit ihrem Körper zu stützen. Das durchgeschwitzte Nachtgewand hatten sie ihm schon zuvor abgestreift.

Zitternd vor Fieber und Angst saß der kleine Junge da.

Mit Asche zog Vincent eine gerade Linie vom unteren Rand des Schildknorpels bis zum oberen Rand des Brustbeins. Dann stellte er sich rechts neben das Bett, während er Jakob an die linke Seite beorderte.

»Zieh die Haut am Hals fest auseinander!«, befahl er. »Genauso, wie ich es tue.«

Schließlich setzte er sein Skalpell an. Hilty stieß einen Klagelaut aus, als die Haut des Jungen aufklaffte und helles Blut austrat, Vincent jedoch ließ sich nicht davon beirren. Er tastete in die blutende Wunde, um den Übergang vom Ringknorpel, der direkt unter dem Schildknorpel lag, zum ersten Knorpelring der Luftröhre zu identifizieren. Nachdem er die Stelle gefunden hatte, durchschnitt er mit einem stichartigen Schnitt diesen Ring und schuf auf diese Weise einen Zugang zur Luftröhre, der groß genug war, um das Schilfröhrchen ohne Widerstand mit ausreichender Abdichtung durch das umgebende Gewebe einzuführen.

»Das Röhrchen!«, verlangte Vincent. »Schnell!«

Jakob reichte es ihm, und der Medicus versenkte es in der Wunde.

Toni begann heftigst zu husten; Blut und Schleim schossen aus seiner Nase, dann jedoch wurde seine Atmung ruhiger. Vincent benetzte den Schwamm mit heißem Wein und legte ihn auf die äußere Öffnung des Röhrchens.

Nach und nach verschwand die ungesunde Röte aus dem Kindergesicht. Die Brust hob und senkte sich gleichmäßig.

»Er lebt«, rief Bethli weinend. »Er kann wieder atmen! Ihr habt ihn uns zurückgegeben!«

»Ja, aber er ist noch lange nicht über den Berg«, sagte Vincent mahnend. »Wiederholt das mit dem Wein, hüllt ihn warm ein, betupft seine Lippen. Gebt ihm zu trinken und lasst ihn vor allem spüren, dass er nicht allein ist. Ich komme später wieder, um nach ihm zu schauen.«

»Ihr wollt ihn so zurücklassen?«, fragte Hilty fassungslos. »Mit einem Loch im Hals? Habt Ihr vollständig den Verstand verloren?«

»Im Augenblick kann ich nichts weiter für ihn tun. Bedeckt die Wunde mit einem Leinentuch. Nach ein paar Tagen werde ich sie zunähen. Wenn Toni Glück hat, erinnert ihn später nur noch eine verblassende Narbe an diesen Tag.«

Der Braumeister packte Vincent am Arm, um ihn am Verlassen der Stube zu hindern, doch der Medicus machte sich frei.

»Wir müssen jetzt weiter. Komm, Jakob! Andere Kranke in großer Not warten bereits sehnsüchtig auf uns.«

✤

Am dritten Tag nach der Operation konnte Vincent das Röhrchen behutsam herauslösen, und er vernähte die Wunde mit einem Seidenfaden, was der Junge ohne zu weinen tapfer ertrug. Toni war noch schwach und mager, er hatte aber kein Fieber mehr und war wieder in der Lage, selbstständig zu atmen und fast ohne Schmerzen zu schlucken.

Bethli drängte Vincent zwei große Bierfässer auf, die ihm an die Haustür geliefert werden sollten, und sie wollte ihren Mann dazu bringen, dem Medicus doppelt so viel zu bezahlen, wie er verlangte.

»Für immer stehen wir in Eurer Schuld«, rief sie bewegt. »Ihr habt ein Wunder vollbracht. Bei der ganzen Aufregung hab ich auch noch meinen Trauring verlegt, aber was schert mich das? Hauptsache, unser Kind lebt!«

»Mir wäre es lieber, Ihr würdet davon kein so großes Aufheben machen.« Vincent nahm an Geld nur, was ihm zustand. »Dieser Eingriff kann stets nur ein Schritt in allergrößter Not sein. Toni hat großes Glück gehabt. Wir alle haben Glück gehabt. Beim Nächsten kann es ganz anders ausgehen.«

Doch die Kunde von der Rettung des Jungen verbreitete

sich wie ein Lauffeuer in der Stadt. In jedem Haus, in das Vincent und Jakob kamen, wurde er nun darauf angesprochen, und ging es einem Kranken besonders schlecht, erwarteten die Angehörigen, dass der Medicus auch hier den rettenden Schnitt setzte. Es half wenig, geduldig zu erklären, dass Tonis Operation die absolute Ausnahme gewesen war. Manche begannen zornig zu werden und wollten nicht länger zuhören. Andere unterstellten Vincent, er ziere sich lediglich, um sie zu noch höheren Zahlungen zu bewegen. Wiederum andere kramten alles hervor, was sie besaßen, und boten es ihm an, wenn er nur ihre Kinder rettete.

»Ich weiß bald nicht mehr, was ich tun soll«, vertraute Vincent sich Johanna an. »Ich kann doch nicht täglich gewaltsam Luftröhren öffnen – wie stellen die Leute sich das eigentlich vor?«

»Sie sind verzweifelt, Liebster«, sagte sie und umarmte ihn fest. »Wie ich es damals war, als Jakob so krank war. Wenn ich mir jetzt vorstelle, dass auch noch unsere Kleine zu keuchen beginnt …«

»Und siehst du, nicht einmal das kann ich dir versprechen.« Er sprang auf und begann unruhig in der Stube auf und ab zu gehen. »Das, was wir die Lehre von der Medizin nennen, ist lediglich ein mühsames Stochern im Nebel. Wie verbreitet sich diese Krankheit? Woher kommt sie? Und wieso befällt sie den einen, während der neben ihm gesund bleibt? Diese Fragen treiben mich noch in den Wahnsinn.«

»Ich liebe dich dafür, dass du niemals aufgibst.« Johanna umfing ihn von hinten und spürte, wie er nach und nach weicher in ihren Armen wurde. »Du bist ein Vorbild, Vincent. Mach weiter so! Vielleicht steckst du damit auch andere an.«

Er wandte sich halb zu ihr um, in seinen dunklen Augen unübersehbare Skepsis.

»Leider aber machen sich die meisten Menschen nur wenig aus Vorbildern, meine Jo«, sagte er. »Weil diese ihnen nämlich die eigene Erbärmlichkeit nur umso drastischer vor Augen führen. Gesellen sich dann Eifersucht und Neid dazu, wird es noch übler. Deshalb habe ich dieses Getratsche noch nie leiden können.«

Sie versuchte, seine bedrückte Stimmung wegzuküssen, aber es misslang. Vincent wurde erst ruhiger, nachdem er erneut sein allabendliches Studium aufgenommen hatte.

Ein paar Tage später trat Johanna den Weg an, den sie seit ihrer Rückkehr nach Basel bislang aufgeschoben hatte. Die kleine Barbara wusste sie unter Neles und Sabeths Obhut wohlversorgt, so machte sie sich daran, die Tür ins Gestern noch einmal aufzustoßen. Das Haus ihres Oheims hatte zum Sprengel von St. Leonhard gehört. Daher war diese Kirche auch stets ihre Zuflucht gewesen.

Ihre Beine wurden schwer, als sie den alten Stadtkern hinter sich gelassen hatte und die vielen Stufen zum Leonhardsberg hinaufstieg. Als Kind hatte sie das dreischiffige Gotteshaus mit dem Sterngewölbe geliebt und sich dort stets sicher und geborgen gefühlt. Vor allem die kleine Marienkapelle mit einer schlichten Holzstatue der Gottesmutter im blauen Mantel hatte es ihr angetan, vielleicht, weil sie ihr all die Sorgen anvertrauen konnte, für die sie eigentlich eine Mutter aus Fleisch und Blut gebraucht hätte.

Doch als Johanna nun das Portal öffnete, erkannte sie die Kirche kaum wieder. Die Wände waren nackt und weiß gekalkt; nirgendwo mehr fand sie Bilder oder Statuen. Sogar das prächtige dreiflügelige Altargemälde, das Jüngste Gericht darstellend, hatte man entfernt. Nur seitlich brannten ein paar Kerzen in eisernen Halterungen und warfen seltsame Schatten. Und es roch so anders – keine Spur mehr von dem schweren Weihrauchduft, der früher alles durchdrungen hatte.

Beim Hereinkommen fiel ihr auf, dass sogar das Weihwasserbecken fehlte. Wie eine Wunde klaffte die Wand auf, an der es einst gehangen hatte. Sie ging weiter und kniete sich schließlich in eine der vorderen Bänke. Sie faltete die Hände und versuchte zu beten, doch ihre Gedanken stoben davon wie ein Schwarm aufgescheuchter Vögel.

Um sich besser zu sammeln, schloss sie die Augen.

Plötzlich glaubte sie, wütende Stimmen zu hören und das Getrampel vieler Füße, die hereinstürmten. Sie roch Feuer und sah, wie Leitern aufgestellt, Bilder grob von den Wänden gerissen und mit Äxten zerschlagen wurden, bis die ganze Kirche aussah wie ein Schlachtfeld. Die Reformierten behaupteten, nur in der Kargheit lasse Gott sich finden, alles andere sei sündiger Tand, der vom Wesentlichen ablenke. Für Johanna jedoch war es anders. Die frühere Schönheit und Fülle des Gotteshauses hatten ihr Herz berührt und geöffnet. Im Gebet hatte sie den harten Alltag draußen vergessen können. In diesem kalten, nüchternen Raum jedoch wollte ihr das nicht gelingen.

Sie floh regelrecht ins Freie und lockerte dabei das warme Wolltuch, das sie sich um die Schultern geschlungen hatte, weil sie sich mit einem Mal wie kurz vor dem Ersticken fühlte. Schließlich riss sie sich sogar die Haube vom Kopf und lief barhäuptig durch die Lindenallee, an der erste zartgrüne Blätter sprossen, weiter zum Friedhof. Ein sanfter Wind sang in den Zweigen, als wollte er ihr Mut machen. Dem alten grauen Beinhaus, vor dem sie sich als Kind stets gegruselt hatte, gönnte sie nur einen kurzen Blick und konzentrierte sich dann ganz auf die Grabsteine.

Und wenn er gar nicht irgendwo hier lag, sondern noch

immer am Leben war – ein gichtiger Greis, voll von Hass und alten Rachegelüsten?

Trotz der warmen Frühlingssonne und des wolkenlosen blauen Tages fröstelte Johanna auf einmal. Sie brauchte endlich Gewissheit, musste mit eigenen Augen das Grab des Oheims sehen, um ganz und gar mit der Vergangenheit abschließen zu können. Doch ihr Vorhaben erwies sich als unerwartet schwierig. Schon eine ganze Weile irrte sie zwischen den Gräbern ohne Erfolg umher. Der Friedhof erschien ihr in denkbar schlechtem Zustand; viele Kreuze waren in Schieflage geraten, die Grabsteine verwittert oder von Moos überwachsen. Als sie schon kurz vor dem Aufgeben war, entdeckte sie plötzlich, wonach sie gesucht hatte.

BASIL SUTER

* 1463 † 1530

Johanna musste schlucken und spürte, wie ihre Knie weich wurden. Er *war* tot, das stand hier in Blei getrieben auf hellem Sandstein, jener Mann, der ihr das Leben zur Hölle gemacht hatte, als sie zum ersten Mal unsterblich verliebt gewesen war. Doch die erwartete Erleichterung blieb aus. Stattdessen war es auf einmal, als öffnete sich ein großes Tor – und Bilder und Szenen aus der Vergangenheit überfielen sie: Jakobs Geburt, die Arbeit im Badehaus, die Pest in Freiburg, die Trauer über den vermeintlichen Tod des Sohnes, die Begegnung mit Severin, ihre Ehe in Köln, sein qualvolles Sterben, die Intrigen des Schwagers, Kerkerhaft und Pesthaus und endlich die Wiedervereinigung mit Vincent. All das war in nicht einmal zwanzig Jahren geschehen und hätte doch eigentlich für mindestens drei pralle Leben gereicht …

Sie spürte ein unangenehmes Ziepen am Haar und fuhr herum.

»Die schöne Johanna!«, sagte die Frau mit schiefem Lächeln. »Ich hab dich am Zopf gezogen wie früher. Sieh einmal her – hast du dich endlich wieder deines armen, verlassenen Oheims entsonnen?« Johanna brauchte ein paar Augenblicke, um die Frau wiederzuerkennen. Sie war breiter geworden und hatte ein paar Zähne weniger, aber es war eindeutig Kathi, die nur ein paar Häuser weiter gewohnt hatte. Als Kinder hatten sie manchmal zusammen gespielt, wenngleich sie die Hinterlist und Rachsucht der anderen stets gestört hatten. Als sie älter wurden, neidete Kathi ihr das blonde Haar und das hübschere Gesicht immer noch, aber sie gingen sich nun meist aus dem Weg.

»Hab schon gehört, dass du wieder in der Stadt bist«, fuhr Kathi fort. »Und eine gute Partie sollst du ja auch gemacht haben – ein Medicus, wer hätte das gedacht!« Sie starrte auf das breite Halsband aus Silber, das Johanna wie gewohnt trug. »Ich wette, das ist auch von ihm. Offenbar stattet er dich aus wie eine Königin.«

»Ich kann mich nicht beklagen.« Johannas Mund wurde weich, als sie an Vincent dachte. »Er ist ein wunderbarer Mann, gütig und überaus großzügig.«

»Das glaube ich gern. Denn welcher Kerl nimmt sonst schon freiwillig einen Bastard als Sohn an?«

Johanna brauchte ein paar Augenblicke, um zu verstehen, was Kathi meinte. Wie hatte sie sich damals das Maul zerrissen, als der Oheim sie als ledige Schwangere ins Magdalenenkloster einlieferte!

»Wir haben zwei gemeinsame Kinder«, erwiderte sie ruhig. »Ein kleines Mädchen und einen stattlichen Sohn. Jakob ähnelt seinem Vater so sehr, dass fremde Leute ihn darauf ansprechen. Und wäre mein Onkel nicht gewesen, so hätten wir ihn auch gemeinsam großziehen können.« Sie versuchte, dem Gespräch eine andere Wendung zu geben. »Hast du auch Kinder, Kathi?«

»Drei Mädchen, aber das tut jetzt nichts zur Sache.« Kathis helle Augen begannen zu funkeln wie früher, wenn sie sich eine neue Bosheit ausgedacht hatte. »Jetzt tust du wieder ganz von oben herab, Johanna. Aber wer weiß, wie lange noch?«

»Was soll das heißen?«, sagte Johanna und ärgerte sich im gleichen Augenblick über ihre Frage.

Kathi kam näher, öffnete den Mund und schloss ihn wieder. Johanna wich ihrem Atem aus, der stark nach Bier und Zwiebeln roch.

»Nun, es heißt ja, dein Mann sei ein großer Heiler. Ganz Basel redet von nichts anderem. Den kleinen Toni soll er dem Tod im letzten Moment von der Schippe gerissen haben.«

»Toni Hilty hat die Halsbräune überstanden. Und dafür danken wir Gott von ganzem Herzen.«

»Gott?« Kathis Lachen klang schrill. »Bist du da wirklich sicher? Einige behaupten, dein Medicus sei mit dem Teufel im Bund. Deshalb seine Erfolge. Er müsse ihm jedoch neue Diener besorgen. Und nur, wer sich auf diesen schändlichen Handel einlässt, darf hoffen.«

»Vincent? Was redest du da! Ich kenne keinen gottesfürchtigeren Menschen als ihn.«

Kathi geriet immer mehr in Fahrt. »Und wieso schneidet er dann Kinder bei lebendigem Leib auf? Doch wohl nur, um dem Fürst der Finsternis ihr Blut zu opfern …«

»Für solchen Unsinn ist mir der schöne Tag zu schade!« Johanna drehte sich um und ging, doch Kathi folgte ihr, bekam ihren Rock zu fassen und zwang sie somit zum Stehenbleiben.

»Du warst schon damals hochmütig, sogar, als du schon ganz unten warst – und du bist es noch heute«, zischte sie. »Aber wir dulden hier keine Scharlatane und Gotteslästerer, hast du das verstanden? Jeder, der bei uns aus der Reihe tanzt, bekommt das zu spüren. Und wer mit dem Teufel paktiert, gehört ins Feuer oder auf den Grund des Rheins, wo die Fische ihn fressen.«

Johanna riss sich los und ging weiter.

»Halsstarriges Pack!«, schrie Kathi ihr hinterher. »Teufelsbande! Ihr werdet schon noch sehen, wohin das führt! In unserem schönen Basel habt ihr jedenfalls nichts zu suchen …«

Jetzt lief Johanna, denn sie konnte das Keifen hinter sich nicht länger ertragen. Kathi war um einiges schwerfälliger und kam daher auch langsamer voran. Am Münsterplatz schien Johanna sie endgültig abgehängt zu haben, doch die hässlichen Worte klangen ihr noch immer im Ohr. Es war, als habe der strahlende Tag auf einmal einen Schleier bekommen; sogar das fröhliche Lied der Amseln in den Wipfeln erschien ihr auf einmal gedämpfter.

Sie wurde erst langsamer, als sie wieder im St.-Alban-Tal angekommen war und auf das Haus mit dem blauen Fisch zusteuerte. Ein Stück davor blieb sie stehen, ordnete ihr Haar und bemühte sich, eine fröhliche Miene aufzusetzen, um Sabeth und Nele nicht zu beunruhigen. Erst als ihr das halbwegs gelungen war, zog sie den Schlüssel aus der Rocktasche und sperrte auf.

*

Etwas stimmte nicht mit Jakob, das spürte Nele ganz genau. Es war nicht jene ständige Gereiztheit, die er an den Tag legte, seit er Hilfsdienste bei seinem Vater leistete. Es war auch nicht die Angst, selbst krank zu werden, obwohl er das ein paarmal erwähnt hatte. Das, was an ihm nagte, saß tief in seiner Seele, und er verbarg es vor ihr, sosehr sie sich auch bemühte, es ihm zu entlocken. Es hatte an dem Tag begonnen, an dem er mit seinem Vater zum ersten Mal im Haus des Bierbrauers gewesen war, das wusste sie ganz genau. Beim Abendessen war Jakob plötzlich so ruppig und verschlossen geworden wie in übelsten Kölner Zeiten. Damals war er als Vagabund durch die Welt gezogen und schließlich in den Fängen jener Räuberbande gelandet, die sich auch ihrer bemächtigt hatte. Damals hatte er nur wenig geredet und dafür umso hitziger gehandelt, aber war sie nicht überzeugt gewesen, inzwischen einen anderen, einen gewandelten Jakob zu lieben?

Von Tag zu Tag wurde er ihr immer fremder, starrte sie an, als sähe er sie zum ersten Mal, verstummte mitten im Satz, sobald sie ein Zimmer betrat, wehrte sich sogar gegen ihre Liebkosungen, von denen er sonst nicht genug bekommen konnte.

»Ich bin deiner nicht wert«, sagte er einmal unvermittelt. »Ich bin etwas, das in die Gosse gefallen ist und seitdem den Gestank nicht mehr loswird, auch wenn man es noch so sorgfältig abwischt und poliert. Häng dich nicht zu sehr an mich, Nele! Ich bringe dir nichts als Unglück.«

Tränen schossen ihr bei diesen Worten in die Augen, was ihm wiederum leidzutun schien, denn sein Gesicht verzog sich schmerzlich.

»Ich will dir doch nicht wehtun«, sagte er leise. »Niemals! Das musst du wissen.« Er berührte ihr Haar.

»Und warum tust du es dann, Jakob?«, flüsterte sie.

»Weil ich nicht anders kann.« Sie spürte, wie er sich innerlich noch weiter zurückzog. »Wenn man nicht gut sein kann, ist es vielleicht besser, man geht konsequent auf die andere Seite.«

»Aber ich liebe dich doch … Wir alle hier lieben dich …« Die Worte schienen ihr auszugehen.

»Vielleicht ist das nicht genug.« Jetzt sah er aus wie ein trauriger Possenreißer. »Wenn man sich selbst nicht lieben kann …«

In der folgenden Nacht schlich Nele sich heimlich in seine Kammer. Sabeth im Bett neben ihr schlief tief und schnarchte laut. Das Mädchen wusste genau, weshalb Johanna sie bei der Alten in der Dachkammer einquartiert hatte: damit sie eben nicht tat, was sie nun vorhatte. Aber sie musste doch versuchen, Jakob wieder nah zu sein.

Ihr Herz klopfte überlaut, als sie die knarzende Tür öffnete. Sie hatten sich viele Male geküsst und leidenschaftlich umarmt, und an einem sonnigen Herbsttag am Rhein wäre es beinahe zu sehr viel mehr gekommen, doch etwas hatte sie im letzten Moment davon abgehalten. Ja, sie wollte Jakobs Braut sein und später ihr ganzes Leben mit ihm verbringen, aber er sollte sie nicht für eine leichte Beute halten, die sich im Vorübergehen erlegen ließ. Dazu brauchte sie keine von Johannas Ermahnungen. Dieser Entschluss war ganz allein in ihr gereift.

In dieser Nacht jedoch war alles anders.

Jakob entglitt ihr, das spürte sie in ihrem Herzen. Und wenn dieser Schritt nötig war, um das zu verhindern, dann war sie auch dazu bereit.

Die Fensterläden waren nicht ganz geschlossen, aber es war so dunkel in der Kammer, dass sie sich erst orientieren musste. Von der leicht erhöhten Bettstatt her drang kein Laut.

Auf Zehenspitzen kam Nele langsam näher.

»Jakob?«, flüsterte sie. »Jakob, erschrick bitte nicht! Ich bin es, Nele.«

Immer noch nichts. Konnte jemand so fest schlafen?

Nele streckte die Hand aus, um ihn aufzuwecken, doch sie traf auf keinen warmen Körper, sondern nur auf eine zusammengeknüllte Decke. Wo trieb Jakob sich mitten in der Nacht heimlich herum?

Schreck und Enttäuschung fuhren ihr derart in die Glieder, dass sie kaum noch stehen konnte. Sich jetzt lautlos über die alten Stufen wieder nach oben zu Sabeth unters Dach schleichen?

Ein Ding der Unmöglichkeit.

Stattdessen kletterte sie in Jakobs Bett und drückte sich fest an das Laken. Alles hier roch nach Jakob, das Kissen, die Decke, die ganze Kammer, und machte sie noch sehnsüchtiger.

»Was tust du mir nur an?«, flüsterte sie und begann zu weinen. »Ich liebe dich doch so sehr – und du hast nichts als Flucht im Kopf.«

Vielleicht konnte sie ihn so zurückzaubern. Vielleicht würde sich plötzlich die Tür öffnen, und er kam herein. Vielleicht würde er dann endlich kapieren, was er an ihr hatte – doch nichts davon geschah. Irgendwann versiegten Neles Tränen, und sie begann gleichmäßiger zu atmen, bis sie schließlich eingeschlafen war.

Da war ein süßer Druck auf ihren Lippen. Und Hände, die ihren Körper streichelten. Ein Liebestraum, aus dem sie nie mehr erwachen wollte? Die bleischweren Lider gingen mit einem Mal doch halb auf. Im fahlen Licht der ersten Dämmerung erkannte sie, dass es Jakob war, der halb auf ihr lag.

»Welch wunderbare Überraschung!« Seine Hände schienen auf einmal überall. Wo war ihr Nachtgewand geblieben? Sie trug es noch, aber er hatte es ihr bis unter die Schultern hochgeschoben. »Da kommt man einmal später nach Hause – und das Bett ist bereits vorgewärmt …«

Er roch nach Rauch, nach Wein und einem süßlichen Öl, das Nele sofort hellwach machte.

Kam er gerade von einer anderen Frau?

Wo warst du, Jakob?, wollte sie auffahren, doch er verschloss ihre Lippen mit einem langen, innigen Kuss.

»Nicht böse sein!«, flüsterte er. »Ich muss tun, was ich tun muss – und gerade deswegen liebst du mich doch, meine Nele, oder etwa nicht?«

Er hatte recht, mit jedem Wort, jeder Berührung. Ihr Körper war noch nie so weich gewesen, so schlaftrunken, so willig. Ja, *sie wollte ihn,* so sehr, dass es fast wehtat.

»Das dürfen wir nicht«, flüsterte sie, als seine Liebkosungen immer kühner wurden. Ihre Brustspitzen waren steif, der Schoß schien zu brennen.

»Doch, das dürfen wir«, versicherte Jakob mit diesem knappen, frechen Lachen, das den letzten Widerstand in ihr erstickte. »Du und ich, wir sind doch füreinander bestimmt. Was wissen die anderen? Sie kapieren nichts. Du bist meine Frau, Nele. Und ich bin dein Mann. Meinen Ring wirst du bald tragen. Ich habe ihn bereits an einem sicheren Ort für dich versteckt. Und jetzt fass mich endlich an!«

Es fühlte sich an wie Samt und Seide, ihn zu berühren war heiß, verboten und ungeheuer erregend. Nichts von allem, was man ihr jemals zugeflüstert hatte, traf zu. Das war ihre Liebe, ihre Lust, ihr Jakob, den sie begehrte wie nichts anderes auf dieser Welt.

»Ja«, sagte Nele, als er ihre Schenkel auseinanderschob. »Ja«, als er ihre verborgenen Lippen teilte.

Nur noch wenige Augenblicke, und sie würde mit ihm vereint sein.

Doch plötzlich drehte Jakob sich abrupt um.

»Was ist?«, fragte sie. »Was hast du auf einmal?«

»Zu viel getrunken«, sagte er rau. »Mich zu ausgiebig geprügelt oder zu wenig geschlafen, was weiß ich? Geh jetzt. Lass mich allein, Nele! In diesem Zustand tauge ich zu gar nichts mehr.«

Im ersten Moment glaubte sie, nicht richtig gehört zu haben, doch sein steifer Rücken bewies ihr das Gegenteil. Da nichts weiter von ihm kam, ordnete Nele ihr Hemd und kletterte aus dem Bett. Als ihre nackten Sohlen auf das harte Holz des Bodens trafen, setzte ihr Verstand wieder ein. Sie hätte Jakob jetzt noch sehr vieles sagen können.

Doch sie beschloss, es auf ein anderes Mal zu verschieben.

*

Die hässliche Szene mit Kathi wühlte weiter in Johanna, und doch verriet sie Vincent davon kein Wort. Zu tief waren die Schatten unter seinen Augen, zu unruhig ging sein Atem Nacht für Nacht. Er schien mit unsichtbaren Dämonen zu kämpfen, schrie manchmal laut auf oder schnarchte zum Gotterbarmen. Morgens erwachte er unausgeschlafen. Erst nach einem großen Teller warmer Hafersuppe kehrten seine Lebensgeister halbwegs zurück.

»Mendel ben Baruch wollte uns doch eine Nachricht schicken lassen«, sagte er unvermittelt. »Ist noch nichts angekommen?«

»Vom Kurfürsten?« Johanna zog die Brauen hoch, während Barbelchen von ihrem Schoß hinunter auf den Boden strebte. Die Kleine wurde jetzt von Tag zu Tag mobiler, robbte sich mit erstaunlicher Geschwindigkeit vorwärts und stieß dabei lautes Juchzen aus. »Ich fürchte, das wird noch dauern.« Sie musterte ihn eingehend. »Soll ich daraus schließen, dass du deine Meinung geändert hast?«

Vincent trank seinen Becher aus. »Wird ganz schön eng hier in diesem Basel«, sagte er. »Die Bader stehen mir inzwischen nahezu täglich auf den Zehen. Gisler verkauft den Kranken heimlich einen Trank aus Melisse und Honig, der so überteuert wie nutzlos ist, und Wältin verpetzt ihn deswegen bei mir.«

»Und der andere Medicus? Der alte Raess?«

»Der fürchtet die Entschlüsse des Basler Rates wie der Teufel das Weihwasser und traut sich rein gar nichts. Ich habe mir mit der Heilung des kleinen Hilty viele Feinde gemacht, Johanna. Die einen fürchten mich, die anderen neiden mir diesen Erfolg – und ich könnte nicht einmal sagen, was von beidem schlimmer ist. Was ist nur in die Leute hier gefahren? In all den anderen Städten, in denen ich bislang Kranke behandelt habe, war es nicht halb so schwierig!«

»Vielleicht liegt es ja an mir«, sagte sie nach einer Weile, während Barbelchen inzwischen das Tischbein erreicht hatte und es mit beiden Händen fest umklammerte. »Man erinnert sich gut an Johanna Suter. Und diese Erinnerungen sind für einige alles andere als angenehm.«

»Dabei war doch dein Oheim der Ehrlose! Er hat uns gegeneinander ausgespielt, mich aus der Stadt getrieben und dich ins Kloster sperren lassen.«

»Aber das wissen die Leute nicht, Vincent. Oheim Basil ist für sie stets ein Ehrenmann geblieben. Ich war die Böse. Und für alle bist du der Medicus, der aus kaum nachvollziehbaren Gründen eine Gefallene geheiratet hat. In ihren Augen war Johanna Suter schon damals verderbt. Und daran hat sich für sie bis heute nichts geändert.«

Vincent ließ seine Suppe stehen und nahm sie in den Arm.

»Wer hat dir so wehgetan, meine Jo?«, sagte er zärtlich. »Das muss ich wissen, damit ich ihm oder ihr den Kopf zurechtrücken kann.«

Johanna schmiegte sich noch enger an ihn. »Aber was würde das schon nützen?«, sagte sie. »Lass sie doch einfach denken, was sie wollen! Solange wir nur uns haben …«

Wie auf ein Stichwort umklammerte Barbelchen nun nicht länger den Tisch, sondern das Bein der Mutter. Johanna löste sich von Vincent, hob sie hoch und legte sie in seine Arme.

»Ihretwegen mache ich ein freundliches Gesicht«, sagte sie. »Und wegen Jakob. Unsere Kinder verdienen ein schönes Leben.«

Doch als sie wenig später über den Markt ging, fiel es Johanna schwer, bei diesem Vorsatz zu bleiben. Kaum ein freundlicher Gruß, der ihr entboten wurde, stattdessen viele scheele Blicke.

»Wir vermissen Euch bei der Sonntagsmesse«, sagte die Frau, bei der sie Spitze für das Kleid kaufen wollte, das aus ben Baruchs Leinen entstehen sollte. »Und das schon seit Längerem. Kann es wirklich wahr sein, dass der Medicus und Ihr Katholiken seid?« Sie spie die Worte regelrecht aus.

»Wir besuchen gern verschiedene Kirchen.« Johanna wusste, dass es auf jedes Wort ankam. »Schon bald werden wir wissen, in welcher wir uns wirklich heimisch fühlen.«

»Dann passt nur auf, dass Ihr nicht zu lang damit wartet!« Ein schmaler, missgünstiger Mund. »Wir Basler lieben Traditionen. Für Experimente haben wir nur wenig Sinn.«

Wie schnell hatte Kathis Gift sich verbreitet? Johanna hatte es versäumt, sie nach dem Beruf ihres Mannes zu fragen. Aber es gab sicherlich noch andere, denen ihre Rückkehr nach Basel alles andere als willkommen war. Ein junges Mündel, das gegen den Willen des Oheims aufgemuckt hatte, aus dem Zuchtkloster entflohen war, um Jahre später an der Seite eines Medicus zurückzukehren – das missfiel vielen.

»Da sprecht Ihr mir ganz aus der Seele«, erwiderte sie.

»Niemandem als der Familie de Vries ist mehr an einem friedlichen Zusammenleben gelegen.«

Sie ließ die Spitze Spitze sein und machte, dass sie den Marktplatz so schnell wie möglich wieder verließ. Wozu brauchte sie neue Kleider? Alles, worum es ging, war doch ihre Familie, waren die Menschen, die ihr am Herzen lagen.

*

Lange hatte Jakob darüber nachgegrübelt, wie er den Ring am geschicktesten wieder zurücklegen könnte, ohne dass jemand es bemerkte. Inzwischen bereute er zutiefst, ihn eingesteckt zu haben. Und dann hatte er sich auch noch betrunken vor Nele damit gebrüstet! Die Nacht und den darauffolgenden Morgen hätte er am liebsten ungeschehen gemacht, doch dazu war es leider zu spät. Jetzt blieb ihm nichts anderes übrig, als auszusitzen, was er sich eingebrockt hatte.

Es konnte doch nicht so schwierig sein, in das Haus des Braumeisters zu gelangen! Doch als hätte das Schicksal sich gegen ihn verschworen, misslangen die ersten beiden Versuche. Die Magd, die ihm das Tor nur einen Spaltbreit öffnete, kam frisch vom Dorf und war so unbeholfen, dass sie kaum ein paar verständliche Sätze herausbrachte. Beim zweiten Mal war Hilty selbst am Eingang und musterte ihn derart kritisch, dass Jakob das Herz in die Hosen rutschte. Zum Glück hatte er ein Töpfchen mit getrockneten Lindenblüten dabei, das er ihm schnell entgegenstreckte, wobei er etwas murmelte, was sich seltsam töricht anhören musste.

»Unser Sohn ist fieberfrei«, sagte der Braumeister, nahm die Gabe aber dennoch entgegen. »Und übrigens wäre es uns um einiges lieber, dein Vater würde selbst nach Toni sehen, anstatt dich zu schicken.«

Jakob lief schnell davon, fühlte sich elend – wie ein Verlierer. Irgendwann würde sich im Hause Hilty die glückliche Aufregung über die unerwartete Heilung legen. Dann würden sie zum Alltag zurückkehren und sich fragen, wo der vermisste Ring geblieben sein mochte. Es gab nicht allzu viele Besucher, die dafür infrage kamen. Sein Name wäre gewiss rasch im Spiel …

Verdammt – er wollte diesen schmalen Goldreif mit dem roten Stein so schnell wie möglich wieder loswerden. Nele würde auch mit einem geflochtenen Grasring zufrieden sein, das wusste er genau. Was hatte ihn nur dazu gebracht, in seine alte Gewohnheit zurückzufallen?

Die Antwort war ganz einfach: das Gefühl, nirgendwo richtig dazuzugehören und sich deshalb bestimmter Gegenstände zu bemächtigen, die eigentlich anderen gehörten.

Heute also sein dritter Versuch.

Das Tor zum Anwesen stand offen, was Jakob schon mal als günstig für sich verbuchte. Er betrat den Hof schnell, mit hocherhobenem Kopf, als sei es das Normalste auf der Welt, sich hier aufzuhalten. Die Tür zur Küche war nur angelehnt, das bemerkte er mit einem Blick. Ein Leichtes für ihn, sich schnell hindurchzuschieben und den Ring neben einem der Teller abzulegen, als sei er niemals an einem anderen Platz gewesen …

Doch halt!

Sie mochten das Geschirr in der Zwischenzeit viele Male gespült und wieder getrocknet haben. Ein Ring, der plötzlich wieder hier auftauchte, würde alle nur misstrauisch machen.

Aber wohin dann?

Jakobs Kopf war auf einmal nur noch leer.

»He, du!« Das kam von Toni, der noch vor Kurzem japsend im Bett gelegen hatte. »Ich kenn dich doch. Du warst bei dem Medicus, der mir in den Hals geschnitten hat. Erst dachte ich, er will mich töten. Doch jetzt weiß ich, er hat mich damit gesund gemacht.«

»Tut es noch weh?«, fragte Jakob und berührte zart die wulstige Narbe.

»Kein bisschen!«, sagte Toni grinsend. »Und Hunger hab ich auch wieder. Spielst du mit mir? Du sollst mich fangen – ich renne davon.«

Er war ein Bündel aus Haut und Knochen mit nackten, sehr dreckigen Füßen, die sich blitzschnell bewegten. Jakob war alles andere als langsam, aber gegen diesen Wirbelwind kam er nicht an.

»Fang mich! Fang mich!« Die Jagd zauberte zartes Rot auf Tonis eingefallene Wangen. »Du bist so groß und kriegst mich doch nicht!«

Er rannte kreuz und quer, schlug Haken wie ein Feldhase und war doch immer schneller. Einmal hatte Jakob ihn schon am Hemd gepackt, da duckte er sich, schlüpfte mit einer geschmeidigen Bewegung aus dem zu weiten Kleidungsstück und lief mit bloßem Oberkörper weiter.

Jakob beschloss, die Taktik zu ändern.

Auf der anderen Seite des Innenhofes befanden sich die Ställe. Und konnte die Hausfrau dort einen Ring nicht sehr leicht verlieren? Er trieb Toni in diese Richtung. Nur noch ein paar Schritte – und er würde ihn zu packen bekommen. Doch Toni schrie auf einmal schrill auf und begann, auf dem linken Bein wie ein Besessener umherzuhüpfen.

»Aua!«, schrie er. »Da ist etwas in meinem Fuß – es tut so schrecklich weh!«

»Halt doch still!«, rief Jakob, der inzwischen bei ihm war und versuchte, ihn zu stützen. »Ich kann sonst nichts erkennen!«

Die Kindersohle war dunkel vor Schmutz und blutete heftig.

»Es tut so weh!«, schrie Toni. »So hilf mir doch!«

Planlos tastete Jakob in der Wunde herum, bis er plötzlich etwas Hartes zu fassen bekam. Er zog daran, so fest er konnte, während der Junge einen schrillen Laut ausstieß – und hielt plötzlich einen rostigen Nagel in der Hand.

»Nicht schlecht!«, sagte er anerkennend. »Etwas Längeres hättest du dir kaum eintreten können.«

Tonis verzweifeltes Geschrei hatte seine Mutter herbeigerufen. Bethli kam so flugs angerannt, dass die Flügel ihrer Haube wie graue Segel flatterten.

»Was hast du, mein Engel?«, rief sie. »Hat er dir wehgetan?«

Inzwischen schluchzte Toni so heftig, dass man ihn kaum verstehen konnte. »Hat er nicht«, nuschelte er unter Tränen. »Wir haben nur gespielt … Der Nagel … Plötzlich war er in meinem Fuß … Er hat ihn mir rausgezogen …«

Jakob hielt den Nagel noch immer in der Hand.

»Was willst du hier?« Bethli hielt ihren weinenden Sohn fest umklammert. »Bist du nicht eigentlich zu alt für solche Vergnügungen?«

Jetzt fühlte Jakob sich noch schlechter. Am liebsten hätte er den Ring herausgezogen und ihr vor die Füße geworfen, doch dazu fehlte ihm der Mut.

»Ich kam ganz zufällig vorbei.« Wie ärmlich seine Ausreden klangen! »Da sah ich Toni und wollte …«

»Lass uns jetzt allein!« Sie klang so entschieden wie am Krankenbett. »Wir kommen allein zurecht. Stütz dich auf mich, Toni! Ich werde dir jetzt einen schönen dicken Verband machen.«

Wie ein Geprügelter schlich Jakob sich davon. Was immer er tat oder anfasste – es ging schief. Ob der Fluch des Alten noch immer wirksam war?

Auf ihm lag kein Segen, das bewies ihm jeder Tag aufs Neue.

Und der Ring?

Er würde ihn in hohem Bogen in den Rhein werfen, dann sollten sich die Flussgeister um ihn streiten! Doch bereits als er sich auf den Weg zum Wasser machte, wusste er, dass er das niemals übers Herz bringen würde.

✣

Die Stimmung in der abendlichen Küche war ungewöhnlich gedrückt. Vielleicht, weil Sabeth nach vielen Wochen heute wieder einmal einen ihrer grauen Tage hatte und äußerst gereizt reagierte, sobald man sie ansprach, und Fragen mit sinnlosem Genuschel beantwortete.

Vielleicht, weil Nele so einsilbig war und mit Argusaugen jede Bewegung verfolgte, die Jakob machte.

Vielleicht, weil Jakob das Essen in sich hineinschlang, als wäre er kurz vor dem Verhungern, und kein Wort darauf verschwendete, mit welcher Hingabe seine Mutter es zubereitet hatte.

Vielleicht, weil Vincent im Laufe des Tages drei weitere Kinder an den Tod verloren hatte, bei denen seine Heilkunst versagt hatte.

Vielleicht, weil Johanna es leid war, alles und alle zusammenzuhalten, und Barbelchen seit dem Nachmittag zu husten begonnen hatte.

Jedenfalls fuhren alle zusammen, als plötzlich an die Tür gepocht wurde.

»Das wird der Bote sein«, sagte Johanna, die sich als Erste wieder gefasst hatte. »Die Nachricht aus Mainz.«

»Um diese Zeit?« Vincent runzelte die Stirn. »Das glaube

ich kaum. Nein, ich fürchte, das hat nichts Gutes zu bedeuten.«

»Dann mach nicht auf!«, murmelte Sabeth, die plötzlich aus ihrer Agonie zu erwachen schien. »Wenn man dem Teufel nicht Tür und Tor öffnet, kann er auch nicht herein.«

»Es werden verzweifelte Eltern sein.« Vincent hatte sich bereits erhoben und ging zur Tür. »Mit weiteren kranken Kindern, die wir ebenso wenig retten können wie all die anderen zuvor …«

Das Pochen wurde lauter und herrischer.

Als er die Tür geöffnet hatte, zuckte er unwillkürlich zurück.

Vor ihm stand Roland Hilty, auf seinen Armen den kleinen Toni, dessen Kopf nach unten hing. Hinter ihm entdeckte Vincent ein halbes Dutzend anderer Männer, die brennende Fackeln trugen und ihn schweigend anstarrten.

»Mein Sohn atmet nicht mehr«, sagte Hilty. »Holt ihn mir wieder zurück, Medicus!«

Drei

Während Sabeth angstvoll die Augen aufriss und sich an den Hals griff, als sie die lauten Männerstimmen hörte, drückte Johanna die Kleine Nele in die Arme und schob dann alle drei energisch aus der Küche. »Ihr geht nach oben«, sagte sie. »Da seid ihr für die nächsten Stunden am besten aufgehoben.« Mieze folgte ihnen mit angelegten Ohren und eingezogenem Schwanz.

Inzwischen war Hilty nach drinnen gestürmt und legte seinen Sohn auf den Tisch, den Jakob gerade noch von allen Essensresten befreien konnte. Den aufgebrachten Fackelträgern hatte Vincent mit fester Stimme den Zutritt verwehrt, was sie schließlich murrend akzeptierten.

»So tu endlich etwas!«, schrie der Braumeister. »Worauf wartest du noch?«

»Meine Tasche von nebenan, Johanna!«, befahl Vincent mit ruhiger Stimme. »Beeil dich! Und mehr Licht, Jakob – bring den Kerzenständer her!«

Prüfend legte er dem bewegungslosen Jungen zwei Finger an die Halsschlagader.

»Toni lebt«, sagte er. »Aber er fiebert stark. Und sein Puls ist sehr schwach. Was ist geschehen?« Sanft tastete er die

Gliedmaßen des Kleinen ab, bis er bei den Beinen angelangt war.

»Das frag ich dich!«, begehrte Hilty auf. »Du hast ihn doch aufgeritzt wie ein totes Stück Fleisch. Welches Gift hast du ihm dabei eingeträufelt …«

»Schere!«, unterbrach ihn Vincent. »Schneid ihm die Hosen auf, Johanna, aber vorsichtig!«

Sie kam seiner Aufforderung sofort nach. Tonis Schenkel waren erbärmlich mager, und die Waden glichen geschälten Weidenruten, so dünn und weiß waren sie.

»Wir müssen ihn umdrehen«, sagte Vincent. »Hilf mir, Jakob! Wenn er sich erbricht, kann er sonst ersticken.«

Behutsam legten sie den kleinen Körper auf die Seite. Jetzt war der rote Strich deutlich zu sehen, der das ganze rechte Bein hinauflief. Vincent hob die Ferse ein wenig an.

»Er hat ein tiefes Loch in der Fußsohle«, sagte er. »Daher kommt wahrscheinlich das ganze Übel. Das hat sich entzündet, und jetzt wütet Wundfäule im ganzen Körper.«

»Das Loch stammt doch bestimmt auch von deiner gottlosen Behandlung …« Hilty war kaum noch zu halten.

»Nein, er ist in einen Nagel getreten«, sagte Jakob. »In Eurem Hof. Vor ein paar Tagen. Das hab ich mit eigenen Augen gesehen.«

»Einen Nagel? Das macht Sinn.« Vincent ließ Tonis Fuß wieder sinken und sah Hilty an. »Wieso habt Ihr mich nicht früher gerufen? Ihr habt viel zu lange gewartet!«

»Toni hat nichts gesagt.« Man spürte, wie der Braumeister unsicher zu werden begann. »Ja, gelaufen ist er schon ein wenig komisch, aber Kinder haben doch ständig irgendwelche Schrammen. Dann hat er plötzlich angefangen, wirres Zeug zu reden und am ganzen Körper zu zittern – und schon lag er leblos auf dem Boden …« Hilty wischte sich über die Augen.

»Der Kleine hat gerade erst die Halsbräune überstanden und eine gefährliche Operation dazu«, sagte Vincent streng. »Da kann schon viel weniger als ein rostiger Nagel genügen …«

»So brenn die Wunde doch endlich aus!«, schrie der Braumeister. Er wandte sich an Jakob. »Hol du ihm ein glühendes Scheit aus dem Ofen, schnell!«

»Lass gut sein, Jakob!«, sagte Vincent. »Das würde alles nur noch verschlimmern.«

»Aber so und nicht anders haben unsere Bader es bislang immer gemacht.« Hilty war grünlich um die Nase. »Was hast du Scharlatan stattdessen vor?«

»Ich versuche, die Wunde auf andere Weise zu reinigen. Obwohl ich nicht weiß, ob es dazu nicht schon zu spät ist. Und es wird wehtun. Vielleicht wacht Toni dabei wieder auf – Jakob, mein Skalpell und das Salbeiöl!«

»Aufschneiden kannst du ihn, aber ihn ordentlich auszubrennen weigerst du dich«, jaulte Hilty. »Bist du jetzt gänzlich von allen guten Geistern verlassen? Ja, mir scheint, es trifft tatsächlich zu, was man über dich munkelt: Du hast dem Leibhaftigen deine Seele verpfändet.«

Ohne sich um das wütende Gezeter zu kümmern, schnitt Vincent die wuchernden Wundränder sauber, während Jakob das Blut abtupfte. Toni hielt die Lider noch immer geschlossen, aber in seine Glieder kam Bewegung. Der Fuß begann zu zucken, als wollte der Junge seinen Peiniger wegstoßen, doch der ließ sich nicht davon beirren und vollendete seine Arbeit. Schließlich tränkte er ein Streifen Leinentuch mit dem grünlichen Öl und drückte ihn fest auf die Wunde. Darüber kamen zwei weitere Streifen als Verband.

»Ihr solltet ihn hierlassen«, sagte er. »Ihn jetzt durch die Nacht zu schleifen könnte alles noch weiter verschlimmern.«

»Bei Euch? Niemals!«, schrie Hilty.

»Und die Männer mit den Fackeln schickt Ihr am besten nach Hause«, fuhr Vincent fort. »Wieso habt Ihr sie überhaupt mitgebracht? Damit sie mich in den Rhein werfen, wenn ich Eurem Sohn nicht helfen kann? Ein Medicus ist kein Zauberer, Braumeister. Auch wenn ich mir das manchmal wünsche, um meine Kranken wieder gesund zu machen.«

»Ich wollte Zeugen … Ich …« Hilty sackte immer mehr in sich zusammen. »Ich brauch jetzt erst mal etwas Anständiges zu trinken«, sagte er dann. »Habt Ihr keinen Selbstgebrannten?«

Schweigend reichte Johanna ihm einen kleinen Krug, aus dem er gierig trank. Vincent ging zur Haustür und öffnete sie.

»Toni lebt«, sagte er zu den Fackelträgern, die ihm finster entgegenstarrten. »Aber sein Zustand ist äußerst bedenklich. Deshalb bleibt er erst einmal hier. Wenn Ihr weiterhin vor dem Haus herumstehen wollt, so ist das Eure Angelegenheit. Aber es wäre sicherlich sinnvoller, Ihr würdet Euch schlafen legen. Tonis Vater ist bei ihm. Und meine Familie ebenfalls. Mehr können wir im Moment nicht für ihn tun.«

Die Männer flüsterten untereinander, dann sagte einer: »Das wollen wir aus Rolands Mund hören. Schickt ihn zu uns heraus!«

»Er sagt die Wahrheit.« Leise schwankend stand der Braumeister plötzlich neben Vincent. »Ausnahmsweise. Und jetzt macht, was er gesagt hat.«

Zögernd setzte der Trupp sich in Bewegung.

Drinnen hatte Johanna den Jungen inzwischen mit Decken und Kissen auf die Ofenbank gebettet und ein großes Wolltuch schützend über ihn gebreitet.

»Eigentlich sollten wir ihn nebenan ins Stroh legen«, sagte sie zu Vincent, als er wieder mit Hilty hereinkam. »Da hätte er es sicherlich bequemer. Aber drüben ist nicht geheizt. Und er fiebert ja so stark.«

»Mach ihm kalte Wadenwickel! Vielleicht helfen sie, das Fieber zu senken.« Vincent strich ihr im Vorübergehen übers Haar. Ohne mehr zu sagen, wusste sie, dass er dabei an ihre eigenen Kinder dachte.

»Ich wache bei ihm«, krähte Hilty. »Und Ihr werdet nichts tun, was ich nicht zuvor genehmige.«

»Nur zu.« Johanna hatte bereits eine Schüssel mit Wasser gefüllt und begann mit ihrer Arbeit. »Und helfen dürft Ihr ruhig auch.«

Tonis Gesicht verzog sich schmerzlich, als die kalten Lappen seine Haut berührten, dann aber entspannten seine Züge sich wieder, und er schien relativ friedlich zu schlafen. Irgendwann in den langen Stunden der Nacht nickte auch der Braumeister ein, wohl auch, weil er zusätzlich noch zwei große Humpen Bier geleert hatte.

»Wo ist eigentlich Eure Frau?«, fragte Johanna, als er zwischendrin verschlafen die Augen öffnete. Sie selbst konnte sich vor Müdigkeit kaum noch auf den Beinen halten, aber sie machte Jakob erst Platz, als sie oben Barbara weinen hörte.

»Bethli? Die hab ich eingesperrt«, nuschelte der Braumeister.

»Eingesperrt? Weshalb?« Mit einem Schlag war Johanna wieder hellwach.

»Weil sie wieder schwanger ist. Und sie soll das neue Kind doch gesund zur Welt bringen, wenn unsere Großen schon nicht mehr …« Er wandte sich ab und schlief umgehend weiter.

Vincent kontrollierte immer wieder Tonis Puls, betupfte dessen Mund mit Honig und Schmalz, flößte ihm schluckweise Wasser ein und wechselte den Verband erneut, als der Morgen graute. Der Junge war blass wie ein Leichentuch. Auf seiner Stirn standen Schweißperlen, aber noch ging sein Atem, wenngleich rasselnd und ungleichmäßig.

»Er ist ein großer Kämpfer«, sagte Jakob mit grauen Lippen. Er hatte fleißig weiter die Wickel gewechselt und konnte inzwischen das Gähnen nicht mehr unterdrücken. »Aber sein Feind ist offenbar sehr stark.«

»Was hattest du eigentlich bei den Hiltys zu suchen?« Vincents Frage klang beiläufig. »Ich kann mich gar nicht erinnern, dich dorthin geschickt zu haben.«

»Zufall«, murmelte Jakob und wechselte erneut das Wasser für die Wadenwickel, obwohl er dies gerade erst getan hatte. »Er wollte spielen, da hab ich ihm halt den Gefallen getan.« Jetzt fühlte sich der versteckte Ring in seinem Wams so heiß an, dass er befürchtete, das Schmuckstück würde äußerlich eine Brandspur auf dem hellen Stoff hinterlassen.

»Und das ist alles?«, hakte Vincent nach. »Oder gibt es da noch etwas, das ich wissen müsste?«

»Du vertraust mir nicht!« Jakob knallte die Schüssel so ungestüm auf den Tisch, dass ein Schwall Wasser herausschwappte. »Du glaubst, ich lüge.«

»Ganz und gar nicht«, versicherte Vincent. »Aber vielleicht hast du in der ganzen Aufregung etwas vergessen.«

»Ach, du hältst mich also für einen Idioten, der nichts im Kopf behalten kann – umso schlimmer! Wozu brauchst du mich dann eigentlich noch?«

Er lief zur Treppe, als Toni sich plötzlich bewegte. Seine Augen öffneten sich, die Hände griffen ins Leere.

»Mama?«, flüsterte er. »Mama …«

»Schnell!«, rief Vincent. »Nimm ihn in den Arm! Halte ihn!«

Jakob gehorchte, und für einen Moment erhellte ein seliges Lächeln das eingefallene Gesicht Tonis. Dann begann er zu röcheln. Dünner weißlicher Schaum quoll aus seinem Mund.

Seine Augen gingen weit auf.

Vincent rüttelte Hilty am Arm, der neben dem Tisch schnarchte, doch der rührte sich nicht. Mit einem Mal war es in der Küche beklemmend still. Nicht einmal das Holz hörte man im Kamin knacken. Jakob, der noch immer den Jungen im Arm hielt, hatte das Gefühl, als würde ihm eine hölzerne Spule quer im Hals stecken.

Prüfend legte Vincent abermals zwei Finger an Tonis Halsschlagader, schüttelte dann jedoch bedauernd den Kopf. Zur Sicherheit holte er noch einen kleinen Silberspiegel aus seiner Tasche und hielt ihn vor die leicht geöffneten Lippen des Jungen. Doch die silberne Fläche blieb glänzend poliert, ohne zu beschlagen.

Jakob verfolgte jede Bewegung seines Vaters. Schließlich begegneten sich ihre Blicke. Vincent erkannte, wie erschüttert sein Sohn war.

»Ich hab schon viele Tote gesehen«, sagte Jakob leise. »Aber noch nie zuvor ist ein Kind in meinen Armen gestorben.«

»Leg ihn zurück auf sein Lager!«, sagte Vincent. »Du hast für ihn getan, was du tun konntest.«

»Aber das war nicht genug …«

»Es ist nie genug, nicht beim ersten Toten und auch nicht beim letzten. Niemals gewöhnst du dich daran – niemals! Glaub mir, Jakob, es ist verdammt schwer, mit dieser Gewissheit zu leben.«

»Und Hilty?« Jakob musterte den Schlafenden.

»Den werden wir jetzt wach rütteln müssen.« Vincent klang wie ein uralter Mann. »Er soll seinem toten Sohn wenigstens die Lider schließen.«

✣

Er hatte einen Fehler begangen, einen riesengroßen Fehler. Schuld daran waren Tonis Gesicht, das bald wächsern und gelblich zu werden begann, und seine einstmals rosigen Fingernägel, die sich nach Kurzem blau färbten. Eine gewisse Zeit lang hätte man noch glauben können, der Junge schlafe lediglich, doch als Sabeth mit Mieze herunterkam, das Fenster öffnete und die kalte Morgenluft hereinströmen ließ, wusste Jakob, dass es kein Zurück mehr gab.

»Warum tust du das?«, fragte er.

»Die Seele muss doch hinausfliegen«, sagte Sabeth, als sei es das Normalste auf der Welt. »Nur so kann sie Erlösung finden. Sonst verrottet sie in den Kanälen und verursacht nichts als Gestank und Pestilenz.«

Wie konnte sie nur so reden? Sie war alt und halb verrückt, ihre hellen Augen aber wirkten in diesem Augenblick unglaublich wach. Sie nickte Jakob zu, als wäre er ein Verbündeter, dabei war er doch innerlich vor Schuld bereits halb zerfressen. Alles setzte ihm zu, das besorgte Gesicht seiner Mutter, die aufgesetzte Vertrautheit seines Vaters, bei der er sich nur noch elender fühlte. Und erst recht Neles zarte Berührungen, die ihm Trost spenden wollten und ihn doch nur noch einsamer machten.

Deshalb stürzte er aus dem Haus, kaum dass sie Tonis Leichnam hinausgetragen hatten. Raus aus dem friedlichen St.-Alban-Tal mit seinen verschlungenen Wasserläufen, hin zum Kohlenberg, wo er im Wirtshaus des schiefen Jöri seine Pein und seine Schuld in einem großen Krug Roten ertränkte, obwohl ihn doch gerade noch der saure Atem des Braumeisters angeekelt hatte. Er kannte Jöri von den Feuern am Rhein, wo er mehr als eine Nacht in zwielichtiger Gesellschaft verbracht hatte, bis er eines Tages beim Heimkommen Nele schlafend in seinem Bett vorgefunden hatte – und so kläglich bei ihr versagt hatte. Seitdem hatte er den Wirt wie auch die anderen Gauner gemieden.

Heute jedoch fühlte er sich hier genau am rechten Platz.

Beim zweiten Krug wurde alles einfacher – die Stimmen um ihn herum klangen gedämpfter, die Gesichter waren nicht mehr ganz so vom Leben gezeichnet, und sogar Gerlin, Jöris Gefährtin, erschien ihm mit ihren schiefen Zähnen, dem Fetzenkleid und dem Busen, der halb aus dem nachlässig geschnürten Mieder quoll, plötzlich beinahe hübsch. Irgendwann hatte er den Ring herausgezogen, der ihn so quälte, und gedankenverloren mit ihm zu spielen begonnen. Und es dauerte gar nicht lange, bis Gerlin darauf aufmerksam wurde.

»Wie schön der rote Stein funkelt!« Blitzschnell hatte sie zugegriffen, den Ring in den Mund gesteckt und zugebissen. »Der ist ja aus echtem Gold!« Sie versuchte, ihn sich überzustreifen. Er passte ihr nur am kleinen Finger, aber das schien sie nicht zu stören. »Und wie gut er mir steht – wie für mich gemacht.« Sie lugte in Richtung Ausschank. »Kauf ihn mir, Jöri-Schatz, ich will ihn haben! Solch einen Ring hab ich mir immer schon gewünscht.«

Jakob wollte nach dem Schmuckstück greifen, aber der Wein machte seine Bewegungen fahrig, und so blieb der Ring an Gerlins Finger.

»Mein Mädchen hat recht.« Jetzt mischte Jöri sich ein, ein Stier von einem Mann, um einiges größer als Jakob und fast dreimal so breit. »Er steht ihr wirklich ganz vortrefflich. Und wenn ein Mädchen sich etwas so sehr wünscht, darf ein Mann doch nicht Nein sagen.«

Zuerst schüttelte Jakob heftig den Kopf, dann jedoch erschien es ihm wie die beste aller Lösungen. Endlich wäre er das Teufelsding wieder los, das ihm nichts als schlaflose Stunden bereitete! Nele konnte er diesen Ring niemals über den Finger streifen, das war ihm inzwischen längst klar. Wieso hatte er ihn überhaupt mitgehen lassen?

»Das wird dich aber ordentlich was kosten!«, krakeelte er.

Und dann diese blanken silbernen Batzen, die plötzlich auf dem Tisch lagen – gleich fünfzehn an der Zahl! In all seinen Vagabundenjahren hatte Jakob noch nie so viel Geld auf einmal zu Gesicht bekommen. Er konnte gar nicht anders, als die Münzen einzustreichen, und das geschwind, damit Jöri es sich nicht anders überlegte. Gerlin drehte inzwischen ihre breite, nicht ganz saubere Hand selbstverliebt im Schein der qualmenden Ölfunzeln hin und her.

»Wie eine Königin«, sagte sie. »Eine echte Königin.«

»Meine Königin!«, versicherte Jöri und klatschte auf ihr ausladendes Hinterteil. »Und jetzt möchte ich auf der Stelle meine Belohnung haben …«

Was hatte er nur getan?

Keinem der beiden war zu trauen, Jöri nicht, der in den Hinterräumen der Wirtschaft stapelweise Hehlerware gelagert hatte, und erst recht nicht Gerlin, die schon für ein paar Kreuzer die Beine breit machte und, wie alle wussten, ein mehr als loses Mundwerk führte. Kaum war Jakob wieder halbwegs nüchtern, wollte ihm nicht mehr in den Kopf, was er hier angestellt hatte. Er musste alles wieder rückgängig machen, nur so war der schlimmste Schaden vielleicht noch zu verhindern.

Doch als er am nächsten Tag das Wirtshaus am Kohlenberg

erneut aufsuchte, die Batzen auf den Tisch zählte und den Ring zurückhaben wollte, lachten die beiden ihn nur schallend aus.

»Welcher Ring?«, sagte Jöri gedehnt und kratzte sich am Kopf. »Ich kann mich an keinen Ring erinnern.«

»Welcher Ring?«, echote Gerlin und wedelte mit ihrer schmucklosen Hand vor Jakobs Gesicht hin und her. »Siehst du hier vielleicht irgendeinen Ring?«

»Aber ihr müsst ihn mir zurückgeben!«, beharrte Jakob. »Er gehört mir nicht. Ich habe ihn nur ausgeliehen …« Er verstummte.

»Sieh an, nur ausgeliehen!« Jöris Narbengesicht war plötzlich ganz nah. »Ich wette, das ist höchstens die halbe Wahrheit. Gestohlen hast du ihn, nicht wahr? Und jetzt packt den kleinen Dieb auf einmal die Reue, wie rührend! Aber vertrau mir – ich weiß genau, wie wir dich auf der Stelle von all deinen Gewissensbissen befreien können …«

Die Batzen waren so blitzschnell verschwunden, dass Jakob der Atem wegblieb. »Wo ist mein Geld?«, fragte er fassungslos. »Gebt es sofort wieder her!«

»Welches Geld?«, fragte Jöri scheinheilig. »Ich weiß gar nicht, wovon du sprichst.«

»Welches Geld?«, echote Gerlin schrill. »Da war kein Geld. Nirgendwo.«

»Ihr seid nichts als Pack, dreiste, unverschämte Gauner …«

Wie von Zauberhand beordert, erschienen aus dem Hinterraum des Wirtshauses zwei baumlange, muskelbepackte Kerle, Jöris Handlanger, wie Jakob wusste, obwohl er bislang noch nie mit ihnen aneinandergeraten war. Jeder, der nicht über enorme Körperkräfte verfügte und zudem im Kämpfen geübt war, würde den Kürzeren gegen sie ziehen, erst recht er – das war Jakob augenblicklich klar.

Er stand auf und ging langsam zur Tür.

»Das werdet ihr noch bereuen«, sagte er, aber seine Stimme klang kindisch und dünn.

»Oder du«, schrie Jöri. »Du als Allererster. Lass dich hier nie wieder blicken, Bürschlein, verstanden? Und jetzt raus mit dir! Oder sollen wir dir Beine machen?«

Kaum war die Tür hinter ihm ins Schloss gefallen, begann Jakob zu rennen, obwohl er sich dafür nur noch mehr hasste. Ein Feigling war er, ein gottverdammter Feigling. Doch die Angst vor den Fäusten der Hünen war zu groß.

Noch viel größer allerdings war seine Scham.

✣

Am Tag, an dem sie Toni zu Grabe trugen, zeigte der Frühling sich von seiner allerbesten Seite. Der Himmel war lichtblau und wolkenlos, die Sonne offenbarte ihre ganze Kraft, und in den Wipfeln rund um den St.-Leonhard-Friedhof zwitscherte eine Vogelschar. Die Trauergemeinde, die dem kleinen Sarg aus hellem Holz folgte, war ungewöhnlich zahlreich. Sehr schnell hatte sich herumgesprochen, was dem Ältesten des Braumeisters zugestoßen war, und es hatte viele Leute angelockt. Allerdings waren es sicherlich nicht nur Trauer und Mitgefühl, sondern auch Schaulust und Neugierde, was die Menschen in Scharen hergetrieben hatte. Seit so viele Vergnügungen in der Stadt verboten oder stark eingeschränkt waren, nutzten die Leute jede Gelegenheit, Abwechslung in den arbeitsreichen, frommen Alltag zu bringen, wobei jeder jeden beobachtete, ob er nicht gegen die neuen Regeln verstieß. Dabei waren auch Begräbnisse nicht mehr das, woran man früher gewohnt war, da aufwendige Totenmessen und monatliche Gedenktage für die Verstorbenen seit der Einführung der Reformation in Basel abgeschafft waren.

Vincent hatte lange überlegt, ob er am Begräbnis teilnehmen sollte, denn er machte sich keinerlei Illusionen über Hiltys Hass. Johanna hatte sich bemüht, ihn davon abzuhalten, doch schließlich siegte sein Ehrgefühl über die Vernunft, und er entschloss sich zu gehen.

»Er hält dich für den Mörder seines Sohnes.« Noch an der Tür versuchte sie, ihn zum Bleiben zu bewegen. »Inzwischen hat Hilty sicherlich die halbe Stadt gegen dich aufgehetzt. Was, wenn sie dich am Grab stellen und ins Loch werfen? Das kannst du uns nicht antun, Vincent!«

»Das werden sie nicht.« Er küsste ihre Stirn. »Vertrau mir!«

»Und weshalb nicht?« Johanna klammerte sich an ihn. »Sie sind uns nicht gutgesinnt, dir nicht und erst recht nicht mir.«

»Weil sie dringend jemanden brauchen, der ihren kranken Kindern hilft.« Vincent klang überzeugter, als er sich innerlich fühlte. »Der alte Raess kommt mit den vielen neuen Fällen niemals allein zurecht. Ebenso wenig wie die beiden Bader. Niemand wird mir also auch nur das Geringste zuleide tun.« Er ordnete seine Schaube aus braunem Tuch, die er nur zu besonderen Gelegenheiten trug, und lächelte. »Sag selbst, habe ich jemals respektabler ausgesehen?«

»Wie kannst du jetzt noch Späße machen?«, rief sie verzweifelt. »Wo drinnen in der Stube dein Kind schläft, das noch nicht einmal ein Jahr alt ist! Und ich vor Angst um dich halb vergehe …«

»Aber das musst du nicht, meine Jo!« Jetzt berührten seine Lippen ihren Mund, und für einen Moment war alles, wie es sein sollte. »Du und ich, wir sind unbesiegbar, solange wir zusammenhalten, das weißt du doch. Also genieße diesen schönen Tag! Ich bin bald wieder bei euch.«

Doch als jetzt am Grab der Pastor in strengem Schwarz zu sprechen begann, spürte Vincent mit einem Mal die Augen aller auf sich. Die Trauergemeinde hatte ihn weiter nach vorn geschoben, als ihm eigentlich lieb war. Jetzt noch den Platz zu wechseln wäre ihm wie ein Davonstehlen erschienen – und dennoch sah er plötzlich Johannas besorgtes Gesicht vor sich. Ein wenig beruhigte es ihn, dass Jakob auf einmal neben ihm stand, mit dessen Begleitung er zunächst nicht gerechnet hatte. Sein Sohn hatte die widerspenstigen Locken offenbar gestriegelt und war mit Wams, Schaube und neuen Beinkleidern für seine Verhältnisse auffallend ordentlich gekleidet.

»Gott, unser Vater im Himmel, hat Toni, den Sohn des Braumeisters Roland Hilty, schon im Alter von sieben Jahren zu sich gerufen«, sagte der Pastor. »Wir trauern gemeinsam über diesen Verlust, der vor allem die untröstlichen Eltern trifft.«

Bethli, von Ehemann und Schwager gestützt, begann bei diesen Worten haltlos zu weinen.

»Gott spricht: ›Ich will euch trösten, wie einen seine Mutter tröstet …‹«

»Es gibt keinen Trost!«, schrie Bethli und machte Anstalten, sich auf Vincent zu stürzen, der unwillkürlich einen Schritt zurücktrat. »Gib mir mein Kind wieder, Medicus! Ich hab dir so sehr vertraut, aber du hast mich betrogen und verraten. *Du* solltest in dieser Grube liegen und nicht mein unschuldiger Sohn!«

Die Umstehenden rückten noch näher, um ja nichts zu verpassen, darunter eine Frau mit auffallend schiefen Zähnen und wogendem Busen in einem bunten Fetzenkleid, die wie wild gestikulierte.

»Ruhe!«, mahnte der Pastor. »Wir sind hier zusammengekommen, um zu beten …«

»Aber wie könnten wir das, wenn der Unhold mit am offenen Grab steht?«, geiferte nun Hilty. »Verschwinde, de Vries, sonst vergess ich mich! Du allein hast unser Kind auf dem Gewissen. Wie kannst du es wagen, hier zu erscheinen!«

Viele erzürnte Gesichter. Die Ersten erhoben die Fäuste.

Vincent überlief eine Gänsehaut. In dieser aufgeheizten Stimmung war mit allem zu rechnen. Warum hatte er nicht auf seine kluge Gefährtin gehört? Er hatte die falsche Entscheidung getroffen, das wusste er plötzlich. Nun musste er zusehen, wie er halbwegs heil wieder herauskam.

»Mein Herz ist schwarz vor Trauer«, sagte er mit lauter, fester Stimme. »Das solltet ihr alle wissen. Wie bei jedem Patienten, den ich an den Tod verliere. Natürlich ist es am schlimmsten, wenn es ein Kind trifft, das sein ganzes Leben noch vor sich hatte. Der kleine Toni ist an der Wundfäule gestorben ….«

»Ja, aber warum hatte er die auf einmal?«, schrie Hilty wie von Sinnen. »Weil du ihn aufgeschnitten hast! Du hast gegen die Gebote Gottes verstoßen. Mit dir werden wir noch abrechnen, Medicus, verlass dich drauf!«

»Vater unser im Himmel, geheiligt werde Dein Name …« Aus schierer Verzweiflung hatte der Pastor laut zu beten begonnen, und nach und nach fielen alle mit ein.

»Sollen wir fortlaufen?«, flüsterte Jakob. »Ich glaube, jetzt wird es langsam richtig brenzlig.«

»Das werden wir nicht«, flüsterte Vincent zurück. »Wenn wir gehen, dann hocherhobenen Hauptes – und nicht anders.«

Das vertraute Gebet schien die Versammelten einigermaßen beruhigt zu haben, doch als der Pastor in seiner Zeremonie weiterfuhr, waren Hilty und sein Bruder für einen Moment unaufmerksam. Bethli fiel nach vorn und stürzte in das offene Grab.

Ein Schrei wie aus einem einzigen Mund.

Unzählige Hände reckten sich ihr entgegen, um sie hochzuholen, darunter auch eine kräftige Frauenhand, an deren kleinem Finger ein Ring mit einem roten Stein funkelte. Mit vereinten Kräften zogen die Helfer Bethli wieder heraus. Zitternd und erdverschmiert stand sie endlich neben dem Grab.

»Wir fahren nun fort mit der Bestattung des kleinen Toni«, sagte der Pastor, als alle sich halbwegs gefasst hatten. Doch Hilty hatte bereits die Hand der Frau gepackt, die sich so dreist vorgedrängt hatte, und hielt sie wie in einem Schraubstock fest.

»Woher hast du diesen Ring?«, zischte er.

»Gefunden«, erwiderte sie. »Aua – du tust mir weh!«

»Du lügst! Das ist der Ehering meiner Frau, und du hast unser Haus niemals betreten. Also?«

Die Frau zuckte die Achseln und schwieg.

»Braumeister, wir sollten den Jungen endlich unter die Erde bringen!« Der Pastor rollte verzweifelt die Augen. »Mäßigt Euch, ich bitte Euch von Herzen …«

»Am Grab meines Sohnes muss ich mich nicht auch noch verhöhnen und dreist belügen lassen!« Hiltys Mund war nur noch ein harter weißer Strich. »Haltet mir dieses Weib fest! Wir werden die Wahrheit schon aus ihr herausbekommen.«

Die Frau wollte wegrennen, doch gleich drei Männer packten sie und zerrten sie vom Grab weg in Richtung Beinhaus, während sie aus Leibeskräften schrie, fluchte und nach ihnen trat. Vincent, der das ganze Spektakel interessiert verfolgt hatte, drehte sich zu Jakob um, doch der war plötzlich verschwunden.

Warum wohl?

Er konnte nicht aufhören, darüber nachzugrübeln, nicht einmal, als der kleine Sarg nun endlich ins Grab gesenkt wurde.

»Von der Erde sind wir genommen, zur Erde kehren wir wieder zurück. Erde zu Erde, Asche zu Asche, Staub zu Staub.« Dreimal ließ der Pastor ein Schäufelchen Erde folgen. »Ruhe in Frieden!«

Viele weinten. Bethli stand wie erstarrt neben ihrem vor Wut schnaubenden Mann. Während die Trauergemeinde sich dann langsam zerstreute, warf Hilty Vincent einen letzten hasserfüllten Blick zu.

Dann spuckte er ihm direkt vor die Füße.

✤

Johanna kam gerade mit zwei Krügen von der Zisterne zurück, als sie vor der Haustür ein Fremder ansprach.

»Ich suche Medicus de Vries«, sagte er. »Er wohnt doch hier, oder? Man hat mir das Haus mit dem blauen Fisch genau beschrieben.«

»Und wer ist dieser *man?*« An diesem speziellen Tag war Johanna noch vorsichtiger als sonst. Sie stellte die Krüge ab und musterte den Mann eingehend.

»Mendel ben Baruch. Er hat Euch vor nicht allzu langer Zeit besucht.« Der Mann war jung und hatte rotes Haar. Sein dunkler Wollumhang war grau von Staub. In einiger Entfernung entdeckte Johanna einen braunen Wallach mit prall gefüllten Seitentaschen, der offenbar zu dem Fremden gehörte. Allem Anschein nach hatte der einen längeren Ritt hinter sich.

»Das ist richtig«, bekräftigte Johanna. »Mendel war unser Gast. Was wollt Ihr vom Medicus?«

»Das möchte ich ihm selbst sagen.«

»Dann werdet Ihr Geduld aufbringen müssen. Er ist unterwegs, und ich weiß nicht genau, wann er wieder zurück sein wird.«

»Ihr seid seine Frau?« Der Fremde musterte sie stechend.

»Das bin ich«, erwiderte Johanna nach unmerklichem Zögern. Genau betrachtet war es ja nichts als die reine Wahrheit, auch wenn der kirchliche Segen ihrer Verbindung noch immer ausstand. »Kann ich Euch einstweilen weiterhelfen?« Sie starrte auf seine Hände. In der einen hielt er einen braunen Lederbeutel, in der anderen ein zusammengefaltetes Pergament.

Er schien innerlich mit sich zu ringen, dann wurde seine Miene freundlicher.

»Mich schickt seine Eminenz Kardinal Albrecht von Brandenburg. Brief und Beutel sind für Euren Mann bestimmt.«

»Ich könnte beides für ihn in Empfang nehmen, wenn Ihr wollt«, bot Johanna an. »Sobald er wieder da ist, gebe ich es ihm sofort.«

Seine Antwort erfolgte prompt. »Ich darf es keiner anderen Menschenseele aushändigen. Einzig und allein Medicus de Vries persönlich. So lautet mein Befehl.«

»Wollt Ihr vielleicht mit ins Haus kommen?«, fragte Johanna. »Um dort auf den Medicus zu warten?«

Sie konnte nicht anders als auf den Brief zu starren. Er war auf kostbares Pergament geschrieben und mit einem flammend roten Wachssiegel verschlossen, das ein Rad mit sechs Speichen zeigte.

Was mochte er enthalten?

»Das Siegel des Mainzer Erzstiftes«, erklärte der Bote, als er ihren neugierigen Blick bemerkte. »Nein, ich komme besser heute Abend wieder. Dann allerdings sollte Euer Mann zugegen sein, denn ich muss seine Antwort sofort nach Mainz bringen.«

Johanna sah ihm nach, als er schnellen Schritts zu seinem Pferd ging, aufsaß und davonritt. Sie nahm die Krüge auf und trug sie zurück ins Haus.

Bei ihren gewohnten täglichen Verrichtungen bekam sie die Szene von eben nicht mehr aus dem Kopf. Eigens einen Boten von Mainz nach Basel zu schicken – welch ein Aufwand! Der kurfürstliche Kardinal musste ein sehr wichtiges Anliegen haben, wenn er zu solchen Mitteln griff. Was hatte Mendel ihm erzählt, dass er dergleichen unternahm?

Beim Rhabarberschälen schnitt sie sich zweimal in den Finger, so abgelenkt war sie, bis Nele ihr schließlich das Messer aus der Hand nahm und allein weitermachte.

»Sie sind noch immer nicht da«, sagte das Mädchen nach einer Weile. »Jakob nicht. Und auch nicht Vincent. Dabei müsste die Beerdigung doch längst vorüber sein.«

»Vielleicht machen sie ja noch Krankenbesuche«, erwiderte Johanna. »Gleich im Anschluss. Seine Tasche hat er jedenfalls dabei.«

»Ich hab Jakob so sehr beschworen, nicht hinzugehen«, fuhr Nele fort. »Aber er wollte nicht auf mich hören. Deshalb ist er bestimmt auch schon frühmorgens abgehauen. Damit ich ihn nicht doch noch im letzten Moment umstimmen kann.«

»Du auch?« Johanna musterte sie erstaunt. »Vincent ist ebenfalls stur geblieben. Dabei weiß ich genau, dass viele ihn inzwischen hassen. Die Leute hier begreifen nicht, was er alles für sie tut. Er ist ein Fremder. Und er hat mich zur Frau genommen. Das reicht ihnen, um ihn zu verdammen und sich abzuwenden.«

»Wir sollten von hier weggehen.« Mit dem Fuß hatte Nele

das Weidenkörbchen in Bewegung gebracht, in dem Barbelchen selig schlummerte. Sabeth hatte am Morgen bitterlich geweint, das Essen verweigert und die Dachkammer nicht verlassen wollen, drohende Anzeichen, dass die glückliche Abfolge ihrer blauen Tage vorbei sein könnte und wieder graue anstanden, an denen sie sich an kaum etwas erinnern konnte. »Alle zusammen. Und am besten so schnell wie möglich.«

»Warum sagst du das?«, fragte Johanna.

»Weil uns diese Stadt nicht guttut, keinem von uns«, sagte Nele. »Mit Ausnahme von Sabeth vielleicht, die sich noch am wohlsten zu fühlen scheint, was allerdings eher an Barbelchen als an Basel liegen dürfte. Dich jedoch erinnert hier jede Gasse an alte Zeiten, die alles andere als fröhlich gewesen sein dürften, das sehe ich an deinen Augen. Vincent bringt die Stadt nichts als Arbeit, die keiner richtig würdigt. Und Jakob …« Sie verstummte.

»Und Jakob?«, wiederholte Johanna leise. »Was ist mit Jakob?«

»Siehst du das denn nicht?« Nele sprang so heftig auf, dass der Hocker hinter ihr krachend umfiel. »Hier geht er langsam zugrunde. Und ich mit dazu. Ich weiß nicht, weshalb, aber so und nicht anders verhält es sich. Etwas quält ihn, aber er lässt niemanden an sich heran. Nicht einmal mich.«

»So sehr liebst du ihn.« Johanna berührte sanft Neles Haar. »Mein Sohn ist ein riesengroßer Glückspilz.«

»Aber er weiß es nicht zu schätzen.« Jetzt schimmerten Tränen in den blauen Augen. »Und er will es nicht einmal genau wissen. Beinahe, als ob er vor dem Glücklichsein Angst hätte. Vielleicht, weil er zu lange im Mangel gelebt hat?« Sie schüttelte den Kopf. »Ich hab so vieles probiert. Aber langsam werde sogar ich mutlos. Ja, ich liebe deinen Sohn,

Johanna, und zwar von Herzen, das ist die ganze, die reine Wahrheit. Aber ich liebe Jakob viel zu sehr, um auf Dauer zusammen mit ihm unglücklich zu werden.«

Johanna stand auf und umarmte sie.

»Mein großes Mädchen!«, sagte sie gerührt. »Was auch immer zwischen euch sein mag, für mich wirst du stets eine Tochter bleiben, Nele. Das musst du wissen.«

Auf einmal schien es Nele peinlich zu sein, ihr Innerstes derart nach außen gekehrt zu haben. Sie löste sich von Johanna, ging zum Herd und begann energisch im Rhabarberkompott zu rühren, das langsam gar wurde. Johanna sah nur ihren schmalen Rücken, der so steif war, so aufrecht, so überaus mutig, dass sie sie am liebsten sofort wieder umarmt hätte. Was hatte dieses junge Geschöpf schon alles durchstehen müssen!

»Barbara bekommt offenbar einen neuen Zahn«, sagte Nele nach einer Weile und bemühte sich um einen heiteren Tonfall. »Hast du das schon gesehen?«

In diesem Moment klopfte jemand an die Haustür. Kaum hatte Johanna geöffnet, schoss Bader Wältin herein, den grauen Kopf verstrubbelt, das breite Gesicht schweißnass.

»Ich sollte eigentlich gar nicht hier sein«, rief er, bevor Johanna ihm einen Gruß entbieten konnte. »Und bin es doch nur deinetwegen, weil ich weiß, wie sehr dein Oheim dich schikaniert hat, dieser verbitterte alte Kerl, der alle glauben machen wollte, er habe die Anständigkeit mit Löffeln gefressen. Hör zu – da braut sich etwas Gewaltiges zusammen. Gegen deinen Mann. Und auch gegen deinen Sohn.« Er japste, rang nach Luft.

Nele reichte ihm einen Becher mit Wasser, den er in einem Schwung hinuntergoss.

»Wenn jemand fragt: Ich war niemals hier. Von mir weißt du nichts.« Wältin rollte die Augen.

»So rede doch endlich, Lurin!«, beschwor ihn Johanna. »Was braut sich zusammen?«

»Es gab einen hässlichen Zwischenfall bei der Beerdigung des kleinen Toni. Erst ist die weinende Mutter ins Grab gefallen – und als man sie heraufzog, hat Hilty ihren vermissten Ehering an der Hand einer Diebin erkannt.«

»Und was hat das alles mit Vincent und Jakob zu tun? Ich verstehe kein Wort.« Johanna wurde allmählich ungeduldig.

»Sie haben das Frauenzimmer ins Loch geworfen. Und dort gleich ordentlich hergenommen. Sie behauptet, ein junger Mann habe ihr den Ring verkauft – ein junger Mann, der verdammte Ähnlichkeit mit deinem Jakob hat.«

»Woher willst du das alles wissen, Lurin?« Äußerlich blieb Johanna ruhig, in ihr aber rumorte es.

»Vom Scharfrichter höchstpersönlich. Ich hab ihn vor einiger Zeit von einem Nierenstein befreit, der ihm das Leben vergiftet hat. Seitdem fühlt er sich mir verpflichtet und plappert wie ein Vögelein, wenn es darauf ankommt.« Wältins Mundwinkel sackten nach unten. »Hilty will deinen Mann wegen Mordes anzeigen. Er wirft ihm vor, mit dem Teufel verbündet zu sein und somit großen Schaden über sein Kind gebracht zu haben. Der Rat wird sich der Sache annehmen, Johanna, das ist sicher. Er kann gar nicht anders. Wenn nun auch noch der Vorwurf des Diebstahls dazukommt …«

Johanna ging zum Fenster und starrte hinaus. Schließlich drehte sie sich wieder zu dem Bader um.

»Danke für deine Hilfe, Lurin!«, sagte sie. »Aber in der Familie de Vries gibt es weder Mörder noch Diebe. Das kannst du auch allen anderen sagen. Und jetzt lass uns bitte allein!«

✤

»Was ist mit diesem Ring, Jakob?« Johanna war kurz davor, ihn zu ohrfeigen. Aber er war größer und stärker als sie und nahezu erwachsen. Ihre Maßnahmen kämen also viel zu spät.

»Ich weiß von keinem Ring.«

»Die Frau im Loch hat alles ausgeplaudert. Hilty wird dich über kurz oder lang beim Rat anzeigen, wenn er es nicht bereits getan hat. Willst du, dass sie dich öffentlich zum Schlitzohr machen?« Zum Glück lag Sabeth noch immer unterm Dach, und Nele brachte gerade die Kleine ins Bett, sonst hätte Johanna nicht so offen geredet.

»Das hat doch so keinen Sinn!«, fuhr Vincent dazwischen. »Hör auf, ihn anzubrüllen, Johanna! Ich will die Wahrheit aus seinem Mund hören. Also, Jakob?«

Jakob kniff die Lippen zusammen und starrte stumm zu Boden.

»Vielleicht war es ja nur ein Versehen«, sagte Vincent. »Bethlis Ring lag bei unseren Utensilien, und beim Zusammenräumen ist er dann zufällig mit hineingerutscht. Und als du ihn entdeckt hast, wusstest du nicht, was du tun sollst. Deshalb hast du auch nichts …«

»Halt sofort den Mund!« Jakobs Augen waren vor Zorn eisgrün. »Nein, es war kein Versehen. Ich habe ihn gestohlen – mit voller Absicht. Ich wollte etwas haben, das wertvoll und schön ist, etwas für Nele. Und nicht länger auf deine gottverdammten Almosen angewiesen sein. Das kann ich nämlich – stehlen und betrügen, kapiert? In all den Jahren, in denen du angesehen im Wohlstand gelebt hast und ich vor Hunger und Scham fast krepiert wäre, hab ich nichts anderes gelernt.«

Er schnaufte wie nach einem hitzigen Lauf.

»Und jetzt heb schon deine rechtschaffene Hand – und

schlag endlich zu! Denn nichts anderes willst du doch eigentlich schon die ganze Zeit tun …«

Es pochte.

»Scht!« Johanna horchte angstvoll zur Tür. »Hört ihr das nicht? Vielleicht sind sie das bereits … Ihr müsst euch verstecken …«

»Ich gehe öffnen.« Vincent ging zur Tür.

»Seid Ihr Meister de Vries?«

Die Stimme des Mainzer Boten. Vor Erleichterung wurden Johannas Augen feucht. In der Aufregung hatte sie vollkommen vergessen, Vincent von dem Reiter zu erzählen.

»Der bin ich«, sagte Vincent. »Wieso fragt Ihr?«

»Dann habe ich Euch diese beiden Sachen zu übergeben. Mich schickt Seine Eminenz, Kardinal Albrecht von Brandenburg, Kurfürst zu Mainz.« Er hüstelte. »Könntet Ihr den Brief bitte gleich lesen? Ich bin angehalten, auf Antwort zu warten.«

»So kommt doch herein …«

»Ihr sollt ungestört sein. Und die Frühlingsnacht tut mir nach dem langen Ritt gut. Kommt zu mir hinaus, sobald Ihr fertig seid. Eines solltet Ihr noch wissen: Im Hafen liegt ein Boot, das rheinabwärts fährt. Soviel ich weiß, nimmt es Passagiere auf.«

Mit Beutel und Brief kehrte Vincent ins Haus zurück.

»Vom Mainzer Kurfürst«, sagte er, erbrach das Siegel und begann zu lesen. Kurz darauf ließ er das Schreiben sinken. »Er will mich unbedingt als Leibarzt«, sagte er. »Ein Nein akzeptiert er unter keinen Umständen. Ein möbliertes Haus in bester Lage, Vorlesungen an der Universität, die ich halten soll, freie Krankenversorgung und ein Salär, das sich sehen lassen kann …« Er öffnete den Beutel und schüttete den Inhalt auf den Tisch.

Unwillkürlich begann Johanna zu zählen.

»Das sind ja hundert Gulden!«, flüsterte sie. »Rheinische Goldgulden – ein Vermögen! Was will er von dir, Vincent? Dass du ihm deine Seele verkaufst? Oder ihm die ewige Jugend schenkst?«

»Das nun nicht gerade. Ich soll ihn nur wieder gesund machen«, sagte er. »So jedenfalls steht es hier. Der Kardinal fühlt sich körperlich angegriffen, ist auf der Suche nach einem tüchtigen Medicus und hat von meinen Fähigkeiten gehört. Und er braucht jemanden, dem er ganz und gar trauen kann.« Er lächelte kurz. »Wahrscheinlich hat Mendel ben Baruch bei seinen Lobeshymnen hemmungslos übertrieben.«

»Und wenn dir seine Heilung nicht gelingt? Du weißt, wie solche mächtigen Männer sein können«, sagte Johanna. »Anderseits hält mich nichts mehr hier. Und wenn ich könnte …«

»Weg aus Basel? Nichts lieber auf der Welt! Vater, bitte sag zu!«, fiel Jakob ihr ins Wort. Seine Augen glänzten wie im Fieber. »Ich weiß, ich habe ein großes Unrecht begangen, aber hier bekomme ich doch keinen Fuß mehr auf den Boden. Ich will kein Schlitzohr werden müssen. Und im Loch halte ich es keine Woche aus.« Er packte Vincents Arm. »Bitte sag zu, Vater! Ich fasse nichts mehr an, das mir nicht gehört, das schwöre ich. Und ich verspreche hoch und heilig, du wirst es niemals, niemals, niemals bereuen!«

Vincent war anzusehen, wie sehr ihm diese Worte gefielen.

»Aber was wird dann aus meinen Kranken?«, sagte er. »Den vielen, die an Halsbräune leiden und Hilfe brauchen. Den Kindern, die nach Luft ringen …«

In diesem Augenblick klirrten Scherben. Ein großer Stein hatte die Scheibe durchschlagen und kollerte über den Boden. Ein kalter Wind fuhr durch die Stube, der alle frösteln ließ.

»Soll das unsere Zukunft sein?«, fragte Johanna entsetzt. »Nichts als Angst und Schrecken? Noch vorhin hat genau hier Barbelchen friedlich geschlafen.«

Vincent nahm ihre Hand.

»Wir gehen, meine Jo«, sagte er mit fester Stimme. »Wir gehen gemeinsam nach Mainz.«

Zweites Buch

VERSUCHUNG

Vier

Mainz, Mai 1542

Noch wirkte er wie ein Mann in den besten Jahren, obwohl er die fünfzig inzwischen überschritten hatte. Davon überzeugte er sich auch heute wieder mit eigenen Augen, kaum dass der Bader ihn nach der morgendlichen Rasur verlassen hatte. Nackt, wie ihn Gott geschaffen hatte, posierte er vor dem großen Spiegel, gefertigt auf der Glasbläserinsel Murano, der ihn als großzügiges Geschenk des Vatikans auf verschlungenen Wegen quer durch halb Europa erreicht hatte. Albrecht von Brandenburg, Kardinal der Römischen Kirche und Kurfürst zu Mainz, wusste den Wert dieser Kostbarkeit zu schätzen, hütete sie wie seinen Augapfel und verbarg sie, abgesehen von wenigen Ausnahmen, vor fremden Blicken.

Kein Wunder, dass es keinen anderen regierenden Fürsten im Deutschen Reich gab, der häufiger von namhaften Malern wie Lucas Cranach, Hans Baldung Grien oder Matthias Grünewald porträtiert worden war! Ja, seine Stirn war noch immer glatt und durchaus eindrucksvoll, eine Spur höher als früher vielleicht, weil das rotblonde Haar nicht nur an den Schläfen leicht zurückzuweichen begann. Die Nase war gerade und kühn. Die Augen lagen weit auseinander unter fein gezeichneten Brauen und waren honigbraun, die Lippen sinnlich und genießerisch, wobei die untere schlaff wirken konnte, sobald er müde oder missmutig wurde. Am wenigsten gefiel ihm, dass das Kinn allmählich die einstige Straffheit verloren hatte und nun Jahre des Überflusses deutlich zeigte. Auch der Hals war leider dicker geworden, doch die Ohren waren nahezu perfekt geformt, und noch immer liebte er seine für einen Mann eher grazilen Hände, die er mit kostbaren Ringen verschwenderisch schmückte.

Den Wanst vom letzten Winter hatte er durch straffe Reitübungen verringern können, was ihn erleichterte, denn Agnes, seine anspruchsvolle aktuelle Konkubine, verabscheute, wie sie ihm gestanden hatte, fette Männer. Zum Glück hatte das Schicksal ihm schmale Hüften, ein festes Hinterteil und lange Beine mit schlanken Fesseln geschenkt, was ihm bei Frauen schon viele Komplimente eingebracht hatte. Gleiches galt für die reich bestückte Männlichkeit, mit der er schon als Heranwachsender vor seinen älteren Brüdern geprotzt hatte. Alles in allem war er also noch immer durchaus vorzeigbar – wäre da nicht das hässliche Geschwür am linken Schenkel gewesen.

Der Kardinal bedachte das längliche Gebilde mit einem giftigen Blick, dann betastete er es vorsichtig. Es war größer und deutlich härter geworden, das stand außer Frage, nachdem es sich zunächst gallertartig angefühlt hatte. Nun glich es einer prall gefüllten Erbsenschote, die kurz vor dem Platzen steht. Wie abgrundtief er es hasste, und wie sehr er es im gleichen Atemzug fürchtete! Das Geschwür gemahnte ihn an Alter und Vergänglichkeit, daran, dass der Sensenmann vielleicht schon heimlich die Schneide wetzte, während er noch ausgelassen in den zügellosen Freuden des Augenblicks schwelgte.

Seit das Gebilde aufgetreten war, hatte er das Lager nicht

mehr mit Agnes geteilt, was sie bereits zu scharfzüngigen Anspielungen auf seine schwindende Potenz veranlasst hatte. Dabei hatte sich bislang noch nie eine Frau über seine Manneskraft beschweren müssen – ganz im Gegenteil. Denn wenn die Eitelkeit zu seinen großen Schwächen gehörte, so gab es noch eine weitaus größere, der er bereits in Jugendtagen verfallen war und aus deren verführerischen Armen er sich bis heute nicht hatte lösen können: die Wollust. Sie beeinflusste seinen klugen Kopf und seine rasche Auffassungsgabe, die sich beide still und klein machten, sobald sie als unumschränkte Herrscherin die Arena betrat. Und jetzt diese abscheuliche körperliche Deformation, die ihn in allem beeinträchtigte!

Seufzend verhüllte Albrecht den Spiegel mit einem dunklen Tuch und wandte sich seinem breiten Bett zu, auf dem Philipp unter dem pompösen roten Baldachin bereits die Kleider ausgebreitet hatte. Der junge Ehrenstein entstammte einem verarmten Adelsgeschlecht vom Niederrhein und wollte es an Albrechts Hof möglichst schnell zu etwas bringen. Der Kardinal mochte diesen baumlangen Kerl mit den fröhlichen Augen, der bei ihm eine nicht näher definierte Position zwischen Sekretär und Kammerdiener bekleidete, und war bereit, dessen unübersehbaren Ehrgeiz zu fördern. Auf Philipps Verschwiegenheit war Verlass, das hatte Albrecht vielfach erprobt, außerdem begriff er in der Regel sofort, was sein Dienstherr von ihm wollte, was dieser überaus zu schätzen wusste. Heute jedoch missfiel dem Kardinal, wie peinlich genau der junge Mann sich an seine Vorgaben gehalten hatte.

Mit dieser Pest am Schenkel konnte er sich unmöglich in die fürstlichen Gewänder hüllen, die er so gern trug. Die aus Seide gewirkten Hosen, von der aktuellen Mode vorgeschrieben, lagen hauteng an und enthüllten jeden Makel. Er würde wenigstens einen knielangen Rock darüberziehen müssen, wie es nur alte Männer taten, und hätte so keinerlei Gelegenheit, das neue, lichtblaue Wams mit der üppigen Goldstickerei zur Schau zu stellen, das gerade fertig geworden war.

Mit einer wütenden Geste fegte er alles zu Boden.

Dann eben doch die Kardinalsrobe, unter der sein Körper zwar verschwand, die ihn aber andererseits nicht einengte und vor allem keinerlei Anlass zu dummen Fragen bot. In seiner Hand hatte er schon die Glocke, um Philipp zu rufen, dann jedoch schlüpfte Albrecht noch rasch in das lange weiße Unterkleid, bevor er läutete. Nicht einmal sein treuer Sekretär musste dieses hässliche Ding zu Gesicht bekommen, jedenfalls nicht, solange es sich vermeiden ließ.

»Ach, Euer Eminenz haben noch einmal umdisponiert?«, sagte Philipp und bückte sich, um alles wieder aufzuheben.

»In der Tat«, erwiderte Albrecht. »Bring mir den schwarzen Talar! Ich werde Pater Faber in bescheidener Aufmachung empfangen. Ist er bereits eingetroffen?«

Philipp von Ehrenstein nickte. »Er wartet im Audienzzimmer. Und macht, wenn Ihr den Einwurf erlaubt, den Eindruck, als hätte er nicht sonderlich gut geschlafen.«

»Man hat ihm doch zu essen und zu trinken angeboten?«

»Alles, wie Ihr befohlen habt, doch er hat, wie ich erfahren musste, nicht einmal den Becher Holundersaft angerührt.«

Der Kardinal zog die Brauen hoch, während Philipp ihm knielange weißseidene Strümpfe überstreifte, bevor Albrecht in die dunklen spitzen Schuhe schlüpfte. Danach hüllte Ehrenstein ihn erst in das Kollar, die Unterziehweste, anschließend in den Talar, den er einer der zahlreichen Kleidertruhen entnommen hatte. Von Bescheidenheit konnte allerdings auch bei diesem Gewand nicht wirklich die Rede sein: Besätze und Säume waren aus roter Moiréseide, die Knopflöcher, die er geschickt schloss, ebenfalls rot umstickt. Bevor der rote Schulterumhang das Ensemble vervollständigte, wählte Albrecht bedächtig unter seinen Pektoralen, die Philipp ihm in einer aufgeschlagenen Schatulle darbot, und entschied sich schließlich für ein schweres Goldkreuz mit fast taubeneigroßen Amethysten. Passend dazu streifte er sich rechter Hand den Kardinalsring über, ebenfalls von einem Amethyst gekrönt, und schob auf die linke Hand vier andere schwere Goldringe mit schimmernden Edelsteinen.

Zum Abschluss setzte ihm Ehrenstein das blutrote Scheitelkäppchen auf.

»Bist du endlich fertig?«, sagte Albrecht ungeduldig. »Ich will den Pater sprechen. Und außerdem sterbe ich halb vor Hunger.«

»Euer Morgenmahl ist serviert.« Philipp von Ehrenstein verneigte sich. »Vielleicht bringt dieser appetitliche Anblick ja die Magensäfte Eures Gastes zum Fließen.« Er zögerte kurz. »Der Ablauf bleibt so wie besprochen? Ihr wollt ihm nach wie vor die schönsten Stücke Eurer Reliquiensammlung zeigen?«

»Nur einige wenige«, erwiderte Albrecht. »Du weißt, wie fern mir jegliche Protzerei ist. Es geht lediglich um eine Gesprächsgrundlage unter Gleichgesinnten – unter Brüdern sozusagen, die bereit sind, Seite an Seite gegen die hässlichen Anfeindungen der heiligen Mutter Kirche zu kämpfen.«

Er machte einen beherzten Schritt in Richtung Tür und zuckte zusammen, weil das Geschwür am Schenkel plötzlich zu stechen begann. Nur jetzt keine Schwäche zeigen!

Verkrampft, aber einigermaßen zielstrebig ging er weiter.

»Was ist eigentlich mit diesem Juden?«, fragte er, schon halb auf der Schwelle. »Hat er wieder von sich hören lassen?«

»Mendel ben Baruch?«

Philipp nickte.

»Er hat sogar für heute Nachmittag um eine Audienz angesucht, und ich habe sie ihm gewährt. Soll ich sie wieder absagen?«

Albrechts Augen begannen zu leuchten.

»Lass ihn nur kommen! Dann ist also endlich jener sagenhafte Medicus aus Basel eingetroffen?«

»Meines Wissens geht es eher um die Reliquienbüste des heiligen Erasmus vom Oberrhein, die er Euch besorgen sollte.«

»Und? Hat er sie endlich? Inzwischen bin ich mir nämlich gar nicht mehr sicher, ob man seinesgleichen überhaupt mit solch heiklen Missionen beauftragen sollte.«

»Meiner Meinung nach ist auf ihn durchaus Verlass, wenn Ihr mir diese persönliche Bemerkung gestattet. Soll ich jemanden von der Dienerschaft rufen, damit man Euch hinuntergeleitet?«

Verächtliches Schnauben. »Ich bin weder alt noch krank. Und noch immer bestens zu Fuß. Ich gehe allein.«

»Ganz, wie Ihr wünscht.« Erneut verneigte sich Ehrenstein. »Dann mache ich mich jetzt an die laufenden Korrespondenzen. Klingelt nach mir, wenn Ihr mich braucht!«

Vorsichtig ging der Kardinal die Treppen hinunter zum ersten Stock. Viel zu schmal waren sie für seinen Geschmack und steil dazu, das bekam er an diesem Morgen deutlicher als sonst zu spüren. Was war Diether von Isenburg nur eingefallen, ein derart unkomfortables Domizil für den Mainzer Kardinal errichten zu lassen! Isenburg, einer seiner Vorgänger, hatte vor dem Zorn der Bürger fliehen müssen und sich deshalb eine Trutzburg am Rhein erbauen lassen, die zwar geräumig war, aber alles andere als angenehm zu bewohnen. Eisig und schwer zu beheizen im Winter, muffig im Sommer, mit winzigen Fenstern, durch die nur wenig Licht fiel. Kein Wunder, dass Albrecht sich lieber in seinem komfortablen Schloss zu Aschaffenburg aufhielt, das auch Agnes bevorzugte – doch die ständigen Zwistigkeiten mit dem Mainzer Domkapitel zwangen ihn oftmals in die Stadt und damit eben auch in die ungeliebte Martinsburg.

Geld, Geld und immer nur Geld – er konnte es schon nicht mehr hören. Doch was sollte er dagegen tun? Er brauchte es so dringend wie die Luft zum Atmen. Der Haushalt des mächtigsten Kurfürsten, der zudem als Königsmacher galt, weil seine Stimme als letzte bei der Wahl des neuen Herrschers entschied, war kostspielig. Nannte man ihn nicht auch »Lenker des Gotteswagens«? Und galt Mainz nicht zu Recht seit Jahrhunderten als leuchtendes Diadem des Reiches? Aber das wollten diese engstirnigen Pfennigfuchser ja nicht einsehen und schikanierten ihn jahraus, jahrein mit ihren elenden Vorgaben und hartherzigen Reglementierungen. Dabei *musste* er doch repräsentieren, allein schon um in diesen Zeiten der religiösen Wirren den Glanz und die Schönheit des allein selig machenden Glaubens aller Welt zu zeigen.

Andere aus dem katholischen Lager allerdings hatten sich erst jüngst für einen unterschiedlichen Weg entschieden. So wie dieser Faber, Gefährte von Ignatius von Loyola, erster Priester der neu gegründeten Gesellschaft Jesu. Armut und Keuschheit hatten sie sich auf die Fahne geschrieben, verbunden mit kluger Gelehrsamkeit und umfassender Bildung, um siegreich gegen den Protestantismus anzukämpfen. Ob diese Idee wohl aufgehen würde?

Albrecht von Brandenburg hätte gespannter kaum sein können! Er verlagerte das Gewicht auf das gesunde Bein, setzte ein gewinnendes Lächeln auf und öffnete schwungvoll die Tür zum Audienzzimmer.

Der Rücken des Mannes, der am Fenster stand und auf den Rhein schaute, war schmal, beinahe knochig, das fiel Albrecht auf, bevor der Pater sich umwandte. Ein längliches Gesicht mit beherrschten Lippen und einer Adlernase, die ihm etwas Aristokratisches gab, obwohl er dem Wissen des Kardinals nach keinerlei adeligen Wurzeln hatte.

Faber deutete eine Verneigung an.

»Welch Freude, Euer Eminenz«, sagte er in stark französisch gefärbtem Deutsch. »Jetzt endlich lerne ich dieses streitbare Schwert Gottes von Angesicht zu Angesicht kennen!« Er küsste den Kardinalsring.

Die offenkundige Schmeichelei gefiel Albrecht und machte ihn gleichzeitig misstrauisch.

»Erhebt Euch, mein Sohn!«, sagte er. Er hatte vorgehabt, Faber zu duzen, entschied sich im letzten Moment jedoch dagegen. »Und folgt mir zur Tafel! Ich hoffe, die Reise war angenehm und Ihr habt tüchtigen Hunger mitgebracht.«

Der runde Tisch war sorgfältig bestückt, das überschaute er mit einem Blick. Wildschweinschinken, Knoblauchpastete, gebratene Hühnerkeulen, weißer Käse mit Zwiebeln, Spiegeleier, Mandelmilch, Honigküchlein, knuspriges Brot – nichts, worauf er Appetit hatte, schien zu fehlen.

»Bitte bedient Euch! Ein gutes Frühstück ist und bleibt die beste Grundlage für einen erfolgreichen Tag.«

Aber Faber nahm Platz, ohne etwas zu berühren, während Albrecht ungeniert zulangte.

»Ich komme direkt aus Speyer«, begann der Jesuit. »Von

geistlichen Exerzitien, die ich für die Priester des Bistums geleitet habe.«

»Wie überaus interessant!« Genüsslich nagte der Kardinal an einer saftigen Keule. Danach nahm er sich die Knoblauchpastete vor, die ihm derart mundete, dass er kaum zu essen aufhören konnte.

»Dort wie nahezu überall im Reich hat sich die Unsitte des Konkubinats verbreitet. Die Priester liegen bei den Frauen und besudeln so die Würde ihres Amtes. Mir lag daran, den Geistlichen unmissverständlich klarzumachen, dass sie davon ablassen müssen – und zwar auf der Stelle. Nur so können sie ihren Gemeinden wieder zum Vorbild werden und das Wort Gottes verkünden.«

Ganz und gar nicht die Wendung, die Albrecht bevorzugte. Würde Faber womöglich als Nächstes auf Agnes zu sprechen kommen, nach deren weißen Schenkeln der Kardinal sich nach dieser unfreiwilligen Periode der Enthaltsamkeit sehnte? Er füllte einen Krug mit Bier, dessen angenehme Temperatur er dem hervorragenden Eiskeller der Martinsburg verdankte, und leerte ihn in einem Zug.

»Mir scheint, die Christenheit hat derzeit ganz andere Sorgen als ein paar lausige Priesterweiber«, sagte er wegwerfend. »Die meisten Geistlichen leben ohnehin fromm und keusch – was also wollen wir mehr? Jetzt geht es doch vor allem darum, jene protestantischen Hetzer und Aufrührer ein für alle Mal in ihre Schranken zu verweisen. Die katholische Kirche muss leuchten wie ein glänzender Stern und ihre Gläubigen zu Demut und Gehorsam führen. Sagt selbst, was könnte sich besser dazu eignen als die lebendige Erinnerung an jene, die als Märtyrer ihr Leben für Jesus Christus geopfert haben?«

Er stand so ungestüm auf, dass der Stuhl hinter ihm zu Boden fiel. Faber, sichtlich überrascht, tat es ihm nach.

»Folgt mir in meine Schatzkammer, geliebter Bruder!«, sagte der Kardinal mit verschwörerischer Miene. »Ich möchte Euch etwas zeigen, das Ihr nie mehr vergessen werdet.«

✣

Die ersten Tage im Sattel waren anstrengend und mühsam gewesen, da Vincent de Vries in Basel eher selten und selbst dann nur kürzere Strecken geritten war. Auch Rosa, die über den Winter viel im Stall gestanden hatte, schien sich erst wieder an das Gewicht auf ihrem Rücken und die langen Stunden unterwegs gewöhnen zu müssen. Anfangs noch reizbar und leicht schreckhaft, sobald ein Hindernis auftauchte, fand die Stute wieder zu ihrem früheren Gleichmut zurück und wurde somit immer belastbarer. Jetzt konnte Vincent die Geschwindigkeit anziehen, auch wenn er darauf achtete, dass Rosa genügend Pausen hatte und unterwegs anständig zu fressen bekam.

Trotzdem war er erleichtert, als sie in der ersten Dämmerung die verdreckte Herberge in Nackenheim wieder verlassen konnten, in der er die Flöhe fast hatte husten hören, um die restlichen Meilen nach Mainz zurückzulegen. An diesem blanken Morgen galoppierte die Stute so ungestüm voran, als könnte sie die neue Heimat schon riechen. Der Weg führte sie am Rhein entlang, der klar und behäbig dahinfloss, und natürlich flogen bei diesem Anblick Vincents Gedanken wieder zu seiner Familie, die morgen oder übermorgen Mainz ebenfalls erreichen sollte.

Wie schwer war es ihm gefallen, Johanna, die Kleine, Nele und die alte Sabeth für die Schiffsreise in Jakobs Obhut zu geben! Aber die Hetze des Braumeisters gegen ihn war bereits so weit gediehen gewesen, dass er mit einer Anklage hatte rechnen müssen. Dazu kam Jakobs dummer Diebstahl – nein, nicht einen Tag hätten sie länger in Basel bleiben dürfen! Was allerdings auch bedeutete, dass er nicht nur Teile des Haushalts, sondern vor allem auch seine kostbaren Bücherkisten einem Händler hatte anvertrauen müssen, der sie erst um einiges später im neuen Domizil abliefern würde, falls dem Wagentross unterwegs nichts zustieß. So war Vincent nur mit knappem Gepäck losgeritten, seine abgeschabte Ledertasche mit den Instrumenten hinter sich fest auf das Pferd gebunden, damit er wenigstens sie heil nach Mainz brachte. In den Satteltaschen steckten lediglich das Manuskript, an dem er schon so lange arbeitete, sowie eine Garnitur frischer Kleider zum Wechseln.

Sein Herz begann schneller zu schlagen, als die stolze Silhouette der Stadt vor ihm auftauchte, und plötzlich fühlte er sich um Jahre zurückversetzt. Nach dem Bruch mit Johanna war damals Mainz seine nächste Station gewesen, und er hatte fast zwölf Monate innerhalb dieser Mauern gelebt. Herz und Kopf schienen nichts vergessen zu haben. Obwohl inzwischen so viel Zeit vergangen war, lenkte er Rosa wie selbstverständlich zum Fischtor, vor dem der Fischmarkt noch in vollem Gange war. Händler und Käufer feilschten vor und hinter den hölzernen Tischen lautstark um die Ware, und der Anblick der glänzenden blauen und silbernen Flusstiere ließ ihm das Wasser im Mund zusammenlaufen.

Was hätte er jetzt für ein deftiges Frühstück gegeben, das seine Lebensgeister nach der kargen Kost unterwegs neu belebte! Doch zuvor wollte er unbedingt das neue Haus in Augenschein nehmen und sich gleich anschließend Staub und Schmutz der Reise vom Körper waschen, denn er stank übler als ein Iltis.

Vincent zog den provisorischen Plan aus dem Wams, den

der Bote des Kardinals ihm zum Abschied zusammen mit dem Hausschlüssel überreicht hatte. Er bestand nur aus wenigen, eher schludrigen Strichen, reichte aber doch aus, um sich einigermaßen zu orientieren.

Das Haus musste unweit des Domplatzes stehen, in jenem Geviert, das sie Kirschgarten nannten. Er konnte nicht mehr weit entfernt sein. Jetzt stieg Vincent ab, um sich die Füße zu vertreten, und führte Rosa am Zügel durch die engen Gassen. Je länger es ging, desto besser erinnerte er sich. Da war der Leichhof, rechts davon ging es weiter zur Kirche St. Johannis, in der er damals bisweilen die Messe besucht hatte. Doch welches der stattlichen Fachwerkhäuser, die sich nun vor ihm erhoben, sollte ihres werden?

Wieder starrte Vincent auf den Plan. PHOENIX, stand ganz unten hingekritzelt. TÜR.

Plötzlich unschlüssig geworden, schaute er sich nach allen Seiten um, bis er plötzlich eine vertraute Männergestalt vor einem der Häuser entdeckte.

Er lief darauf zu, Rosa noch immer am Zügel führend.

»Mendel!«, rief er. »Welche Überraschung! Dann ist das also unser neues Haus?«

Die dunkelrote Mythengestalt auf der Holztür war nicht zu übersehen: ein großer Vogel mit weit ausgebreiteten Flügeln, der sich über einem Feuer erhob.

»Da seid Ihr ja endlich!« Mendel ben Baruchs Zähne blitzten hell in seinem dunklen Bart. »Ich dachte, ich erwarte Euch lieber. Damit Ihr das Ziel schnell findet.« Sein Lächeln wurde breiter. »Ihr seid schon neugierig?«

Und ob er das war! Vincents sonst so sichere Rechte zitterte leicht, als er den Schlüssel ins Schloss steckte und aufsperrte.

»Ich bleibe einstweilen bei der Stute«, sagte Mendel. »Schaut Ihr Euch erst einmal ganz in Ruhe um!«

Vincent tat einen tiefen Atemzug und ging hinein.

Selten zuvor hatte er ein komfortableres Haus gesehen. Im Erdgeschoss musste einst ein Laden gewesen sein, der nun leer stand und sich als Behandlungsraum bestens eignen würde. Links davon ging die Küche ab, von einem Mauerbogen unterteilt in die Feuerstelle und einen zweiten, größeren Bereich, in dem ein großer Tisch stand. An dem würde die ganze Familie Platz finden. Rechts ein weiterer Raum, in dessen Mitte ein hölzerner Zuber stand.

Er kehrte in die Küche zurück, und erst jetzt fielen ihm die vielen Gerätschaften auf, die neben dem Herd an der Wand hingen oder auf hölzernen Gestellen untergebracht waren: Kellen und Schieber, Trichter und Siebe, Töpfe und Pfannen, Krüge und Becher, Teller, Löffel und Messer – ein nahezu vollkommener Haushalt! Sie mussten sich nicht weiter den Kopf zerbrechen, wie alles neu zu beschaffen wäre, was sie in Basel zurückgelassen hatten. Sobald Johanna, Sabeth und Nele die Schwelle überschreiten würden, konnten sie mit dem Kochen beginnen.

Erleichtert stieg Vincent die Stufen hinauf. Die gleiche Großzügigkeit im ersten Stockwerk, wo eine gemütliche Kammer mit einem Himmelbett zum Schlafen einlud. Daneben ein kleineres Zimmer, in dem sie Barbelchen unterbringen konnten, sobald sie alt genug dafür wäre, sowie zwei weitere Kammern, ebenfalls mit Betten und frischen Strohsäcken ausgestattet. Die Treppe hinauf in den Giebel war keine Hühnerleiter wie die in Basel, auf der man Angst haben musste, sich bei einem falschen Tritt den Hals zu brechen, sondern hatte flache, ausreichend breite Stufen, die auch Sabeths alte Beine noch erklimmen konnten. Hier fanden sich in der Schräge zwei weitere Kammern, in denen Betten ebenso wenig fehlten wie Truhen – es war nahezu perfekt.

In bester Stimmung spazierte Vincent wieder hinunter und öffnete die Haustür.

»Ihr mögt das Haus?«, fragte Mendel lächelnd. »Das hatte ich mir gedacht. Der Vorbesitzer war ein Mann mit ausnehmend gutem Geschmack. Und er hat einiges investiert, um es wohnlich zu gestalten.«

Vincents Brauen hoben sich fragend.

»Hanns Ulmen. Ein Goldschmied. Über Jahre hoch angesiedelt in der Gunst des Kurfürsten. Viele seiner schönsten Geschmeide sollen von Ulmen stammen.«

»Und warum lebt er dann nicht mehr hier?«, fragte Vincent.

Mendel zuckte die Achseln. »Der Kurfürst kann sehr großzügig sein, aber auch äußerst konsequent, wenn ihm etwas missfällt. Ulmen hat, so munkelt man, wohl zu offen mit den Protestanten geliebäugelt. Oder irgendeinen anderen Fehler begangen, der ihn in Ungnade gestürzt hat, wer kann das schon so genau wissen? Jedenfalls hat Albrecht von Brandenburg inzwischen einen neuen Hofjuwelier, Ulmen soll im fernen Nürnberg leben – und sein schönes Haus steht nun Euch zur Verfügung.«

Etwas Dunkles legte sich über Vincent. Genau davor hatte Johanna ihn gewarnt: vor den Schwankungen der Gunst eines Herrschers, denen man bedingungslos unterworfen war, sobald man sich auf ihn einließ. Offenbar konnte der Zeiger beim Kurfürsten von Mainz sehr rasch in verschiedene Richtungen ausschlagen. Davor musste er sich hüten, wenn er mit den Seinen glücklich und zufrieden in Mainz leben wollte – und nichts anderes hatte Vincent vor.

»Führt mich zu Albrecht!«, sagte er. »Ich denke, Seine Eminenz wartet bereits ungeduldig.«

»Und ob er das tut!« Mendel legte den Kopf leicht schief.

»Aber sicherlich nicht so.« Sein Blick glitt an ihm hinunter, und plötzlich fühlte Vincent sich noch um vieles schmutziger. »Ihr habt doch gewiss Sachen zum Wechseln dabei.«

»Natürlich!«, sagte Vincent. »Jetzt brauche ich nur noch ein ordentliches Badehaus …«

Er verstummte. Die eben noch so fröhliche Miene seines Gegenübers hatte sich bei diesen Worten verfinstert. Beide mussten unwillkürlich an Ludwig Weißenburg denken, jenen Kölner Bader, der das Pesthaus betrieben hatte und schließlich selbst von der Seuche dahingerafft worden war, weil ein machtgeiler Ratsherr ihm in gemeiner Absicht Pestlumpen untergeschoben hatte.

» … was in Mainz leider nicht mehr ganz einfach ist.« Mendel schien sich innerlich einen Ruck gegeben zu haben und klang nun bemüht heiter. »Die meisten Badehäuser wurden auf Beschluss des Rates geschlossen. Es gibt nur noch zwei, von denen man hört, dass sie überhaupt betretbar wären: eines am Flachsmarkt, das andere im Margaretengässchen.« Er rieb seine Nase. »Ihr werdet verstehen, dass ich dies alles leider nur vom Hörensagen berichten kann, denn uns war und ist der Zutritt verschlossen. Probiert es also am besten selbst aus!«

»Dann auf zu dem, das näher liegt!« Vincent zögerte plötzlich. »Aber mein Pferd …«

»Seht Ihr das Tor gleich neben der Haustür? Das gehört zum Anwesen und führt in den Innenhof, wo sich gegenüber der hauseigenen Zisterne der Stall befindet. Ich habe dafür gesorgt, dass dort sauber gemacht und vor allem die Futterkrippe mit reichlich Heu ausgestattet wurde. Der Stute wird es also an nichts fehlen. Ich sattle sie ab und kümmere mich um sie, bis Ihr im Badehaus fertig seid.«

»Ihr beschämt mich«, sagte Vincent. »Was Ihr für mich

und meine Familie tut, werde ich Euch nie zurückgeben können.«

»Von diesem Unsinn will ich nichts mehr hören«, widersprach Mendel. »Miriam und ich stehen für immer in Eurer Schuld. Und jetzt beeilt Euch! Dann kann ich Euch umso schneller zum Kurfürsten bringen.«

✤

Noch vor Einbruch der Dunkelheit würden sie Mainz endlich erreichen. Auch nach Tagen auf dem Fluss hatte Johanna sich noch immer nicht an das Schaukeln des Schiffes gewöhnt, selbst wenn die entsetzliche Übelkeit des Anfangs sich inzwischen etwas gelegt hatte. Wie hatte sie jeden Abend herbeigesehnt, an dem sie anlegen konnten und wieder festen Boden unter den Füßen hatten! Es hatte sie nicht gestört, wie schäbig und klein die meisten Unterkünfte gewesen waren, und nicht einmal jene Nacht, die sie unter freiem Himmel hatten verbringen müssen, war in schlechter Erinnerung, sondern nur, dass sie am nächsten Morgen wieder an Bord gehen musste.

Erstaunlicherweise schien sie die Einzige zu sein, die damit zu kämpfen hatte: Nele zeigte keinerlei Anflug von Übelkeit, ebenso wenig wie Sabeth, und nicht einmal Barbelchen weinte oder quengelte, sondern lachte viel, weil sie die unbekannte Fortbewegungsart offenbar genoss und begeistert Miezes kühnen Sprüngen zusah, die das Schiff längst als neues Revier angenommen hatte. Am besten jedoch gefiel die Flussfahrt Jakob, der zwischen dem achtern angebrachten Steuerruder sowie der Laffe im Bug, die das treibende Schiff vor Untiefen schützen sollte, hin und her lief und alle an Bord mit unzähligen Fragen löcherte. Inzwischen hatte er herausbekommen, was er hatte wissen wollen: dass in den mitgeführten Fässern, hinter denen sie ihre paar Kisten, Truhen und Säcke verstaut hatten, vor allem Nägel, Eisen und Kupferscheiben lagerten. Dass das Schiff eine Lauerdanne war, am Zielort Dordrecht im Rheindelta in seine Einzelteile zerlegt und als Bauholz weiterverkauft werden würde. Dass die Gefahren auch nach Mainz nicht vorüber waren, sondern weiterhin mit Untiefen und gefährlichen Strömungen zu rechnen sei.

»Auf dem Wasser fühle ich mich so frei«, sagte er nahezu jeden Tag. »Der Wind, die Sonne, der Fluss – das alles ist wie ein Lied, das mich fröhlich macht.«

Johanna ging das Herz auf, ihren Sohn so zu sehen, gut gelaunt, wissbegierig und vor allem stets bereit, mit anzufassen, wenn von den Schiffsleuten seine Hilfe bei einem Ausweichmanöver gebraucht wurde. Je weiter sie Basel hinter sich ließen, desto mehr verschwanden die dunklen Schatten, die sie dort so niedergedrückt hatten. Selbst der gestohlene Ring erschien ihr mittlerweile in anderem Licht, wenngleich sie den Diebstahl noch immer verurteilte. Jakob hatte so wenig von ihr gehabt, weil die Schwangerschaft und Barbaras Geburt ihre ganze Aufmerksamkeit beanspruchten. Zudem musste er die Mutter nicht nur mit der kleinen Schwester, sondern auch mit einem ihm unbekannten Vater teilen. Vielleicht hatte ihn das zurück auf die schiefe Bahn gebracht.

Doch sein Kern war gut und seine Seele hell, davon war Johanna überzeugt. Ihr Großer musste nur noch den Platz finden, an den er wirklich gehörte, und sie hoffte inständig, dass Vincents vorzüglicher Plan mit dem Mainzer Apotheker aufgehen würde. Dann wäre Jakob auch endlich in der Lage, um Nele zu freien, deren liebestrunkene Blicke ihm überallhin folgten. Vielleicht könnten sie in Mainz auch das

Mädchen in eine Art Lehre geben, das würde die Spannung zwischen Jakob und ihr entzerren und Nele neues Selbstvertrauen schenken.

»Alles wird gut«, hörte sie plötzlich Sabeth neben sich murmeln. »Ich kann das neue Haus schon sehen. Es ist hoch und spitz, überall mit braunen Balken verkleidet. Dort wird es keine Lilie sein, die über dich wacht, Liebchen, sondern ein großer roter Vogel, der stolz aus dem Feuer fliegt …«

Was redete sie da?

Kamen nun die grauen Tage wieder zurück, weil die Anstrengung der Reise doch zu groß gewesen war? Oder hatte ihr nur die starke Maisonne heute zu lange auf den Kopf gebrannt und ihren Geist verwirrt?

»Ruh dich noch ein bisschen aus!«, sagte sie liebevoll. »Denn der Tag wird ohnehin noch lang genug werden. Und nimm einen tüchtigen Schluck!« Sie reichte ihr den Lederbeutel, der mit stark verdünntem Wein gefüllt war.

»Aber ich will doch nicht verschlafen …«

»Das wirst du nicht.« Johanna legte ihr eine Hand beruhigend auf den silbernen Kopf. »Ich wecke dich rechtzeitig.«

Dann streckte auch sie sich auf den harten Planken aus, allerdings erst, nachdem sie sich vergewissert hatte, dass die Kleine neben ihr im Weidenkorb ruhig schlief. Mit geschlossenen Augen beschwor Johanna das Bild des Liebsten herauf.

Bist du schon da, Vincent?, dachte sie. Bald sind wir bei dir!

*

Nein, sie würden wohl keine Freunde werden, dieser blasse magere Mann und er, den nicht einmal der Anblick der kostbarsten Reliquien zu berühren schien. Inzwischen kam Albrecht von Brandenburg sich beinahe wie ein Marktschreier vor, weil er vor jeder Kostbarkeit, vor die er Faber zerrte, die Stimme immer noch mehr erhob.

»Die Reliquienbüste des heiligen Erasmus mit einem Fußknöchelchen …«

Keinerlei Reaktion.

»Vier Partikel der Heiligen Mauritius und Georg in einem goldenen Reliquiar, das die Form einer Fahne hat …«

Nicht einmal der Ansatz eines Lächelns.

»Ein Pax-Reliquiar aus vergoldetem Elfenbein mit drei Splittern des Kreuzes Jesu …«

Hatte Faber gerade heimlich gegähnt? Andere, die er vor ihm hierhergeführt hatte, hatten vor Ehrfurcht den Mund kaum noch zubekommen.

»Beeindruckend«, hatte der Jesuit schließlich doch herausgequetscht, aber dies derart lustlos, dass der Kardinal die Begehung der Schatzkammer verfrüht abbrach. Kaum hatten sie allerdings den Westflügel der Burg wieder verlassen, wurde Faber wieder lebendiger.

»Lasst ruhig solche Kleinodien in einem von Gott gesegneten Kirchenraum auf die Menschen wirken, um ihre Herzen zu erheben! Aber es muss das Wort sein, Euer Eminenz, das unsere Waffe wird«, sagte er. »Das Wort, das die Protestanten uns gestohlen haben – doch nicht mehr lange! Wir werden es in der Predigt verkündigen, wir benutzen es in der Beichte, wir lehren es in den Schulen. Das Wort wird sie bezwingen – und die einzige, die heilige Kirche siegen lassen!«

Jetzt klang er wie ein Kämpfer, und seine blassen Wangen hatten sich gerötet. Der magere Körper wirkte, als ob er einen unsichtbaren Harnisch trüge. Albrecht, der gerade noch darüber nachgegrübelt hatte, wie er ihn am schnellsten wieder loswerden könne, entschied sich blitzschnell anders.

»Ihr solltet eine Weile bei uns bleiben, Pater«, sagte er in wohlwollendem Tonfall, als sie schließlich in der großen Halle angekommen waren, die eher zu einer Ritterburg als zu einem Bischofssitz gepasst hätte. »Das gäbe uns Gelegenheit zu ausgiebigen Gesprächen, die vieles bewirken könnten. Ihr predigt im Kaiserdom, und ich würde mir wünschen, dass Ihr auch an der Universität Vorlesungen hieltet. Denn sind es nicht die Jungen, bei denen unsere Zukunft liegt?«

Faber neigte den Kopf. »Ganz, wie Ihr meint, Euer Eminenz«, sagte er. »Ein Weilchen – sehr gerne. Dann allerdings werden meine Aufgaben mich wieder an andere Orte führen.«

Albrecht sah ihm nach, wie er hinausspazierte, den Kopf auf dem dünnen Hals hochgereckt, als habe er einen Sieg errungen, dabei war er es doch, der sich heimlich die Hände rieb. Allerdings war er gleichzeitig erleichtert, Faber für heute los zu sein, denn das Geschwür quälte ihn wie nie zuvor.

Jetzt musste er gleich zwei Diener herbeirufen, die ihn mehr nach oben zerrten denn führten, so unbeholfen humpelte er auf einmal voran. Nach einer halben Ewigkeit war er endlich in seinem Gemach angekommen und ließ sich schwer atmend auf das Bett fallen. Nachdem er die Augen geschlossen hatte, schien der ganze Raum zu schwanken. Die festen Linien der hölzernen Kastendecke lösten sich auf, der Baldachin schien wie bei starkem Wind zu flattern, obwohl die Fenster geschlossen waren und kein Lüftlein hereinkam.

Vielleicht war ihm deshalb auf einmal glühend heiß.

Ungeduldig fingerte er an den obersten Knöpfen seines Talars, bis er sie endlich aufbekam, und kümmerte sich nicht darum, dass sie absprangen und wie rote Schusser über den Boden kullerten. Hatte man ihn vergiftet? Arbeitete der Tod bereits in ihm? Dann freilich wäre der magere Faber fein heraus, der nichts von den Speisen angerührt, das Bier verschmäht und ihn lediglich mit Worten halb besoffen geredet hatte.

Das Wort … Das Wort … Das Wort ….

Er versuchte zu sprechen, doch vergeblich.

Bei jedem Atemzug schien ihm die Zunge noch dicker im Mund zu quellen. Angstvoll riss der Kardinal die Augen auf und begann laut zu schreien.

✣

Mit fliegenden Schritten rannte Vincent die Treppen in der Martinsburg hinauf, angeführt von einem wachsbleichen Philipp von Ehrenstein, dem die Angst deutlich ins Gesicht geschrieben stand.

»Beeilt Euch!«, rief er im Laufen über die Schulter nach hinten. »Seiner Eminenz geht es sehr schlecht.«

Mendel ben Baruch, der den Medicus zum Bischofssitz gebracht hatte, blieb für heute der Zutritt verwehrt. Man würde es ihn wissen lassen, sobald ein neuer Audienztermin anstünde. Jetzt ging es einzig und allein um die Gesundheit des Kardinals.

Das Schlafgemach stank durchdringend nach Knoblauch, das fiel Vincent als Erstes auf, kaum hatte er es betreten.

»Öffnet die Fenster!«, befahl er. »Und dann lasst mich mit dem Kranken allein!«

Der junge Sekretär zögerte, doch der entschiedene Tonfall schien ihn schließlich zu überzeugen.

»Ich warte draußen«, sagte er. »Wenn Euer Eminenz mich braucht, so klingelt bitte.«

»Ich wünschte, die Umstände unserer ersten Begegnung wären erfreulicher«, kam eine schwache Stimme vom Bett.

»Ihr habt einen Medicus nach Mainz gerufen, der über Euer Wohlergehen wachen soll – und hier bin ich«, sagte Vincent. »Wenn Ihr gestattet, Euer Eminenz, werde ich mit meinen Untersuchungen umgehend beginnen.«

Er kontrollierte den Puls, legte seinen Kopf auf den Brustkorb, um das Herz abzuhören, dann bat er den Kardinal, den Mund zu öffnen und die Zunge herauszustrecken.

»Ihr habt Euch erbrochen«, sagte Vincent. »Das ist gut. Der Körper versucht, auf natürliche Weise alles loszuwerden, was ihn quält. Ein überaus natürlicher Vorgang, in den man nicht eingreifen sollte.«

»Man hat versucht, mich zu vergiften …«

Vincent schüttelte den Kopf. »Ich denke, das war eher die zu mächtige Portion Knoblauch, gegen die Euer System rebelliert hat.«

»Aber woher wisst Ihr …«

»Man riecht es, Eminenz. Mehr als deutlich. Der Geruch strömt nicht nur aus Eurem Mund, sondern aus jeder Pore. Dieses Gemüse kann bei manchen Menschen zu starken Reaktionen führen. Meidet es lieber in nächster Zeit, wenn ich Euch diese Empfehlung geben darf.«

»Das Zimmer hat sich gedreht, und ich dachte, der Baldachin fällt auf mich herab …«

»Folgen der Übelkeit. Jetzt ist alles wieder an Ort und Stelle?«

»Ja«, sagte der Kardinal. »Aber ich fühle mich noch immer sehr schwach.«

»Ihr solltet Euch heute fester Nahrung enthalten. Nehmt ein paar Löffel Fleischbrühe zu Euch, das wird Euch guttun. Morgen werdet Ihr vermutlich wieder Appetit verspüren, doch esst auch noch die beiden nächsten Tage maßvoll und mit Bedacht!«

Albrecht von Brandenburg gab einen seltsamen Laut von sich. Dann schlug er die Decke auf und schob seinen Talar nach oben.

»Und was ist das?«, fragte er. »Welcher Teufel hat mir das geschickt?«

Vincent betrachtete das Geschwür. »Wie lange quält Euch das schon?«, fragte er.

»Ungefähr zehn Tage. Es begann ganz klein und unscheinbar, eine winzige Verletzung, die ich zunächst kaum beachtet habe. Aber es verschwand nicht, wie ich zunächst gehofft hatte, sondern dehnte sich aus, wurde größer und dicker. Und jetzt sieht es aus, als stünde es kurz vor dem Platzen.«

»Ihr habt Schmerzen?«

»Eigentlich erst seit heute. Bisher war es eher ein unangenehmes Ziehen. Doch seit ein paar Stunden sticht und pocht es.« Die Stimme wurde schrill. »Schneidet es auf. Brennt es weg – ich will es endlich los sein!«

Vincent betastete behutsam das Geschwür.

»Ja, es wirkt nahezu reif«, sagte er. »Doch die Methoden, die Ihr vorschlagt, sind in meinen Augen viel zu brutal. Außerdem bergen sie neue Gefahren, da die offene Wunde sehr groß wäre. Ich habe gerade erst erleben müssen, wie ein kleines Kind den Kampf gegen Wundfäule verloren hat, und da war es nur ein rostiger Nagel – kein erbsschotengroßes Geschwür. Davor möchte ich Euch bewahren, Euer Eminenz.«

»Ich muss also sterben?« Der Kardinal starrte ihn fassungslos an. »Dabei wollte ich doch, dass Ihr mir das Leben bringt!«

»Sterben müssen wir alle«, sagte Vincent. »Sobald Gott es gefällt, uns zu sich zu rufen. Aber ich werde alles versuchen, damit Euch bis zu diesem Tag noch viel Zeit bleibt.«

Albrecht musterte ihn streng.

»Versuchen?«, sagte er. »Versuchen – mehr nicht? Andere würden bei ihrer Seele schwören, sie könnten mich retten.«

»Ich war noch nie ein Mann falscher Versprechungen und leerer Worte«, sagte Vincent. »Ich handle lieber. Das ist meine Devise. Führt Auberlin Sixt noch immer die Schwanen Apotheke?«

»Woher soll ich das wissen?« Die Hand des Kardinals fuhr zur Glocke, aber erst, nachdem er sich wieder bedeckt hatte.

Sofort kam Philipp hereingestürzt. »Euer Eminenz?«, sagte er besorgt.

Vincent wiederholte seine Frage, und Ehrenstein nickte.

»Der beste Apotheker von Mainz«, sagte er. »Seine beiden Konkurrenten kommen nur schwer gegen ihn an.«

»Dann lauft zu ihm und kommt mit folgenden Kräutern so schnell wie möglich wieder zurück, wobei es gleichgültig ist, ob er sie frisch vorrätig hat oder in getrocknetem Zustand: Zinnkraut, Blutwurz, Rosszagel und Bockshornklee. Und bringt dazu vier Pfund Leinsamen mit. Nehmt von allem überhaupt eine ordentliche Menge, denn es kann sein, dass die Behandlung über mehrere Tage gehen muss.«

Philipp strebte zur Tür.

»Halt!«, rief Vincent ihm hinterher. »Sagt Sixt, dass Medicus de Vries wieder in Mainz ist und ihm baldigst die Aufwartung machen wird!«

Der Sekretär runzelte die Stirn. Offenbar ein Auftrag, der ihm missfiel.

»Sonst noch etwas?« Jetzt klang er fast unwillig.

»Ja«, sagte Vincent. »Bevor Ihr die Burg verlasst, ordnet doch noch an, dass aus der Küche warme Zwiebelringe ins Gemach Seiner Eminenz gebracht werden – sofort.«

»Warme Zwiebelringe?« Jetzt stand Philipp das Misstrauen deutlich ins Gesicht geschrieben. »Wozu?«

»Ganz recht.« Vincent wandte sich wieder dem Kranken zu. »Behandlung und Wahl der Medikamente sind ausschließlich meine Angelegenheit«, sagte er, als sei der junge Mann gar nicht im Raum. »Nur so kann ich meine Arbeit zur Zufriedenheit aller erledigen. Und ich gedenke, auch in Mainz an dieser guten, alten Tradition festzuhalten.«

»Tu, was er gesagt hat, Philipp«, murmelte der Kardinal. »Und lass die warmen Zwiebeln zu mir bringen!«

*

Der Hafen von Mainz war größer, als Johanna es sich vorgestellt hatte. Zwei Lastkräne ragten über den Fluss, Anlegestellen, so weit ihr Auge reichte, an Land ein Menschengewusel, das sie im schwindenden Licht nicht mehr so recht zu unterscheiden wusste. Die Kleine hatte ihre gute Laune verloren und schrie gotterbärmlich. Auch anlegen lassen wollte sie sich nicht mehr, sondern drehte wie schon die ganzen letzten Tage den Kopf weg, anstatt an der mütterlichen Brust zu nuckeln.

Auf einmal fühlte Johanna sich mit ihrem kleinen Tross nur noch hilflos und verloren. Sabeth ließ den Korb fallen, in den sie Mieze mit sanfter Gewalt gestopft hatten, Nele und Jakob zogen die Schultern hoch wie dumme Kinder, die keine Ahnung haben, was zu tun sei, und als dann auch noch der Kapitän sie aufforderte, endlich ihre Sachen zu packen und sein Schiff zu verlassen, war es mit einem Mal um ihre Beherrschung geschehen.

»Wir gehen ja«, schrie sie. »Aber nur so schnell wir können, verstanden? Und wir brauchen jemanden, der uns mit den ganzen Kisten, Truhen und Säcken behilflich ist. Ihr hattet versprochen, uns diese Hilfe zu beschaffen. Und wo ist sie jetzt?«

»Warum nimmst du nicht mich?«, rief eine fröhliche Männerstimme. »Ich bin stark wie ein Ochse, klug wie ein Falke und geduldig wie eine Taube.«

»Vincent …« Johannas Augen füllten sich mit Tränen, so erleichtert war sie. »Wenn du nur da bist – jetzt wird alles gut!«

Er hatte für ein stattliches Pferdefuhrwerk mit Lenker und Gehilfen gesorgt, auf das sich alles laden ließ. Jetzt packten auch Jakob und Nele mit an, und es dauerte nicht lange, bis alle Habseligkeiten verstaut waren. Vincent und Johanna mit Barbelchen setzten sich neben den Fuhrknecht, der Gehilfe fand zusammen mit den anderen auf der Ladefläche Platz.

Während die untergehende Sonne den Himmel blutrot färbte, durchquerten sie das Fischtor und gelangten bald zum Kirschgarten. Vor dem Fachwerkhaus mit dem spitzen Giebel ließ Vincent anhalten.

Alle stiegen aus.

Sabeths gichtige Hand ruhte lange auf dem Feuervogel, bevor sie dazu zu bewegen war, die Schwelle zu überschreiten.

»Ein Haus, das schon vieles gesehen hat«, murmelte sie. »Glück und Leid. Leid und Glück …«

»Und genau das wird jetzt hier regieren«, sagte Vincent. »Glück, Glück und noch einmal nichts als Glück!« Er lächelte. »Nele, bring Sabeth ganz nach oben, damit sie sich ihre neue Kammer ansehen kann, neben der du schlafen wirst. Jakob, du wohnst neben uns im ersten Stock.« Danach wandte er sich an die Fuhrleute. »Stellt alles einfach im leeren Laden ab, wir kümmern uns später darum.«

Zum Schluss umarmte er seine Frau, so innig und fest, dass Barbelchen, noch immer auf dem Arm ihrer Mutter, einen erschrockenen Schrei ausstieß, bevor sie verstummte und sich übermüdet an die väterliche Brust schmiegte.

»Willkommen, meine Jo«, sagte er. »Unser neues Leben hat gerade begonnen.«

Fünf

Auf die Herstellung der Morschellen, wie man die süß verpackte Kräutermedizin im Volksmund nannte, verstand Jakob sich schon nach wenigen Tagen. Es machte ihm Spaß, den flüssigen Zucker portionsweise mit einem Löffel auf die Steinplatte zu träufeln und danach zügig die zermörserten Substanzen darüberzustreuen, die abkühlen mussten, bis sie mit einem Spatel sorgfältig von der harten Unterlage abgekratzt werden konnten. Auberlin Sixt hatte das Ergebnis mit zustimmendem Nicken gutgeheißen. Entstanden waren ungleichmäßige bräunlich grüne Brocken, die gegen lästige Malaisen wie Magenverstimmung, Nierenleiden oder Halsentzündung helfen sollten, selbstredend penibel voneinander unterschieden werden mussten und in erstaunlichen Mengen über die Verkaufstheke gingen.

Auf seine Hände war schon immer Verlass gewesen, das wusste Jakob, doch sobald der Apotheker damit begann, in ausschweifenden, komplizierten Sätzen auf ihn einzureden, fühlte er seinen Mut rasch schwinden. Wie sollte er das alles jemals im Kopf behalten, der ihm schon nach dem ersten Tag in der Offizin schwirrte, als hätte sich ein ganzes Bienenvolk darin niedergelassen? Drei Leben würden vermutlich nicht ausreichen, um sich mit all den Substanzen und Tinkturen auch nur annähernd so gut wie Auberlin Sixt auszukennen.

Da rannte Jakob doch lieber zehnmal hintereinander auf den Dachboden, wo Kräuterbüschel an langen, stramm gespannten Leinen trockneten, oder er lief treppab in die beiden Kammern darunter, in denen die Kräuter in großen und kleinen Holzdosen aufbewahrt wurden. Auch jener Raum, ausgestattet mit Ofen und Rauchfang, wo die Destillate gekocht wurden, weckte sein Interesse, ebenso wie der Keller, in dem die fertigen Salben lagerten. Am spannendsten jedoch erschien ihm, was Sixt als Giftkammer bezeichnete, ein schmales, längliches Zimmer, unmittelbar hinter dem Verkaufsraum gelegen, vor dessen Betreten der Apotheker ihn allerdings mehrfach mit strenger Miene gewarnt hatte. Abends, auf dem Nachhauseweg, fühlte er sich zerschlagen, als habe er schwerste körperliche Arbeit geleistet, aber er bemühte sich trotzdem, ein freundliches Gesicht aufzusetzen, um seine Mutter nicht zu enttäuschen, die so stolz darauf war, dass er jetzt beim Apotheker lernen durfte und sogar ein paar Kreuzer dafür bekam.

Sixt ließ ihn schon vom ersten Tag an unter Anleitung bedienen, und das nicht nur, weil Jakob ein sauberes Hemd unter seinem Leinenwams trug und dazu brandneue gewirkte Beinkleider, die seinen schlanken Wuchs unterstrichen. Sogar die dunklen Locken hatte Nele ihm gestutzt, damit sie ihm beim Rühren nicht dauernd ins Gesicht fielen. Jakobs besonderes Talent war dem Apotheker sofort aufgefallen. Für jeden, der hereinkam, fand der junge Mann auf Anhieb den richtigen Ton, das hatte das Überleben auf der Straße ihn gelehrt. Vor allem die weibliche Kundschaft wusste das zu schätzen, und es schien sich blitzschnell herumzusprechen, welch schmucken, gewandten Gehilfen er nun beschäftigte.

An diesem Morgen erschien als eine der Ersten eine edel gekleidete Dame, vor der Sixt so tief buckelte, als wäre sie eine heimliche Königin.

»Seid gegrüßt, werte Frau Pless«, säuselte er. »Ich hoffe, Ihr seid wohlauf. Womit darf ich heute dienen?«

»Ich bräuchte da so einiges.« Die Stimme war überraschend tief für die zarte Gestalt, die in einem grünen Seidenkleid steckte, das bei jeder Bewegung raschelte. Die schmale Taille umschlang ein goldgewirkter Gürtel, der mit dem perlenbesetzten Haarnetz harmonierte, das ihre kastanienbraunen Haare hielt. Um die Schultern hatte sie ein helles Tuch mit Goldfäden geschlungen, das ihre Rundungen mehr betonte als verhüllte. »Lasst uns bei drei Töpfchen von Eurer Zwetschgenlatwerge beginnen, die endlich meinen scheußlichen Husten vertreiben soll.«

Geschäftig holte der Apotheker das Gewünschte aus dem Regal, während die Frau Jakob ein kleines Lächeln schenkte.

»Des Weiteren die Mondsalbe, die die Haut so zart macht, dann Mandelseife, Zahnweiß, Schlämmkreide, getrocknete Weinbeeren, Malachitpulver, Zimtrinde und …« Sie senkte die Stimme zu einem verschwörerischen Raunen. »… vor allem mein spezielles Nachtmittel, Ihr wisst schon. Ich liebe die süßen Träume, die es mir schenkt.«

»Ihr nehmt es regelmäßig ein?« Eine tiefe Falte erschien zwischen den buschigen Brauen des Apothekers, während sie nickte. »Das solltet Ihr aber nicht! Es ist nur als Ausnahme gedacht, für den Fall, dass der Schlaf Euch über viele Tage flieht …«

»Wäret Ihr nicht so ungeheuer geizig damit, so müsste ich Euch nicht ständig behelligen.« Jetzt klang sie unwillig. »Es gefällt Euch wohl, mich als Bittstellerin zu sehen? Dabei hasse ich es zu betteln.«

Sixt wand sich sichtlich bei ihren Worten, und Jakob sah ihm an, dass er ihr den Wunsch am liebsten nicht erfüllt hätte. Schließlich aber schien er sich einen Ruck zu geben, und er machte sich auf den Weg zur Giftkammer, die er mit dem größten Schlüssel an seinem Bund umständlich aufsperrte.

»Ruf mich, falls neue Kundschaft kommt, Jakob!«, sagte er, bevor er hinter der Tür verschwand. »In der Zwischenzeit kannst du das Malachitpulver herrichten. Nimm den großen Mörser und pulverisiere es genauso fein, wie ich es dir gestern gezeigt habe!«

»Jakob also«, sagte Agnes Pless, nachdem sie nur noch zu zweit in der Offizin waren. »Was für ein schöner Name!«

Zu seiner Verwunderung spürte Jakob, dass ihm plötzlich sehr warm wurde. Sie hatte helle, fast wässrige Augen, die jede seiner Bewegungen verfolgten. Die Gesichtsfarbe, die ihn auf den ersten Blick angezogen hatte, war beim zweiten nicht ganz echt, was er bislang nur von Hübschlerinnen kannte. Bella hatte gern ihre Brauen mit Ruß geschwärzt und sich Scharlach auf die Lippen getupft, aber Bella war mitsamt dem Kölner Haus am Berling in Flammen aufgegangen. Seit Monaten hatte er nicht mehr an sie gedacht. Wieso kam sie ihm ausgerechnet jetzt wieder in den Sinn?

Mit einem Mal fühlte Jakob sich fast linkisch, als er den grün gemaserten Halbedelstein in die tiefe Schale legte und dann den Stößel möglichst gleichmäßig zu bewegen begann.

»Wo kommst du her?«, fragte sie. »Du bist doch nicht von hier, sonst wärst du mir sicherlich schon aufgefallen.«

Jetzt wurde ihm heiß. Sollte er die Wahrheit sagen? Jakob entschied sich für eine Zwischenlösung.

»Vom Oberrhein«, sagte er vage. »Wir sind mit dem Schiff gekommen.«

Sie gab ein kehliges Lachen von sich, das ihn noch mehr verwirrte. »Und wer ist *wir*?«, fragte sie.

»Meine Eltern, meine kleine Schwester, meine ...« Er hatte eigentlich Braut sagen wollen, aber das war Nele ja noch nicht.

»Die ganze Familie also.« Agnes nickte, als habe sie nichts anderes erwartet. »Ist dein Vater auch ein Apotheker?«

»Nein, er ist ein berühmter Medicus ...«

» ... und heißt ganz zufällig Vincent de Vries?«, fiel sie ihm ins Wort.

Jakob nickte und mörserte weiter, während an ihrem hellen Hals rötliche Flecken erschienen.

»Dann werde ich sicherlich auch baldigst seine Bekanntschaft machen«, sagte sie. »Ich bin nämlich gerade erst aus Aschaffenburg angereist, musst du wissen. Doch auch dort hört man nichts als Gutes über ihn.«

Jakob verstand kein Wort, doch bevor er nachfragen konnte, kam Sixt zurück aus der Giftkammer, die er sorgfältig hinter sich abschloss.

»Das ist nicht Euer Ernst!« Missmutig starrte Agnes auf das daumengroße Döschen, das er vor sie auf den Verkaufstresen legte. »So hartherzig wart Ihr noch nie.«

»Nur in Eurem ureigensten Interesse!« Sixt deutete eine Verneigung an. »Wenn Ihr Euch zu sehr daran gewöhnt, könnte Eure Seele schweren Schaden nehmen. Ich habe von Menschen gehört, die nach längerem Genuss dieser Substanz nie mehr aus jenen dunklen Reichen zurückfanden. Das möchte ich Euch unbedingt ersparen.«

»Meine Seele?« Jetzt brach sie in lautes Gelächter aus. »Das ist gut, sehr gut sogar!« Blitzschnell war das Döschen in ihrem Mieder verschwunden. »Den Rest lasst mir in die Martinsburg liefern. Setzt die Posten wie gewohnt auf die Rechnung. Der kurfürstliche Kämmerer wird sich darum kümmern. Am besten schickt Jakob damit los, sobald Ihr alles beisammenhabt – jetzt, wo Euch ein derart anstelliger Gehilfe zur Hand geht.«

Ein langer vielsagender Blick in Jakobs Richtung, der ihm abermals eine Hitzewelle durch den Körper jagte.

»Und beeilt Euch!«, fuhr sie fort, jetzt an beide gewandt. »Denn Ihr wisst ja, dass ich warten fast ebenso hasse wie betteln.«

Damit rauschte sie hinaus, während Jakob ihr reichlich fassungslos hinterherstarrte.

»Die Konkubine des Kurfürsten«, sagte Auberlin Sixt mit belegter Stimme neben ihm. »Eine ebenso schöne wie skrupellose Frau. Nimm dich in Acht, Jakob! Sie hat dich eben angesehen wie eine hungrige Schlange ein saftiges Kaninchen.«

»Aber der Kurfürst ist doch ein Kirchenmann …«

Sixt zog die knochigen Schultern hoch und wirkte mit einem Mal noch verlorener in seiner zu weiten braunen Schaube.

»Ja, Albrecht von Brandenburg ist nicht nur unser Kurfürst, sondern er trägt zudem den Kardinalspurpur. Was die Angelegenheit nicht eben einfacher macht. Für keinen von uns.« Er räusperte sich. »Hör zu, wärst du ein gewöhnlicher Gehilfe, so hätte ich niemals derart offen zu dir gesprochen. Aber dein Vater ist der neue Leibarzt des Kurfürsten und geht in der Martinsburg und sicherlich auch bald auf Schloss Johannisburg aus und ein. Deshalb musst du Bescheid wissen. Damit du ja keinen Fehler machst.«

Im Anschluss und wohl auch, um seinen sichtlich erhitzten Gehilfen wieder abzukühlen, ließ er Jakob gleich dutzendweise Töpfe und Kolben in den Hof zur Zisterne schleppen und befahl ihm, alles blitzblank zu scheuern. Nach einiger Zeit brannten Jakobs Hände von grober Pottasche und kaltem Wasser, aber wenigstens waren die kehlige Stimme und jene hungrigen hellen Augen wieder aus seinem Kopf verschwunden. Er hatte gerade angefangen, alles nach und nach wieder in die Apotheke zurückzutragen, als er plötzlich einen Schrei hörte, der von der Gasse kam.

Blitzschnell rannte er hinaus.

Vor der Apotheke lag ein Mädchen bäuchlings auf dem unebenen Pflaster. Es war offenbar auf einem Pferdeapfel ausgerutscht. Um es herum lauter Töpfchen und kleine Gefäße, ein paar davon zerbrochen, die aus ihrem umgekippten Korb gefallen waren.

»Hast du dich verletzt?«, fragte Jakob. »Warte – ich helf dir beim Aufstehen!«

Mühsam kam sie nach oben, doch als sie auftreten wollte, stieß sie erneut einen Schmerzenslaut aus.

»Mein Fuß«, stöhnte sie. »Und erst diese wüste Bescherung da!« Sie deutete auf das Pflaster. »Wie soll ich damit nur nach Hause? Meine Mutter wird mir den Kopf abreißen.«

»Lehn dich an die Wand und versuch, den Fuß hochzuhalten!«, sagte Jakob. »Das bisschen Unordnung ist doch gleich wieder beseitigt!«

Beim näheren Betrachten hatten nur vier Töpfchen wirklich Schaden genommen. Die anderen klaubte Jakob von der Straße auf und legte alles zurück in den Korb.

»Komm mit mir in den Hof«, sagte er. »Dort kannst du deine Sachen in Ruhe wieder ordnen. Und einen Brunnen gibt es auch.«

»Wozu?« Ihre Augen waren riesengroß und fast schwarz.

»Weil ich dir dort einen kalten Wickel machen werde. Dann schwillt dein Fuß nicht so stark an.« Er räusperte sich. »Und jetzt stütz dich auf mich! So kommst du leichter voran.«

Sie gehorchte ohne jegliche Scheu. Sie war schwerer, als er gedacht hatte, besaß nicht Neles zierlichen Knochenbau, sondern hatte volle Brüste und rundliche, wohlgeformte Hüften. Und schön war sie, mit ihren dichten dunklen Haaren, die sie zu einem Zopf geflochten hatte, und dem klaren, ovalen Gesicht, schön wie eine geheimnisvolle Vollmondnacht.

An der Zisterne angekommen, opferte er seinen letzten sauberen Lappen, tauchte ihn in den Wassereimer, streifte ihre linke Holzpantine ab und wickelte ihn kurz entschlossen um ihren Fuß. Sie stieß einen weiteren Seufzer aus, setzte sich auf den Brunnenrand und begann, in ihrem Korb zu kramen.

»Meine Mutter wird immer zornig, wenn etwas kaputtgeht«, sagte sie mit heller Stimme, während sie ihre Gefäße ordnete. »Ungeschicklichkeit kann sie sogar bis zur Weißglut treiben. Vielleicht, weil es bei ihrer Kunst auf jeden Handgriff ankommt.«

»Dann fertigt sie kostbare Geschmeide? Oder sie ist Gewandnäherin?«, sagte Jakob, der den Blick nicht von ihr wenden konnte. Sie rührte etwas in ihm an, das er bislang nicht gekannt hatte, etwas Vertrautes, das sich gleichzeitig merkwürdig aufregend anfühlte. Himmel, was war heute nur für ein Tag? Erst die Konkubine des Kardinals, die ihn durcheinanderbrachte, und jetzt dieses anziehende Wesen, das ihm in einem Augenblick scheu und mädchenhaft erschien und im nächsten wie eine richtige Frau.

Jetzt lachte sie.

»Unsinn! Sie braucht ihre Hände zu anderen Dingen. Sie hilft den Frauen in größter Not.«

»Dann wird sie sicherlich auch Mitleid mit ihrem eigenen

Fleisch und Blut haben.« Jakob hatte den Verband abgenommen und tauchte ihn zum zweiten Mal ein. »Das solltest du noch einige Male wiederholen«, sagte er, während er den Lappen auswrang und ihr erneut umlegte. »Dein Fuß wird es dir danken.«

»Das werde ich.« Sie kam beidbeinig wieder auf den Boden, zuckte aber dabei zusammen. »Das tut ganz schön weh.«

»Soll ich dir beim Tragen helfen?«

»Wo denkst du hin!« Auf einmal wirkte ihr Gesicht verschlossen. »Sie mag es ja nicht einmal, wenn ich mit Männern rede. Begleiten lassen dürfte ich mich da erst recht nicht.« Sie packte ihren Korb und humpelte in Richtung Torbogen.

»Wie heißt du überhaupt?«, rief Jakob ihr hinterher. »Nur für den Fall, dass dir bei Gelegenheit wieder einmal ein Pferdeapfel in den Weg kommen sollte.«

»Das geht dich gar nichts an«, sagte sie und wandte ihm dabei ihr sanft geschwungenes Profil zu. »Vergiss, dass wir jemals miteinander geredet haben. Und untersteh dich ja nicht, mir heimlich zu folgen! Das würde mir nichts als neuen Ärger machen.«

✣

Was die warmen Zwiebeln angeregt hatten, führten die von Vincent verordneten Umschläge mit Rosszagel und Bockshornklee weiter. Nach zwei Tagen hatte er die bisherigen Anwendungen durch Barbarakraut ersetzt, angereichert mit Beifuß. Irgendwann war das Geschwür von selbst aufgegangen und hatte reichlich Eiter sowie eine seltsam grünliche Flüssigkeit freigegeben. Danach war es flach geblieben und hatte sich seither nicht wieder neu gefüllt.

»Ich denke, wir können durchaus von Fortschritten sprechen«, sagte Vincent bei seiner allmorgendlichen Visite. »Ganz verschwunden ist das Geschwür allerdings noch nicht, deshalb sollten wir den Heilungsprozess weiterhin sorgfältig beobachten. Zudem würde ich Euch anraten, die von mir empfohlene Diät noch eine Weile beizubehalten und zu starke körperliche Anstrengungen zu meiden.«

Albrecht von Brandenburg, mittlerweile tagelang zu strikter Bettruhe verdonnert, schien äußerst erleichtert.

»Ich kann es kaum erwarten, endlich wieder unter Menschen zu kommen«, rief er und schob seine Decke rasch zur Seite. »Wie ein Gefangener hab ich mich die ganze Zeit gefühlt, aber damit ist jetzt Schluss! Ich will auf der Stelle ein Bad. Dazu einen großen Humpen mit Wein, gebratenen Fasan und …«

»Genau davor muss ich Euch allerdings leider warnen, Eminenz«, sagte Vincent streng. »Wenn Ihr gleich derartig übertreibt, kann das ganze Übel sehr schnell wieder von vorn beginnen.«

»Aber sagtet Ihr nicht eben, ich sei gesund?«

»Solltet Ihr das tatsächlich so vernommen haben, dann muss ich mir als Nächstes wohl Euren Gehörgang vornehmen. Mit solchen Geschwüren ist nicht zu spaßen, und sie entstehen niemals grundlos. Bei Euch, Eminenz, herrscht offenbar ein Ungleichgewicht der Körpersäfte, dessen Ursache für mich bislang leider noch im Dunkeln liegt. Um mehr Klarheit zu erlangen, werde ich zunächst Euren Urin analysieren, und danach habe ich noch eine ganze Liste von Fragen an Euch …«

»Aber nicht jetzt!« Bebend vor Ungeduld stand der Kardinal im Nachtgewand neben seinem Bett. »Ich bin es mehr als leid, stets und ständig Euren Anordnungen zu folgen. Heute befehle ich. Wartet nebenan, bis ich so weit bin! Denn ich habe etwas Wichtiges mit Euch zu bereden.«

Sinnlos, ihm zu widersprechen, wenn er in dieser Gemütsverfassung war. Mit einem Nicken nahm Vincent seine Tasche und verließ das Schlafgemach. Philipp von Ehrenstein nahm ihn draußen in Empfang und führte ihn zwei Türen weiter in ein holzgetäfeltes Zimmer, in dem ein großer Tisch mit dunklen hochlehnigen Stühlen stand. Bunte Seidenteppiche schmückten die Wände. Vor dem Fenster war ein Scherenstuhl aufgestellt, auf dem ein schlanker Frauenrücken in grüner Seide zu sehen war.

»Jetzt endlich lerne auch ich Euch kennen!« Die Stimme war ungewöhnlich tief und klang selbstbewusst. »Ihr habt ihn geheilt?« Die Frau erhob sich, drehte sich um und schritt Vincent langsam entgegen. »Das ist gut! Denn unser Herzenswunsch duldet keinen Aufschub.«

Vincent ließ sich die Überraschung nicht anmerken, sondern musterte die Frau ernst.

»Ich bin Agnes Pless«, sagte sie. »Die Konkubine des Kardinals. Ja, ich weiß, dass alle mich so nennen, wenn sie nicht noch hässlichere Worte verwenden, doch das ist mir egal. Ich liebe Albrecht. Und ich wünsche mir ein Kind von ihm.« Mit hellen, fast wässrigen Augen starrte sie ihn durchdringend an. »Ihr werdet uns diesen Wunsch erfüllen, Medicus. Ich zähle fest auf Euch!«

Wie stark geschminkt sie war, erkannte er erst aus der Nähe. Die leicht unreine Haut war mit weißlichem Puder überdeckt, die Brauen erschienen ihm rußgeschwärzt. Auf den Lippen prangte Scharlach. Dabei hätte sie diese Maskerade gar nicht nötig gehabt, denn ihr Gesicht war gut geschnitten und bis auf winzige Krähenfüße um die Augen glatt.

»Welch unerwartete Ehre!« Er verneigte sich leicht. »Doch ich fürchte, dass Ihr meine Fähigkeiten in dieser Hinsicht leider überschätzt. Manch kundige Hebamme weiß sicherlich mehr über dieses heikle Gebiet …«

»Wäre uns an Ausreden und billigen Allgemeinplätzen gelegen, so hätten wir Euch gewiss nicht nach Mainz geholt«, unterbrach sie ihn scharf. »Mit diesen Weibern, die viel schwatzen und nichts bewirken, bin ich fertig. Was ich brauche und was ich wollte, ist ein erfahrener Medicus. Ja, starrt mich nicht so ungläubig an: Ich habe durchaus Anteil an Eurer Berufung an diesen Hof, das solltet Ihr wissen. Der Jude hat Euch uns schmackhaft gemacht. Und der Kardinal hört in fast allem auf meine Empfehlungen. Also steht jetzt auch zu Eurer Kunst und stellt Euer Licht nicht unter den Scheffel!« Sie verströmte Fliederaroma, als sie sich rasch bewegte, einen schweren, leicht süßlichen Duft, den sie offenbar überreich aufgetragen hatte. »Was also kann ich tun, um so rasch wie möglich zu empfangen? Da muss es doch etwas geben. Heraus damit, Medicus!«

»Nun, ich …«

Der Eintritt des Kardinals unterbrach Vincents Antwort. Albrecht von Brandenburg trug einen langen roten Brokatmantel, der golden bestickt war. Er war frisch rasiert und sichtlich guter Laune.

»Ihr seht, ich höre durchaus auf Euch«, sagte er mit einem Seitenblick auf Vincent. »Seid Ihr nun zufrieden? Keine engen höfischen Hosen – noch nicht! Ihr habt unsere teuerste Freundin bereits kennengelernt?« Er beugte sich über Agnes' Hand und küsste sie. »Und: Könnt Ihr uns den langersehnten Herzenswunsch erfüllen?«

»Um überhaupt irgendetwas dazu sagen zu können, müsste ich die Dame eingehend untersuchen, ebenso wie Euch auch.«

Agnes zog die Nase kraus. »Ihr meint, ich müsste mich schamlos vor Euch entblößen?«

»Niemals!«, rief der Kardinal. »Nicht, solange auch nur ein Funken Leben in mir ist. Diese liebliche Rose blüht nur für mich allein!« Seine Unterlippe schien plötzlich schwerer geworden zu sein. »Und natürlich werdet Ihr auch keine Hand an meine diskreten Teile legen, was stellt Ihr Euch überhaupt vor?«

Vincent spürte, wie sein Hemdkragen feucht wurde.

Worauf hatte er sich hier eingelassen? Einem Kardinal und seiner Favoritin zu einem Kind zu verhelfen, das es nach den Regeln der römisch-katholischen Kirche gar nicht geben durfte? In diesem Augenblick wünschte er sich nur noch, weit, weit weg zu sein.

»Natürlich will ich niemandem zu nahe treten«, sagte er und wog jedes einzelne Wort ab. »Empfängnis, Schwangerschaft und Geburt sind zusammen mit dem Tod die großen Geheimnisse, die bislang kein Sterblicher durchdrungen hat. Der Allmächtige gibt – der Allmächtige nimmt. Wir Menschen können nur beten, hoffen und warten …«

»Aber genau das bin ich so leid, dieses lähmende, dieses unselige, dieses entwürdigende Warten!« Blitzschnell hatte Agnes zugegriffen und hielt nun Vincents Hand umklammert. »Drei Jahre schon bleiben all unsere Bemühungen vergeblich.« Sie zerrte die Hand an ihren Ausschnitt. »Dabei liegen wir oftmals innig beisammen. Mein Fleisch ist saftig und heiß, könnt Ihr es spüren? Ich blute jeden Monat, und zwar so regelmäßig, dass man die Domuhr danach stellen könnte.«

Der Kardinal öffnete die Lippen, als wollte er einen Einwand machen, schloss sie dann aber wieder unverrichteter Dinge. Vincent zog seine Hand zurück, was Agnes gar nicht zu bemerken schien, so aufgebracht war sie inzwischen.

»Ich esse ausreichend«, fuhr sie fort, »trinke in Maßen, kann laufen wie ein Reh und bin munter wie eine frisch sprudelnde Quelle. Doch was geschieht? Nichts. Nicht das Geringste!« Ihre Augen füllten sich mit Tränen. »Soll das denn so bleiben, bis ich alt und welk bin und mein Leib kein Kind mehr tragen kann? Das kann, das *darf* nicht sein!« Weinend sank sie auf einen der Stühle.

»Beruhigt Euch, Teuerste!« Der Kardinal streichelte ihren Kopf. »Es macht mich selbst ganz elend, Euch so betrübt zu sehen. Der Medicus wird Euch helfen. Das werdet Ihr doch, de Vries, oder? Versprecht es mir!«

Seine Stimme hatte plötzlich stählern geklungen.

Vincent dachte an Johanna, die lächelnd im neuen Haus umherging, so fröhlich, wie er sie seit Langem nicht mehr gesehen hatte. An Barbelchen, die gestern das Tischbein losgelassen hatte und zum ersten Mal für ein paar Augenblicke jubelnd ohne fremde Hilfe auf ihren kleinen Füßen gestanden hatte, bis sie auf ihr dick gewindeltes Hinterteil geplumpst war. An Jakob, der jeden Morgen freudig in Auberlins Offizin aufbrach, und an Nele, die an seinen Lippen hing, wenn er abends von seinen Erlebnissen dort erzählte. An Sabeth, die endlich wieder zu summen begonnen hatte, stets ein Zeichen, dass sie sich an einem Ort besonders wohlfühlte. Und an den Zimmermann, dem er erst gestern einen Auftrag für die Einrichtung seines neuen Behandlungszimmers erteilt hatte …

Wenn er jetzt das Falsche sagte, wäre das Mainzer Wagnis, auf das sie alle sich eingelassen hatten, vielleicht wieder vorbei, noch bevor es richtig begonnen hatte. Er entschloss sich, auf Zeit zu spielen. Agnes war keine alte Frau. Vielleicht hatte die Natur ja ein Einsehen, und sie wurde in den nächsten Monaten ohnehin schwanger. Zudem konnte er seine

Bücher um Rat befragen, sobald sie eingetroffen waren. Vielleicht wusste ja auch Auberlin ein geeignetes Mittel. Damals hatte er läuten hören, dass Frauen zu ihm kamen, die ungewollt empfangen hatten. Warum sollte der findige Apotheker sich nicht auch mit dem Gegenteil auskennen?

»Ich werde alles versuchen, was in meiner Macht steht«, sagte er entschlossener, als er sich eigentlich fühlte. »Seid Ihr mit diesem Versprechen zufrieden?«

Der Kardinal gab ein unentschiedenes Knurren von sich, Agnes jedoch blickte tränenblind zu Vincent auf.

»Ich vertraue Euch«, sagte sie. »Ich weiß nicht, warum, aber so ist es. Ihr strömt so viel Ruhe aus, so viel Erfahrung. Ja, es war richtig, Euch nach Mainz zu holen. Ihr werdet mir helfen, das spüre ich.«

»Ich werde Euch allerdings mit verschiedenen Fragen konfrontieren müssen, damit wir in der Angelegenheit weiterkommen«, sagte Vincent. »Ebenso wie Euch, Eminenz. Fragen, die Euch vielleicht nicht immer gefallen werden. Seid Ihr dazu bereit?«

Agnes und der Kardinal tauschten einen langen Blick, dann nickten sie beide.

»Ich will sie endlich glücklich sehen«, sagte der Kardinal. »Helft mir dabei, de Vries, und Ihr werdet es nicht bereuen!«

✣

Auch heute ging Johanna noch immer staunend durch das Haus. Die Kisten, Truhen und Säcke aus Basel waren inzwischen ausgeräumt und ihr Inhalt an die Plätze gebracht worden, an die sie gehörten. Mit Sabeths und Neles Hilfe hatte sie das vorgefundene Geschirr gründlich geschrubbt, nachgespült und abgetrocknet. Jetzt glänzten die Pfannen und

Töpfe wie neu, die Möbel waren vom Staub befreit, die Betten aufgeschlagen. Die Maisonne, die durch die Scheiben fiel, fand kein Stäubchen mehr, das sie tanzen lassen konnte. Besonders begeistert hatte Johanna der Keller, der so geräumig war, dass er ohne Weiteres einige Weinfässer hätte beherbergen können. Obwohl ihr die Kölner Bruderschaft nach Severins Tod das Leben absichtlich schwer gemacht hatte, erinnerte Johanna sich noch immer gern an den Ausschank, den sie dort betrieben hatte. Auch rund um Mainz grünten und reiften Reben. Vielleicht ergab sich ja eine Gelegenheit, die frühere Tradition hier wieder aufzunehmen.

Nele hatte sie mit zwei kleineren Stoffballen losgeschickt. Die kundigsten Schneider der Stadt hatten ihre Werkstätten unter den Gewandgarden in Marktnähe und sollten für Nele gleich drei neue Kleider auf einmal nähen, weil alles, was das junge Mädchen besaß, inzwischen verwaschen und zu eng geworden war. Sobald sie zurück wäre und die Kleine übernehmen konnte, wollte auch Johanna sich mit Mendels blauem Leinen auf den Weg dorthin machen. Vincent sollte eine Frau an seiner Seite haben, auf die er stolz sein konnte, denn sie war ja nicht nur zweifache Mutter, sondern noch immer seine Geliebte. Deshalb hatte sie heute ihr Haar auch besonders ausgiebig gebürstet, bis es sich seidig anfühlte, und es ausnahmsweise nicht geflochten, sondern lediglich mit einem Reif aus der Stirn gehalten. Die alten Narben am Hals verbarg wie gewohnt das silberne Kropfband, das ihr zur zweiten Haut geworden war. Außerdem trug sie eines ihrer besseren Kleider, das aus rosenholzfarbenem Tuch, in das sie wieder passte, wenngleich sie das Mieder noch immer nicht so eng schnüren konnte wie vor Barbaras Geburt.

Der kleinen Tochter schien ihr Anblick zu gefallen, denn sie jauchzte, als Johanna sie aus der Wiege holte und sich auf die Hüfte setzte. Barbelchen kuschelte sich an die Mutter, und ihr warmer, süßer Geruch schickte eine Welle von Liebe durch Johannas Körper. Jetzt tat es ihr beinahe leid, dass die Kleine sich vor ein paar Tagen selbst abgestillt hatte, indem sie einfach das Köpfchen abgewandt und die Brustspitze wieder ausgespuckt hatte, als sie sie wie gewohnt anlegen wollte.

»Du wirst jetzt bald mein großes Mädchen sein«, sagte sie zärtlich, während sie mit ihr die Treppe hinunterging und ihr dabei die weißblonden Locken aus der Stirn strich. »Deshalb zeige ich dir auch heute, in welcher schönen Gegend wir nun zu Hause sind. Ich mag dieses Mainz nämlich, musst du wissen. Auch wenn ich davon erst einen winzigen Teil kenne.«

Schon fast an der Tür, kehrte sie noch einmal mit der Kleinen um und zog aus einer Truhe ein Spucktuch, das sie sich vorsorglich über die Schulter legte, um das Kleid nicht zu verderben. Beim Wiederaufrichten fiel ihr Blick aus dem Fenster, das wegen des warmen Tages einen Spalt geöffnet war. Auf der anderen Seite der Gasse stand eine Frau, die unverwandt herüberstarrte.

Unwillkürlich trat Johanna einen Schritt zurück. Dann aber besann sie sich anders und ging erneut zum Fenster.

Die Frau war groß und trotz einer gewissen Neigung zur Fülle gut proportioniert. Eine dunkle Witwenhaube schien mit dem bläulichen Schwarz ihrer Haare fast zu verschmelzen, doch das Kleid, das sie trug, war grau, nicht schwarz, was bedeutete, dass ihr schmerzlicher Verlust schon länger zurückliegen musste.

Weshalb fixierte sie das Haus wie ein Raubvogel seine Beute?

Und hatte sie nicht auch schon gestern dort gestanden und war erst verschwunden, als die Tür sich geöffnet hatte?

Auf einmal war Johanna sich fast sicher, was sie nur noch misstrauischer machte. Wie eine Diebin, die auf Beute aus war, sah die Frau allerdings nicht aus, dafür war sie zu anständig gekleidet. Außerdem gab sie sich nicht einmal Mühe, ihr Starren zu verbergen. Nein, sie stand da, als sei es ihr gutes Recht, das Haus mit dem Phönix auf der Türe zu fixieren.

Aber was wollte sie dann?

Das Halsband, das Johanna sonst gar nicht mehr spürte, schien auf einmal zu eng, aber es half nichts – sie musste Gewissheit haben. Sie setzte die Kleine auf die andere Hüfte, öffnete die Tür und ging schnurstracks auf die Frau zu.

Aus der Nähe wirkte diese jünger, und ihre Züge waren feiner, als Johanna zunächst gedacht hatte. Sie hatte sehr dunkle Augen, die ihr dreieckiges Gesicht beherrschten, eine kurze Nase und schmale, beherrschte Lippen.

»Kann ich Euch irgendwie helfen?«, fragte Johanna, während Barbelchen zu brabbeln begann.

»Ihr seid das Weib des Medicus?«, sagte die Frau herrisch.

Johanna nickte.

»Und diese Kleine da ist sein Kind?«

Barbara wandte bei ihren lauten Worten das Gesicht ab und drückte sich fest an die Mutter.

»Wieso fragt Ihr?«, sagte Johanna.

»Weil es gut ist, Bescheid zu wissen. Das gilt übrigens auch für Euch.« Die Nachtaugen bohrten sich regelrecht in Johannas Blick. »Der Medicus ist unterwegs?«

»Ihr kennt meinen Mann?«, fragte Johanna. »Von damals, als er schon einmal hier gelebt hat? Hat er Euch damals behandelt?«

Ein raues Lachen ertönte.

»So könnte man sagen.« Sie begann an der Haube zu nesteln, als wäre sie ihr auf einmal zu schwer geworden. »Fragt ihn nach Malin! Mag sein, dass sein Gedächtnis im Lauf der Zeit Löcher bekommen hat, aber ich denke, an diesen Namen wird er sich erinnern. Und falls nicht, so bin ich gern bereit, ihm auf die Sprünge zu helfen.« Ihr Tonfall hatte sich verändert, war plötzlich nicht mehr hochfahrend, sondern hatte etwas Weinerliches, das Johanna noch weniger gefiel.

Schweigend starrten die beiden Frauen sich an.

»Eigentlich hätte ich ihm eine klügere Wahl zugetraut«, sagte Malin schließlich, und es dauerte einen Augenblick, bis Johanna begriff, dass sie damit gemeint war. »Schon einmal hat eine ihm das Herz gebrochen, genauso hübsch und glatt und blond, wie Ihr es seid. Ich dachte, er hätte daraus seine Lehren gezogen – aber tun Männer das jemals wirklich?«

»Was wollt Ihr von ihm?«, fuhr Johanna sie an, die spürte, wie ihre gute Laune immer mehr verflog.

»Ich weiß jetzt, was ich wissen wollte.« Malin drehte sich auf dem Absatz um und ging. »Das andere werde ich ihm selbst sagen«, rief sie über die Schulter. »Er findet mich am alten Platz. Falls er mich finden will.«

Johanna blieb in seltsamer Stimmung zurück. Mit keiner Silbe hatte Vincent jemals eine Malin erwähnt, und doch schien es, als würde diese Frau ihn gut kennen – sehr gut sogar. Johanna gab sich Mühe, gegen die Eifersucht anzukämpfen, die bereits ihre spitzen Krallen ausgefahren hatte. Wir waren jahrelang voneinander getrennt, sagte sie sich. Natürlich hat er in dieser Zeit andere Frauen gehabt, so stürmisch und jung, wie er damals war. Keiner, der die Liebe so liebt wie Vincent, bleibt lange allein. Und war nicht auch ich mit Severin verheiratet und hatte nach dessen Tod eine Liebschaft mit Ludwig?

Normalerweise führten solch vernünftige Gedanken dazu, dass die hässlichen Gefühle rasch wieder verflogen, doch heute wollte es Johanna einfach nicht gelingen. Die Lust auf einen ausgiebigen Spaziergang mit Barbelchen war ihr gründlich vergangen, also kehrte sie ins Haus zurück und spielte dort mit ihr. Doch auch als Nele freudestrahlend vom Gewandschneider zurückkehrte und über ihre neuen Kleider plappern wollte, blieb Johanna einsilbig und in sich gekehrt. Den ganzen Tag rumorte es weiter in ihr, beim Kochen, beim Baden und Wickeln der Kleinen, sogar, als sie Barbelchen in die Wiege legte und ihr ein Schlaflied vorsang. Die Witwenhaube, die schwarzen Augen, der herrische Tonfall – all das war wie eingebrannt in ihr.

Obwohl sie wusste, dass Vincent solche Überfälle hasste, brachte sie es kaum fertig, ihn in Ruhe das Haus betreten zu lassen. Er sah müde aus, das fiel ihr auf, und wirkte nachdenklich, aber ihr innerer Aufruhr war mittlerweile zu groß geworden, um sich jetzt darum zu kümmern.

»Eine Malin war heute hier«, sagte sie und stellte die Teller mit mehr Nachdruck auf den Tisch, als es nötig gewesen wäre. »Was hast du mit dieser Person zu schaffen?«

»Ich?« Er zog die Schultern hoch wie ein ertappter Schuljunge.

»Du kennst diese Frau? Jedenfalls hat sie das behauptet.«

»Ach, meine Jo!« Er zog sie zu sich heran, und es fiel ihr schwer, in seiner warmen, tröstlichen Umarmung ihren angestauten Groll beizubehalten. »Was glaubst du, wie viele mich in dieser Stadt zu kennen glauben! Ich gehe durch die Gassen, sehe dort ein Nicken, hier eine erhobene Hand oder bekomme aus einem Fenster einen Gruß zugerufen. Vielleicht habe ich ein Durchschnittsgesicht, das ständig verwechselt wird, oder meine Jugendjahre haben einen derart tiefen Eindruck auf die Menschen hinterlassen, dass ich ihnen bis zum heutigen Tag in Erinnerung geblieben bin – und wenn schon! Was kümmert uns beide das?«

Er schob sie ein Stück von sich weg, gerade weit genug, dass er ihr in die Augen schauen konnte.

»In diesen klaren grünen Seen liegt meine Heimat«, sagte er. »Und nirgendwo sonst. Du bist alles, wonach ich mich jemals gesehnt habe.« Sein Ausdruck bekam etwas Verschmitztes. »Falls du allerdings vorhaben solltest, mich schnöde verhungern zu lassen, muss ich meine Entscheidung vielleicht doch noch einmal überdenken.«

Er hatte sie zum Lachen gebracht, wieder einmal.

Aber Vincent hatte nicht direkt geantwortet, wie es eigentlich seine Art war, sondern war ihr geschickt ausgewichen. Als Johanna ihm kurz darauf am Tisch gegenübersaß, überkam sie das ungute Gefühl, dass ihr Liebster vielleicht doch nicht die ganze Wahrheit gesagt hatte.

✣

Sie lag auf dem Rücken, den Mund leicht geöffnet, und gab erstaunliche Töne von sich. Ein Speichelfaden hing zwischen ihren Lippen, die er vor Kurzem noch leidenschaftlich geküsst hatte, und plötzlich fühlte Albrecht, wie ein Anflug von Ekel in ihm aufstieg. Das zerzauste Haar, die verwischten Spuren der Schminke, die Brüste, die nach und nach ihre jugendliche Festigkeit verloren – er konnte sich nicht länger etwas vormachen. Agnes Pless hatte die Blüte ihrer Jahre überschritten. Und wer war er, um sich mit einem welken Weib begnügen zu müssen?

Jetzt floh er regelrecht aus seinem Bett, das ihm gerade noch wie der Garten verheißungsvoller Lüste erschienen war.

Sollte er sie wecken und hinausjagen?

Er entschied sich dagegen, doch den Anblick der geöffneten Schenkel und des nachlässig rasierten Venushügels konnte er beim besten Willen nicht länger ertragen.

Im Weib wohnt der Tod. Weiber sind das Tor zur Hölle.

Welch kluger Asket hatte das geschrieben? Leider war es ihm entfallen. Vielleicht hatte die heilige Kirche ja doch recht, die fleischliche Abstinenz von ihren Dienern forderte. Hätte er sich dazu in der Lage gefühlt, so wäre er mit Freuden rein und keusch geblieben, doch seine wollüstige Natur hatte ihm seit Jugendtagen einen Strich durch diese Rechnung gemacht. Er begehrte Frauen, seit er atmen konnte, hatte sich schon als kleiner Junge unter ihren Röcken versteckt, ihre Düfte eingesogen, nach ihren Geheimnissen gegiert. Die Frauen begehrte er mehr noch als Macht und Reichtum, wenngleich seine Eroberungen oft viel zu früh einen faden Beigeschmack bekamen. Was er besaß, begann ihn rasch zu langweilen, und das traf leider inzwischen auch auf Agnes zu. Nur einer war es gelungen, das Feuer in ihm über Jahre am Brennen zu halten: seiner Leys, die der Tod ihm viel zu früh entrissen hatte. Ein kleiner Trost war Anna, das Kind, das sie ihm geschenkt hatte; ein weiterer, dass er die Tochter in Halle gut verheiratet mit Joachim Kirchner wusste, der ihm früher treu als Sekretär gedient hatte. Und noch nicht genug damit: Erst jüngst war ihm zu Ohren gekommen, dass Anna guter Hoffnung sein sollte …

Ein Enkelkind, das er allerdings nur selten sehen würde, wenn sie es überhaupt zu ihm brachten. Wie weit entfernt von Mainz doch sein geliebtes Halle war, das er wegen dieser unseligen Protestanten bei Nacht und Nebel hatte verlassen müssen.

Albrecht hüllte sich in den roten Samtmantel und ging hinaus. Vor der Tür schreckte eine schläfrige Wache vom Schemel auf und nahm Haltung an, worauf der Kardinal mit einer unwirschen Geste reagierte. Was scherten ihn diese jämmerlichen Gestalten, die angeblich seiner Sicherheit dienen sollten? Die Gegner, gegen die er zu kämpfen hatte, waren von ganz anderem Kaliber!

Er ging den langen, dunklen Flur entlang, den Fackeln in eisernen Halterungen nur notdürftig erhellten. Vor dem Raum, in dem sich seine Bibliothek befand, machte er halt. Als er die Tür öffnete, staunte er nicht schlecht, denn gleich zwei Augenpaare starrten ihn an.

»Pater Faber hatte mich so dringend gebeten, seine Studien hier weiterführen zu dürfen«, sagte Philipp in die lastende Stille hinein. »Und da ich oft so schlecht schlafe, dachte ich, ich leiste ihm dabei ausnahmsweise Gesellschaft. Wir hätten Euch um Erlaubnis fragen sollen, Euer Eminenz. Ich kann nur hoffen, Ihr vergebt mir diese Eigenmächtigkeit!«

Der junge Mann verbrachte seine knappen freien Stunden also mitnichten in Tavernen oder zwischen den Schenkeln einer Frau, sondern saß hier mit dem rastlosen Gast aus Savoyen und verschlang alte Kirchentexte. Die Kerzen, die aufgeschlagenen Folianten, die Ernsthaftigkeit der beiden Männer, die im Raum schwang, und er, der gerade frisch mit Agnes gesündigt hatte und noch nach den Säften der Liebe roch – die Gegensätze hätten größer kaum sein können.

Zum ersten Mal seit vielen Jahren verspürte Albrecht so etwas wie Neid. Bücher hatten ihn stets angezogen, und er sammelte sie wie die anderen kostbaren Gegenstände, mit denen er sich gern umgab. Manchmal las er ausgesprochen gern, wenngleich es ihm schwerfiel, sich allzu lang auf eine einzige Sache zu konzentrieren, so sprunghaft und lebendig war sein Geist. Doch jetzt wäre er am liebsten von Anfang an mit dabei gewesen, bei diesem seltsamen Duo, das sich hinter seinem Rücken zusammengeschlossen hatte. Hätten sie ihn jemals darüber in Kenntnis gesetzt, wäre er dann vor seiner Konkubine geflohen?

Er bezweifelte es stark.

Langsam trat er näher, versuchte dabei, das Zucken seines linken Lids zu beherrschen, das seine aufgewühlte Verfassung preisgab, und griff nach dem ersten Buch.

»Sieh an, die frisch gedruckte Lutherbibel«, sagte er. »Vom Feind der heiligen Mutter Kirche höchstpersönlich! Welch weitere Überraschungen erwarten mich wohl noch in dieser Nacht?«

»Ja, das Wort Gottes, und zwar in der Sprache, in der das Volk es versteht – das haben sie uns voraus!« Faber war aufgesprungen und funkelte ihn erregt an. »Das Wort, Eminenz, das Wort! Sagte ich Euch das nicht erst neulich?«

»Ja, das Wort!«, fiel nun auch Philipp ein, und sein schmales Gesicht wirkte wie von innen erleuchtet. *»Am Anfang war das Wort, und das Wort war bei Gott …«* Er fuhr sich mit der Hand über das Gesicht. »All die Jahre habe ich diese Zeilen gehört, wie ein blinder, tauber Narr, ohne zu verstehen, was der Apostel Johannes uns mit seinem Evangelium sagen wollte. Doch jetzt ist der Vorhang der Verblendung, der mich von der Wahrheit trennte, gerissen – ich sehe! Ich höre!«

Ehrenstein wirkte so erfüllt, so ekstatisch, wie Albrecht ihn noch nie zuvor gesehen hatte. Sein Neid wuchs. Ein junger Adeliger aus unbedeutender Familie, ohne Ländereien und mit einer ungewissen Zukunft sollte im Besitz der Wahrheit sein, während er, der Kardinal, zermürbt und besudelt vor ihm stand? Das konnte, das durfte so nicht sein!

Der Neid brannte in ihm wie flüssiges Feuer.

»So lehrt mich das Wort ebenfalls, Pater!«, sagte er, zog einen Stuhl heran und setzte sich mit an den Tisch. »Denn auch ich lechze nach der Wahrheit. Stillt also meinen Durst!«

✣

Sie würde ihn verlieren, wenn sie nicht endlich schwanger wurde.

Mit diesem Gedanken schreckte Agnes aus dem Schlaf hoch, und es wunderte sie keinen Augenblick, dass das Bett neben ihr leer war. Ihre Kehle war trocken, und ihr Atem stank, als habe sie eine ganze Handvoll Knoblauch auf einmal gegessen. Heute waren die Träume, die der heimlich genossene Trunk ihr geschenkt hatte, alles andere als lieblich oder süß gewesen. Bleischwer hatte sie sich gefühlt und hatte doch vor großen dunklen Flügeln fliehen müssen, die sie niederzureißen drohten. Wesen mit spitzen Zähnen hatten sie verfolgt, fliegende Hunde, die sie zerfetzen würden, sobald ihre Kraft erlahmte.

Weiter, immer nur weiter …

Erleichtert befühlte sie das Laken unter sich. Albrechts Leidenschaft war nur gespielt gewesen, auch wenn er ihr scheinbar halb von Sinnen das Kleid vom Leib gerissen hatte, bis die Seide brach, eine lustlose, schlampige Inszenierung, der sie artig applaudiert hatte, ohne sich wirklich daran zu erfreuen. Und verließ ihn nicht mehr und mehr die Manneskraft, deren er sich stets gebrüstet hatte? Nur mit allen Kniffen, die sie kannte, war er schließlich überhaupt in der Lage gewesen, den Beischlaf zu vollziehen – wenn es doch nur andere, leichtere Methoden gäbe, um an ein Kind zu kommen!

In diesem Augenblick hasste sie Leys und ihre verdammte Brut Anna noch mehr als sonst. Vielleicht wäre sie niemals derart von dem Gedanken an ein Kind besessen gewesen, hätte es diese beiden Kreaturen nicht gegeben. Dass die eine davon nicht mehr lebte, änderte nichts daran – ganz im Gegenteil. Manchmal hatte Agnes das Gefühl, dass Leys' Tod ihren Schatten von Jahr zu Jahr immer noch schwerer und bedeutsamer machte.

Jetzt fuhr sie hoch.

Der Schatten – natürlich! Das war Leys gewesen in ihrem Traum, die sich ihrer in verschiedenen Gestalten zu bemächtigen versucht hatte. Jetzt hätte sie Albrecht neben sich gebraucht, der sie liebevoll an seine Brust zog, wie er es früher getan hatte, wenn sie mit bösen Träumen zu kämpfen gehabt hatte, der durch ihr Haar fuhr und begütigend auf sie einredete, bis die Schatten verschwunden waren – doch sie lag mutterseelenallein in diesem zerwühlten Bett, bar aller Illusionen und Hoffnungen.

Sie begann zu weinen, und für eine kleine Weile wirkten die Tränen tröstend. Dann jedoch wischte Agnes sie entschlossen wieder weg.

Was nützte das kindische Geflenne?

Sie war eine erwachsene Frau und musste endlich Tatsachen schaffen, denn die Zeit war ihr Gegner. Starb Albrecht oder wurde er ernsthaft krank, wäre sie verloren. Der neue Medicus hatte vielversprechend auf sie gewirkt. Allerdings zögerte dieser de Vries offenbar, sich festzulegen, was ihr ganz und gar nicht gefiel. Und diese neugierigen Fragen, mit denen er sie belästigt hatte! Sich ganz und gar auf seine Künste zu verlassen, das hätte nur eine Törin getan. Klüger war es sicherlich, zusätzlich auf das Wissen anderer zu bauen, auch wenn sie das einiges an Überwindung kosten würde.

Aber wollte sie, dass Albrechts Liebe wieder wie eine starke, helle Flamme brannte und eine sichere, goldene Zukunft vor ihr lag – oder wollte sie das nicht?

Um Ersteres zu erreichen, brauchte sie Verbündete. Je mehr, desto besser. Und vor allem brauchte sie einen klaren Kopf, allein darauf kam es jetzt an. Agnes stieg aus dem Bett und hüllte sich in ein dickes Wolltuch. Nachdem sie ihr übel malträtiertes Kleid aufgehoben und angeekelt wieder fallen gelassen hatte, verließ sie das Schlafgemach des Kardinals. Schade um die schöne grüne Seide, die sie so gut gekleidet hatte! Doch in diesem Zustand taugte sie nicht einmal mehr dazu, eine Magd zu bestechen. Höchste Zeit, dass der Hofschneider vorsprach und neue Roben für sie fertigte!

Albrecht, der für sich selbst Pomp und edle Stoffe liebte, konnte durchaus knausrig sein, sobald es um sie ging. Doch wenn sie erst einmal gesegneten Leibes wäre, würde er ihr sicherlich keinen Wunsch mehr abschlagen …

Sechs

Noch bevor Vincent sein schmiedeeisernes Medicus-Zeichen mit dem Stab, um den sich zwei Schlangen rankten, an die Tür genagelt hatte, waren bereits die ersten Patienten da. Mainz scheint, so dachte er, während er Ziegenpeter, Krätze, Halsentzündungen oder tiefe, stark blutende Schnittwunden behandelte, ein Ort zu sein, an dem sich Neuigkeiten noch rascher verbreiten als anderswo. Es war nicht ganz einfach gewesen, Albrecht von Brandenburg das Recht dazu abzuhandeln, denn als Vincent eine schriftliche Vereinbarung eigentlich nur der Ordnung halber noch einmal angesprochen hatte, wollte der Kardinal von seiner Zusage auf einmal nichts mehr wissen.

»Lehrt meinetwegen an der Universität, wenn Ihr unbedingt wollt – aber was schert Euch das gemeine Volk, wo wir doch so dringend Eurer Hilfe bedürfen, meine teuerste Freundin und ich?«, sagte er, während seine füllige Unterlippe sich missmutig nach vorne schob. »Müsst Ihr Euer Talent unbedingt an andere verschwenden?«

Es hatte Vincent einige Anstrengung gekostet, ruhig zu bleiben, doch schließlich war es ihm gelungen, und seine Antwort klang gelassen.

»Ein Medicus hat seine Kunst erlernt, um Kranken zu helfen, das ist seine Pflicht. Und so und nicht anders habe ich es stets gehalten. Außerdem steht diese Zusage in Eurem Einladungsschreiben. Und wer wäre ich, Euer Eminenz, mich Euren weisen Anordnungen zu widersetzen?«

Vincent praktizierte also wieder in Mainz, wie er es vor vielen Jahren schon einmal getan hatte – und er liebte es. Damals allerdings noch nicht in eigener Verantwortung, sondern als junger Gehilfe des alten Medicus Düver, den zunehmend die Schüttelkrankheit geplagt hatte. Wie schon in jenen Zeiten rührten die Menschen ihn an, die mit ihren Wunden, Schmerzen und Ängsten zu ihm kamen, und er gab sich Mühe, allen zu helfen: dem kleinen Mädchen ebenso, das die Wilden Blattern plagten, wie dem Greis, der an einem Steinleiden litt. Allerdings waren es in der Regel nur die reicheren Bürger, die sich seine Dienste leisten konnten und zu ihm kamen oder ihn in ihre Häuser riefen, wenngleich er bei Notfällen schon oftmals die geforderte Bezahlung gesenkt oder sogar umsonst behandelt hatte. Die ärmeren, die Weber, Färber, Gerber und all die vielen anderen, die nur knapp überleben konnten, suchten höchstens den Bader auf, wenn ihnen etwas fehlte. Die meisten Malaisen jedoch wurden mit Hausmitteln, Gebeten und Geduld kuriert – oder die Menschen starben daran, ohne jemals einen Heilkundigen zu Gesicht bekommen zu haben.

All jene Bedürftigen schienen Vincent mindestens ebenso wichtig wie der Kurfürst, der sich an seine ärztlichen Gebote und Ratschläge lediglich hielt, wenn sie ihm gefielen. Ähnliches galt für seine Konkubine, deren Charakter für Vincent noch immer ein großes Rätsel darstellte. Wie rasch ihre Stimmungen wechseln konnten! Zeigte Agnes Pless sich noch am Morgen anstellig und durchaus vernünftig, so konnte es abends von ihr zum gleichen Thema nichts als schnippische Antworten geben, die eher zu einem verwöhnten Kind gepasst hätten. Sie war verwitwet, das hatte er inzwischen herausbekommen, doch wie sie an den Kardinal geraten war, behielt sie wohlweislich für sich. Ebenso unklar war Vincent, wie die beiden wirklich zueinander standen. In seiner Gegenwart säuselten sie und überhäuften sich gegenseitig mit Freundlichkeiten, und dennoch konnte er sich von dem Eindruck nicht lösen, dass es sich anders verhielt, sobald sie allein waren. Ihrer Bindung fehlte jegliche Stabilität, jede Basis – aber wie sollte sich die auch einstellen, wenn ein hoher geistlicher Würdenträger ungeniert bei einer Metze lag? Jedenfalls zerriss sich ganz Mainz das Maul über Agnes Pless, und sie war vermutlich die verhassteste Frau der Stadt.

»Viele behaupten, sie sei eine Anhängerin der schwarzen Magie«, raunte sogar der besonnene Auberlin Sixt. »Zudem gehe sie über Leichen, um das zu erreichen, was sie sich einmal in den Kopf gesetzt hat.«

»Jetzt will sie ein Kind vom Kardinal«, sagte Vincent. »Und ausgerechnet ich soll ihr dazu verhelfen.«

»Ein Kind vom Kardinal?« Sixt verzog die Lippen. »Ich fürchte, da wirst nicht einmal du viel ausrichten können.«

»Und weshalb nicht?«

»Zum einen ist sie älter, als sie vorgibt«, sagte der Apotheker. »Um einiges sogar, da wird es oft schon schwierig mit dem Gebären. Man sieht es, wenn sie die Farben abwischt, mit denen sie für gewöhnlich ihr Gesicht zukleistert.«

»Mir sind schon Frauen begegnet, die noch im fünften Lebensjahrzehnt schwanger geworden sind …«

»Aber die haben anders gelebt! Agnes Pless trinkt Mengen von Wein, sie schluckt mein starkes Schlafmittel so gierig, als seien es süße Mandelküchlein, und ich habe unter dem Siegel der Verschwiegenheit von Malin erfahren, dass sie mindestens schon einmal eine ungewollte Leibesfrucht loswerden musste, deren Verursacher garantiert nicht der Kardinal war, der ja seinerseits auch nicht der Gesündeste sein soll …«

Da war er wieder, jener Name, der ihn piesackte, seit Johanna ihn erwähnt hatte. Die Liebste hatte seinen ungeschickten Ausflüchten nicht geglaubt, das las er aus den prüfenden Blicken, die sie ihm seitdem zuwarf, aber bislang war er zu feige gewesen, um mit der Wahrheit herauszurücken.

Vincent schlug die dicke Kladde zu. Irgendwann würde seine Abhandlung über die Franzosenkrankheit beendet sein und zur Drucklegung gelangen, aber das Leiden war leider derart komplex und zeigte so viele unterschiedliche Facetten, dass es bis dahin wohl noch eine ganze Weile dauern konnte. Er schrieb daran, wann immer er ein paar Augenblicke Zeit fand, doch heute war er innerlich zu unruhig, um sich richtig zu sammeln.

Auch Agnes Pless hatte erst gestern Malin erwähnt, nachdem er ihr freudig erzählt hatte, dass nun endlich seine Bücherkisten heil und unbeschädigt im neuen Zuhause angekommen seien und er sich bereits intensiv in die alten Skripten vertieft habe.

»Mag sein, dass sich darin die eine oder andere Weisheit findet«, sagte sie gelangweilt. »Bislang jedoch war mir die Praxis stets lieber. Malin, eine der hiesigen Wehmütter, hat mir pulverisierte Perlen verabreicht und getrocknete Hasenhoden verkauft, die ich Tag und Nacht bei mir tragen soll. Zudem hat sie mir geraten, mich mit dem Blut schwarzer Hähne einzureiben, um meinen Körper für die Zeugung vorzubereiten.«

War sein Name während dieser verrufenen Zeremonien bereits gefallen? Jedenfalls bildete Vincent sich ein, dass sie ihn noch schärfer als sonst beäugte.

»Bislang ist bei diesen Ratschlägen allerdings nur ihre Börse voller geworden«, fuhr Agnes fort. »Und leider nicht mein Leib. Was haltet Ihr von solchen Mitteln, Medicus? Und bitte antwortet mir frank und frei!«

Er wählte seine Worte noch bedachter als gewöhnlich.

»Hühnerblut und Perlenstaub werden eine Schwangerschaft gewiss nicht verhindern«, sagte er schließlich. »Doch sie in Gang setzen können sie nicht. Warum beträufelt Ihr Euch nicht gleich mit Krötenschleim oder legt Euch eine abgestorbene Schlangenhaut auf den Bauch?« Jetzt war ihre Langeweile verschwunden, und sie starrte ihn angeekelt an. »Ja, mir missfällt auch, was dahintersteht«, setzte Vincent temperamentvoll hinzu. »Jener Glaube an eine dunkle Macht, die ungestraft in das Werk der von Gott geschaffenen Natur eingreifen könne. Wer sich dem verschreibt, ist verloren. In Köln ist mir einmal ein Weib begegnet, das …« Er verstummte.

»Ihr wart in Köln, Medicus? Das habt Ihr uns ja noch gar nicht berichtet.«

Verdammt – sie hatte leider bestens aufgepasst.

»Nur eine Weile«, murmelte er. »Ist außerdem schon länger her. Also haltet Euch von solchen Weibern fern! Wir sollten stattdessen zum Frauenmantel greifen, lateinisch auch *Alchemilla* oder im Volk ganz zu Recht Mutterkraut genannt, eine Pflanze, auf die ich erst gestern wieder in meinen Büchern gestoßen bin. Viele kluge Ärzte quer durch alle Zeiten und Länder berufen sich auf sie. Sie möchte ich Euch ans Herz legen, wenn Ihr schon bald guter Hoffnung sein wollt …«

Hatte Agnes gemerkt, wie er ihr ausgewichen war?

Und wie gut kannte sie Malin, die auf einmal so seltsame Verordnungen traf? Wenn es stimmte, was Sixt geäußert hatte, sogar sehr gut. Was mochte diese der Konkubine des

Kardinals über Vincent de Vries erzählen oder bereits erzählt haben?

Es half nichts, er musste sich endlich der Vergangenheit stellen, um Klarheit zu erlangen.

Vincent ging hinüber in die Küche, um sich von Johanna zu verabschieden, dann aber sah er den kalten Herd, und ihm fiel wieder ein, dass sie ja erst vor Kurzem mit Nele zum Waschhaus am Rhein gegangen war, wo die Frauen die große Wäsche besorgten. Mehrfach schon hatte er ihr angeboten, eine Magd einzustellen, die solch schwere Arbeiten künftig übernehmen konnte, aber Johanna hatte abgewunken. So fand er nur Sabeth vor, die die kleine Barbara auf den Knien reiten ließ, mit ihren Fingerchen spielte und ihr dabei ein lustiges Lied vorsang.

»Fünf Engel haben gesungen, fünf Engel kommen gesprungen. Der erste bläst das Feuer an, der zweite stellt die Pfanne dran, der dritte schüttet Teig hinein, der vierte tut brav Zucker rein, der fünfte sagt: ›'s ist angericht, iss, mein Kindchen, brenn dich nicht!‹«

Der Blick der Alten wirkte heute klar, und ihre Stimme klang kräftig, und dennoch kam Vincent ins Grübeln, wie lange sie ihr wohl noch die Kleine guten Gewissens anvertrauen konnten.

»Du gehst zu ihr?«, fragte Sabeth mitten in seine Gedanken hinein, und er zuckte wie ertappt zusammen.

»Was meinst du damit?«, sagte er.

»Die Schwarze. Hab sie vor dem Haus stehen sehen, viele, viele Tage. Sie hat den Tod im Blick. Hüte dich vor ihr!«

»Hör auf mit diesem Unsinn, Sabeth! Ich muss kranke Patienten besuchen …«

Sie schien ihn gar nicht zu hören, hob das Kind hoch, stand auf und setzte es sich auf die Hüfte. Dann ging sie zur Haustür und öffnete sie.

»Der Feuervogel schützt Johanna«, sagte sie und deutete auf das bunt bemalte Holz. »Er ist stark und kann das Böse verbrennen. Aber das gilt für sie. Du dagegen bist in Gefahr – großer Gefahr.« Ihre hellen Augen schienen durch ihn hindurchzuschauen, als bestünde er aus Glas.

Konnte er unter diesen Umständen überhaupt weg? Aus den Augenwinkeln sah er, wie die Nachbarin gerade mit einem Korb vom Markt zurückkam, Gwen, eine freundliche junge Frau, die erst seit ein paar Monaten mit einem aufstrebenden Buchdrucker verheiratet war und sich, wie sie ihm und Johanna gestanden hatte, nichts sehnlicher wünschte als ein eigenes Kind.

»Könntet Ihr vielleicht ein Auge auf unsere Kleine haben?«, sprach er sie an. »Meine Frau und Nele sind noch beim Waschen. Ich muss dringend weg, und Barbara ist jetzt manchmal schon so lebhaft, dass ich Angst habe, sie könnte Sabeth vielleicht entwischen …«

»Mit dem allergrößten Vergnügen!« Gwen streckte die Arme aus, und Barbara strebte ihr juchzend entgegen, während Sabeths Miene sich jäh verfinsterte. »Macht Euch keine Sorgen, Medicus«, fuhr Gwen fort, »und bleibt weg, solange Ihr wollt! Ich habe gerade so üppig eingekauft, dass ich für die ganze Familie kochen kann.«

Er nickte erleichtert und brach auf.

Es fühlte sich seltsam an, das Dreiergrüppchen hinter sich zu lassen. Vor allem Sabeths enttäuschte Blicke schienen sich geradezu in seinen Rücken zu bohren, aber wenn er nicht jetzt aufbrach, dann würde er vielleicht nie mehr den Mut dazu aufbringen. Vincent ging so schnell, dass ihm schon nach wenigen Schritten in seiner Leinenschaube warm wurde. Es war ein sonniger Tag mit leichtem Wind und emailleblauem Himmel. Seit Wochen schon hatte es nicht mehr geregnet, was die Bauern jenseits der Stadtmauer bekümmern musste, weil sie um ihre Ernte bangten, den Städtern jedoch beste Laune bereitete. Er konnte es spüren, als er am Markt vorbeikam, wo auf den einfachen Holztischen die ganze Gemüsevielfalt des jungen Sommers prangte. Die Frauen, die hier einkauften und feilschten, dass es eine wahre Freude war, trugen leichte Gewänder; viele hatten sogar auf die steife Haube verzichtet und zeigten ihre blonden, braunen, grauen oder schwarzen Flechten heute unverhüllt.

Als Vincent den Flachsmarkt erreicht hatte, musste er an Mendel ben Baruch denken, der ganz in der Nähe wohnte, und an den längst anstehenden Besuch bei ihm und seiner Frau. Er beschloss, auch diesen nicht länger aufzuschieben. Er würde Johanna und die Kleine mitnehmen, da die beiden ja ein Töchterchen ähnlichen Alters hatten. Beim Weitergehen allerdings veränderte sich seine Stimmung, und seine Schritte wurden immer zögerlicher. Vor ihm erhoben sich die rötliche Basilika und der schlanke Turm von St. Emmeran, dessen Geläut ihm bis heute in den Ohren klang. Damals hatte er immer die Kirchturmuhr schlagen hören, wenn er im Schutz der Nacht zu Malin gelaufen war …

Das Haus selbst erschien ihm unverändert. Vielleicht war das Braun der Fachwerkbalken ein wenig ausgewaschener, vielleicht wirkte das Dach etwas ramponierter, aber das Gebäude stand wie damals niedrig und trutzig zugleich unweit der Kirche. Als Vincent anklopfte, begann sein Herz schneller zu schlagen. Es dauerte, bis ihm aufgemacht wurde, und selbst da war es nur ein winziger Spalt, durch den jemand hinausspähte.

»Du?«, hörte er eine vertraute Frauenstimme sagen, dann fiel die Tür wieder zu.

Erst nach einer Weile öffnete sie sich erneut.

Ihre Haare waren noch immer rabenschwarz, und auch das Gesicht schien auf den ersten Blick kaum verändert. Beim zweiten allerdings bemerkte Vincent, dass es nicht mehr weich und neugierig war wie damals, sondern nun fein gemeißelt wirkte. Besonders der harte Zug um die Lippen fiel ihm auf, ebenso das seltsame Flackern in den nachtdunklen Augen.

»Hast dir reichlich Zeit gelassen, Medicus«, sagte sie. »So lange, dass du schon grau zu werden beginnst. Aber jetzt bist du ja endlich da.« Sie trat einen Schritt zurück, um ihn einzulassen.

Zögernd trat er ein, vergaß, sich zu ducken, und stieß sich wie damals den Kopf am Türbalken.

»Manche Dinge ändern sich nie«, sagte Malin scheinbar ungerührt. »Andere dagegen sehr wohl.«

»Du hättest ihn höher setzen lassen können«, sagte Vincent.

»Wozu? Die, die mich für gewöhnlich aufsuchen, passen sehr wohl darunter.« Auch ihre Stimme klang anders als in seiner Erinnerung, härter, beinahe metallisch.

Sie führte ihn in den kleinen Raum, in dem sie sonst die Schwangeren empfing. Ein Tisch, eine gedrechselte Eckbank, an den Wänden Holzgestelle mit zahllosen Schalen und Töpfchen, in denen sie ihre Ingredienzen aufbewahrte. Unwillkürlich glitt Vincents Blick zu dem Hocker, der wie gewohnt vor dem Fenster stand, doch der war leer.

»Mutter ist schon lange tot«, sagte Malin. »Ganz gesund war sie ja schon damals nicht mehr. Und die ganzen Aufregungen haben ihr Ende wohl noch zusätzlich beschleunigt.« Sie räusperte sich. »Inzwischen bin ich in ihre Fußstapfen getreten. Was alles andere als einfach war, obwohl ich Mutter ja bereits jahrelang zu den Geburten begleitet hatte. Trotzdem musste ich vor dem Rat lügen. Einen toten Ehemann hab ich mir schweißgebadet zusammengefaselt, für den ich Trauer trage, was blieb mir anderes übrig? Sonst hätten sie mich niemals zur Wehmutter bestellt.«

»Ich verstehe nicht ganz«, sagte Vincent.

»Ach, der Herr Medicus stellt sich dumm?« Jetzt stand sie plötzlich ganz nah vor ihm. »Warum hat er sich dann damals beizeiten aus dem Staub gemacht? Doch nur, um sich vor der Verantwortung zu drücken, nachdem ich ihm in allem frohen Herzens entgegengekommen war.«

»Soll das heißen, dass du …«

»Ja«, sagte sie. »Geschwängert hattest du mich. Ich trug dein Kind unter dem Herzen – ein Kind, das seinen Vater niemals gekannt hat.«

»Ein Kind? Aber ich hatte nicht die geringste Ahnung.«

Ihr Lachen klang schrill. »Wie denn auch, wo du ja nichts über die weibliche Natur weißt! Brüste, die wachsen, Gelüste, die sich plötzlich entwickeln, ein fester, kleiner Bauch, wo zuvor alles glatt war – ich wollte es dir nicht sagen, Vincent, dazu war ich viel zu stolz. Du solltest von ganz allein daraufkommen und mir dann die richtige Frage stellen. Doch das hast du leider versäumt. Stattdessen bin ich eines Morgens aufgewacht, und du warst fort.«

Vincent war blass geworden.

»Ja, ich bin damals schnell aus Mainz weggegangen, aber das hatte nichts mit dir zu tun. Nach Straßburg wollte ich und anschließend weiter nach Paris, um meine Studien fortzuführen. Düver hatte sich entschlossen, statt meiner seinen Neffen als Medicus aufzunehmen. Was wäre mir dann noch geblieben?«

Ihre dunklen Augen sprühten Blitze.

»Ein liebendes Weib und ein kleines Kind – was zählt das schon? Du hast es dir später ja wieder besorgt, mit dieser blonden Schlange, die vor mir so dreist mit ihrer Leibesfrucht geprahlt hat.«

»Johanna ist keine Schlange …«

»Johanna? Doch nicht etwa die, die dich getäuscht und dir das Herz gebrochen hat? Ich glaub es nicht!«

»Sie hat mich niemals getäuscht. Was uns entzweit hat, war eine feige Intrige. Ich habe Johanna erst nach langen Jahren in Köln wiedergefunden.« Jetzt sprach er wie im Fieber. »Seite an Seite haben wir im dortigen Pesthaus gegen den Schwarzen Tod gekämpft. Erst da habe ich erfahren, dass wir einen Sohn haben.«

»Einen Sohn? Das wird ja immer noch besser!« Malin verdrehte die Augen, bis nur noch das Weiße zu sehen war. »Ich habe genug von deinen rührenden Familiengeschichten. Verlass auf der Stelle mein Haus, Medicus! Ich will dich hier nie wieder sehen.« Sie hob sogar das Knie, als wollte sie nach ihm treten, Vincent jedoch blieb stehen wie angewurzelt.

»Erst nachdem du mir mein Kind gezeigt hast«, sagte er. »Er oder sie muss inzwischen fast erwachsen sein. Allerhöchste Zeit, endlich den Vater kennenzulernen.«

»Niemals!«, fauchte Malin. »Jener Vater ist tot, begraben und vergessen. Du wirst sie nie im Leben zu Gesicht bekommen!«

»Dann ist es also ein Mädchen?« Seine Züge wurden weich. »Wie heißt sie? Ist sie hier? Warum rufst du sie nicht?«

»Vergiss es! Du hast mich jahrelang bluten lassen – nun bist du an der Reihe. Und bilde dir bloß nicht ein, mich bei der Konkubine des Kardinals madigmachen zu können! Ein einziges falsches Wort zu Agnes Pless, und ich stecke ihr, welch schändliche Kreatur sie sich mit dir an den kurfürstlichen Hof geholt haben. Ich habe dich in der Hand, Medicus, denk immer daran – dich und deine ganze kümmerliche

Sippschaft!« Sie atmete schwer. Feine Schweißperlen standen auf ihrer Stirn.

Vincent starrte sie an. Er hatte sie umarmt, war bei ihr gelegen, hatte ihr heißblütige Komplimente ins Ohr geflüstert – wie unendlich fern ihm das nun schien! Das Leben hatte sie auseinandergetrieben. Im besten Fall hätten sie freundschaftlich miteinander umgehen oder sich wenigstens in Frieden lassen können, der Medicus und die Wehmutter, die beide um neues Leben rangen und auf ihre Weise gegen den Tod ankämpften. Doch das war offenbar unmöglich. Diese Frau mit den aufgelösten schwarzen Haaren hasste ihn aus tiefstem Herzen. Er hatte in ihr eine mächtige Feindin, die vor nichts zurückschrak, das begriff er in diesem Augenblick. Malin würde versuchen, ihm zu schaden, wo immer sie konnte.

Ohne ein weiteres Wort ging er zur Tür. Dort allerdings blieb er noch einmal stehen. »Gott segne unsere Tochter, Malin!«, sagte er leise. »Und alle Heiligen miteinander mögen ihr junges Leben schützen und behüten!«

Damit verließ er das Haus der Wehmutter.

✦

Nele weinte noch immer, dabei lag das Haus des Goldspinners bereits ein Stück hinter ihnen, und auch Johannas Herz war bei den harten Worten des alten Griem schwer geworden.

»Was sollen wir mit einer dahergelaufenen Waise, von der wir nicht einmal Mutter oder Vater kennen? Unsere Zunft nimmt nur Leute mit makellosem Leumund auf.«

»Kann mein Mündel vielleicht etwas dafür, dass ihr Vater bei einem Unfall das Leben verloren hat und die Mutter von der Pest dahingerafft wurde?«, hatte Johanna ihm wütend entgegnet. »In Köln sind viele Tausende an der Seuche gestorben. Dort sind die Überlebenden gewiss nicht so hartherzig wie Ihr hier.«

»Dann geht doch zurück nach Köln und sucht dort nach einer Lehrstelle für Euer Mündel! Wir hier in Mainz setzen auf gute, alte Traditionen – und daran wird sich so bald nichts ändern.«

»Wie er mich angeschaut hat«, schluchzte Nele, als sie an der Universität angelangt waren. »Als ob ich nichts als Dreck wäre! Dabei war mein Vater ein angesehener Zimmermann. Und meine Mutter konnte mir sogar Lesen und Schreiben beibringen, so gebildet war sie. Er aber hat getan, als sei ich eine niedrige Magd.«

»Ich weiß, ich weiß.« Johanna streichelte Neles rehbraunen Schopf. »Versuch einfach sein Gerede ganz schnell wieder zu vergessen! Außerdem ist es nicht nur eingebildet, sondern geradezu töricht, auf Mägde oder Knechte herabzuschauen. An ihrer Arbeit ist weiß Gott nichts Ehrenrühriges. Jeder von uns kann in die Lage kommen, sie verrichten zu müssen.«

Jetzt blieb Nele eine Weile stumm, und auch ihr Schluchzen ebbte ab.

»Denkst du noch oft ans Pesthaus?«, fragte sie schließlich.

»Jeden Tag«, erwiderte Johanna. »Es hat mich so vieles gelehrt: Demut, Zufriedenheit und vor allem die Fähigkeit, Glück ganz tief zu empfinden.«

»Weil Vincent dir dort begegnet ist?«

»Sicherlich auch, aber nicht nur. Es waren vor allem die Kranken und Sterbenden, die mir das beigebracht haben: dass unser Leben so kostbar ist, weil der Tod überall auf uns warten kann.«

»Ich beneide euch«, murmelte Nele. »Weißt du das? Ihr beide habt euch bereits gefunden. Während Jakob und ich ...« Sie verstummte.

»Gib ihm ein bisschen Zeit!«, sagte Johanna. »Siehst du nicht, wie froh ihn die Arbeit in der Offizin macht? Jetzt muss er nicht länger für seinen Vater buckeln, was ihm so schwergefallen ist, weil er sich hoffnungslos unterlegen gefühlt hat, sondern er hat einen richtigen Lehrherrn, den er achtet und schätzt. Auberlin ist sehr mit ihm zufrieden, das lässt er ihn spüren, und Jakob genießt es. Vielleicht wird ja bald ein tüchtiger Gehilfe aus ihm.«

Nele blickte sie fragend an.

»Und was soll ich in der Zwischenzeit tun?«, sagte sie. »Hoffen und beten, wie man es gemeinhin den Weibern rät?«

»Davon hab ich allerdings noch nie sehr viel gehalten.« Johanna packte Neles Hand und zerrte sie in Richtung Dietmarkt. »Und deshalb werden wir beide jetzt bei der Oberin von St. Agnes vorsprechen. Es sind Zisterzienserinnen, also strenge und fromme Frauen, doch das gefällt mir ganz besonders daran.«

»Was willst du denn von den Nonnen?«, fragte Nele.

»Wein möchte ich, mein Mädchen. Wein! Durch geschicktes Nachfragen habe ich herausgefunden, dass sie einen stattlichen Rebengarten in Ebersheim betreiben, aber angeblich Schwierigkeiten haben, ihren guten Tropfen zu verkaufen.« Johanna begann schelmisch zu zwinkern. »Ich denke, dabei könnten wir ihnen behilflich sein.«

»Weiß Vincent davon?«

»Er wird es früh genug erfahren.«

»Und wenn es ihm nicht recht ist?«

Johanna war plötzlich sehr ernst geworden. »Ich habe auch

schon vor Vincent geatmet«, sagte sie. »Und musste viele Jahre meines Lebens ohne seine Hilfe zurechtkommen, auch wenn ich es mir anders gewünscht hätte. Das Leben hat mich gelehrt, dass es klug ist, wenn wir Frauen auf eigenen Füßen stehen können – auch wenn die Männer uns das nicht immer gerade leicht machen.«

»Ich dachte, es wäre vielleicht, weil ihr euch gestritten habt …« Nele verstummte. »Verzeih mir, Johanna«, sagte sie dann rasch. »Ich weiß, das geht mich gar nichts an.«

»Da hast du recht, mein Mädchen«, sagte Johanna. »Außerdem war es kein Streit. Eher eine Frage des Vertrauens – und die betrifft in der Tat nur uns beide.« Ihr Tonfall wurde wieder munterer. »Also, was ist nun: Hättest du Lust, mit ins Weingeschäft einzusteigen?«

»Aber ich verstehe doch gar nichts von Wein!«, rief Nele.

Johanna hielt inne und zwickte sie zärtlich in die Wange. »Nur keine Angst! Ich bringe dir alles bei. Es wird dir gefallen. Und schau – wir sind bereits am Kloster angelangt.«

Mutter Fastrada, zu der sie nach einigem Warten schließlich in ein winziges Zimmer gleich hinter der Pforte geführt wurden, wirkte in dem strengen weißen Habit der Zisterzienserinnen erstaunlich jung.

»Ich bin erst seit wenigen Monaten im Amt«, sagte sie unverblümt und begann mit ihrer zarten Hand zu wedeln, als brauche sie dringend Kühlung. »Meine Vorgängerin hat über Jahrzehnte alles hier bestens geführt. Doch dann begann sie nach und nach immer mehr zu vergessen. Und die anderen Schwestern haben aus Liebe und Respekt nicht gewagt, sie rechtzeitig darauf aufmerksam zu machen. Was unserem schönen Kloster leider gar nicht gut bekommen ist.« Das Wedeln wurde stärker. »Pachtverträge wurden nicht verlängert, Dienstleute entlassen, andere begannen zu machen, was sie wollten, eben weil die Führung fehlte. Jetzt ist sie tot – und der Konvent ist arm geworden.«

»Auch ich bin neu hier in Mainz«, sagte Johanna, die das schmale, kluge Gesicht und die blauen Augen unter dem weißen Schleier auf Anhieb mochte. »Aber durchaus erfahren im Weinverkauf, den ich bereits anderorts erfolgreich betrieben habe. Mein Mann ist Vincent de Vries, der Leibarzt des Kurfürsten, und mein Name lautet Johanna. Ich denke, das solltet Ihr wissen, bevor Ihr Eure Entscheidung trefft, Mutter. Wir leben im Kirschgarten, unser Keller ist äußerst geräumig und eignet sich bestens für einen Ausschank.«

Nele neben ihr gab einen kleinen Ton von sich.

»Eure Tochter?«, fragte die Oberin.

»Die Braut meines großen Jungen«, erwiderte Johanna lächelnd. »Die Güte Gottes hat uns zudem vor wenigen Monaten noch ein gesundes, kleines Mädchen geschenkt.« Ihr Lächeln wurde noch strahlender. »Wir alle beten, dass die Familie bald noch größer wird.«

Mutter Fastrada erhob sich. »Ihr sollt Euren Wein bekommen«, sagte sie. »Wir keltern einen frischen, fast grünlichen Riesling, der sich gut trinken lässt und an dem auch der Kardinal große Freude hatte, bevor er sich jenen schweren Roten aus Italien kommen ließ, den er nun zu unserem Leidwesen bevorzugt. An wie viele Fässer hattet Ihr denn gedacht?«

»Fünf«, sagte Johanna. »Ich muss erst sehen, wie mein Geschäft anläuft und was die hiesige Weinbruderschaft dazu sagt. Wenn sie rasch ausgetrunken sind, werde ich wahrscheinlich schon bald um mehr bitten.«

»Die Mainzer Bruderschaft mischt sich für gewöhnlich nicht in Klosterangelegenheiten ein. Solange Ihr Euch nichts zuschulden kommen lasst, dürft Ihr unseren Wein ungehindert weiterverkaufen.« Man sah der Oberin an, wie sie im Kopf alles zusammenzählte. »Das wären dann sechs Gulden. Seid Ihr denn so flüssig?«

»Vier«, sagte Johanna sofort. »Das Geld kann ich Euch leider erst übermorgen bringen.«

»Fünf. Das ist mein letztes Wort. Allerdings gilt der Zuschlag nur bis übermorgen zum Mittagsläuten. Sprecht Ihr später vor, werdet Ihr leider leer ausgehen.« Die schmalen Wangen hatten sich leicht gerötet. Das ungewohnte Handeln schien ihr zu gefallen.

»Ihr könnt Euch auf mein Wort verlassen, verehrte Mutter«, sagte Johanna. »Ich werde da sein – mit dem Geld, zwei kräftigen Trägern und einem ordentlichen Pferdefuhrwerk, um die Fässer sicher nach Hause zu transportieren.«

*

Den Einbruch in die Offizin bemerkte Auberlin Sixt erst, als Jakob einen schrillen Schrei ausstieß.

»Schaut her, Apotheker!«, rief er. »Die Tür wurde aufgebrochen. Sie haben sich Zugang über den Keller verschafft – hier unten ist alles umgestoßen und durchwühlt.«

So schnell ihn seine mageren Beine trugen, eilte Sixt nach unten. »Leider nicht das erste Mal«, murmelte er, während er zwischen Tonscherben und ausgelaufenen Salben wie ein Storch umherspazierte. An der Ostseite fiel durch einen Schacht Tageslicht, was die Sicht erleichterte. »Ich dachte, sie würden es endlich bleiben lassen. Jetzt, wo ich einen kräftigen jungen Kerl wie dich an meiner Seite habe.« Er zog die Nase kraus. »Gar nicht so leicht, mir auf die Schnelle einen Überblick zu verschaffen«, sagte er. »So lange war ich nicht mehr hier unten.«

»Dafür weiß ich ganz genau, wo alles hingehört«, versicherte

Jakob eifrig. »Was ich mir einmal eingeprägt habe, vergesse ich so schnell nicht mehr.« Wieselflink eilte er zwischen den Truhen und Holzgestellen hin und her, um den Schaden zu überprüfen, während Sixt an der rauen Wand lehnte und ihm dabei zuschaute.

Nach einer Weile kehrte Jakob zu ihm zurück.

»Seltsamerweise fehlt so gut wie nichts«, sagte er. »Bis auf die braune Wundsalbe, die ich gestern heruntergebracht habe. Alles andere liegt auf dem Boden. Sieht eher aus, als …« Er verstummte.

»Sprich weiter, Jakob!«, ermunterte ihn der Apotheker.

» … hätten die Einbrecher aus Wut das alles hier zerschlagen«, fuhr Jakob fort. »Vielleicht, weil sie nicht gefunden haben, wonach sie eigentlich suchten?« Fragend schaute er seinen Lehrherrn an.

»Kluger Junge«, murmelte Sixt. »Ich fürchte, du könntest recht haben.« Er löste sich von der Wand. »Du wirst einen langen Tag haben«, sagte er. »Das alles hier unten wieder in Ordnung zu bringen. Aber zuvor will ich dir etwas zeigen. Komm mit!«

Hintereinander stiegen sie wieder nach oben. Dann ging Sixt zu Jakobs Überraschung zur Eingangstür und sperrte die Offizin von innen ab.

»Aber wenn Kundschaft kommt!«, rief Jakob überrascht.

»Dann soll sie warten.« Der Apotheker nestelte an seinem Schlüsselbund. »Sie werden niemals bekommen, wonach sie gieren«, sagte er. »Denn dieser Schatz ist bestens verwahrt.«

Er wandte sich zur Giftkammer, vor der Jakob wie gewohnt umdrehte. Doch heute war es anders.

Sixt steckte den großen Schlüssel ins Schloss und sperrte auf.

»Folge mir!« Er winkte ihn über die Schwelle.

Ehrfürchtig trat Jakob ein. Eine Mischung verschiedenster Gerüche kitzelte seine Nase, scharf und bitter, süßlich und metallisch, und er musste unwillkürlich niesen.

»Was hier lagert, könnte eine ganze Gasse töten«, sagte Auberlin Sixt. »Oder halb Mainz in Wahnsinn versetzen. Doch das Kostbarste von allem ist dieses Mittel.« Er griff nach einem Kästchen und entnahm ihm eine kleine Phiole. »Allein der Grundstoff ist schwierig zu beschaffen, die Herstellung gestaltet sich noch um einiges komplizierter, und wenn die Arznei in die falschen Hände gerät, kann sie unvorstellbar großen Schaden anrichten.«

»Was ist das?«, flüsterte Jakob, der die Augen nicht mehr von dem gräulichen Inhalt lösen konnte.

»Schlafmohn«, sagte Sixt. »Je nach Dosierung bringt er Ruhe, macht bewusstlos oder führt zum Tod.« Er legte die Phiole wieder zurück in das Kästchen. »Ich denke, danach suchen sie«, fuhr er fort. »Das wollen sie haben – und für ihre Zwecke einsetzen.«

»Dann wisst Ihr bereits, wer die Diebe sind?«, fragte Jakob.

»Sagen wir, ich habe einen starken Verdacht«, erwiderte Sixt. »Es gibt da ein paar dunkle Gestalten hier in Mainz, die sich auf Überfälle in der Dämmerung spezialisiert haben. Bislang konnten sie noch nicht allzu viel ausrichten, weil die Opfer sich jedes Mal gewehrt haben. Doch nur ein paar Krümel dieser Substanz könnten alles verändern. Damit wären die Überfallenen hilflos den Gaunern ausgeliefert.«

»Woher wissen die davon?« Jakobs Augen verrieten Wissbegier.

»Ich mag deine Fragen, Jakob«, sagte der Apotheker und hatte auf einmal einen schmerzlichen Zug um den Mund. »Auch wenn sie mir wehtun. Einer von ihnen hatte sich in mein Vertrauen geschlichen. Damals hielt ich ihn noch für einen Ehrenmann, ohne zu ahnen, wen ich in Wahrheit vor mir hatte. Als er mir vorjammerte, nicht mehr schlafen zu können, habe ich ihm davon gegeben. Wie oft habe ich das inzwischen schon bereut!«

»Und bald danach begannen die Einbrüche?«

»Ganz genau. Er wollte mehr – das hatte ich ihm verwehrt. Und außerdem …« Er biss sich auf die Lippen.

»Wisst Ihr denn, wo er sich jetzt befindet?«

Die schmalen Schultern hoben und senkten sich. »Überall und nirgendwo«, sagte Sixt bedrückt. »Manchmal fühle ich mich heimlich beobachtet. Doch sobald ich mich umdrehe, ist da – nichts.«

»Ihr hört Euch an, als wäre er ein Geist. Aber die Scherben im Keller sind ganz real.«

»Ein Geist?«, wiederholte Sixt. »Ja, das trifft es ganz genau. Ein böser Geist mit tödlichem Atem, der nichts als Elend und Verwüstung mit sich bringt – ich wünschte nur, er hätte mich niemals gestreift!«

So verloren wirkte Sixt auf einmal, so hoffnungslos durcheinander, dass Jakob seinen klugen, beherrschten Lehrherrn fast nicht mehr wiedererkannte. Irgendetwas war seltsam an dieser Geschichte, das sagten ihm nicht nur sein Instinkt, sondern das hatten ihn auch die Jahre gelehrt, die er als Dieb an der Seite des hässlichen Alten verbrachte. Schlafmohn mochte ein mehr als erstrebenswertes Mittel sein, vor allem, wenn man es zu verbrecherischen Zwecken einsetzen wollte. Doch bislang war ja offenbar nichts davon weggekommen.

Warum setzte dann allein der Versuch Sixt derart zu?

Er zitterte sogar, als er mit Jakob die Giftkammer wieder verließ und sie wie üblich sorgfältig absperrte. Jakob holte Eimer, Besen und Lappen aus dem Verschlag, um im Keller aufzuräumen. Nur die Schaufel, die er so dringend für das Aufnehmen der Scherben gebraucht hätte, konnte er nirgendwo entdecken. Als er zurück in die Offizin kam, um Sixt danach zu fragen, sah er, wie dieser gerade einen Schlüssel aus dem schmalen blauen Gefäß zog, das neben der Verkaufstheke stand und Jakob bislang lediglich als Staubfänger aufgefallen war.

Ein Zwilling von dem, den der Apotheker am Schlüsselbund trug.

Jakob blieb stehen und hielt den Atem an, bis der Apotheker das Duplikat überprüft und wieder zurück an seinen geheimen Platz gelegt hatte. Jakobs Herz schlug plötzlich lauter und um einiges schneller.

Er wurde erst wieder ruhiger, als er systematisch mit seiner Arbeit begann, und Sixt hatte recht gehabt: Es kostete ihn beinahe den ganzen Tag, zu wischen, zu fegen und zu räumen. Jetzt zahlte sich Neles schier unendliche Geduld aus, denn nur dank ihr war er in der Lage, auf einem Blatt Papier zu notieren, was verdorben war und neu gemischt werden musste. Erst als die Sonne schon tief stand, kam Jakob zurück ans Tageslicht, ging als Erstes zur Zisterne im Hof und zog sein Hemd aus, weil er keine Lust hatte, so verdreckt und schweißgebadet nach Hause zu laufen.

Das Wasser war kühl und erfrischte ihn. Am liebsten wäre er ganz in den Brunnen gestiegen, aber auch so fühlte er sich sehr viel besser. Er war gerade dabei, sich mit einem Tuch abzutrocknen, als er leichte Schritte sich nähern hörte.

»Du?«, sagte er überrascht, als er das Mädchen mit den Nachtaugen neben sich entdeckte, das ihn unverwandt ansah. »Bist du wieder hingefallen?«

Sie schüttelte den Kopf und starrte weiter.

»Was hast du da?«, fragte sie.

»Du meinst die alten Narben?« Er bemühte sich, gelassen zu klingen, doch seine Kehle war auf einmal ganz rau. »Eine Krähe«, sagte er. »Sie hat mir lange Zeit meinen Namen gegeben, als ich noch keinen anderen hatte. Weshalb fragst du?«

»Darf ich sie anfassen?«

Noch bevor er antworten konnte, stand sie schon vor ihm. Er genoss die Berührung ihrer Finger, die behutsam über seine Narben fuhren, und spürte, wie sein Glied hart wurde.

Jetzt wagte er sich gar nicht mehr zu rühren.

»Du bist nicht wie die anderen hier«, sagte sie schließlich. »Das hat der Mann auch gesagt.«

»Welcher Mann?« Himmel – war er erleichtert, dass sie ihre Hand wieder zurückgezogen hatte!

»Der, der mich nach dir gefragt hat.«

»Ein Freund?«

Sie lachte kurz auf. »Ich habe leider nur wenig Talent, Freunde zu finden«, sagte sie. »Außerdem wäre es meiner Mutter wohl kaum recht.«

»Wer ist er dann?«

»Könnte es sein, dass du ziemlich neugierig bist?« Wenn sie lächelte wie jetzt, war sie noch schöner. Als wäre der Mond hinter einer dunklen Wolke hervorgekommen und stünde strahlend und hell am Nachthimmel. Und wie gut sie roch! Sie musste in Rosenöl regelrecht gebadet haben. »Du wirst es schon noch rechtzeitig erfahren.«

»Und in der Zwischenzeit sagst du mir endlich, wie du heißt.« Er wollte nach ihr fassen, doch sie entwand sich ihm geschmeidig.

»Weglaufen kannst du jedenfalls«, sagte Jakob missmutig. »Und Leuten Dinge aus der Nase ziehen, anstatt von dir zu erzählen.«

»Na gut, ausnahmsweise«, lenkte sie ein. »Weil du so schöne Narben hast und früher einmal die Krähe warst. Das warst du doch, oder?«

»Ja«, sagte er. »Aber das ist für immer vorbei. Jetzt heiße ich Jakob.«

»Und ich Marie«, sagte sie leise. »Bist du nun zufrieden, Jakob?« Sie wandte sich um und lief zum Tor. Ihr Kleid war heute blau und neu, das fiel ihm jetzt erst auf.

Ob sie es extra für ihn angezogen hatte?

»Und der Mann?«, rief er ihr hinterher. »Was will er von mir?«

Sie drehte sich um, warf ihm eine Kusshand zu – und verschwand.

✣

Dunkelheit hatte sich über Mainz gesenkt, als die tief verschleierte Frauengestalt an die Tür der Wehmutter pochte.

»Du bist allein?«, flüsterte sie, als ihr geöffnet wurde.

»Ja«, antwortete Malin. »Mein Kind schläft bereits. Kommt herein!«

Drinnen schlug Agnes den Schleier zurück.

»Wie lächerlich ich diese Maskerade finde«, sagte sie. »Aber gerade jetzt möchte ich nicht, dass jemand mich hier sieht.«

Malin musterte sie herausfordernd.

»Wenn ich ehrlich sein soll, hatte ich nicht mehr mit Eurem Erscheinen gerechnet«, sagte sie. »Jetzt, wo Euer Schicksal doch endlich in viel berufeneren Händen liegt.«

»Du meinst den Medicus?« Agnes schnaubte verächtlich. »Der soll erst einmal beweisen, was er kann! Gib mir als Erstes etwas zu trinken! Ich komme halb um vor Durst.«

Malin reichte ihr einen Krug, an dessen Inhalt Agnes zunächst misstrauisch schnüffelte.

»Gestreckter Most«, sagte Malin. »So viel Angst habt Ihr inzwischen vor mir?«

Jetzt trank sie, rülpste ungeniert und wischte sich dann mit der Hand den Mund ab. »Lass uns rasch zum Wesentlichen kommen«, sagte sie. »Meine Geduld nähert sich dem Ende.«

»Ihr seid noch immer nicht schwanger?«

»Wäre ich dann hier?«, fauchte Agnes. »Ich hab schon sehr viel Geld bei dir gelassen. Ich will endlich ein Ergebnis sehen!«

Malin betrachtete sie gelassen.

»Eine Empfängnis kann man nur einladen oder anlocken«, sagte sie. »Und keineswegs befehlen. Manchmal geschieht sie sogar im ungünstigsten Moment, wie Ihr selbst wisst …«

»Hast du vor, mir zu drohen?«, unterbrach Agnes sie. »Hüte dich davor!«

»Nichts läge mir ferner.« Malins Stimme war plötzlich samtweich. »Aber hier stehen doch keine grünen Gänschen, sondern zwei erfahrene Frauen, die das Leben kennen. Ihr könnt schwanger werden, das wissen wir alle beide. Vielleicht liegt es also gar nicht an Euch, dass die ersehnte Leibesfrucht sich nicht einstellen will. Dann freilich wären all die vielfach bewährten Mittel und Methoden, die ich Euch empfohlen habe, leider nutzlos.«

»Albrecht hat schon mal eine Tochter gezeugt«, sagte Agnes gereizt.

»Aber das liegt Jahre zurück! Inzwischen ist viel Wasser den Rhein hinuntergeflossen.« Sie wies auf die Eckbank. »Wollt Ihr nicht lieber Platz nehmen? Im Sitzen redet es sich leichter.«

»Ich muss in die Burg zurück«, sagte Agnes und setzte sich doch. »Er darf nicht mitbekommen, dass ich heimlich fortgehe – und schon gar nicht, zu wem. In letzter Zeit kann ich ihm gar nichts mehr recht machen. Würde er mir nicht ab und zu das Gegenteil versichern, so müsste ich glauben, er sei meiner längst überdrüssig. Ich brauche dieses Kind, verstehst du? Das wird ihn für immer an mich binden.«

»Mittel, um die männliche Lust wieder zu beleben, gibt es unzählige«, sagte Malin. »Da könnt Ihr Euch ganz auf mich verlassen. Schwanger zu werden allerdings – und das in Eurem Alter …«

»Untersteh dich!«, rief Agnes empört. »Wo ich noch nicht einmal dreißig bin …«

Stille breitete sich aus.

»Muss der Kardinal denn unbedingt selbst dieses Kind zeugen?« Malins Worte schwangen unheilvoll im Raum.

»Bist du jetzt wahnsinnig geworden?«

»Ganz im Gegenteil, ich versuche nur, logisch vorzugehen und Euch auf dem schnellsten Weg zu Eurem Herzenswunsch zu führen. Gesetzt den Fall, er wäre dazu gar nicht mehr in der Lage, aus Altersgründen, wegen Krankheit oder wachsender Gleichgültigkeit … Er kann Euch doch nach wie vor beiliegen?«

»Natürlich«, bekräftigte Agnes. »Erst heute Morgen. Seit sein Geschwür verheilt ist, lässt er mich wieder in sein Bett.«

»Das ist gut, und behaltet das auf alle Fälle bei, denn sonst würde er sicherlich misstrauisch. Ihr teilt also offiziell wie bisher das Lager mit ihm – und sucht Euch einen gesunden jungen Mann, der den Rest besorgt.«

»Ich soll Albrecht betrügen?«

Malin zuckte mit vielsagendem Lächeln die Schulter. »Wenn Euch das so fremd ist …«

»Schon gut!«, rief Agnes rasch. »Aber wen soll ich nehmen? Es müsste jemand sein, der nichts mit Albrecht zu tun hat.«

»Und der auf jeden Fall den Mund hält«, sagte Malin.

»Keiner mit auffallenden Äußerlichkeiten, einem Buckel, einem Mal oder irgendetwas anderem, das sich unter Umständen weiter auf das Kind vererben könnte …«

»Was redest du da? Ich würde doch niemals mit Entstellten oder gar Krüppeln verkehren!«

»Ihr werdet ihn schon auftreiben, diesen Unbekannten, der Euch die Pforte zum Paradies aufstößt. Da bin ich ganz sicher. Vielleicht hilft ja Geld, damit er noch mehr in Stimmung gerät.«

»Ich soll einen Mann dafür bezahlen, dass er mich schwängert?« Agnes war aufgesprungen. »Jetzt bist du zu weit gegangen, Hebamme! Hast du vergessen, mit wem du sprichst?«

»Keineswegs.« Malin reckte sich und sah plötzlich größer aus. »Mit einer Frau, die auf Biegen und Brechen schwanger werden will. Was habt Ihr schon zu verlieren? *Mater semper certa* – die Mutter steht immer fest. Über den Vater dagegen lässt sich nur spekulieren. Was glaubt Ihr, wie viele Kuckuckskinder ich in all den Jahren schon entbunden habe? Zehn mal zehn Finger würden dafür nicht ausreichen. Ihr seid nicht die Erste und werdet gewiss auch nicht die Letzte bleiben, die zu diesem Mittel greift. Die Schar Eurer Schwestern ist riesig.«

Agnes ließ sich mit einem Seufzer zurück auf die Bank sinken.

»Man müsste klug und vorsichtig vorgehen«, murmelte sie. »Und sich nach allen Seiten absichern.« Sie hob den Kopf. »Her mit dem Liebestrank!«, verlangte sie. »Und wehe, wenn du mir dafür wieder mein ganzes Geld aus dem Beutel ziehst. Du bist mir etwas schuldig, Wehmutter – vergiss das nicht!«

»Und Ihr mir auch, sollte mein gewitzter Plan tatsächlich aufgehen«, erwiderte Malin und sah Agnes dabei kühn in die Augen.

»Was könnte das sein?« Agnes klang verdutzt.

»Ich will alles über den Leibarzt des Kardinals erfahren«, sagte Malin. »Woher er kommt. Womit er ihn und Euch behandelt. Was er sagt. Alles, versteht ihr – *alles!*«

»Ihr beide kennt euch«, sagte Agnes langsam, als begänne sie zu verstehen. »Ihr seid euch bereits begegnet – und mehr als das. Das ist mir neulich schon durchs Hirn geschossen, als ich ihm gegenüber deinen Namen erwähnt habe und er auf einmal so seltsam reagiert hat. Was verbindet dich mit Vincent de Vries, Wehmutter?«

»Eine alte Rechnung«, erwiderte Malin nach einer winzigen Pause. »Und es wird Zeit, dass er sie endlich begleicht.«

Sieben

Der Weg vom Haus im Kirschgarten quer durch die halbe Stadt bis zur Martinsburg war Vincent de Vries inzwischen zutiefst vertraut, denn Albrecht von Brandenburg bestand darauf, dass er ihn täglich mindestens einmal zurücklegte. Oft bestellte er den Medicus sogar abends noch einmal zu sich, weniger, weil er sich unwohl oder gar krank gefühlt hätte, sondern um ihm zu demonstrieren, wie ein Fürst sich die Arbeit seines Leibarztes vorstellte. Vincent folgte diesem Ruf ohne Murren, meist zu Fuß, ab und zu, wenn Rosa Auslauf brauchte, auch zu Pferd, weil es ihm gelang, in der restlichen Zeit für seine anderen Patienten zu sorgen. Für die Abhandlung über die Franzosenkrankheit blieben dann allerdings nur noch die Nachtstunden, die er neuerdings auch noch mit seinen Forschungen über Empfängnis und Geburt teilen musste.

Wie wenig die Medizin noch immer darüber wusste!

Selbst bei Galenos von Pergamon, dem griechischen Arzt und Naturforscher, den er sonst wegen seines umfassenden Wissens tief verehrte, fand er darüber nur einige sich zudem auch noch widersprechende Sequenzen. Es war, als wäre ein schweres, dunkles Tuch über diesen Vorgang gebreitet, das zu lüften sich bislang niemand zugetraut hatte. Jetzt hätte er sich gern mit Malin darüber ausgetauscht, die so viel Erfahrung mit dem Kinderkriegen besaß – aber nur mit der fröhlichen, neugierigen jungen Frau von einst, nicht mit dem starren, hasserfüllten Weib, zu dem sie geworden war.

Oder hatte er sie dazu gemacht?

Vincent fand bei sich keine Schuld. Malin hatte ihn in jenen Mainzer Tagen über den Verlust von Johanna hinweggetröstet, wenngleich sie für ihn die verlorene Liebste zu keinem Zeitpunkt ersetzen konnte. Die Ehe hatte er ihr niemals versprochen, und trotz aller ehrlichen Zuneigung, die er für sie empfunden hatte, war diese Liebschaft mit der Tochter einer Wehmutter für ihn eine Episode geblieben. Malin hatte damals so unbekümmert und frei gewirkt, dass er alle Bedenken, die ihn ab und zu streiften, einfach beiseitegeschoben hatte. Natürlich waren es stets die Frauen, die die Rechnung für die Lust zu bezahlen hatten, das hatte ja auch seine geliebte Johanna auf bittere Weise am eigenen Leib erfahren müssen.

Aber war das sein Fehler?

Auf dem Weg von und zur Burg des Kardinals grübelte er darüber nach und fragte sich, wann der richtige Zeitpunkt sei, um Johanna endlich von Malin und der gemeinsamen Tochter zu erzählen. Einige Male hatte er bereits angesetzt, um sich endlich von dieser Last zu befreien – und es dann doch wieder nicht über die Lippen gebracht. Es gefiel ihm, wie tatkräftig Johanna die Verhandlungen mit dem St.-Agnes-Kloster geführt und wie geschickt sie die Fässer im Keller unterbringen hatte lassen. Der Weinverkauf lief erfreulich an und gab ihr neuen Schwung, und dass Nele ihr dabei zur Seite stand, machte in seinen Augen alles nur noch besser. Sollte er da die gute Stimmung im Haus mit alten Sünden belasten?

Und dennoch ging ihm das unbekannte Mädchen, das seine Tochter war, nicht mehr aus dem Sinn. Ob sie ihm ähnlich sah? Oder trug sie die Züge ihrer Mutter? In ihrer Jugend war Malin eine Schönheit gewesen, ebenso dunkel und geheimnisvoll wie Johanna strahlend und hell. In so gut wie allem ihr absolutes Gegenteil, vermutlich hatte gerade das ihn damals angezogen.

Und das Kind, das inzwischen zur jungen Frau herangereift sein musste? Vielleicht war er ihr auf den Mainzer Gassen ja längst begegnet. Vielleicht hasste sie ihn ebenso abgrundtief wie die Mutter, weil sie sich wie diese im Stich gelassen fühlte. Vielleicht aber sehnte sie sich insgeheim nach dem unbekannten Vater, ohne zu ahnen, dass er nun ganz in ihrer Nähe lebte …

Sein Kopf begann zu glühen, sobald diese Gedanken ihn malträtierten. Dann fiel es Vincent schwerer, sich so hingebungsvoll den Befindlichkeiten des Kardinals zu widmen, wie dieser es von ihm erwartete. Dabei war er mittlerweile sogar mit den Finessen des Hofprotokolls vertraut, die bei seinen allerersten Besuchen in der Burg noch keine Rolle gespielt hatten. Philipp von Ehrenstein hatte sie ihm auf ruhige, selbstverständliche Art nahegebracht und ihn gleichzeitig wissen lassen, dass hier in Mainz mit Kammermeister, Marschall, Küchenmeister und einem weiteren guten Dutzend wichtiger Personen ohnehin nur ein verschwindend kleiner Teil des Hofes anwesend war, weil der Kardinal ja eigentlich sein Aschaffenburger Schloss als Residenz bevorzugte.

»Sobald es noch heißer ist, wird Seine Eminenz dorthin umziehen wie jedes Jahr«, sagte der junge Mann, der Vincent blasser und um einiges ernster erschien als bei seinen ersten Besuchen. Er hatte ihn in die Bibliothek gebeten, damit sie ungestört waren. »Und selbstredend erwartet er, dass Ihr ihm folgt.« Philipp seufzte. »Mit dem Herzen hängt der Kardinal noch immer an der Moritzburg in Halle, seiner eigentlichen Heimat, aus der die Protestanten ihn vertrieben haben. Was er ihnen niemals verzeihen wird. Manchmal glaube ich, dass jene Aufrührer auch seine Gesundheit auf dem Gewissen haben.«

»Aber die Martinsburg ist doch zu keiner Jahreszeit angenehmer als im Sommer«, erwiderte Vincent, dem die Folgen dieses Umzugs erst angesichts dieser Unterhaltung richtig bewusst wurden. »Nichts hält die Hitze besser ab als diese dicken Mauern. Und bis nach Aschaffenburg – das ist ja von Mainz mehr als ein strammer Tagesritt!«

Philipp nickte. »Ihr müsstet schon ganz nach Schloss Johannisbug umsiedeln wie wir alle, um stets in der Nähe des Kardinals sein zu können.«

»Und was soll in der Zwischenzeit aus meiner Familie werden? Meiner Frau? Meinen Kindern? Soll ich sie vielleicht schutzlos in der neuen Stadt zurücklassen?«

»Hattet Ihr nicht erst neulich erwähnt, dass Euer Sohn bei Auberlin Sixt lernt? Dann dürfte er ja bereits ein gewisses Alter erreicht haben und für Mutter und Schwester einstehen können. Außerdem ist Euer Weib sicherlich in der Lage, auch ohne Euch die kleine Tochter aufzuziehen, wo ihr doch genügend Zeit bleibt, Wein vom Kloster St. Agnes weiterzuverkaufen.«

Für einen Moment verschlug es Vincent die Sprache. Gab es in diesem Mainz denn gar nichts, was nicht auf der Stelle die Runde machte?

»Die Mutter Oberin war sehr freundlich zu Johanna …«

Philipps Handbewegung brachte ihn zum Schweigen.

»Seine Eminenz hat nichts dagegen«, sagte er. »Das hat er mir gesagt. Allerdings nur, solange sein Wohl weiterhin im

Mittelpunkt steht.« Er näherte sich, senkte die Stimme. »Ihr solltet Euch anstrengen, ihm seinen Herzenswunsch baldmöglichst zu erfüllen. Ich weiß, wie er reagieren kann, wenn er enttäuscht ist – eine Erfahrung, die ich Euch nicht wünschen würde.«

Aus den Augenwinkeln sah Vincent, wie jener schlanke Mann die Bibliothek betrat, den er inzwischen schon öfter in Philipps Nähe gesehen hatte. Dessen Augen waren seinem Blick gefolgt, und er nickte.

»Pater Faber von der Societas Jesu«, sagte er, als der Mann näher gekommen war. Er trug zu Vincents Überraschung keine Kutte, sondern einfache dunkle Kleidung. »Mein verehrter Lehrer und Mentor. Und das ist Vincent de Vries, Leibarzt Seiner Eminenz.«

Beide verneigten sich leicht voreinander.

»Dann seid Ihr also für das körperliche Wohl des Kardinals zuständig«, sagte der Pater, dessen starker französischer Akzent sofort verriet, woher er stammte. »Während meine Aufgabe sein geistliches ist. Er hat geruht, mich zu seinem Beichtvater zu ernennen. Eine Ehre, die mir viel bedeutet.«

»Seele und Körper gehören für mich seit jeher untrennbar zusammen«, erwiderte Vincent. »So habe ich es unter anderem in anregenden Philosophievorlesungen in Paris gelernt, der Hauptstadt Eurer wunderschönen Heimat.«

Die klugen Augen musterten ihn eingehend.

»Wäre es da nicht am besten, wir beide würden Hand in Hand arbeiten?«, fragte Faber. »So könnte jeder mit seinen Kräften und Talenten die des anderen unterstützen.«

Vincent hatte schon eine offene Erwiderung auf der Zunge, dann aber hielt er sich zurück. Der schmale Pater erschien ihm so fromm, so konzentriert, so ganz in sich gekehrt – wie könnte ihm dann daran gelegen sein, dass Albrecht mit seiner

Konkubine einen Bankert zeugte? Wahrscheinlich ahnte er nicht das Geringste von diesen Bemühungen, und so sollte es auch bleiben.

»Seele und Körper als Einheit«, erwiderte er deshalb unverbindlich. »Nichts Besseres ließe sich vorstellen. Wenn die Herren mich nun freundlicherweise entschuldigen – Seine Eminenz wartet gewiss schon ungeduldig auf mich.«

Er ging zur Tür.

»Einen Moment noch!«, rief Philipp ihm hinterher. »Auf Anregung von Pater Faber wird am Hochfest des Leibes und Blutes Jesu eine große Prozession stattfinden, die durch die ganze Stadt führen soll, um dem Volk die Monstranz mit dem Allerheiligsten zu zeigen. Seine Eminenz erwartet Euch zu dieser Zeremonie zusammen mit Eurer ganzen Familie. Ihr findet ihn übrigens noch im Schlafgemach. Er war heute Morgen leicht unpässlich.«

Warum sagte ihm das der Kardinal nicht persönlich? Er würde diese komplizierten höfischen Abläufe niemals ganz kapieren.

Mit einem Seufzer verließ Vincent die Bibliothek und näherte sich dem Schlafgemach. Wie immer war eine Wache davor postiert; heute waren es sogar zwei Männer, die sich allerdings entspannten, als sie sein vertrautes Gesicht erkannten.

»Klopft ruhig an, Medicus!«, ermunterte ihn der Ältere. »Vielleicht könnt Ihr ja die Stimmung Seiner Eminenz heben! All die anderen vor Euch sind nämlich schon kläglich daran gescheitert.«

Vincent konnte die schlechte Laune des Kardinals fast körperlich spüren, kaum hatte er das Gemach betreten. Albrecht war noch im Nachtgewand, über das er einen alten blauen Samtmantel geworfen hatte. Er lag quer über dem Bett, vor sich einen Haufen von Papieren und Pergamenten, die ihn offenbar zutiefst verdrossen.

»Geld, Geld und nichts als Geld!«, sagte er gereizt. »Ich bin diese Rechnungen und Forderungen unendlich leid. Wozu habe ich einen teuer bezahlten Kammermeister eingestellt, wenn die Ausgaben dennoch weiterhin steigen?«

»Ihr seid nicht ganz wohlauf, Eminenz«, sagte Vincent ruhig. »Womit kann ich Euch helfen?«

»Sorgt dafür, dass dieses Weib schwanger wird!«, blaffte Albrecht. »Heute Nacht hat sie mir mit ihrem Monatsblut das Laken verdorben – dabei dachte ich, wir wären endlich so weit.« Er langte zu dem kleinen Beistelltisch neben dem Bett. »Zuvor hat sie mich allerdings noch diese scheußliche Plörre saufen lassen, angeblich, um meine Säfte stärker in Wallung zu bringen. Stammt dieses widerliche Teufelszeug tatsächlich von Euch?« Er hielt ihm einen silbernen Pokal hin.

Vincent roch daran und verzog das Gesicht.

»Mit Sicherheit nicht, Euer Eminenz«, sagte er. »Mir liegt daran, Euch gesund zu machen, und nicht, Euren Gaumen und Magen unnötig zu malträtieren. Ist Euch vielleicht deshalb übel geworden?«

»Was weiß ich denn?«, sagte der Kardinal ungnädig. »Es rumort jedenfalls scheußlich in meinen Gedärmen, juckt mich hier, zwickt mich da, sodass ich schier aus der Haut fahren könnte.«

»Hat das Geschwür sich denn erneut gefüllt?«, erkundigte sich Vincent.

Anstatt einer Antwort schob der Gefragte Mantel und Nachtgewand hoch und entblößte seinen sehnigen Schenkel. Die Reste der Wucherung waren noch immer deutlich zu sehen, aber sie war flach geblieben. Doch um sie herum hatten sich zahlreiche rötliche Pusteln gebildet, manche kleiner, andere größer. Albrecht zuckte zusammen, als Vincent sie berührte.

»Am anderen Bein auch?«, fragte Vincent.

Ein unwilliges Nicken. »Und ebenso am Hintern«, brummte der Kardinal. »Als hätte ich mich aus Versehen in ein riesiges Brennnesselbeet gesetzt. Und schaut, hier: In den Hautfalten sind einige sogar schon aufgeplatzt.«

Vincent fuhr mit seinen Untersuchungen fort und musste feststellen, dass die Lymphknoten am Hals und unter den Achseln geschwollen waren. Die Stirn des Kardinals fühlte sich ungewöhnlich warm an. Zusammengenommen durchaus beunruhigend. Vincent de Vries musste an seine Abhandlung denken. Fast alle diese Symptome fand er auch dort beschrieben, teils von ihm selbst beobachtet, teils von anderen Ärzten notiert. Aber man durfte nicht vorschnell urteilen. Denn kaum eine Krankheit war so tückisch wie diese.

»Ich denke, Ihr habt leichtes Fieber«, sagte er und hörte selbst, wie besorgt seine Stimme klang. »Dazu dieser Ausschlag, der Euch plagt …«

»Was fehlt mir, Medicus? Hat das Unwohlsein, das mich befallen hat, auch einen Namen?«

Jetzt kam es auf jedes Wort an.

»Hattet Ihr vor einiger Zeit irgendwo kleine, harte rote Knötchen, Euer Eminenz? Am Mund, den Augen, auf der Zunge oder – verzeiht die Frage, aber als Euer Leibarzt muss ich sie stellen – sogar an Eurem Geschlecht?«

Anstatt wütend aufzufahren, wie Vincent es eigentlich befürchtet hatte, wurde der Kardinal erstaunlich nachdenklich.

»Ich kann mich nicht mehr genau entsinnen«, sagte er schließlich. »Allerdings waren meine Handflächen und Sohlen zeitweise von seltsamen warzenartigen Knötchen entstellt.

Zuerst war ich zutiefst entsetzt, weil ich nicht wie gewohnt meine Ringe tragen konnte, und habe angefangen vom Bader bis zum Hofastrologen jeden dazu befragt. Doch nicht einer hatte eine plausible Erklärung parat. Zum Glück waren die Knötchen eines Tages wie durch Zauberhand wieder verschwunden, genauso plötzlich, wie sie mich befallen hatten.«

»Wie lange ist das her?«

Erneut überlegte der Kardinal. »Mindestens ein Jahr. Vielleicht sogar länger. Warum fragt Ihr, Medicus?«

»Weil ich versuche, das Krankheitsbild so gut wie möglich einzukreisen. Nur so findet sich das geeignete Medikament.« Was genau genommen höchstens die halbe Wahrheit war, aber wenigstens keine direkte Lüge. »Hattet Ihr weitere Beschwerden, Eminenz?«

Albrecht von Brandenburg erhob sich stöhnend.

»Nun, richtig gesund gefühlt hatte ich mich schon eine ganze Zeit nicht mehr«, sagte er. »Mein Atem ging schwer, mein Herzschlag jagte – hätte ich sonst nach einem versierten Medicus Ausschau gehalten? Der Jude hat Euch ja derart angepriesen, dass mir gar keine Wahl blieb. Ich habe teuer genug für Euren Einstand bezahlt – und bin bereit, auch weiterhin zu zahlen. Aber an Euch ist es nun zu zeigen, was Ihr könnt. Also befreit mich gefälligst von diesem hässlichen Kroppzeug, das jeden gestandenen Mann zur Verzweiflung treibt!«

»Dazu Kopf- und Gliederschmerzen? Fieber? Eine allgemeine Müdigkeit?«, bohrte Vincent weiter.

»Warum fragt Ihr eigentlich, wenn Ihr alles schon wisst?« Der Kardinal begann misstrauisch zu werden. »Was habe ich? So redet endlich!«

Vincent musste erst vollständige Gewissheit haben und sich dazu noch einmal in seine Bücher vertiefen.

»Viele Krankheiten ähneln sich auf den ersten Blick«, sagte er deshalb diplomatisch. »Obwohl ihr Ausbrechen unterschiedlichste Gründe haben kann. Deshalb sind Präzision und äußerste Vorsicht empfehlenswert. Hütet heute und am besten auch noch morgen das Bett. Nehmt nur leichte Speisen zu Euch. Enthaltet Euch des Weins – und auch des intimen Verkehrs mit Eurer teuersten Freundin! So lautet meine ärztliche Empfehlung.«

»Und wie soll meine Agnes dann schwanger werden?«, raunzte Albrecht, dem besonders der letzte Ratschlag ganz und gar nicht zu gefallen schien.

»Hattet Ihr nicht erst vorhin ihren Monatsfluss erwähnt? Nach dem antiken Arzt Galenos können Frauen während dieser Zeit ohnehin nicht empfangen, also verliert Ihr nichts und gewinnt stattdessen Ruhe und Erholung. Werdet Ihr Euch danach richten, Euer Eminenz?«, fragte Vincent eindringlich.

»Wenn es sein muss.« Der Kardinal schob die Unterlippe vor wie ein störrisches Kind. »Meinetwegen. Aber keinesfalls tagelang, das schlagt Euch gleich aus dem Kopf!«

Vincent verneigte sich. »Solch einsichtige Patienten wie Euch wünscht sich jeder Medicus«, sagte er. »Dann sehen wir uns also morgen wieder?«

»Was sonst?«, grummelte der Kardinal. »Doch sollte ich mich bis zum Abend schlechter fühlen, werde ich schon früher nach Euch schicken lassen. Haltet Euch also bereit!«

»Ganz, wie Ihr wünscht.« Jetzt fiel die Verbeugung deutlich tiefer aus. »Stets und überall zu Eurer Verfügung!«

»Halt – wartet!« Albrechts gebieterische Stimme brachte Vincent noch einmal zum Innehalten. »Spätestens bis zur Prozession an Fronleichnam werde ich doch wieder ganz genesen sein? Das müsst Ihr mir versprechen, de Vries! Das Volk von Mainz soll seinen Fürsten in seiner ganzen Pracht zu Gesicht bekommen.«

Vincent wurde immer unbehaglicher zumute.

»Ich werde alles versuchen, was in meiner Macht steht, Euer Eminenz«, sagte er und war mehr als erleichtert, als die Tür hinter ihm endlich ins Schloss gefallen war.

*

Äußerlich unterschieden sich die Häuser im Mainzer Judenviertel kaum von denen der christlichen Bewohner. Genau genommen war es gar kein Viertel, das die Juden hier seit ein paar Jahren wieder bewohnen durften, nachdem man sie 1348 verbrannt oder vertrieben hatte, da die aufgebrachten Bürger sie für den Schwarzen Tod verantwortlich gemacht hatten. Es handelte sich eher um ein Geviert zwischen Flachsmarkt- und Karmelitergasse, in dem sich ein Fachwerkhaus ans andere reihte. Beim näheren Hinsehen fielen die schmalen, länglichen Behälter auf, manche aus Metall, andere aus Keramik, die an keinem Türrahmen fehlten.

An Mendels Haus bestand diese Schriftkapsel aus poliertem Stein und hing leicht schief. Unwillkürlich rückte Johanna sie gerade, nachdem sie angeklopft hatte. Eigentlich hätte es sich gehört, dass Vincent bei diesem Besuch an ihrer Seite gewesen wäre, aber er war heute derart aufgelöst aus der Martinsburg zurückgekehrt und sofort hinter seinen Büchern verschwunden, dass es wohl wenig Sinn gemacht hätte, ihn daran zu erinnern. So hatte sie sich Barbelchen mit einem soliden Tuch um die Hüften gebunden und sich allein auf den Weg zu ben Baruch und seiner Familie gemacht.

Die Frau, die ihr öffnete, hatte aufsässige rötliche Locken und war so zartgliedrig, dass Johanna sie im ersten Moment für ein Mädchen gehalten hatte. Doch auch auf ihrer Hüfte saß breitbeinig ein kleines Kind, in allem das Ebenbild seiner Mutter. Und als beide gleichzeitig zu strahlen begannen, erkannte Johanna an den feinen Linien um die Augen, dass die Frau doch älter sein musste. Ihr helles Kleid war aus Leinen von so ausnehmend guter Qualität, wie es zu der Frau eines Stoffhändlers passte.

»Ihr müsst Johanna sein«, sagte sie. »Ich bin Miriam, und das ist Lea, unser Augenstern.«

»Barbara«, sagte Johanna. »So heißt meine Tochter. Und leider muss ich meinen Mann für heute entschuldigen. Der Kardinal beansprucht gerade all seine Zeit.«

»Weshalb sollte es Euch anders ergehen als mir?«, sagte Miriam. »Seit Mendel in den Diensten des Kardinals ist, bekomme ich ihn nur noch selten zu Gesicht.« Sie trat einen Schritt zurück. »So kommt doch herein! Ich habe weichen Mandelkuchen gebacken, den mögen auch schon die Kleinen.«

In der Tat hing ein feiner, süßer Geruch in den Räumen, der Johanna auf der Stelle das Wasser im Mund zusammenlaufen ließ. Der Boden war frisch gefegt, und als sie nach nebenan in die Küche spähte, erblickte sie so viele Töpfe, Pfannen und sonstige Gerätschaften, wie sie noch nie auf einmal gesehen hatte. Sie hoffte, nicht zu aufdringlich zu wirken, aber ganz genau hinschauen musste sie doch, weil es das erste jüdische Haus war, das sie betrat.

»Das gebietet das *Kaschrut,* unser Speisegesetz«, erklärte Miriam, der die überraschten Blicke ihrer Besucherin nicht entgangen waren. »Fleisch und Milch dürfen nicht zusammen gekocht werden, sonst ist unser Essen nicht koscher, aber das muss es sein. Außerdem gibt es strenge Vorschriften beim Schlachten, und vieles von Eurem Speiseplan ist für uns

Juden tabu. Mendel hat berichtet, welch große Mühe Ihr Euch gegeben habt, ihn dennoch zu bewirten. Ich denke, wir zwei werden es heute einfacher haben.«

Sie bat Johanna an einen frisch geschrubbten Holztisch, bot ihr Apfelsaft an und den Kuchen, den sie bereits in kleine Stücke zerteilt hatte. Während die Kinder begeistert zu mümmeln begannen, musterten die beiden Frauen sich neugierig.

»Mein Mann hat so viel von Euch erzählt!«, sagte Miriam. »Und obwohl ich Euch noch nie gesehen habe, seid Ihr mir schon ganz vertraut.«

»Mir geht es ebenso«, sagte Johanna. »Er hat so voller Liebe von Euch und der kleinen Lea gesprochen, als er bei uns in Basel war. Ihm allein haben wir zu verdanken, dass wir nun in Mainz leben können.«

»Eine gute Stadt«, sagte Miriam mit Nachdruck. »So meine ersten Eindrücke. Und ich hoffe, es wird auch so bleiben. In Aachen konnten wir auf Dauer nicht atmen. Deshalb sind wir jetzt hier.«

»Und wir nicht in Basel«, sagte Johanna, und ihre Offenheit zauberte ein Lächeln auf Miriams ernstes Gesicht. »Dort hat uns alles erdrückt, und mein großer Sohn war drauf und dran, eine Dummheit zu begehen. Das Angebot des Kardinals kam also gerade zur rechten Zeit. Mainz bedeutet einen wichtigen Neuanfang für unsere ganze Familie.«

Die kleinen Mädchen hatten genug vom Kuchen und ganz offenbar auch keine Lust mehr, weiterhin brav auf dem Schoß der Mütter zu bleiben. Miriam holte eine Decke, breitete sie am Boden aus und setzte die beiden darauf. Zum Spielen bekamen sie ein paar alte hölzerne Garnrollen, nach denen sie grapschten.

»Euer Mann kann wenigstens seinen Beruf im Dienst

Albrechts von Brandenburg ausüben«, sagte Miriam. »Während mein armer Mendel Geschäfte für den Kardinal erledigen muss, die zu einem Juden nicht passen und ihn schon mehr als einmal in Gefahr gebracht haben. Ich habe ständig Angst um ihn. Das bedrückt mich.«

Johanna sah sie gespannt an.

»Ich darf Euch leider nichts davon verraten«, sagte Miriam. »Das hat er mir immer wieder eingeschärft. Obwohl es mich manchmal schier zerreißt, dass ich mit niemandem darüber sprechen kann, um mein Herz ein wenig zu erleichtern. Ich wünschte mir, Mendel wäre wieder hauptsächlich mit seinen Stoffen unterwegs und würde ab und zu ein schönes Ross verkaufen. Dann könnte ich bedeutend besser schlafen.«

Wieder etwas, das sie beide gemeinsam hatten!

Auch Vincent hatte ihr verboten, mit irgendeiner lebenden Seele über seine Behandlung des Kardinals und dessen Konkubine zu reden. Manchmal kam es Johanna sogar vor, als bereue er, ihr gegenüber davon überhaupt angefangen zu haben. Er reagierte gereizt, wenn sie ihn nach Fortschritten oder Rückschlägen fragte, verlor sich in Allgemeinplätzen, was sonst gar nicht seine Art war, und schien von dem ganzen Thema so enerviert, dass sie es schon seit Tagen nicht mehr erwähnt hatte.

»Stellt Euch das nicht so leicht vor!«, sagte sie und berührte dabei Miriams schmalen Arm. »Der Kardinal ist ein launischer Patient, der seinem Leibarzt einiges abverlangt. Inzwischen denke ich manchmal, Albrecht von Brandenburg würde meinen Vincent am liebsten mit Stumpf und Stiel verschlingen. Dann könnte er wenigstens sicher sein, ihn für immer bei sich zu haben.«

Beide lachten.

Alles war so leicht zwischen ihnen, so selbstverständlich, wie Johanna es bisher nicht vom Zusammensein mit anderen Frauen kannte. Eigentlich hatte sie noch nie eine richtige Freundin gehabt. Damals nicht in Basel, wo der Onkel sie eingesperrt und von allen anderen Menschen ferngehalten hatte, und erst recht nicht später in Freiburg, wo Ita sie verraten und ihr den kleinen Jakob gestohlen hatte. Auch in Köln hatte es kein weibliches Wesen gegeben, dem sie sich ganz hätte anvertrauen wollen, nicht einmal Ennelin, Ludwigs junger Frau, deren Zwillinge sie im Pesthaus auf die Welt geholt hatte. Vielleicht bedeutete Mainz ja auch in dieser Hinsicht einen wichtigen Neuanfang.

»Wir könnten ja vielleicht …«, begannen beide im gleichen Augenblick und mussten darüber noch herzlicher gemeinsam lachen.

»Unsere Mädchen mögen sich auch«, sagte Miriam. »Schau, Barbara zeigt Lea gerade, wie man ganz schnell krabbelt!«

»Dann pass bloß auf, dass sie deiner Kleinen nicht auch all den Unsinn beibringt, den sie schon kann!« Das Du war beiden so selbstverständlich über die Lippen gekommen, dass sie es erst nach einer Weile bemerkten, worauf sie abermals lachten. Barbelchen hatte sich inzwischen eines Hockers bemächtigt, zog sich an ihm hoch – und ließ ihn plötzlich los. Einen Augenblick stand sie frei, dann kam sie ins Schwanken und fiel nach vorn.

Herzerschütterndes Gebrüll erfüllte den Raum.

Miriam war noch schneller als Johanna, hob Barbara auf und brachte sie zu ihrer Mutter.

»Sie blutet«, sagte sie erschrocken. »Und das in meinem Haus! Sie hat sich das Köpfchen angeschlagen. Warte – ich gehe einen feuchten Lappen holen.«

Johanna wiegte die aufgelöste Kleine in ihren Armen, die

mittlerweile so gellend schrie, dass sogar das Gaumenzäpfchen zu sehen war. Dann drückte Miriams zarte Rechte, an der ein breiter Goldreif saß, ihr den Lappen fest gegen die Schläfe.

Das Weinen wurde schwächer und wandelte sich schließlich in hohes, empörtes Wimmern. Auch das Bluten hörte allmählich auf.

»Wir haben Glück gehabt. Das scheint mir mehr der Schreck gewesen zu sein als eine wirklich schlimme Verletzung«, sagte Johanna erleichtert. »Barbelchen besitzt einen so starken Willen. Wenn etwas nicht nach ihrem Kopf geht, gerät sie schnell in Wut. Ich fürchte, darin ähnelt sie ganz und gar ihrem großen Bruder.«

Wieder musste sie zu dem breiten Ring an Miriams Hand schauen und dann zu ihrer eigenen Hand, die ungeschmückt war. Und abermals schien Miriam zu erraten, woran sie dachte.

»Ihr Christen besiegelt den Bund der Ehe nicht mit einem Ring, wie wir es tun?«, fragte sie. »Mir ist allerdings, als hätte ich solche Ringe schon an einigen Frauenhänden gesehen.«

»Das ist durchaus üblich«, erwiderte Johanna. »Aber unsere Verbindung wurde bislang noch nicht von einem Priester gesegnet. Wir hatten es immer vor – aber dann sind jedes Mal so viele andere Dinge dazwischengekommen.« Während sie redete, spürte sie, wie gut es tat, das endlich einmal auszusprechen. Seltsam, dass sie das ausgerechnet in einem jüdischen Haus tat! »Ich denke, jetzt wird es aber langsam höchste Zeit. Sobald wir uns ganz in Mainz eingelebt haben, werden wir das nachholen.« Sie stand auf. Barbara war vor Erschöpfung in ihren Armen eingeschlafen.

»Soll ich dir einen Leiterwagen borgen?«, schlug Miriam vor, die Lea wieder hochgenommen hatte. »Dann könntest du sie hineinlegen und nach Hause karren, ohne sie aufwecken zu müssen.«

»Danke, aber ich wickle sie wieder in mein Tuch. Nach so viel Weinen schläft sie für gewöhnlich wie ein Stein.«

Miriams zartes Gesicht sah plötzlich ein wenig traurig aus. »Ich dachte nur, dann müsstest du wiederkommen …«

»Dazu brauche ich doch keinen Leiterwagen, Miriam!«, sagte Johanna herzlich. »Ich *werde* wiederkommen, verlass dich drauf! So wohl wie in eurer Gesellschaft habe ich mich seit Wochen nicht mehr gefühlt.«

»Dann bringen wir euch jetzt noch zur Tür und freuen uns auf ein baldiges Wiedersehen«, sagte Miriam strahlend.

Draußen angekommen, gab sie der steinernen Schriftkapsel am Türrahmen, die Johanna beim Eintreten gerade gerückt hatte, einen kleinen Schubs, sodass sie in ihre ursprüngliche Position zurückfiel.

»Nur Gott kann die Dinge richtig und damit gerade machen«, sagte sie ernsthaft. »Bei uns Menschen bleibt alles immer ein wenig unvollständig. Daran soll die Mesusa uns jeden Tag erinnern, und deshalb hängt sie auch leicht schief.«

Worte, die in Johanna nachklangen, während sie sich mit ihrem Kind auf den Weg nach Hause machte.

*

Wo blieb Johanna?

Die beiden letzten Kunden, die Nele im Keller zu bedienen hatte, gefielen ihr ganz und gar nicht. Der eine sah fast aus wie ein Galgenstrick mit seiner hässlichen, zerfurchten Haut und den großen Pranken, die er unablässig vor sich hin und her bewegte. Der andere, der blonde Haare und einen schmalen Mund hatte, war schlank, besser gekleidet und besaß auf den ersten Blick angenehmere Züge, aber sie mochte seine dreisten Blicke ebenso wenig wie die neugierigen Fragen, die er stellte.

»Ist der hübsche Junge aus der Schwanen Apotheke dein großer Bruder?«, wollte er beispielsweise wissen, während sie die mitgebrachten Weinschläuche füllte. »Die Weiber von Mainz sollen ja ganz verrückt nach ihm sein.«

Nele schüttelte den Kopf. »Jakob ist mein Schatz«, sagte sie leise. »Wir werden bald heiraten.«

»Bist du dafür nicht noch ein bisschen zu jung?«

Am liebsten hätte sie ihm den Inhalt des Schlauchs mitten ins Gesicht geschüttet.

»Wir lieben uns«, sagte sie. »Nichts auf der Welt kann uns beide trennen.«

»Dann bist du also drauf und dran, eine verdammt gute Partie zu machen«, fuhr der Blonde fort. »Der Sohn des Medicus – so viel Glück haben wahrlich nicht alle Mädchen! Pass bloß auf, dass dir dein Glück nicht vor der Zeit zwischen den Händen zerrinnt. Das hat das Glück nämlich manchmal so an sich.«

Beide Männer lachten dreckig.

»Der gute Sixt scheint ihn ganz schön einzuspannen, seinen neuen Gehilfen«, fuhr der Blonde fort. »Muss dein Schatz sogar in der Apotheke übernachten?«

»Unsinn! Er kommt natürlich jeden Abend nach Hause. Ist das alles, was Ihr wollt?«, sagte Nele gereizt. »Dann bekomme ich jetzt vier Groschen von jedem von Euch.«

Weil sie keinen der beiden anfassen wollte, hielt sie ihnen den kleinen Unterteller aus Zinn hin, den Johanna ihr gegeben hatte. Die Münzen prasselten auf die harte Unterlage. Jetzt wollte Nele nur noch die Fackel aus der Halterung lösen und die beiden endlich loswerden. Doch sie hatte die Fackel offenbar nicht ganz exakt hineingesteckt, denn das dumme Ding klemmte.

Was sollte sie tun?

Im Keller durfte kein Licht brennen bleiben, das hatte Johanna ihr eingeschärft. Aber sie *musste* nach oben, weil sie es mit diesen beiden hier unten keinen Augenblick länger aushielt.

»Kànn ich helfen?«

Der Blonde stand auf einmal ganz nah neben ihr. Nele versteifte sich unwillkürlich, er aber langte ungerührt an ihr vorbei, bewegte die Fackel ein paarmal hin und her – und zog sie heraus. Als er sie ihr übergab, spürte sie, wie kühl und weich seine Haut war.

Hände, die keine ehrliche Arbeit kennen, dachte sie unwillkürlich. Hände, zu fein und zu elegant für einen Mann.

»Was starrst du so?«, fragte er leise. »Ist etwas?«

»Nichts«, sagte sie schnell. Keinesfalls würde sie vor ihm die Treppe hinaufgehen, damit er ihr auf den Hintern schauen konnte! »Geht jetzt! Ich muss zuschließen.«

Sie packten ihre Schläuche und betraten die Treppe, während Nele ihnen folgte. Oben im Hausflur angelangt, drehte der Blonde sich plötzlich zu ihr um und griff unter ihr Kinn.

»Man ist freundlicher zu seinen Kunden, Mädchen«, sagte er. »*Viel* freundlicher! Aber das wirst du auch noch lernen. Und falls nicht, so kann ich es dir …«

In diesem Moment ging die Haustür auf, und Jakob kam herein. Nele erstarrte. Wie mochte das für ihn aussehen – dieser fremde Mann, der sie so vertraulich berührte?

Und tatsächlich verdüsterte sich Jakobs Gesicht, und die Augen wurden giftig grün.

»Lass sie sofort los!«, sagte Jakob drohend. »Was fällt dir ein, meine Braut anzugrapschen?«

Der Blonde zog seine Hand zurück und lächelte dünn. Nele schien er ganz vergessen zu haben, stattdessen starrte er jetzt Jakob an, als wollte er sich sein Bild für alle Zeiten einprägen.

»Wenn das so ist …« Sein Ausdruck bekam etwas künstlich Zerknirschtes. »Dann bitte ich natürlich um Entschuldigung.« Er wandte sich seinem kräftigen Begleiter zu. »Lass uns gehen! Wenn der Wein gut ist, kommen wir ohnehin bald wieder.«

Die beiden Männer verließen das Haus.

»Nicht nötig!«, schrie ihnen Jakob hinterher. »Ihr seid hier nicht willkommen, verstanden?«

Danach schloss er Nele fest in die Arme.

»Sie haben mir Angst gemacht«, murmelte sie. »Der Blonde noch mehr als der Hässliche. Mir kam es vor, als sei der Weinkauf lediglich ein Vorwand gewesen. Aber was wollten sie dann? Bei uns herumspionieren?«

»Vergiss sie!« Jakob küsste sie zärtlich. »Ich werde mit Mutter sprechen, sobald sie zurück ist. Das nächste Mal machst du einfach nicht auf, wenn du allein zu Hause bist.«

Seine Nähe und Wärme beruhigten sie. Und dennoch konnte Nele die unangenehme Berührung der kühlen glatten Männerhaut so schnell nicht vergessen.

*

Höchstens acht Stunden Schlaf in den vergangenen drei Tagen. Inzwischen saß Vincent die Müdigkeit wie ein schweres Tier im Nacken, und seine Augen fühlten sich an, als wären sie mit winzigen Scherben gefüllt. Er war so erschöpft und gereizt, dass er sogar Johanna angeblafft hatte, als sie in seine Studierkammer gekommen war und ihm vom Besuch bei

Miriam hatte erzählen wollen. Erst als er die Blutkruste an Barbaras Köpfchen gesehen hatte, war er wieder zur Besinnung gekommen. Was tat er da? Opferte seine Gesundheit für den Kardinal, ohne sich um seine Familie zu kümmern, die ihm doch viel wichtiger sein musste!

Wie im Fieber hatte er die Kleine sofort untersucht, Kopf und Hals abgetastet, in den kleinen Mund geschaut, die Ohren untersucht, Barbara sitzen und stehen lassen – doch sie schien großes Glück gehabt zu haben und offenbar mit dem Schrecken davongekommen zu sein. Wenigstens war er inzwischen wieder so bei sich, dass er Johanna keine Vorwürfe machte, weil sie nicht genug aufgepasst hatte, doch er brachte erneut Sabeth ins Spiel.

»Du darfst sie nicht mehr mit der Alten allein lassen«, bat er eindringlich. »Du siehst ja, was alles in einem einzigen Moment passieren kann. Bitte Nele, bezahle eine junge Frau, die dir mit Barbelchen helfen soll, mach irgendetwas – aber handle endlich, meine Jo!«

»Es wird Sabeth das Herz brechen«, murmelte Johanna, die wusste, wie recht er mit jedem Wort hatte. »Die Kleine ist ihr Ein und Alles …«

»Das kann ja so bleiben. Aber nur, wenn einer von uns dabei ist.« Vincent spürte, wie seine Unruhe wuchs. »Und jetzt muss ich leider wieder zurück an die Bücher«, sagte er. »Der Kardinal braucht meine Hilfe.«

»Das klingt ja fast, als drohe ihm der Schwarze Tod«, sagte Johanna, die ihrerseits auch ein wenig ärgerlich wurde, weil sie sich zu schnell abgefertigt fühlte. »Übertreibst du da nicht ein wenig?«

»Keinesfalls.« Sein bekümmerter Tonfall brachte sie zum Schweigen. »Ich wünschte, es wäre anders, aber leider ist es nicht so.«

Nach all diesen endlosen Stunden und Plagen war das Ergebnis, zu dem Vincent schließlich kam, verheerend. Er hatte alles geprüft, alles erwogen und wieder verworfen – um schließlich doch zu diesem niederschmetternden Resultat zu gelangen. Wie sollte er damit seinem Dienstherrn unter die Augen treten? Wie es Albrecht von Brandenburg ins Gesicht sagen, wo es doch all seine Pläne zunichtemachte? Immer hatte Vincent an der Wahrheit gehangen, doch in diesem Augenblick wünschte er sich nur eins: ein perfekter Lügner sein zu können.

Er ertrug plötzlich die Geborgenheit des Hauses nicht länger, fuhr sich durch die Haare, raffte die obersten Blätter zusammen, packte sie in seine Tasche und stürmte hinaus. Die Martinsburg musste er in diesem aufgelösten Zustand unbedingt meiden, das war ihm klar – doch wohin dann?

Seine Füße schienen klüger als er. Er war schon ein ganzes Stück gekommen, als er merkte, dass er sich direkt auf dem Weg in die Schwanen Apotheke befand. Er blieb stehen. Dort allerdings würde er seinen Sohn vorfinden. Und Jakob durfte nichts von all dem wissen, was er herausgefunden hatte. Er musste Auberlin dazu bringen, den Jungen wegzuschicken. Nur dann konnte er sich mit dem alten Freund und Wegbegleiter in Ruhe besprechen.

Doch als er die Offizin erreichte, fand er den Apotheker dort allein vor.

»Wo ist Jakob?«, fragte Vincent anstatt einer Begrüßung.

»Ich hab ihn gerade zum Rhein geschickt«, sagte Sixt. »Die ersten Sommerkräuter sammeln. Unser Vorrat schwindet. Wir müssen neue aufhängen und trocknen.«

»Das trifft sich gut.« Vincent öffnete seine Tasche, zog die Blätter heraus und reichte sie Auberlin. »Lies das bitte! Und sag mir, ob ich den Verstand verloren habe oder ob meine Schlussfolgerungen richtig sind.«

Schon früher hatte es ihn verblüfft, wie rasch Auberlin Texte aufnehmen konnte, und nicht anders verhielt es sich auch heute.

»Du bist sehr klar im Kopf«, sagte der Apotheker. »Und was ich hier zu lesen bekomme, ist für mich alles andere als eine Überraschung.«

»Du hast es gewusst?«, rief Vincent.

»Sagen wir eher, geahnt. Der Appetit des Kardinals auf saftiges Frauenfleisch ist hinlänglich bekannt. Und ebenso, dass er dabei bisweilen alles andere als wählerisch ist.«

»Du meinst, er verkehrt auch mit ehrlosen Weibern …«

»Zu gewissen Zeiten so gut wie mit allem, das einen Busen hatte und ihm zu Willen war«, sagte Auberlin. »Man hat von Hübschlerinnen gehört, die zu ihm in die Martinsburg geschafft wurden. Von mehreren – nicht einer. Ähnlich soll es sich auch in Aschaffenburg verhalten haben. Jetzt, da die Plessin seine Favoritin ist, scheint er etwas weniger umtriebig geworden zu sein. Doch das kann ebenso nur die Ruhe vor dem nächsten Sturm sein.« Er zögerte. »Einige dieser Frauen sind meine Kundinnen. Wobei sich nun die Frage stellt, wer wen angesteckt haben dürfte.«

»Dann glaubst du auch nicht daran, dass die Lustseuche sich durch Miasmen in der Luft verbreitet?«

»Das mag vielleicht für Pest und Pocken gelten, aber doch nicht dafür.« Ein kurzes, trockenes Lachen. »Oder es müssten schon Miasmen sein, die sich bevorzugt an gewissen Körperstellen aufhalten. Ich denke, die Übertragung erfolgt durch den Beischlaf. Nicht mehr und nicht weniger.«

»Zum gleichen Ergebnis bin ich ebenfalls gelangt.« Vincent deutete auf seine Aufzeichnungen. »Und ich spreche nur so offen zu dir, weil ich dir bedingungslos vertraue.«

»Das kannst du, Vincent«, sagte Auberlin. »Mir geht es mit

dir nicht anders, obwohl wir beide uns so lange nicht gesehen haben. Wie kann ich dir also helfen?«

»Sag mir, wie ich es ihm beibringen soll!« Vincent fuhr sich mit der Hand über das Gesicht. »Euer Eminenz, Ihr seid an der Franzosenseuche erkrankt – so vielleicht? Er hat Offenheit gefordert, aber darf ich das wagen?«

»Davon würde ich dir dringend abraten.« Auberlin wiegte nachdenklich seinen schmalen Kopf. »Er gilt als eitel und als äußerst stolz auf seine Männlichkeit. Wenn du ihm nun verkündest, dass er ausgerechnet dort mit Einbußen zu rechnen hat, wird er dich hassen – und vielleicht auf der Stelle entlassen.«

»Aber ich muss ihm doch etwas sagen!«, rief Vincent. »Und vor allem muss ich seine Krankheit behandeln.«

»Das kannst du ja – hier!« Sixt hatte in einen Kasten gegriffen und holte ein Döschen heraus, das er Vincent gab. »Quecksilbersalbe.« Vincent schraubte den Deckel auf, roch am Inhalt und zuckte zurück. »Ja, ich weiß, sie ist hässlich und grau und riecht leicht stechend, aber sie wird dem Kardinal fürs Erste Linderung bringen. Manchmal verschwinden die Pusteln sogar für eine Weile, das schenkt dir Zeit.«

»Und dann?«, fragte Vincent.

»Zusätzlich gibst du ihm einen Sud aus Gujak-Harzen zu trinken, das hilft von innen.«

»Das Franzosenholz, mit dem die Fugger noch reicher geworden sind? In Köln hat ein Bader darin Kranke über Wochen förmlich gekocht. Gestorben sind sie zwar nicht daran, aber gesund geworden sind sie auch nicht.«

»Es kommt eben darauf an, in welcher Dosierung man den Sud zu sich nimmt.« Auberlin lief zur Giftkammer, sperrte auf und begann darin zu rumoren. Nach einer Weile kam er mit einem weiteren Gefäß zurück. »Das hier für den Anfang.

Er soll sich kleine Splinte davon abschaben lassen, diese in heißem Wasser auflösen und den Sud zweimal am Tag trinken. Wir werden sehen, was dann passiert.«

»Ist er denn weiterhin in der Lage, Kinder zu zeugen?«, fragte Vincent ohne Umschweife. »Darüber habe ich in all den Büchern nichts gefunden.«

»Kommt ganz darauf an, ob die Plessin noch gesund ist«, kam prompt Auberlins Antwort. »Hat sie ebenfalls über Symptome geklagt?«

»Mir gegenüber nicht«, sagte Vincent. »Aber bei diesem Weib muss das gar nichts heißen.«

»Mir ist auch nichts davon bekannt. Aber ich gebe dir recht: Sie ist tückisch wie eine Schlange. Und wenn sie erführe, dass der Kardinal erkrankt ist, würde ihr ganzer Zorn sich gegen den Überbringer des Urteils richten, das ihre schönen Pläne zunichtemacht.« Er packte Vincents Hände und sah ihn eindringlich an. »Du darfst nichts sagen, alter Freund! Weder ihm noch ihr – versprich mir das! Verhalte dich vage, bemühe Ausflüchte und deute Eventualitäten an, aber rück bloß nicht mit der nackten Wahrheit heraus, das wäre dein Untergang!«

Schließlich nickte Vincent, überredet zwar, jedoch keinesfalls überzeugt.

In diesem Moment ging die Türe auf, und Agnes Pless kam hereinspaziert, heute in weißer, knisternder Seide, die Taille blutrot mit einem breiten Band gegürtet. Die beiden Männer fuhren wie ertappt auseinander, was sie mit einem kurzen Hochziehen der linken Braue kommentierte.

»Sieh an, gleich zwei Heilkundige auf einen Schlag!«, sagte sie spöttisch. »Euch, lieber Medicus, erwartet allerdings schon sehnsüchtig Seine Eminenz. Und Ihr, Apotheker, werdet mir freundlicherweise flugs diese kleine Liste an Arzneien zusammenstellen.«

Sie gab ihm ein zerknittertes Blatt und reckte neugierig den Hals.

»Wo steckt denn heute Jakob? Er soll mir anschließend alles gleich in die Martinsburg bringen.«

Acht

Rot wie das Blut der Märtyrer – viel zu lang hatte er nicht mehr an die ursprüngliche Bedeutung des Purpurs für die Kardinalskleidung gedacht, doch die spröde und zugleich fordernde Stimme Fabers hatte sie ihm gestern wieder ins Gedächtnis zurückgerufen. Für den Glauben zu bluten oder zumindest für ihn zu brennen: Albrecht von Brandenburg, Kurfürst zu Mainz und Kardinal der Römischen Kirche, war am Morgen von Fronleichnam bereiter dazu als jemals zuvor.

Sein Schlafgemach schien in Flammen zu stehen, so rot leuchteten die Kleidungsstücke, die Philipp sorgfältig auf dem Bett zurechtgelegt hatte. Albrecht hatte ihn weggeschickt, bevor er sich aus dem Nachtgewand schälte, weil er keinesfalls wollte, dass der junge Mann etwas von den dicken Umschlägen mitbekam, mit denen seine Beine noch immer umwickelt waren. Woran er litt? Aus purer Erleichterung, vermischt mit einem seltsamen Gefühl von Scheu, hatte er versäumt, de Vries weiter danach zu fragen. Hauptsache, er war wieder auf dem Weg der Besserung – und das war er. Die graue Salbe des Medicus hatte Wunder bewirkt, obwohl sie derart stechend roch, dass ihm nach dem Auftragen jedes Mal leicht schwindelig wurde. Doch der Großteil der widerlichen Pusteln war verschwunden und der noch bestehende Rest merklich zurückgegangen. Der Medicus hatte ihm sogar in Aussicht gestellt, dass er bald wieder ganz ohne diese lästigen Binden auskommen würde. Vielleicht hatte ja auch das gallenbittere Gebräu seinen Anteil daran, das er nicht trinken konnte, ohne sich zu schütteln. Er musste stets mit einem großen Becher Wein nachspülen, sonst hätte er sich auf der Stelle übergeben, eine Maßnahme, die er seinem Leibarzt bisher allerdings wohlweislich verschwiegen hatte.

Ebenso wie die Tatsache, dass er gestern wieder fleischlich mit Agnes verkehrt hatte, eine pikante, anregende Situation, in der sie beide weitgehend bekleidet geblieben waren und er ihr folglich auch jene ihm peinlichen Entstellungen hatte verbergen können. Von hinten hatte er sie genommen, in einem dunklen Eck des Flurs, wo jeder Vorbeikommende sie hätte entdecken können, hatte sich jung und verrückt dabei gefühlt und Agnes vor lauter Übermut schließlich so brutal am Hals geküsst, dass sie nun tagelang ein Kropfband würde tragen müssen, um die Spuren zu verstecken. Danach war er freudig zu Philipp und Faber in die Bibliothek geeilt, wo die beiden über schweren Folianten brüteten, hatte sich in ihre Unterhaltung über den besonderen Charakter der konsekrierten Hostie am Hochfest des Leibes und Blutes Jesu eingemischt, um sich danach so rein und keusch zu fühlen, als hätte er niemals ein Weib berührt.

Albrecht von Brandenburg genoss das blendende Weiß der Albe, Symbol für das Taufkleid, gegen die er sein Nachtgewand mittlerweile vertauscht hatte. Die roten Strümpfe saßen praller als sonst an seinen bandagierten Waden – welch Freude, wenn er die gewirkte Seide wieder unmittelbar auf der bloßen Haut fühlen würde! Sogar die Schuhe erschienen ihm enger als gewöhnlich, aber auch dieses beklemmende

Gefühl würde hoffentlich bald für immer der Vergangenheit angehören. Über die Albe kamen erst die Stola, dann die purpurfarbene Soutane, deren über zwei Dutzend Knöpfe er als spezielle Bußübung des Tages heute eigenhändig schloss. Er gürtete sich mit dem Zingulum, ebenfalls in Rot, schlüpfte in sein Rochett aus feinstem Leinen, das unten mit einer breiten Spitzenborte abschloss, und legte sich die purpurne Mozetta, seinen Schulterkragen, um. Auch das heute bewusst etwas schlichter gehaltene goldene Brustkreuz lag in einer geöffneten Schatulle bereit ebenso wie sein Kardinalsring. Er legte sie beide nacheinander an. Das Schönste und Aufsehenerregendste aber wartete noch in der Sakristei des Domes auf ihn, sobald er mithilfe des Mesners nach der Messfeier die Kasel abgelegt hatte: das Pluviale, sein neuer Segensmantel, den er bei der Prozession tragen würde. Er war aus schwerem weißem Brokat gefertigt und mit Goldfäden durchwirkt, die wie Sonnenstrahlen die mittig eingewebte Madonnenfigur mit Kind zum Leuchten bringen würden.

Zu ihr, der ewigen Himmelsmutter, hatte er heute bereits in den frühen Morgenstunden gebetet, mit einer Inbrunst, die er nur aus Kindertagen kannte. Damals war ihm Maria in ihrem blauen Gewand als Inbegriff von Anmut und Reinheit erschienen, göttliche Jungfrau und Mutter in einem, und ihr zu Füßen hatte er all die Verfehlungen seines stürmischen Jungenlebens gelegt, in der sicheren Gewissheit, dass sie bei Gott Gnade für ihn erwirken würde. Vielleicht rührten ihn deshalb bis zum heutigen Tag Mütter mit Kleinkindern auf dem Arm ganz besonders. Vielleicht war er deshalb so außer sich vor Freude gewesen, als Leys ihm Anna geschenkt hatte. Und aus ebenjenem Grund noch immer bestrebt, Agnes zu schwängern, so mühsam und schwierig sich das Vorhaben auch anließ.

Ja, heute war sein Tag – das spürte er!

Lange hatte er sich nicht mehr so tatenfroh, so kräftig, so ganz und gar eins mit der Welt gefühlt. Die Ratschläge Fabers taten ihm gut, auch wenn er im Beichtstuhl bisweilen empfindlich mit ihm ins Gericht ging. Aber heute wollte er nicht daran denken. Heute strahlte alles, ganz Mainz war so herausgeputzt und frisch poliert wie er. Zahllose Helferhände hatten entlang des Prozessionsweges frisches Birkengrün aufgestellt. Die freistehenden Altäre in allen vier Himmelsrichtungen waren mit Blumenteppichen, die religiöse Symbole darstellten, reich geschmückt. Kinder würden unterwegs weitere Blumen streuen, ein Heer von Priestern und Ministranten den Zug begleiten. Zünfte und Bruderschaften hielten ihre Standarten und Fahnen schon seit Tagen bereit. Über der ganzen Stadt lag freudige Erwartung, und die laue, blaue Luft prickelte wie moussierender Wein. Sogar das Gewitter, das in der Morgendämmerung von Westen her aufgezogen war, hatte rechtzeitig abgedreht, ohne sich über der Stadt mit Blitz und Donner zu entladen.

Albrecht von Brandenburg kontrollierte ein letztes Mal im Spiegel den Sitz seiner Purpurrobe. Dann setzte er sich den Pileolus aus rotem Seidenmoiré auf den Scheitel und griff zur Klingel.

»Ich bin so weit«, sagte er, als Philipp mit einer kleinen Verneigung das Gemach betreten hatte. »Die Kutsche des Kardinals mag vorfahren.«

*

Jakob hatte unruhig geschlafen und noch schlechter geträumt. Dabei war sein nächtlicher Besuch von durchaus angenehmer Natur gewesen, zumindest anfangs. Marie mit den schwarzen

Haaren und den betörenden Nachtaugen hatte bei ihm gelegen, bekleidet nur mit einem Hemd, das so dünn war, dass er die rosigen Spitzen ihrer Brüste und das schwarze Dreieck der Scham durchschimmern sah. Ganz verliebt hatte sie ihn angesehen, die Hände nach ihm ausgestreckt und ihn so fest an sich gezogen, dass er zu keuchen begann. Eine Welle von Lust war in ihm aufgestiegen. Seine Haut wurde so heiß, als wollte sie ihn verbrennen.

Doch was war dann geschehen?

Aus Maries Händen waren Krallen geworden, die sich tief in sein Fleisch gebohrt hatten. Auch die lieblichen Züge waren plötzlich verschwunden, ihr Gesicht schien älter und härter zu werden, als wäre ein unbarmherziger Sandsturm über es hinweggefegt, der jeden Schmerz, jede Verheißung getilgt hatte. Jetzt lag mit einem Mal ein ganz anderes Liebchen in seinen Armen – die Konkubine des Kardinals, doch nicht jene verführerische Frau, die er aus der Apotheke kannte, wo sie ihm jedes Mal schöne Augen machte, sondern ein hässliches, runzliges Weib, das verblüffende Ähnlichkeit mit dem Alten besaß, den er versenkt hatte und der ihn an den Tod erinnerte.

Mit einem Schrei schoss Jakob hoch und brauchte eine ganze Weile, bis er schließlich begriff, wo er war. In seiner Kammer. Im Haus seiner Eltern, in dem alle noch schliefen. Bald schon würde er Sabeths vorsichtige Tapser auf der Treppe hören, sie war meist die Erste, die morgens erwachte, sofern nicht Barbelchens hungriges Plärren sie weckte.

Jakob stand auf, öffnete die Tür, lauschte nach oben und unten.

Nicht ein einziger Mucks.

Jetzt konnte es ihm plötzlich nicht schnell genug gehen, bei Nele zu sein. Er lief nach oben, öffnete ihre Kammertür und ging zum Bett. Sie schlief auf dem Rücken, gelöst und unschuldig wie ein Kind, und die Fülle ihrer goldbraunen Locken, die auf dem Kissen ausgebreitet lagen, rührte ihn derart, dass ihm die Kehle ganz eng wurde.

Wie sehr er sie liebte!

Und wie innig er sich nach ihr sehnte. Nele war diejenige, der sein Herz gehörte – sein wahrer, sein einziger Schatz. Behutsam legte er die Hand an ihre vom Schlaf rosige Wange, was sie zu genießen schien, denn sie schmiegte sich daran.

Eigentlich hätte er der glücklichste Mann auf der Welt sein müssen. Aber was trieb ihn dann dazu, trotzdem nach anderen Weibern zu schauen? Die schwarze Marie ging ihm nicht mehr aus dem Kopf, das musste er sich eingestehen, und gerade weil sie sich rar machte, kam und ging, ganz wie es ihr passte, und Dinge sagte, die er nicht ganz verstand, war er immer mehr verwirrt.

Und erst diese Agnes Pless, vor der Sixt ihn so gewarnt hatte!

Vor ein paar Tagen in der Martinsburg hatte sie ihn in ihr Gemach kommen lassen und ihn dort in einem Gewand aus dünner goldener Seide empfangen, sodass ihm schier der Atem gestockt hatte. Die Ärmel waren so tief geschlitzt, dass überall ihr Hemd herausblitzte, das, was ihrer nackten Haut am nächsten war, ein Gedanke, den er plötzlich nicht mehr aus dem Schädel bekam. Und auch sie kam ihm auf einmal ganz atemlos vor, hatte für die Arzneien, für die sie ihn durch die halbe Stadt gehetzt hatte, kein Auge mehr.

»Gefällt dir, was du siehst?«, fragte sie mit ihrer trägen, tiefen Stimme, die ihm jedes Mal Gänsehaut bereitete. »Ich könnte dir noch mehr zeigen – allerdings natürlich nicht hier.«

Unfähig, sich zu rühren, unfähig zu einer Antwort starrte

er sie stumm an. Sie nahm ein schmales, gelbes Seidenstück vom Tisch, auf das eine silberne Mondsichel gestickt war, und hielt es ihm hin.

»Damit lässt sich wunderbar spielen«, sagte sie. »Und anschließend noch besser vergessen. Alles erscheint dann nur noch wie ein Traum. Und sag mir, Jakob: Lassen Träume sich verbieten?«

Hatte sie den Verstand verloren? Jakob kapierte kein Wort, doch seine Erregung wuchs.

»Du sagst noch immer nichts?« Sie kam näher. »Das gefällt mir. Ich mag keine Männer, die wertvolle Zeit mit Reden vergeuden – aber das bist du doch, Jakob? Ein richtiger Mann.«

Dann griff sie ihm ans Gemächt, siegessicher und dreist, so wie er es sonst nur von erfahrenen Hübschlerinnen kannte. Aber war sie im Grunde nicht eine von ihnen?

»Magst du das?« Eine rosige Zungenspitze erschien zwischen ihren Lippen. »Ja, ich glaube, du magst es – sehr sogar, so scheint es mir, du böser, böser Kerl!« Agnes zog ihre Hand zurück, als habe sie sich verbrannt. »Wohin gehst du, Jakob, wenn du ganz allein sein willst? Verrätst du mir das?«

Dass er überhaupt zu reden begonnen und ihr dann prompt auch noch seinen Lieblingsplatz am Rhein hinter dem Fischtor unter der alten Trauerweide genannt hatte, wurmte ihn noch immer. Obwohl er sie eigentlich nicht mochte und bisweilen sogar leisen Ekel in ihrer Nähe verspürte, wünschte er sich in diesem Augenblick dennoch nichts mehr, als von ihrer Hand noch einmal derart schamlos berührt zu werden.

»Da findet man dich also!« Agnes hatte einen seltsamen Laut von sich gegeben, den er nicht zu deuten wusste. »Gut zu wissen …«

Nun schüttelte er sich. Er war hier bei Nele, seiner Braut –

und nicht bei diesem tückischen, verbrauchten Weib, das mit ihm spielte wie eine satte Katze mit einer Maus. In einem Anfall jäher Zuneigung beugte er sich über die Schlafende und bedeckte ihr Gesicht mit zarten Küssen.

»Jakob?« Sie schlug die Augen auf und lächelte. »Was machst du denn hier?«

»Das, was ich schon längst hätte tun sollen.« Er schob Nele zur Seite und wollte sich neben sie legen, doch sie hielt ihn sanft, aber energisch davon ab.

»Aber doch nicht jetzt! Alle werden gleich munter sein, weil wir gemeinsam zur Prozession wollen. Ich muss noch meine Haare flechten, die Kleine füttern und …«

Jakob erhob sich, seltsam ernüchtert.

»Dann mach dich eben fertig!«, sagte er patzig. »Ich kann mit dem Weihrauch, den Glöckchen und der ganzen Beterei sowieso nichts anfangen.«

»So etwas darfst du nicht sagen«, reagierte Nele erschrocken. »Das ist Gotteslästerung, Jakob!«

»Soll ich dir sagen, wer mein Gott war – über viele Jahre?« Er packte sie, zog sie unsanft nach oben. »Frischer Wind in den Wipfeln. Eine murmelnde Quelle. Ein warmes Stück Brot an einem eiskalten Morgen, nachdem ich tagelang nichts Festes mehr zu essen bekommen hatte. Ein runder Stein in meiner Hand, den ich aufgehoben habe, um den Alten eines Tages …«

Er verstummte, ließ Nele los und wandte sich ab.

»Ich fürchte, ich tauge leider nicht zum Gutsein, Nele«, flüsterte er. »Das schaffe ich nicht. Ich hätte viel früher damit anfangen müssen.«

»Unsinn!« Sie umfing ihn stürmisch. »Du *bist* gut – der Beste von allen! Mein Jakob. Mein Herzensmann. Hör auf, dich zu quälen! Ich will dich genau so – und nicht anders.«

Doch ihre Stimme hatte leicht dabei gezittert, als wäre sie sich selbst nicht ganz sicher, das blieb Jakob im Ohr, auch noch als er ihre Kammer verlassen hatte und auf dem Weg nach unten in die Küche war.

✤

Heute sah Vincent Johanna zum ersten Mal im neuen Kleid. Auf modischen Zierrat wie Spitze oder Samt hatte sie verzichtet und stattdessen nur das lichtblaue Leinen wirken lassen. Über das hoch angesetzte Mieder hatte der Gewandschneider allerdings ein feines Gitter gelegt, zart gewirkt und silbern wie der Mond, das ihre grünen Augen noch mehr zum Strahlen brachte. Seitliche Schnürungen erlaubten, es bei Bedarf weiter oder enger zu tragen. Die Ärmel waren leicht gebauscht und verjüngten sich am Handgelenk, was ausgesprochen nobel wirkte. Dazu passte der Schleier aus lichtblauer Seide, der von ihrem Kopf bis auf die Schultern floss.

Er starrte sie an, als sähe er sie zum allerersten Mal, was Johanna gefiel. »Wie schön du bist!«, murmelte Vincent. »Meine Königin. Du wirst sie alle ausstechen.«

»Ich trage es zur Ehre Gottes«, erwiderte sie ernst. »Um ihm für all das zu danken, was er uns geschenkt hat – Glück, Gesundheit, Liebe. So überreich hat er unsere Familie bedacht.« Johanna bückte sich und hob die Kleine aus dem Stuhl.

»Du willst sie wirklich mitnehmen?«, fragte er. »Der Tag wird heiß, der Weg ist lang, und wenn sie unterwegs müde wird oder auf dein Kleid zu spucken beginnt …«

Johanna lachte all seine Bedenken weg.

»Unser Kind ist mein schönster Schmuck«, sagte sie.

»Außerdem wird Nele an meiner Seite gehen und mich ablösen, falls es nötig werden sollte.« Sie legte den Kopf ein wenig zur Seite und blinzelte ihn liebevoll an. »Hat der Kardinal anlässlich des heutigen Festtages nicht nach deiner ganzen Familie verlangt? Dann soll er sie auch bekommen – bis auf Sabeth, der solch sommerliche Strapazen beim besten Willen nicht mehr zumutbar sind.«

Daran musste Vincent denken, als sich die Gläubigen nach der Messe im Dom zur Prozession formierten, ein Vorgang, der seine Zeit dauerte, weil nicht nur das Gotteshaus bis auf den letzten Platz gefüllt gewesen war, sondern auch draußen Menschen ungeduldig warteten. Pater Faber trug das Kapitelkreuz würdig und fromm voran, dann folgten die Priester und Ministranten, die Bläser, das Domkapitel sowie alle Diakone, schließlich die vier kräftigen Männer, die den sogenannten Himmel trugen. Unter diesem Dach aus blauem Samt schritt der Kardinal mit der goldenen Monstranz, in der das Allerheiligste ruhte. Zünfte und Professoren schlossen sich an, bis schließlich die gewöhnlichen Gläubigen an die Reihe kamen, unterteilt in Männer und Frauen.

Wo war Jakob?

Im Gedränge musste Vincent ihn verloren haben, denn er fand sich plötzlich eingekeilt zwischen einem beleibten Mann, der bei jedem Schritt stöhnte, als wäre es Schwerstarbeit, und sich unablässig den Schweiß von der Stirn wischte, und dem mageren Schuster, zu dem er bereits einmal seine Stiefel zum Besohlen getragen hatte.

An der ersten Station am Rheinufer, wo ein festlich geschmückter Altar wartete und eine Passage aus dem Matthäus-Evangelium gelesen wurde, spendete der Kardinal den Segen. Die Menschen begannen zu singen, bevor die Prozession sich erneut in Bewegung setzte, und plötzlich bemerkte

Vincent, dass Philipp von Ehrenstein ihn aufgeregt näher winkte.

Vincent löste sich von seinen Begleitern und lief nach vorn.

»Seine Eminenz will Euch viel näher bei sich haben«, flüsterte der junge Mann. »Ich dachte, das wüsstet Ihr. Wie kann Euch in den Sinn kommen, einfach mitten in der Menge zu verschwinden? Um ein Haar hätte ich Euch gar nicht entdeckt. Jetzt lasst erst die Frauen vorbei, dann holen wir zusammen seitlich auf.«

Vincents Miene erhellte sich, als er im Strom der Leiber Johanna und neben ihr Nele erblickte. Die Kleine ruhte im Tuch, die Augen geschlossen, das Köpfchen an die Mutter geschmiegt. Das blaue Gewand stach in seiner Frische und Vornehmheit aus der Menge heraus – oder war das nur sein verliebter Blick, der Johanna noch immer vor allen Frauen den Vorzug gab?

Doch dann erschrak er plötzlich.

Dort drüben in der grauen Witwentracht, die sie offenbar selbst an Festtagen niemals ablegte, erkannte er Malin. Und neben ihr schritt ein junges Mädchen mit rabenschwarzem Haar, in das es kleine weiße Blüten gesteckt hatte. In allem die Mutter: die Augen, die Lippen, sogar der Gang. Und doch entdeckte er in ihrem Gesicht seine eigene hohe Stirn wieder, ebenso wie seine Nase, die an der Spitze eine winzige Krümmung aufwies, deretwegen Johanna ihn schon öfter zärtlich aufgezogen hatte. Das musste sie sein, seine fremde Tochter, schön wie die Nacht – und ebenso unnahbar.

Heiß wurde ihm und flau dazu. Seine Knie drohten einzusacken, seine Beine wollten ihn nicht länger tragen. Schweiß stand auf seiner Stirn. Er öffnete den Mund, um ihr zuzurufen, und schloss ihn wieder, da er ja nicht einmal ihren Namen wusste.

»Was ist mit Euch, Medicus?«, hörte er Philipps besorgte Stimme an seinem Ohr. »Ist Euch gerade der Leibhaftige erschienen? Denn genauso schaut Ihr aus.«

»Es ist nichts«, murmelte Vincent, zog ein Leinentuch aus dem Wams und wischte sich über die Stirn. Er musste sich zwingen, nicht weiterhin zu dem Mädchen zu starrten. Hatte Malin ihn gesehen? Er war sich alles andere als sicher. »Nur die Hitze. Ich glaube, sie setzt mir heute ganz gewaltig zu.«

✣

Wie ein bunter Wurm aus Menschenleibern zog die Fronleichnamsprozession von Station zu Station. Zwei Altäre lagen bereits hinter ihr, beim dritten wurde erneut Rast eingelegt, und die Lesung begann erneut.

Jakob verspürte ein Kribbeln am ganzen Körper. Hätte er Nele nicht noch vor dem Haus versprochen, bis zum Schluss durchzuhalten, er wäre längst am Fluss, um seine Beine im Wasser zu kühlen. Was kümmerten ihn die großen Worte, was scherten ihn die frommen Gesänge? Er fühlte sich zwischen den erhitzten Leibern genauso ausgeschlossen und fremd wie früher, wenn er mit dem Alten an einen neuen Ort gekommen war.

»Junge?« Er spürte ein Zupfen am Wams und fuhr herum.

Der Blonde, vor dem Nele Angst gehabt hatte, grinste ihn frech an.

»Verschwinde!«, zischte Jakob. »Oder willst du meine Faust zu spüren bekommen?«

»Führ dich nicht so auf!«, erwiderte der andere gelassen. »Mitten in der Prozession zuzuschlagen – das würdest nicht einmal du wagen.« Er lachte. »Wir beide haben zu reden. Ich brauche dich. Und es soll nicht dein Schaden sein.«

»Mit einem wie dir? Niemals!«

Jetzt packte der Blonde Jakob am Nacken.

»Wir reden, verstanden?«, sagte er. »Es gibt da etwas, das ich will. Und du wirst mir dazu verhelfen.«

»Und wenn nicht?« Jakob bohrte ihm den Absatz in den Fuß, bis er ihn losließ.

»Du wehrst dich, das gefällt mir«, sagte der Blonde, ohne das Gesicht zu verziehen. »Ich mag keine Memmen, die alles mit sich machen lassen. Außerdem erkenne ich auf Anhieb jeden, der das Talent zum Schlitzohr hat. Das hast du, Jakob, auch wenn dein Liebchen noch so sehr um dich zittert. Man sieht sich. Und beim nächsten Mal kommst du mir nicht mehr so einfach davon.«

Mit der flachen Hand versetzte der Blonde Jakob einen harten Stoß auf den Rücken, der ihn nach vorn taumeln ließ. Er stieß gegen die, die vor ihm standen. Empörte Köpfe wandten sich zu ihm um, und er murmelte Entschuldigungen.

Als er sich kurz danach umdrehte, war der Blonde verschwunden.

✤

Eine ganze Weile hatte Nele die schlafende Kleine getragen, doch als Barbara schließlich erwachte und zu greinen begann, nahm Johanna sie wieder zu sich. Jetzt hätte sich empfohlen, sie anzulegen, um ihr Nahrung und Schutz in einem zu schenken, aber sie stillte sie ja schon eine ganze Weile nicht mehr, und inmitten der Prozession wäre das ohnehin ein Ding der Unmöglichkeit gewesen. Zum Glück waren sie inzwischen am letzten Altar auf dem Domplatz angelangt, vor dem ein dichter Teppich aus bunten Rosen prangte. Johanna war müde, aber auch die anderen um sie herum schienen inzwischen erschöpft. Viele schwitzten, fuhren sich mit der

Zunge über die Lippen und lechzten sichtbar nach Flüssigkeit, um der Wärme des strahlenden Junitages standzuhalten. Bald schon würden Met und Bier in Strömen fließen, in den Wirtshäusern und Schenken rund um den Dom sotten und brieten seit dem Morgen Fleisch und Innereien, bereit für den Ansturm der ausgehungerten Gläubigen – aber noch harrten die Frauen und Männer von Mainz geduldig aus.

Leider wollte Barbara nicht länger im Tuch bleiben, sondern quengelte und strampelte, bis Johanna sie herausholte und auf ihren Arm setzte. Warmer, süßer Kinderatem schlug ihr entgegen, kleine, dicke Fingerchen zupften an ihrem Schleier und angelten nach ihren Haaren, während sie sich anstrengte, der Lesung zu folgen, was ihr allerdings nur halbwegs gelang.

Gerade hob der Kardinal die Monstranz hoch, um die geweihte Hostie den Gläubigen zu zeigen, da spiegelte sich das Licht in einem der goldenen Strahlen der Monstranz und fiel direkt auf Johanna. In diesem Moment stieß die Kleine, die endlich den Zopf der Mutter zu packen bekommen hatte und kräftig daran zog, einen freudigen Schrei aus.

Albrecht von Brandenburg wandte den Kopf zu ihr – und erstarrte. Eine wunderschöne Frau in Blau mit einem kleinen Kind auf dem Arm, ganz in Licht getaucht! Hatte Maria sein Flehen erhört?

Wurde ihm soeben eine himmlische Erscheinung zuteil?

✤

Er erholte sich nicht von dem freudigen Schreck, der Körper und Seele in Aufruhr versetzt hatte, auch nicht, als Vincent nach der Prozession mit den Seinen wie befohlen im Kreuzgang des Doms erschien – ganz im Gegenteil. Der Anblick der blau gewandeten Frau mit dem Schleier, auf deren Arm ein kleines Kind saß, brachte ihn abermals an den Rand der Verzückung.

Wie ebenmäßig ihre Züge waren! Wie klar ihre Augen. Sie war gut gewachsen und schlank, wenngleich gottlob nicht mager. Die kleinen blonden Härchen, die wie eine Gloriole unter der schlichten Kopfbedeckung herauslugten, erinnerten ihn an die schönsten Mariendarstellungen.

Aber zum Glück war sie ganz und gar irdisch. Aus Blut und Fleisch – und was für ein Fleisch! Was er da im Ausschnitt des blauen Kleides entdeckte, weckte seine Lebensgeister. Ja, er hatte sich während der Prozession auf das Opfer der Märtyrer besonnen, deren blutrotes Kleid er trug, aber die Zeremonie war ja inzwischen vorüber. Und war er bei all seinen Verpflichtungen nicht immer noch ein Mann? Ein Fürst, dem Rechte zustanden, die andere eben nicht besaßen?

Das alles wirbelte bunt durcheinander in seinem Kopf.

»Philipp von Ehrenstein ließ mir ausrichten, dass Ihr meine Familie kennenlernen wollt, Euer Eminenz«, begann Vincent nach einer Verbeugung. »Hier ist sie also: Johanna, mein Weib, Barbara, unsere kleine Tochter, Jakob, unser großer Sohn, und Nele, seine junge Braut. Es gibt noch eine alte Magd, die Sabeth heißt und inzwischen auch zur Familie gehört, doch für sie wären die Strapazen des heutigen Tages gewiss zu groß geworden.« Abermals verneigte er sich. »Ein schönes, strahlendes geistliches Fest, Eminenz, das die Herzen der Menschen erfüllt hat. Mainz wird diesen besonderen Tag lange nicht vergessen.«

Ebenso wenig wie ich.

Hatte Albrecht das gerade laut gesagt, oder war es nur stumm aus seinem heißen Herzen gekommen, das angesichts dieses herrlichen Weibes schier überzuströmen schien? Was kümmerte ihn da noch Agnes mit ihren Launen und Malaisen? Ihr Leib war müde und verbraucht, dieser aber appetitlich und frisch. So rein erschien ihm Johanna, so unverdorben, dass er sie am liebsten sofort mitten auf den Mund geküsst hätte. Dabei war sie kein junges Ding mehr, das hatte er auf den ersten Blick gesehen, aber sie stand in der allerschönsten Blüte: eine kostbare Rose, die den vollen Duft gerade entfaltet. Jahrelang war es ihm nicht mehr so ergangen – ach was, jahrzehntelang! Nur damals, als seine Leys das erste Mal zu ihm gekommen war, hatte er etwas Ähnliches erlebt. Allerdings hatte sie nicht gestrahlt.

Johanna dagegen umfloss goldenes Licht.

»Ihr sagt ja gar nichts«, fuhr de Vries fort. »Ist Euch nicht wohl, Eminenz? Soll ich den Kutscher rufen lassen, damit er Euch zurück in die Martinsburg bringen kann?«

Eine Geste brachte ihn zum Schweigen.

»Behandelt mich nicht, als sei ich ein Greis! Kaum jemals zuvor war mir wohler«, fand Albrecht von Brandenburg nun endlich seine Stimme wieder. »Ich staune lediglich und bedaure im gleichen Augenblick, dass Ihr mir Eure Lieben so lange vorenthalten habt. So schöne, gesunde Kinder. Eine liebreizende Schwiegertochter. Und ein Weib, bei dessen Anblick die Sonne am Himmel vor Neid eigentlich sofort verblassen müsste …«

Johanna spürte, wie sie rot wurde.

Seine Worte waren wohlgesetzt und schmeichelten ihr, doch sein Blick sagte etwas anderes. Schon die ganze Zeit starrte er sie an, so hungrig und unverhohlen, als sei sie eine leicht zu erlegende Beute. Wahrscheinlich traf genau zu, was die Leute in Mainz über ihn tuschelten: dass er sich nicht nur Konkubinen hielt und damit öffentlich sein hohes geistliches Amt verhöhnte, sondern zudem auch noch jedem anderen

Rock hinterhersetzte, vorausgesetzt, der Inhalt war einigermaßen ansehnlich. Dieser Mann war ein Jäger, der sich als Kardinal verkleidet hatte.

»Die Sonne am Himmel soll ruhig weiterscheinen, Euer Eminenz«, sagte sie ruhig. »So strahlend und schön, wie sie es heute schon den ganzen Tag getan hat. Aber mit ihrer Kraft hat sie uns alle müde und vor allem sehr durstig gemacht. Und als gute Hausmutter muss ich jetzt darauf achten, dass die Meinigen zu trinken und zu essen bekommen.«

»Ich könnte Euch zur Tafel bitten …«

»Verzeiht, aber wir müssen dringend nach Hause. Eine alte kranke Frau wartet dort auf uns, die wir lang genug allein gelassen haben. Sie vergisst viele Dinge, kennt sich nicht mehr gut aus und bekommt schnell Angst, wenn niemand bei ihr ist.«

Auch ihre Stimme gefiel ihm, ein weicher, fraulicher Sopran, der lockte und schmeichelte, nicht Agnes' rauer Alt, wenngleich er gar nicht mochte, was Johanna soeben gesagt hatte. Sollte er ihr zeigen, mit wem sie es zu tun hatte – und sie zum Mitkommen zwingen?

Der Kardinal entschied sich dagegen.

Erst selber ruhiger werden, sich die lästigen Binden vom Leib reißen, in eine Wanne mit kühlem Wasser sinken – und dann von ihr träumen, bis er einen klugen Plan gefasst hätte …

Außerdem dürfte sie ihn in seinem derzeit noch immer kläglichen körperlichen Zustand ohnehin nicht unbekleidet zu Gesicht bekommen. Nein, ihr Mann, der Leibarzt, musste dafür sorgen, dass er ihn endlich wieder ganz gesund und äußerlich makellos hinbekam. Keine Narben, keine Schrunden, keine Male! Viril und stark wollte er sein, um sie im Sturm zu erobern. Die Zeit der Geduld war endgültig vorbei.

Er würde diesen de Vries piesacken und schütteln, würde *alles* von ihm fordern, jetzt, wo ein derart herrliches Ziel auf ihn wartete.

»Dann geht jetzt nach Hause, geliebte Tochter im Herrn«, sagte er salbungsvoll, »um die teure Kranke zu pflegen. Doch Eure Mühsal soll nicht unbelohnt bleiben. In einigen Tagen wird auf der Martinsburg ein Sommerfest ausgerichtet. Euer Gemahl wird dort selbstredend anwesend sein.« Er senkte die Stimme, als seien sie nur noch zu zweit. »Obgleich dann der Mond sein mildes Licht auf uns herabsenden wird, wünsche ich mir von ganzem Herzen, dass ihm an jenem Abend auch die Sonne leuchtend und wärmend zur Seite steht. Ihr werdet meinen Leibarzt also begleiten. Und: Ausflüchte welcher Art auch immer lasse ich keinesfalls gelten.«

✣

Barbelchen schrie wie am Spieß, als sie endlich ihr Haus erreichten, und Sabeth kam ihnen so verwirrt und ratlos entgegen, dass es eine ganze Weile dauerte, bis die Alte sich wieder beruhigte.

»Ihr habt mich verlassen!«, murmelte sie, während sie die Milchsuppe mit Zimt löffelte, mit der Johanna auch ihr Kind besänftigte. »Einfach fortgegangen seid ihr – und niemand war mehr da, mit dem ich reden konnte.«

»Wir waren bei der Prozession«, erklärte Johanna inzwischen mindestens zum dutzendsten Mal. »Die Monstranz wurde durch die Straßen getragen. Überall Blumen – und so viele Leute. Aber es war staubig und heiß. Zum Schluss hatten wir alle großen Durst. Sei froh, dass du zu Hause bleiben konntest!«

Doch Sabeth schien sie gar nicht zu hören.

»Der Feuervogel«, sagte sie mit verhangenem Blick. »Er hat geglüht. Da wusste ich, du bist in Gefahr, mein Liebchen. Hat er dir etwas getan?«

Johanna sah sie überrascht an.

Sprach sie vom Kardinal, der sie so hungrig gemustert hatte? Aber woher sollte die alte Magd das wissen? Die Blicke konnte Johanna noch immer nicht vergessen. Jagdfieber hatte sie darin gelesen, aber auch eine seltsame Schmerzlichkeit, die sie sich nicht erklären konnte.

Was wollte er von ihr?

Ganz Mainz wusste, dass Agnes Pless seine Konkubine war. Hatte er vor, sie auszutauschen? Oder plante er, auf der Martinsburg einen Harem einzurichten, wie es die Sultane im Morgenland taten?

Mit Vincent konnte sie nicht darüber sprechen, das hatte sie schon auf dem Rückweg gemerkt. Im Gegensatz zu ihr schien er sich über die galanten Schmeicheleien des Kardinals sogar zu freuen.

»Wie sollte er dich nicht rühmen, wo du doch die Schönste von allen bist?«, hatte er geantwortet. »Er sagt nichts als die Wahrheit – und die darf man immer aussprechen.«

»Aber dieses Fest …«

»Du wirst mir den Abend versüßen, mein Herz. Dass ich dort anwesend sein muss, hat meine Laune bislang eher getrübt, doch das ist nun vorbei. Lass dir ein besonders schönes Kleid schneidern, meinetwegen sogar aus Seide, damit es allen Gästen bei deinem Anblick den Atem verschlägt. Wie stolz werde ich auf meine Jo sein!«

»Er hat mich seltsam angesehen, Vincent. Als ob er mir hinterhersteigen …«

»Seine Eminenz hat augenblicklich ganz andere Sorgen, mein Herz«, hatte er sie unterbrochen. »Ich darf dir nicht mehr über sie verraten, aber glaube mir, sie sind ganz und gar nicht unerheblich. Gönne ihm doch die Freude deines reizenden Anblicks! Vielleicht macht er sein Gemüt wieder heller.«

Nein, es hatte keinen Sinn, noch mehr darüber zu sagen. Vincent wollte es nicht hören, und wenn er sich derart versteifte, ließ man ihn am besten eine Weile in Ruhe. Doch sie konnte nicht aufhören, an diese flackernden braunen Augen zu denken. Einen Kardinal hatte Johanna sich bislang ganz anders vorgestellt. Älter. Würdig. In sich gekehrt. Albrecht von Brandenburg war nichts von alldem gewesen.

Der Feuervogel hat geglüht …

Sollte hinter Sabeths Gebrabbel tatsächlich mehr stecken?

Mit einem Seufzer räumte Johanna das Geschirr zusammen, denn von einer Hilfe war weit und breit nichts zu sehen. Jakob hatte sofort wieder das Haus verlassen, mit einem Gesichtsausdruck, als zwickten ihn überall heiße Zangen. Nele hatte über Kopfschmerzen geklagt, die die Sonne verursacht hatte, und sich in ihre Kammer zurückgezogen. Vincent brütete schon wieder über seinen Büchern, als laste das Elend der ganzen Welt auf seinen Schultern – oder war es eher so, dass er in letzter Zeit vor ihr floh? Noch immer hatte er sich nicht ausführlich über jenes schwarze Weib geäußert, das sie vor einiger Zeit so dreist vor dem Haus zur Rede gestellt hatte. Für einen Moment war es Johanna sogar so gewesen, als hätte sie sie während der Prozession gesehen, Seite an Seite mit einer jüngeren Frau. Doch dann hatte die Kleine wieder ihre ganze Aufmerksamkeit gefordert.

Hatte diese Frau etwas damit zu tun, dass Vincent jetzt so gern für sich war? Sie würde ihn fragen, das nahm Johanna sich fest vor, aber nicht heute. Heute war ein Festtag, und so wollte sie ihn auch für sich begehen. Sobald Barbelchen ausgeschlafen hatte, würde sie mit ihr zu Miriam und Lea spazieren – darauf freute sie sich schon die ganze Woche.

✣

Endlich allein!

Genüsslich streckte Jakob sich unter der alten Trauerweide aus. Sollten sie doch alle in den Schenken und Tavernen würfeln, fressen und saufen – er fühlte sich am wohlsten, wenn er den Wind in den Wipfeln singen und das Rauschen des Rheins hörte. So viele Menschen auf einmal wie heute setzten ihm noch immer gewaltig zu, und schon öfter hatte ihn der Gedanke gestreift, es würde vielleicht niemals anders werden.

Ich bin nicht wie sie, dachte er. Bin wie keiner von ihnen, und das merken sie. Hab meinen Vater nicht gekannt und die Mutter früh verloren. Jahrelang gab es für mich nur die grausame Welt des Alten, ohne Gnade, ohne jede Hoffnung. Vielleicht steht das ja noch heute wie eingebrannt auf meiner Stirn. Wie sonst hätte der Blonde so ohne Weiteres vom Schlitzohr anfangen können?

Das Gras unter ihm und die weiche Luft ließen ihn allmählich ruhiger werden. Jakob konnte den Sommer riechen und auf den Lippen schmecken, er war seit jeher die Jahreszeit, die ihm am meisten lag. Man musste sich nicht mehr einhüllen und vermummen, brauchte kein Brennholz zu schleppen, keine Angst vor Nässe oder Kälte zu haben. Kein Schnee, in dem man zu erfrieren drohte, keine Notunterkünfte, die man mit noch Hoffnungsloseren teilen musste. Man konnte sich die Schuhe von den Füßen reißen – und sich ganz frei fühlen.

Und genau das tat er gerade.

Er schloss die Augen, spürte die Wärme, spürte seine Glieder, die schläfrig und schwer wurden. Eine Amsel begann über ihm zu singen, als wollte sie ihn mit ihrem Lied in den Schlaf wiegen. Immer tiefer sank er – bis er plötzlich einen anderen Körper neben sich spürte.

»Pst«, flüsterte jene tiefe, raue Stimme, die ihn seit Tagen verfolgte. »Nicht schauen, nur fühlen!«

Die Hände der Frau schienen auf einmal überall zugleich zu sein, schoben Wams und Hemd nach oben, nestelten an seiner Bruche und berührten seine Schamkapsel ebenso dreist und direkt, wie er es sich erträumt hatte. Dann spürte Jakob, wie seine Augen mit einem weichen Tuch verbunden wurden. Jetzt hätte er sie gar nicht mehr öffnen können, selbst wenn er es gewollt hätte.

Stattdessen hörte er raschelnde Seide und spürte, wie die Frau sich auf ihm niederließ. Dass er inzwischen nackt war, schien ebenso zu dem verwirrenden Spiel zu gehören wie der gleichmäßige Takt, in dem sie ihn ritt. Sie gab den Ton an, bestimmte Rhythmus und Geschwindigkeit. Sie war es auch, die zu keuchen begann, während er gefangen blieb in seinem blinden Traum. Dann wurde sie schneller, trieb ihn an, indem sie ihre Hüften kreisen ließ. Seine Hände schlug sie weg, als er nach ihren Brüsten greifen wollte, und sie küsste ihn auch nicht, nicht ein einziges Mal. Dennoch hatte Jakob das Gefühl, auf einer steilen Leiter direkt in den Himmel zu steigen, höher und immer höher, bis er schließlich wie ein leuchtender Stern in ihr zerbarst.

Sie rührte sich nicht, dann jedoch hörte er sie leise lachen.

»Böser, böser Kerl!«, sagte sie, und es klang zumindest anerkennend, wenn nicht sogar zärtlich. »Mach gar nichts! Überlass alles mir, einverstanden? Niemand wird etwas sehen. Ich brauche nur ein wenig Zeit.«

Geschickt brachte sie seine Kleidung wieder in Ordnung, und ein paar Augenblicke lang fühlte Jakob sich beinahe wieder wie ein kleiner Junge, den die Mutter anzog.

Dann löste sie sich von ihm.

»Lass die Binde ruhig noch ein wenig dran!«, sagte sie. »Umso süßer wird dein Traum bleiben. Und wünschen wir uns das im Grunde nicht alle: Träume, so berauschend und süß, dass wir aus ihnen gar nicht mehr erwachen wollen?«

Jetzt legte sie ihm den Finger leicht auf die Lippen.

»Nichts ist geschehen«, flüsterte sie. »Ich war niemals hier. Vergiss das niemals, sonst holt dich der Teufel!«

Er hörte, wie sie fortging, mit schnellen, leichten Schritten, als würde sie den Boden kaum berühren.

Erst nach einer Weile zog er sich den Stoff von den Augen. Vor ihm glitzerte der breite, blaue Fluss, auf dem Kähne und Schiffe unterwegs waren. Über ihm rauschten die silbrigen Blätter der Trauerweide. Alles war genauso wie zuvor. Ein heller, warmer Sommertag, der ihn schläfrig gemacht hatte.

Aber seine Haut brannte noch immer, als habe ein starkes Feuer sie gestreift. Und er hielt ein schmales gelbes Stück Seide mit einer aufgestickten Mondsichel in der Hand, das er beim letzten Mal in der Martinsburg gesehen hatte.

Neun

Wie viele Stunden mochte sie wohl an dem Kleid gestichelt haben? Jedenfalls waren Miriams Augen gerötet und ihre Fingerkuppen von winzigen Nadelstichen übersät. Aber sie strahlte über das ganze Gesicht, als Johanna sich langsam vor ihr drehte, damit sie als Letztes noch den Saum abstecken konnte.

»Du bist eine Meisterin«, sagte Johanna, die die blaue Seide immer wieder berühren musste. Leicht wie Nebeltau schien sie auf ihrer Haut zu liegen, und dennoch fühlte sie sich von dem kostbaren Gewebe behütet und beschützt. »Kein gelernter Gewandschneider hätte es besser gekonnt.«

»Meine Mutter hat mir das Nähen beigebracht. Alles, was ich trage, ist mit eigener Hand gefertigt. Das gilt auch für Mendels Gewänder und natürlich erst recht für die von Lea. Nach unserem Glauben soll Kleidung eher zweckmäßig sein, schlicht und einfach, und sie darf vor allem nicht auffallen. Sonst ziehen wir uns den Neid der Christen zu. Und das kann böse Folgen haben.« Sie lächelte. »Trotzdem hat es mir Freude gemacht, ausnahmsweise ein so feines Gewebe zu verarbeiten. Heißt es nicht, kleine Raupen würden die Seide spinnen? Dann freilich haben sie großartige Arbeit geleistet.«

»Nein, du bist es, die großartige Arbeit geleistet hat«, widersprach Johanna bewegt. »Meine ungeschickten Hände würden so etwas niemals zustande bringen. Bei mir hat es gerade dazu gereicht, im Badehaus steife Rücken zu massieren, was ich – unter uns – niemals gern getan habe …«

» … sowie Kinder zu kosen, Essen zu kochen, Holz zu sammeln, Trost zu spenden, Kranke zu versorgen und vieles andere mehr«, ergänzte Miriam, während sie sich aus ihrer knienden Position erhob. »Stell dein Licht bloß nicht unter den Scheffel, liebe Freundin! Ich bin sicher, du besitzt die verschiedenartigsten Talente.« Jetzt zog sie die Nase kraus. »Alle Frauen tun das. Könnten unsere Familien sonst überleben?«

Sie lachten gemeinsam, doch Johanna spürte sehr rasch, wie ihre innere Anspannung zurückkehrte. Mittlerweile bereute sie fast, dass das sommerliche Fest in der Martinsburg noch einmal verschoben worden war, weil sie es andernfalls endlich hinter sich gebracht hätte. Aber der Erzbischof von Trier, Kurfürst Johann IV. Ludwig von Hagen, hatte dem Kardinal einen überraschenden Besuch abgestattet. Auch wäre dieses aufwendige Kleid sonst niemals rechtzeitig fertig geworden, dessen kostbaren Stoff Mendel beigesteuert hatte.

»Die Seide stammt von einem Glaubensbruder aus Limoges«, hatte er gesagt, »und liegt schon lange in meinen Truhen. Dort färben sie mit echtem Indigo. Und nur der bringt diese königliche blaue Farbe zustande, ganz anders als das minderwertigere Waid, mit dem die Blaufärber für gewöhnlich arbeiten. Sehr gern verkaufe ich sie Euch, verehrter Medicus – erst recht für Eure wunderschöne Frau.«

Mendel hatte sich während der Anprobe dezent zurückgezogen und auch die beiden kleinen Mädchen mit nach nebenan genommen, damit sie nicht störten.

Jetzt aber kam er mit Lea und Barbara wieder zurück.

»Wie eine Königin«, sagte er, von Johannas Anblick beeindruckt. »Ihr werdet die Schönste sein.«

»Vielleicht ist das ja gar nicht so gut …« Johanna biss sich auf die Lippen. Der Freundin hatte sie sehr wohl ihre Bedenken wegen des Kardinals anvertraut – aber Mendel?

Seine dunklen Augen musterten sie nachdenklich.

»Ihr meint, der Kardinal könnte bei diesem Anblick womöglich Appetit bekommen?«, fragte er. »Verzeiht meine unverblümte Ausdrucksweise, Johanna! Aber natürlich ist mir bekannt, was man sich über ihn erzählt. Einiges davon ist wahr, vieles jedoch erscheint mir maßlos übertrieben. Albrecht von Brandenburg mag ein Mann der Leidenschaft sein, aber er ist gewiss kein Wüstling. Ihr solltet nur einmal die Kostbarkeiten sehen, die er besitzt! Ich spreche nicht allein von seinen Gemälden, sondern von den vielen heiligen Stücken seiner Sammlung, die er von überall her zusammengetragen hat.«

Woher wusste ausgerechnet ein Jude davon? Johanna betrachtete den alten Bekannten mit Interesse.

»Jemand wie er, der sich an solch Außergewöhnlichem delektiert«, fuhr Mendel fort, »muss Geschmack und auch Gefühl haben. Zudem …« Er stutzte, zögerte einen Moment, sprach dann aber weiter. »… habe ich erst heute in der Martinsburg läuten hören, dass seine Konkubine schwanger sein soll.«

»Agnes Pless erwartet ein Kind?«, fragte Johanna überrascht. Wie ausnehmend gut Mendel über alles am Hof informiert war! Nicht einmal Vincent hatte ihr davon berichtet.

»Nun ja, so munkelt man zumindest in der Küche, weil sie grenzenlosen Abscheu vor bisherigen Lieblingsspeisen zeigt und plötzlich ganz seltsame Dinge zu essen wünscht. Ganz ähnlich war es übrigens auch bei Miriam, die von einem Tag auf den anderen gebratene Leber nicht einmal mehr riechen konnte, obwohl sie ihr bislang immer vorzüglich gemundet hatte. In der Regel hören die in der Küche die Flöhe husten und wissen stets am schnellsten Bescheid.«

Barbelchen torkelte breitbeinig zu ihrer Mutter und presste das erhitzte kleine Gesicht fest gegen den seidenen Rock. Johanna wollte sie hochnehmen, doch Miriam stieß einen warnenden Schrei aus.

»Erst, wenn du wieder in deinem Alltagsgewand steckst!«, sagte sie. »Oder willst du einen Fettfleck mitten auf dem neuen Mieder riskieren?« Sie wandte sich an ihren Mann. »Du musst mit den Kleinen noch einmal kurz nach drüben«, sagte sie. »Das hier ist nichts für neugierige Männeraugen oder schmutzige Kinderhände.«

Lächelnd gehorchte er, unter jedem Arm ein strampelndes kleines Mädchen. Miriam schälte Johanna aus dem Kleid und legte es behutsam auf den Tisch.

»Heute Abend werde ich damit fertig.« Ihr Blick wurde prüfend, während Johanna sich anzog. »Morgen kannst du es dann abholen kommen. Was willst du übrigens mit den Haaren anfangen? Mit deinem üblichen Zopf kannst du dich auf dem Sommerfest ja wohl kaum sehen lassen.«

Ratlos zuckte Johanna die Achseln.

»Warte!« Miriam lief zu einer Truhe, öffnete sie und entnahm ihr ein zartes, goldenes Gespinst. »So tragen die Frauen jenseits der Alpen jetzt die Haare«, sagte sie. »Scheinbar offen und dennoch züchtig genug verhüllt. Mendel hat mir das Netz von einer seiner letzten Reisen mitgebracht. Wenn du möchtest, leihe ich es dir.«

»Das würdest du tun?«, sagte Johanna gerührt.

»Sehr gerne! Und hier wäre noch etwas für dich.« Sie

öffnete ein Kästchen. Darin lag eine tropfenförmige Perle mit milchig weißem Glanz. »Wir könnten sie an eine breite blaue Samtlitze nähen, sodass sie wie eine Träne in deine Halsgrube baumelt. Vorausgesetzt natürlich, du legst ausnahmsweise dein silbernes Kropfband ab.«

Das erste Mal, dass sie es erwähnte.

»Du hast mich noch nie gefragt, warum ich es trage«, sagte Johanna.

»Du wirst deine Gründe haben«, erwiderte Miriam. »Ich halte nichts davon, in Menschen zu dringen, sondern warte lieber, bis sie von selbst zu erzählen beginnen.«

»Deshalb«, sagte Johanna nach einem tiefen Atemzug und löste das Band. »Sieh her!«

Miriam zeigte keinerlei Erschrecken, sondern musterte stattdessen Johannas Hals aufmerksam.

»Das sind also …«

»Alte Pestnarben«, ergänzte Johanna. »Inzwischen leicht verblasst, aber noch immer deutlich sichtbar. Die Seuche hat mich vor vielen Jahren in Freiburg erwischt. Wochenlang lag ich dort auf Leben und Tod, und nur das Pesthaus, in dem ich gepflegt wurde, hat mich vor dem Sterben bewahrt. Als ich wieder zu mir kam, hatte ein böses Weib mir meinen kleinen Jakob gestohlen und an einen ruchlosen Bettler verkauft. Und dennoch haben ebendiese Narben mir später in Köln das Leben gerettet, weil ich beim neuerlichen Ausbruch der Pest kein zweites Mal krank geworden bin.«

»Du hast dort im Pesthaus gearbeitet und vielen Menschen geholfen«, sagte Miriam. »Mendel hat mir davon erzählt.«

»Gearbeitet?«, rief Johanna. »Ja, doch gewiss nicht freiwillig! Zur Pestmagd haben sie mich verurteilt, weil sie mich des Mordes an meinem Mann angeklagt hatten. Leonhard war

Glasmaler und wurde immer elender, bis er schließlich starb. Allerdings hatte ihn der jahrelange Umgang mit giftiger Flusssäure getötet, und ich war unschuldig. Das Pesthaus sollte ein hartes Gottesurteil für die hinterhältige Giftmischerin sein. Die Schuldige droht elend zu verrecken, verstehst du? Und gesteht somit ihr Verbrechen!«

»Aber heute stehst du quicklebendig vor mir, Johanna.« Miriams Augen schimmerten vor Mitgefühl. »Du hast dein Schicksal besiegt.«

»Leider war das noch lange nicht alles.« Wie gut es tat, sich die düsteren Erinnerungen von der Seele zu reden! »Später haben sie auch noch Jakob ins Loch gesperrt, weil er gegen einen Ratsherrn angegangen ist, der Nele absichtlich mit Pestlumpen krank gemacht hat. Hermann von Wied, Erzbischof zu Köln, hatte den Tod meines Jungen bereits gebilligt. Und wäre uns im allerletzten Augenblick nicht die Flucht aus Köln geglückt, so wäre Jakob ein Fraß der Raben geworden …« Sie verstummte. »Kaum ein Tag vergeht, an dem ich nicht daran denken muss und das Schreckliche, das über uns schwebte, wieder vor Augen habe. Der Kölner Erzbischof hasst uns gewiss bis heute, denn wir konnten nur mithilfe einer List entkommen. Niemals dürfen wir ihm wieder über den Weg laufen!«

»Warum solltet ihr das auch, Johanna? Du lebst jetzt in Mainz, nicht mehr in Köln. Du hast deinen Jungen zurück, den Mann an der Seite, den du liebst, und ihm zudem auch noch ein gesundes kleines Mädchen geschenkt. Ich finde, das Schicksal hat es letztlich doch gut mit dir gemeint. Außerdem entstellen diese alten Narben dich keineswegs, falls du das annehmen solltest.«

»Aber sie machen den Menschen Angst. Und alle würden mich anstarren.«

»Du kannst sie natürlich weiterhin verdecken, wenn du neugierigen Fragen ausweichen willst. Du könntest sie aber auch ebenso gut mutig und stolz der ganzen Welt zeigen. Sie gehören zu dir, Johanna, sind ein wichtiger Teil deines Weges. Das fällt mir dazu ein, wenn ich sie ansehe.«

Die liebevollen Worte hatten Johanna gestärkt. Überhaupt fühlte sie sich in Miriams Nähe so sicher wie selten. Einige Jahre trennten sie voneinander, unterschiedliche Religionen, ganz und gar verschiedene Lebenserfahrungen – und doch fühlte sie sich dieser zierlichen Frau mit den rötlichen Locken verbunden wie sonst kaum jemandem.

»Wir hätten uns früher begegnen sollen«, sagte sie bewegt. »Schon damals in Köln. Das hätte alles leichter gemacht. Ich habe mich oft so allein gefühlt, Miriam.«

»Und das ist jetzt anders?« Die Stimme klang zärtlich.

»Ganz gewiss.«

»Dann geht es dir genauso wie mir. Ich bin sehr froh, dass ich dich kenne, Johanna.« Miriam, die niemals lange an einem Fleck bleiben konnte, lief zum Herd und begann heftig in einem tiefen Topf zu rühren. »Jetzt wäre mir vor lauter Rührung doch um ein Haar die Suppe angebrannt! Und das, meine Liebe, darf einer guten Hausmutter niemals passieren.«

✤

Albrecht von Brandenburg musterte sein Gegenüber unwillig.

»Seid Ihr jetzt fertig?«, sagte er, als der magere Mann mit dem gelblichen Gesicht endlich eine Pause eingelegt hatte. »Oder müssen wir den ganzen Tag weiter über unzüchtige Priester reden?«

»Jesus wurde von einer Jungfrau geboren. Deshalb muss er

auch von jungfräulichen Händen konsekriert werden. Die Kirche selbst ist die Braut Christi und daher schon per se makellos. Demzufolge müssen auch ihre Diener rein und zölibatär leben.«

»Pater Faber, der seit einiger Zeit bei uns weilt, hat sich diese Missstände in den Gemeinden ebenfalls auf die Fahnen geschrieben. Mit Exerzitien und Predigten kämpft er entschlossen dagegen an. Zudem steht alles Wichtige doch bereits in Eurer Schrift *Edictum generale de reformandis morbis cleri*, die erst in diesem Frühjahr gedruckt wurde. Ich bin ganz sicher, sie wird diejenigen erreichen, an die sie gerichtet ist – und die Sitten des Klerus werden sich nach und nach bessern.«

»Mich bedrückt die aktuelle Verworfenheit des gesamten geistlichen Standes«, entgegnete Johann von Hagen verdrießlich. »Wie sollen wir jemals die Protestanten bezwingen können, wenn wir ihnen nicht mit leuchtendem Vorbild vorangehen? Jede einzelne Verfehlung, die ich entdecke, ist für mich ein harter Schlag in das Gesicht unserer heiligen Mutter Kirche.«

War das eine Anspielung auf Agnes, die in ihren Gemächern schmollte, seit der Trierer Erzbischof in Mainz weilte? Am liebsten hätte Albrecht sie während dieser Zeit ganz aus der Martinsburg verbannt, aber sie hatte über plötzliche Übelkeit geklagt, fühlte sich unpässlich und schwach, und so hatte er sich schließlich damit zufriedengegeben, sie gut verwahrt im weit entfernten Osttrakt zu wissen.

»Sogar unsere eigenen Brüder liebäugeln bereits mit diesen ketzerischen Ideen.« Johann geriet immer mehr in Rage. »Nicht viel hätte gefehlt, und Hermann von Wied wäre mitsamt seinem ganzen katholischen Köln zu ihnen übergelaufen. Nur die Pest, die in der Stadt gewütet und so vielen

Menschen den Tod gebracht hat, konnte ihn davon abhalten.«

»Pest hin oder her – dazu wäre es niemals gekommen«, sagte Albrecht. »Unser Bruder hatte seine gut gemeinten Reformbestrebungen wohl lediglich ein wenig übertrieben. Zudem würden solch einen fatalen Schritt weder der Heilige Vater in Rom noch der Kaiser zulassen. Nein, Köln, Mainz und Trier sind und bleiben die schönsten, die drei am hellsten leuchtenden Sterne des Reiches.« Er beugte sich vor, fasste Johann strenger ins Auge. »Doch damit das auch weiterhin gelingt, müssen wir, die Regenten, stark und gesund sein. Wie steht es da mit Euch, lieber Freund? Was ich so sehe, gefällt mir ganz und gar nicht.«

Johann schien in seinem großen Lehnstuhl auf einmal fast zu verschwinden.

»Niemand kann mir helfen«, flüsterte er. »Nicht einmal der Hofastrologe weiß Rat. Ich war bereits elend, als ich zum Kurfürsten gekürt wurde. Besser vielleicht, ich hätte auf der Stelle abgelehnt. Manchmal fühle ich mich dermaßen am Boden, dass ich gar nicht mehr leben will.«

»An so etwas dürft Ihr nicht einmal denken! Und damit Euer Kopf wieder klar wird und der Leib auf die rechte Weise genesen kann, wird Euch mein neuer Leibarzt untersuchen – ein echter Tausendsassa, was das Gesundmachen betrifft. Lasst Euch überraschen!«

Er griff nach dem Glöckchen, und nach Kurzem erschien Philipp auf der Schwelle.

»Der Medicus soll ins grüne Zimmer kommen!«, befahl der Kardinal. »Seine Eminenz wird sich ebenfalls dort einfinden.«

»Ihr wollt mich einem fremden Quacksalber ausliefern?«, versteifte sich Johann. »Dazu bin ich gewiss nicht nach Mainz gereist!«

»Vincent de Vries ist ein gelehrter, erfahrener Medicus, dessen Qualitäten ich zu schätzen gelernt habe. Mit ihm offeriere ich Euch das Beste, was mein Hof zu bieten hat.« Albrechts Stimme klang plötzlich wie Metall. »Seid Ihr nun ein Mann, oder seid Ihr eine Memme? Das Kurfürstentum Trier braucht einen starken Kämpfer für die katholische Sache.«

Jetzt erhob der Gast sich mühsam und trippelte zur Tür. Albrecht folgte ihm. Draußen sprangen die Wachen auf und nahmen Haltung an.

»Ich geleite meinen Gast persönlich ins grüne Zimmer«, sagte der Kardinal. »Sorgt dafür, dass er anschließend in seine Gemächer zurückgebracht wird!«

Seite an Seite gingen die beiden den Flur entlang, bis der Hausherr schließlich vor einer der vielen Türen stehen blieb.

»Seid offen zu ihm!«, sagte er. »Das möchte ich Euch unbedingt anraten. Seine Fragen können bisweilen … nun, sagen wir, etwas direkt oder ungewöhnlich sein, aber es lohnt sich, sie wahrheitsgemäß zu beantworten. De Vries kommt mir vor wie ein Falke, der Krankheiten schon meilenweit erkennen kann, bevor er kraftvoll auf sie herunterstößt, um sie in die Flucht zu schlagen. Also, nur Mut! Alles wird sich zum Besseren fügen.«

Damit traten die beiden in das grüne Zimmer. Mit ruhiger Miene kam Vincent ihnen entgegen.

»Das ist mein geliebter Bruder Johann Ludwig von Hagen, Erzbischof zu Trier«, sagte der Kardinal. »Und wie Ihr seht, Medicus de Vries, bedarf er dringend Eurer Hilfe.«

Vincent verneigte sich leicht.

»Es ist mir eine ganz besondere Ehre, Euer Exzellenz«, sagte er. »Darf ich Euch bitten, hier am Fenster Platz zu nehmen?«

Johann ließ sich auf den Stuhl sinken, während er de Vries eingehend musterte.

»Ich möchte Eure Zunge sehen«, sagte Vincent schließlich.

Nach kurzem Zögern streckte Johann sie heraus. Sie war dick und erdbeerrot, der Stich ins Bläuliche konnte nicht übersehen werden. Vincent tastete den Leib des Kurfürsten mit Blicken weiter ab, ebenso sorgfältig, wie es in einer anderen Situation seine Hände getan hätten. Vor Albrecht, der keinerlei Anstalten machte, sich zurückzuziehen, wollte er jedoch den Trierer Erzbischof keinesfalls in Verlegenheit bringen. Aber selbst durch die schwarze Soutane mit den blutroten Knöpfen konnte er sehen, wie eingefallen dessen magerer Brustkorb war und wie prall darunter der Bauch hervortrat, zu dem weder der faltige Hals noch die knochigen Gelenke passten.

»Ihr habt kaum noch Appetit«, sagte Vincent, »schlaft unruhig und verspürt zuweilen quälenden Juckreiz an Euren Extremitäten. Vor allem während der Nachtstunden. Morgens überfällt Euch dann schwarze Melancholie, die sich erst wieder hebt, sobald Ihr etwas gegessen oder getrunken habt. Ist es so, Exzellenz?««

»Seid Ihr ein Hellseher?«, fragte Johann verblüfft. »Manchmal verlässt diese Melancholie mich sogar den ganzen Tag nicht mehr.«

»Ich bin nur jemand, der genau hinsieht und die Dinge schließlich zusammenzählt«, erwiderte Vincent. »Das Weiß Eurer Augen weist einen starken Gelbstich auf, was mir Sorgen bereitet. Ich rate Euch also dringend, bis auf Weiteres Bier und Wein gänzlich zu meiden.«

»Und wie soll ich dann die heilige Eucharistie feiern?«, fuhr Johann auf. »Mit Wasser? Schließlich geht es ja um Fleisch *und* Blut Christi!«

Ein kleines Schmunzeln.

»Gegen ein paar Schlucke Messwein ist nichts weiter einzuwenden. Den Gottesdienst könnt Ihr folglich wie gewohnt zelebrieren. Sonst allerdings müsste sich einiges in Eurem Leben ändern, wenn Ihr wieder zu Kräften kommen wollt.«

»Und ob ich das will! Aber was fehlt mir denn?« Das magere Gesicht wirkte auf einmal noch eingefallener.

»Es ist ein Überschuss an gelber Galle, der Euch zu schaffen macht«, sagte Vincent. »Offenbar hat er Eure Leber angegriffen, ein wichtiges Organ, das im Verborgenen arbeitet und leider oft erst Beschwerden bereitet, wenn die Schwächung bereits weit fortgeschritten ist ...« Unwillkürlich hielt er inne.

Fast genau diese Worte hatte er schon einmal zu einem anderen Erzbischof gesagt: Hermann von Wied, dem Kölner Kurfürsten. Ihn hatte er in kurzer Zeit von seinem hartnäckigen Leberleiden kurieren können. Was von Wied wenig später allerdings nicht daran gehindert hatte, Jakobs Todesurteil zu unterzeichnen.

»So gibt es also keine Rettung mehr für mich?«, flüsterte Johann matt.

»Die gibt es sehr wohl!«, widersprach Vincent vehement. »Aber Ihr müsst konsequent sein und all das getreulich befolgen, was ich Euch jetzt aufzähle. Wir beginnen mit einer Mischung aus Leberblüten, kombiniert mit Rettichwasser, dem gelben Saft des Schöllkrauts sowie zerstoßenen Anissamen. Das trinkt Ihr ab jetzt jeden Morgen auf nüchternen Magen. Es schmeckt bitter, das kann ich Euch gleich verraten, aber es hilft.«

Johann musste sich angesichts dieser Vorstellung schütteln.

»Weiterhin nehmt Ihr vor allen Mahlzeiten einen Sud der Mariendistel zu Euch, der entgiftend und stärkend zugleich wirkt. Natürlich werdet Ihr künftig nichts Fettes und Schweres mehr essen dürfen und ebenso auf feurige Saucen oder scharfe Gewürze verzichten müssen. Auch von zu viel Süßem auf einmal ist dringend abzuraten. Ist Euch nach der leichten Mahlzeit dennoch übel, so wirkt ein feuchter Leberwickel im Liegen wahre Wunder.«

»Und das soll helfen?« Johanns Stimme troff vor Skepsis. »Kräuter und feuchte Wickel? Mehr habt Ihr nicht zu bieten?«

Auch Albrecht von Brandenburg wirkte nicht mehr gänzlich überzeugt.

»Das hört sich alles auch für mich ein wenig seltsam an«, sagte er. »Kein Bier, kein Wein, keinerlei Gewürze – das ist ja wie lebendig begraben sein! Welcher Mann soll so etwas auf Dauer durchhalten? Habt Ihr stattdessen nicht lieber eine gute Salbe für meinen lieben Bruder, die ihn rasch von seinen Malaisen erlöst?«

»Salben lindern nur ganz spezielle Beschwerden«, erwiderte Vincent, der nun seinerseits langsam ungehalten wurde. »Die Leber heilen können sie sicherlich nicht. Hermann von Wied jedenfalls, den Erzbischof zu Köln, hat diese Kur in kurzer Zeit geheilt. Hätte ich ihn damals nicht solch strenger Maßnahmen unterzogen, so müsstet Ihr heute an seinem Grabmal beten.«

»Ihr wart in Köln bei Hermann von Wied? Etwa als sein Leibarzt?«

Jetzt blieb Vincent nichts anderes übrig als zu nicken, obwohl er sich dafür verfluchte.

»Davon habt Ihr mir ja noch gar nichts erzählt«, rief der Kardinal so laut, dass Vincent zusammenzuckte. »Aber eines verstehe ich nicht: Wie konnte er einen Medicus wie Euch jemals wieder gehen lassen?«

Was sollte er jetzt darauf antworten? Alle beide starrten ihn erwartungsvoll an.

»Es lag vor allem an der Pest«, murmelte Vincent, der alles, was er soeben gesagt hatte, liebend gern auf der Stelle rückgängig gemacht hätte. »Sie hatte das Leben in Köln vollständig zum Erliegen gebracht. Jeder, der auch nur halbwegs in der Lage dazu war, hat die Stadt verlassen …«

Im Nebenraum löste sich Agnes von der Wand. Es hatte sich gelohnt, jenen jungen Wachmann zu bestechen, dessen Frau gerade ein Kind zur Welt gebracht hatte. Zum Glück hatte Albrecht sich für das grüne Zimmer entschieden, das exakt neben jenem lag, wo sich hinter einem Wandteppich ein Loch im Gemäuer versteckte. Gerade groß genug, um bequem alles mitzubekommen, was nebenan gesprochen wurde.

Auf Zehenspitzen ging sie zur Tür, lauschte in den Gang hinaus und huschte dann schnell zurück in den Osttrakt. Sie hatte gehört, was sie hören musste. Zu den Mahlzeiten war sie derzeit ohnehin nicht erwünscht, was ein diskretes Verlassen der Martinsburg um einiges einfacher machte. Denn es gab jemanden in der Stadt, der schon begierig auf ihre Neuigkeiten wartete.

✣

In der Regel gehorchte die Tochter sofort, wenn Malin ihr etwas befahl. Heute aber stand dem Mädchen der Unmut darüber, weggeschickt zu werden, sichtbar im Gesicht. Zögernd erhob sie sich von ihrem Hocker und stellte die Tonschüssel, in der sie Blüten ausgelesen hatte, auf den Tisch.

»Beeil dich!«, sagte die Wehmutter. »Jetzt füll noch die richtige Menge vorsichtig in den großen Leinenbeutel. Und dann ab mit dir! Oder sollen die Weißen Frauen ewig auf unsere Lieferung warten?«

Mürrisch befolgte Marie die mütterlichen Anweisungen.

Die verschleierte Besucherin hob die Spitze vor ihrem Gesicht neugierig an. »Ausgerechnet mit Frauenmantel schickst du dein Mädchen zu den Zisterzienserinnen?«, sagte sie verblüfft. »Willst du sie etwa schwanger machen?«

»Unsinn!«, widersprach Malin. »Auch wenn sie die Bräute Christi sind, so bluten sie doch jeden Monat wie Ihr und ich, und viele von ihnen haben Schmerzen dabei. Mit meinem Tee, der sie davon befreit, können sie das *Gloria* viel schöner singen.« Wieder wandte sie sich an die Tochter. »Bist du nun endlich so weit? Man könnte fast glauben, in deinen Adern fließt Blei, nicht Blut, so langsam bist du heute.«

Das Mädchen zog eine Grimasse, als Malin gerade nicht hinsah, packte den Beutel und verließ grußlos das Haus.

Wie schön sie geworden ist!, dachte Agnes und zog sich mit einem Seufzer der Erleichterung den lästigen Schleier vom Gesicht. In vielem die Mutter, die auch einmal eine ansehnliche Frau gewesen sein musste. Und doch war da noch etwas Fremdes, nicht ganz so Regelmäßiges, das Maries Zügen einen ganz besonderen Reiz verlieh. Sie erinnert mich an jemanden. Ihren verstorbenen Vater? Aber den habe ich ja gar nicht gekannt. Außerdem wird es Zeit, dass ich meine geheimen Besuche hier einstelle. Und wenn alles sich weiterhin so gut fügt, wird das ja auch der Fall sein.

»Ihr seid guter Hoffnung«, sagte Malin mitten in Agnes' Gedanken hinein.

»Woher willst du das wissen?«

»Ich sehe es immer zuerst an den Augen. Die Euren liegen tiefer, die Pupillen sind kleiner, und Ihr habt einiges an Rot im Weiß. Diese Zeichen haben mich noch nie getäuscht. Ihr habt also nicht geblutet?«

Agnes begann zu lächeln.

»Mir graust vor dem, was ich immer gern gegessen habe, und es gelüstet mich nach den seltsamsten Dingen. Außerdem ist mir jeden Morgen speiübel«, sagte sie. »Klingt das gut in deinen Ohren?«

»So war mein Rat hilfreich?«, fuhr die Hebamme fort. »Und Ihr habt einen Stellvertreter für den Kardinal gefunden?«

»Pst«, zischte Agnes. »Wenn irgendjemand uns hört!«

»Hier sind wir gänzlich ungestört, darauf könnt Ihr Euch verlassen. Sonst dürfte ich mein Amt schon lange nicht mehr ausüben. Die Geheimnisse dieses kleinen Raumes könnten ganz Mainz in Aufruhr versetzen. Deshalb bleiben sie in meinem Herzen.«

Malin legte die Hand auf ihre Brust.

»Ganz sicher werdet Ihr allerdings erst sein, wenn Ihr die ersten zarten Bewegungen in Eurem Leib spürt«, sagte sie. »Bis dahin können noch Wochen vergehen.«

Agnes sah sie fragend an.

»Nun, einige verlieren die Frucht während der ersten Monate, das kommt gar nicht so selten vor. Wegen Krankheit, Überanstrengung oder weil sie missgebildet war …«

»Was fällt dir ein?«, schnitt Agnes ihr das Wort ab. »Mein Kind würde niemals eine Missbildung haben.«

»Das weiß man erst, sobald sie den Mutterleib verlassen haben«, sagte Malin ungerührt. »Und selbst während der Geburt können noch viele Schwierigkeiten auftreten.« Ihre Stimme wurde kühler. »Ihr denkt doch wohl nicht daran, heimlich bei einer anderen Wehmutter zu entbinden?«

Agnes wirkte plötzlich zerknirscht. »Aber wenn ich dann gerade in Aschaffenburg wäre …«, murmelte sie.

»Tragt Sorge dafür, dass das nicht der Fall sein wird!«, verlangte Malin. »Neun Monate sind einfach an zwei Händen auszurechnen. Im letzten Drittel der Schwangerschaft solltet

Ihr ohnehin harte Straßen, weite Wege und vor allem Aufregungen meiden. Dann wird Euch und dem Kind nichts Böses zustoßen.«

»Jetzt hast du mir Angst gemacht«, sagte Agnes und angelte nach einem Stuhl. »Schwummrig ist mir, und mein Kopf pocht, als wollte er zerplatzen.«

»Hier, trinkt!« Malin reichte ihr einen Becher. »Es ist die Hitze, die Euch zusetzt.«

Agnes leerte den Becher durstig und einen zweiten gleich hinterher. Langsam kehrte Farbe in ihre Wangen zurück.

»Du wolltest doch alles über den Leibarzt des Kardinals erfahren«, sagte sie. »Nun, mir ist da etwas zu Ohren gekommen, das dich interessieren könnte.«

»Redet schon!«Malin starrte sie ungeduldig an.

»Er war schon einmal in ähnlicher Position, und zwar in Köln, am Hof des Kurfürsten Hermann von Wied, den er als Leibarzt behandelt hat und von einem Leberleiden kuriert haben will. Angeblich hat ihn die Pest aus der Stadt vertrieben, aber so, wie dieser de Vries das gesagt hat, war irgendetwas seltsam daran.«

»Was wollt Ihr damit andeuten?«

»In meinen Ohren hat es eher wie eine Ausflucht geklungen, verstehst du? Als ob er nicht aus freien Stücken gegangen wäre. Ich kann mich natürlich täuschen, aber für gewöhnlich habe ich feine Ohren für solche Dinge.«

»Köln also.« Malin schenkte sich nun selbst einen Becher voll Most ein und nahm ein paar Schlucke. »In Köln – da lebt mein Vetter Enno. Ich werde ihm einen Brief schicken …«

»Weshalb bist du eigentlich derart an diesem Mann interessiert?«, fragte Agnes, während sie sich langsam erhob. »Ich weiß, ihr kennt euch von früher, und es geht um eine alte Rechnung – aber welcher Art? Schuldet er dir Geld?«

»Das ist allein meine Sache.« Malins Lippen wurden weiß, so fest presste sie sie zusammen. Auf einmal wirkte sie um Jahre älter, eine verbitterte, harte Frau, die fast etwas Männliches hatte.

Nein, die schöne Tochter ähnelt der Mutter nicht in allem, dachte Agnes. Und gebe der gütige Gott, dass das Erbe ihres verstorbenen Vaters weiterhin die Oberhand behält! Sie stutzte und hätte beinahe laut aufgelacht, so klar und deutlich stand ihr alles plötzlich vor Augen. *Das* war die Ähnlichkeit, die ihr zuvor aufgefallen war! Marie hieß die alte Rechnung, um die es ging, Malins Behauptung, sie sei seit Jahren eine ehrbare Witwe, war nichts als eine dreiste Lüge und der Leibarzt des Kardinals …

»Weiß deine Tochter eigentlich, dass de Vries ihr Vater ist?«, ließ sie wie nebenbei fallen.

»De Vries? Niemals!«, fuhr Malin auf. »Was erlaubt Ihr Euch?«

»Es steht deiner Marie ins Gesicht geschrieben«, entgegnete Agnes ruhig. »Und dazu musste ich die beiden nicht einmal nebeneinander sehen. Ich werde nicht die Einzige bleiben, Malin, der das auffällt. Du solltest es deiner Tochter sagen, bevor andere es tun.«

»Hinaus!«, sagte Malin. »Mir ist nicht ganz wohl. Ich muss jetzt allein sein.«

Jetzt war Agnes noch erleichterter als sonst, das geduckte Haus mit den vielfältigen Kräuteraromen wieder zu verlassen. Ich habe, was ich brauche, dachte sie. Und niemand auf der Welt wird es mir wieder wegnehmen.

Ein Stück vor ihr ging ein Mädchen mit einem schwarzen Zopf, der auf seinem Rücken tanzte, und schwenkte einen großen Leinenbeutel in der Hand. Agnes war zunächst zu sehr in die eigenen Gedanken vertieft gewesen, um sie richtig wahrzunehmen, doch plötzlich erkannte sie sie: Marie, die anmutige Tochter der Wehmutter, über die sie gerade gesprochen hatten! Aber war das Mädchen nicht schon vor geraumer Weile zu den Weißen Frauen aufgebrochen?

Sie jetzt noch hier zu sehen, nur ein paar Schritte vor ihr, konnte doch nur eines bedeuten: Marie hatte heimlich gelauscht. Und wusste nun Dinge, die sie besser niemals, aber wenn schon dann anders hätte erfahren sollen.

*

Schon nach wenigen Augenblicken spürte Johanna, dass heute etwas im St.-Agnes-Kloster nicht stimmte. Das lag nicht nur daran, dass die junge Schwester, die sie in den Warteraum hinter der Pforte führte, ein vom Weinen verquollenes Gesicht hatte. Über dem ganzen Konvent lag etwas Unheilvolles, das sich in atemlosem Flüstern, aufgeregtem Türenschlagen und eiligen Schritten äußerte. Jetzt tat es ihr leid, dass sie Nele nicht wieder mitgenommen hatte, aber sie brauchte sie ja als Aufsicht für Barbelchen, weil Sabeth erst gestern hinaus auf die Gasse gelaufen war, ohne sich noch zu entsinnen, dass sie ja eigentlich die Kleine hatte beaufsichtigen wollen.

Als die Turmglocke fünfmal geschlagen hatte, wurde Johanna immer unruhiger. Auch beim letzten Besuch hatte sie warten müssen, bis Mutter Fastrada erschienen war, doch dieser Zeitraum war im Gegensatz zu heute gering gewesen. Hatte die Oberin Johanna vergessen, oder sollte ihr Ausbleiben etwa signalisieren, dass sie an keinen weiteren Weinverkäufen interessiert war? Dabei hatte das Geschäft sich in kürzester Zeit mehr als gut entwickelt. Von Mund zu Mund schien sich herumzusprechen, dass es in Johannas Keller den guten Tropfen aus dem St.-Agnes-Kloster zu kaufen gab –

und das auch noch zu anständigen Preisen. Nele und sie hatten alle Hände voll zu tun, und sie überlegte sogar bereits, eine weitere Hilfe zu suchen, die sie unterstützen könnte.

Als endlich die Tür aufging, setzte sie ihr gewinnendstes Lächeln auf, doch es war nicht die Oberin, die hereinkam, sondern ein junges Mädchen mit einem dicken schwarzen Zopf, der über ihrer Schulter baumelte.

»Ich soll hier warten«, murmelte sie. »Dabei muss ich doch ganz schnell wieder nach Hause. So verwirrt wie heute habe ich die Weißen Schwestern ja noch nie erlebt!« Sie ließ sich auf den Stuhl neben Johanna sinken.

»Das scheint mir auch so«, sagte Johanna. »Mich lassen sie schon seit fast zwei Stunden im Ungewissen.«

»So lange?« Das Mädchen wandte sich schnell zu ihr herum. »Das wird daheim wieder nichts als Ärger geben.«

Johanna musterte sie verblüfft, während ihre Füße plötzlich eiskalt wurden. Auf dunkle Weise war das Mädchen auffallend schön, hatte nachtschwarze Augen, einen sinnlichen Mund, eine hohe, leicht gewölbte Stirn. Alles perfekt, hätte es da nicht diesen kleinen Schwung der Nase gegeben, der für reizvolle Unordnung sorgte – und der Johanna fatal an Vincents Nase erinnerte. Nichts als Unsinn. Etwas, das so gar nicht sein konnte. Niemals hätte er sie derart betrogen! Nicht er, der Mann, der ihr das Leben gerettet und dem sie ihre Liebe und ihr ganzes Vertrauen geschenkt hatte! Gewiss spielte ihre lebhafte Fantasie ihr nur wieder einmal einen bösen Streich. Doch der Gedanke hatte sich bereits in ihrem Hirn festgesetzt und ließ sich nicht mehr vertreiben. Johanna starrte auf ihre Hände, suchte nach den passenden Worten und fand doch nichts, was sie hätte sagen können.

Endlich erlöste sie der Anblick der Oberin aus ihren qualvollen Grübeleien.

»Verzeiht, Frau de Vries«, sagte Mutter Fastrada, kalkweiß, mit den dunklen Rändern der Schlaflosigkeit unter den Augen. »Und auch du, Marie – aber wir haben zwei Schwerkranke unter uns und sind alle wie benommen vor lauter Sorge und Angst.«

»Was ist geschehen?«, fragte Johanna. »Ich bin eigentlich hier, um mehr Wein von Euch zu kaufen. Soll ich lieber ein anderes Mal wiederkommen?«

»Ja. Nein. Ich weiß es nicht. Ich weiß gar nichts mehr.« Die Oberin sank auf einen Stuhl und bedeckte das Gesicht mit beiden Händen. »Ich bin am Ende meiner Kräfte, und die Schwestern sind es mit mir. Wie entsetzlich entstellt die Kranken sind! Von großen, harten Pusteln übersät ...«

»Wo?«, fragte Johanna und berührte unwillkürlich ihr silbernes Halsband. »Wo genau befinden sich diese Pusteln?«

»Ich weiß nicht, ob ich Euch das sagen darf ...«

»Kommt schon, ich habe zweimal den Schwarzen Tod überlebt«, sagte Johanna impulsiv, »und zudem wochenlang in einem Pesthaus gearbeitet. Außerdem ist mein Mann Medicus. Ich weiß also, wovon ich spreche. Sind die Pusteln dunkel? Sitzen sie unter den Achseln? An den Leisten? Am Hals, wie einst bei mir?« Sie öffnete den Verschluss des Halsbands und zeigte ihre Narben.

»Nein, nein«, stammelte die Oberin. »Sie sind überall. Im Gesicht, auf den Armen, den Beinen, dem Bauch. Ihre Körper scheinen nur noch aus Pusteln zu bestehen. Unsere armen Mitschwestern wimmern und klagen. Sie fiebern stark und wälzen sich vor Schmerzen. Selbst unsere kluge Infirmarin Mathilda, die sonst auf alles eine Antwort hat, weiß nicht mehr ein noch aus ...«

»Dann gehe ich jetzt!« Marie war plötzlich aufgesprungen. »Im Korb liegen die Blüten des Frauenmantels für Eure Nonnen.«

»Aber du bekommst noch dein Geld, Marie …«

»Beim nächsten Mal.« Sie war schon aus der Türe, ohne Johanna noch einmal anzusehen.

»Die Tochter der Wehmutter«, erklärte die Oberin. »Eine Halbwaise, ebenso anständig und rechtschaffen wie diese.« Abermals schlug sie die Hände vors Gesicht, während Johanna ihr Halsband wieder anlegte. »Was soll denn nur aus den armen Schwestern werden, die beide keine zwanzig sind? Eine davon ist auch noch Irmengard von Thur, eine entfernte Base. Erst vor wenigen Tagen ist sie aus Aschaffenburg als Novizin zu uns ins Kloster gekommen.«

»Vielleicht hat Irmengard die Krankheit mitgebracht«, sagte Johanna, die noch immer an dem zu kauen hatte, was die Oberin über das Mädchen gesagt hatte. Marie, Tochter der Wehmutter. Mit schwarzen Augen wie jene harte Frau in der Witwentracht und eben demselben Nasenschwung, wie Vincent ihn hatte …

»Wie sollte das denn vor sich gehen?« Mutter Fastrada starrte Johanna aufgelöst an.

»Mein Mann, der Leibarzt des Kardinals, weiß sicherlich mehr darüber«, sagte Johanna. »Er könnte zu Euch kommen und die Kranken untersuchen …«

»Niemals! Außer dem Priester, der die Messe liest und uns die Beichte abnimmt, darf kein Mann hinter diese Mauern. Wir haben unsere heiligen Gelübde abgelegt. Daran müssen wir uns halten.«

»Wollt Ihr denn lieber diese beiden jungen Schwestern und vielleicht noch weitere an den Tod verlieren als eine Ausnahme zu machen?«, fragte Johanna eindringlich. »Wenn einer helfen kann, dann Vincent. Ich spreche mit ihm, wenn Ihr wollt. Mir ist keiner bekannt, der mehr über Krankheiten weiß, als er.«

Jetzt wurde die Stille im kleinen Raum lastend. Der Kopf mit dem strengen weißen Schleier blieb zunächst ruhig. Dann jedoch glaubte Johanna, ein unmerkliches Nicken zu sehen.

*

Manche der Substanzen waren so schlecht wieder aus den Glaskolben herauszubekommen, dass Jakob sich am Brunnen die Finger schier wund schrubben musste. Was der Apotheker bei seinen geheimen nächtlichen Sitzungen in der Giftkammer wohl alles zusammenbraute? Erst heute Morgen war er übermüdet herausgekommen und den ganzen Tag über so ungewohnt schweigsam und in sich gekehrt gewesen, dass Jakob ihn immer wieder besorgt gemustert hatte. Sogar die Kunden hatte er knapper als sonst abgefertigt und Jakob kurz angeblafft, als diesem ein Kästchen aus der Hand gerutscht und zu Boden gefallen war. Kurz danach schien es ihm wieder leidzutun. Er murmelte eine zerstreute Entschuldigung und fuhr sich dabei mit allen Fingern durch die spärlichen Haare.

»Ich brauche unbedingt Schlaf. Allein das kann mich jetzt noch retten. Wir schließen heute früher ab – dann kommst du auch einmal beizeiten nach Hause.«

»Nicht, bevor alle Kolben sauber sind«, hatte Jakob entgegnet, der zu diesem Zeitpunkt noch nicht geahnt hatte, wie mühsam die Arbeit sich heute gestalten würde. »Ich habe wenig Lust, morgen noch einmal damit anzufangen.«

So stand er also da und schrubbte noch immer, obwohl Sixt schon längst fort war. Der Tag war warm, fast drückend gewesen, doch nun zogen dunkle Wolken am Himmel auf. Und wenn schon! Donner und Blitz konnten ihm keine Angst mehr machen. Zu oft war er ihnen während seiner Wanderjahre ausgesetzt gewesen. Notfalls konnte er sich ja noch immer in den kleinen Schuppen flüchten, in dem er später auch die sauberen Kolben stapeln würde.

Er blickte auf, als er eilige Schritte im Hof hörte, in der freudigen Erwartung, es sei vielleicht Marie, die er viel zu lange nicht mehr gesehen hatte. Doch sein Lächeln erstarb, als er den Blonden erblickte, der ihm während der Prozession zugesetzt hatte.

»Du bist allein, Jakob?« Blitzschnell hatte jener sich nach allen Seiten umgedreht. »Das trifft sich gut. Dann wirst du mir nun die Apotheke aufschließen.«

»Bist du von Sinnen?« Jakob spülte unbeirrt weiter. »Niemals würde ich dich hineinlassen.«

»Doch, das würdest du. Ich weiß es.« Auf einmal spürte Jakob die kühle Klinge eines Messers an seinem Hals. »Und zwar jetzt. Mach mich nicht wütend!«, zischte der Blonde. »Sonst werde ich böse, und das möchtest du nicht erleben.«

Sein Atem roch unangenehm, das fiel Jakob auf. Trank er? Doch über all dem Säuerlichen, das auf billigen Fusel schließen ließ, war da noch etwas anderes, Süßeres, Schwereres, das er nicht zu benennen wusste.

»Steck dein Messer wieder ein!«, sagte Jakob so ruhig, wie es ihm irgend möglich war. »Ich kann es nicht. Denn ich habe gar keinen Schlüssel.«

»Du lügst.«

Jakob spürte einen scharfen kurzen Schmerz, dann floss etwas seinen Hals hinab.

»Ich sage die Wahrheit.« Seine Stimme zitterte leicht. »Und selbst wenn du mich abstichst, wird es dir wenig nützen.«

Der Blonde trat einen Schritt zurück. Ohne die Klinge ließ es sich viel besser atmen.

»Dann hat er dich also noch nicht so weit«, sagte der Blonde. »Er ändert also seine Methoden, der alte Sodomit, das hätte ich ihm gar nicht zugetraut! Aber nicht mehr lange, und er wird dich …«

»Sixt ist kein Sodomit«, sagte Jakob. »Und jetzt verschwinde!«

»Gerne, aber erst, nachdem ich in der Apotheke war.« Der Blonde kam wieder näher, das Messer noch immer in der Hand. »Natürlich ist er das! Möchtest du vielleicht Einzelheiten hören …«

Jakob hob ein Knie und stieß zu. Er traf den Blonden genau zwischen den Beinen. Der gab einen Schmerzenslaut von sich, krümmte sich zusammen und ließ dabei das Messer fallen. Mit einem weiteren Tritt beförderte Jakob es auf die andere Seite des Hofes.

»Das wirst du noch bereuen!«, schrie der Blonde und rappelte sich auf.

In diesem Moment betrat Marie den Hof.

»Schnell!«, rief Jakob. »Dort drüben – das Messer auf dem Boden. Heb es auf und bring es mir!«

Sie zögerte kurz, dann gehorchte sie wortlos, bückte sich, nahm das Messer und lief mit ihm zu Jakob. Der Horngriff lag gut in seiner Hand. Noch sicherer aber machte ihn das kühle Silber der Klinge.

»Jetzt sind wir schon zu zweit«, sagte Jakob. »Die letzte Möglichkeit für dich, abzuhauen. Sonst muss ich leider die Büttel rufen.«

Der Blonde schüttelte sich.

»Du hältst dich wohl für ein besonders schlaues Schlitzohr, Jakob«, sagte er. »Und von dir, Marie, bin ich tief enttäuscht. Bei Gelegenheit werde ich das deiner Mutter mitteilen. Ich denke, das wird ihr gar nicht gefallen.« Er streckte die Hand aus. »Mein Messer!«

»Vergiss es!«, sagte Jakob. »Verschwinde! Sonst mache ich dir Beine.«

Mit einem wüsten Fluch humpelte der Blonde hinaus. »Wir sehen uns noch!«, schrie er und machte das Zeichen des Gehörnten. »Darauf kannst du dich verlassen, Jakob!«

»Du kennst diesen Mann?«, wandte der sich an Marie, die ihn noch immer stumm anstarrte.

»Er hat nach dir gefragt«, sagte sie, »schon vor einiger Zeit. Das habe ich dir doch erzählt.«

»Aber nicht, dass er solch ein … Schlitzohr ist.« Jetzt hatte er dasselbe Wort wie der Blonde verwendet! »Wie heißt der Kerl denn?«

»Das weiß ich nicht«, sagte sie und zog ein Gesicht, als würde sie gleich zu weinen anfangen. »Ich habe ihn ja bislang nur zweimal gesehen.«

Über ihnen wurde es gleißend hell. Ein dumpfer Donnerschlag ertönte. Erste dicke Tropfen fielen.

»Wir müssen uns unterstellen«, sagte Jakob. »Bis nach Hause schaffst du es jetzt nicht mehr.«

»Aber wo sollen wir denn hin?«, fragte Marie.

»In den Schuppen – komm!« Er packte ihre Hand, und sie rannten quer über den Hof.

Drinnen roch es scharf und bitter zugleich, aber wenigstens war es trocken und warm. Marie setzte sich auf einen umgestülpten Eimer. Jakob fand auf einem Strohballen Platz. Inzwischen prasselte der Regen auf das Holzdach.

Als er sie ansah, dachte er zuerst, es wären Wassertropfen in ihrem Gesicht, dann aber erkannte er, dass sie weinte.

»Was ist geschehen?«, fragte er leise.

»Belogen hat sie mich«, stieß Marie hervor. »Wahrscheinlich schon mein ganzes Leben. Mein Vater ist gar nicht tot, wie meine Mutter immer behauptet hat, sondern quicklebendig. Und er ist hier in Mainz. Das weiß ich jetzt.«

»Dann musst du zu ihm gehen«, sagte Jakob. »Kennst du seinen Namen?«

Sie nickte unter Tränen.

»Er wird sich freuen, wenn er dich sieht«, fuhr Jakob fort und stand auf, um die Türe ganz zu schließen. »Jeder Mann würde sich über eine so schöne Tochter wie dich von Herzen freuen.«

»Du findest mich schön?« Sie hob ihr tränennasses Gesicht zu ihm empor.

Jakob nickte beklommen.

»Dann beweis es mir!«, flüsterte Marie. »Beweis es mir jetzt!«

Zehn

Es fühlte sich merkwürdig an, die Pestkluft wieder anzulegen – den Umhang, die Lederhandschuhe, die er mittlerweile durch ein neues Paar ersetzt hatte, vor allem aber die Maske, die das Atmen schwer machte. Doch nach dem, was Johanna ihm berichtet hatte, konnte Vincent nicht vorsichtig genug sein. Das Schicksal der kranken Nonnen von St. Agnes schien ihr sehr nahezugehen, denn nur selten hatte er ihr geliebtes Gesicht so blass, ihre grünen Augen so bedrückt gesehen wie nach der Rückkehr aus dem Kloster.

»Wirst du ihnen helfen, Vincent?«, hatte sie ihn gefragt.

»Das kann ich noch nicht versprechen, aber nach ihnen sehen werde ich auf jeden Fall, vorausgesetzt, sie lassen mich in ihren Konvent.«

»Das werden sie. Mutter Fastrada, die Oberin, ist verzweifelt, wie auch die anderen frommen Schwestern …«

»Hast du sie berührt, Johanna?«, hatte er sie unterbrochen. »Oder dort im Kloster irgendetwas angefasst? Warst du bei den Kranken?«

»Nein, das war ich nicht. Und etwas angefasst? Den Tisch vielleicht? Und den Hocker, auf dem ich gesessen habe. Ich weiß nicht mehr ganz genau … Weshalb fragst du das?«

»Weil ich nach deinen Schilderungen einen Verdacht habe, einen furchtbaren Verdacht, sollte er sich bewahrheiten. Denn dann würden all diese Regeln in Kraft treten müssen, die du schon von der Pest her kennst.«

»Aber die Pest konnte mir kein zweites Mal etwas anhaben, weil ich sie ja bereits einmal überlebt hatte.« Ihr Blick hing an seinem Gesicht.

»Ganz genau«, erwiderte er ernst. »Und das, mein Herz, träfe bei dieser Krankheit leider nicht zu. Deshalb halte dich bis auf Weiteres vom Kloster fern und schicke keinesfalls Nele oder irgendjemand anderen dorthin. Versprichst du mir das?«

»Ja. Der Wein wird uns zwar ausgehen …«

»Vergiss den Wein, Johanna! Sollte diese Geißel die Stadt Mainz treffen, wird keiner mehr daran denken.«

Er sah das Erschrecken in den Augen der Nonnen, als sie ihn in dieser Furcht einflößenden Aufmachung erblickten, und entschuldigte sich dafür.

»Ein Medicus muss immer an das Schlimmste denken und zugleich das Beste hoffen«, sagte er. »Nur so kann er seinen Patienten helfen. Und jetzt führt mich zu den Kranken!«

»Ihr wisst, dass ich das eigentlich gar nicht dürfte.« Das Gesicht der jungen Oberin wirkte verletzlich unter der strengen Haube. »Unsere Ordensregeln verbieten es.«

»Dass Ihr es dennoch wagt, verrät mir, welch gute und vor allem kluge Mutter Ihr den Schwestern seid«, erwiderte Vincent und zauberte damit ein winziges Lächeln in Fastradas angespannte Züge, das allerdings sofort wieder erlosch. »Ich werde alles versuchen, was in meiner Macht steht.«

»Und mir müsst Ihr unbedingt sagen, was *ich* tun kann!« Das rundliche Gesicht von Schwester Mathilda wirkte tief betrübt. »Bisher habe ich jahrelang als Infirmarin für alle Kranken und Gebrechlichen im Kloster gesorgt. Jetzt aber fühle ich mich nur noch wie gelähmt.«

Doch was ihm entgegenschlug, als er mit den Nonnen das kleine Infirmarium betrat, ließ selbst den kleinsten Hoffnungsschimmer, den er sich noch bewahrt hatte, jäh sinken. Faulig und süß stank es, obwohl die beiden Kranken auf frischem Stroh lagen. Vincent kannte dieses ungute Fluidum aus Straßburg, das er gerade noch rechtzeitig hatte verlassen können, bevor sich dort die Seuche in großem Ausmaß verbreitet hatte – ebenso geheimnisvoll, was die Ansteckung betraf, und kaum minder heimtückisch in den Auswirkungen wie der Schwarze Tod, gegen den er in Köln an Johannas Seite gekämpft hatte.

»Was ist es?«, flüsterte die Oberin.

»Sie waren stark erkältet, fieberten, mussten sich mehrmals erbrechen und haben stark aus der Nase geblutet«, sagte Vincent, der inzwischen am Bett jener Kranken stand, die näher an der Türe lag.

»Ja, genauso ist Irmengard bereits aus Aschaffenbug zu uns gekommen. Aber wir dachten, das sei weiter nichts Schlimmes und würde nach ein paar Tagen Ruhe wieder vergehen.«

Eine blutjunge Frau, fast noch ein Mädchen, fand er auf der schmalen Bettstatt vor, doch das aufgedunsene Gesicht mit den unzähligen Pusteln ließ sie alterslos wirken. Sie hatten ihr die Haube abgenommen, damit sie bequemer liegen konnte. Auch durch die blonden Stoppeln auf ihrem Kopf leuchtete der Ausschlag giftig rot. Ob sie noch bei Bewusstsein war, ließ sich so einfach nicht feststellen, jedenfalls reagierte sie nicht auf Vincents Ansprache.

»Sie hat diese Pusteln auch an Armen und Unterschenkeln, richtig?«, fragte Vincent.

Schwester Mathilda nickte.

»Dann werden bald noch Füße, Sohlen sowie der Rumpf hinzukommen. Jetzt schon dürfte der Juckreiz, den sie erdulden muss, am Rand des Erträglichen sein, aber ich fürchte, er wird sich noch steigern.«

Er fasste nach der Hand der Kranken und drehte sie behutsam um. Überall harte rote Pusteln. Jetzt hätte Vincent weiter hinzufügen können, dass auch die Geschlechtsteile nicht verschont würden. Doch das behielt er in Anwesenheit der frommen Schwestern lieber für sich und ging stattdessen weiter zur zweiten Kranken, die näher am Fenster lag. Hier war der Befall noch nicht ganz so weit fortgeschritten. Die junge Frau hatte dicke Pusteln am Kopf und im Gesicht, während ihre Handinnenflächen noch frei waren. Am meisten beunruhigte ihn jedoch hier, dass einige Pusteln eine hässliche blauschwarze Farbe angenommen hatten, was auf die schlimmste, die stets letale Form der Krankheit hindeutete. Die Kranke röchelte, schien verwirrt und lallte Unverständliches.

Mathilda versuchte, ihr etwas Wasser einzuflößen, doch sie drehte den Kopf zur Seite und wollte nicht trinken.

»Ihr solltet den beiden ab und zu einen feuchten Schwamm auf den Mund legen und ihre Lippen mit Butter und Honig bestreichen, um sie vor dem Aufspringen zu bewahren«, sagte Vincent. »Vielleicht gelingt es Euch, ihnen zumindest ein wenig Suppe einzuflößen. Feste Nahrung brauchen sie in diesem Zustand nicht.«

»Was ist es?« Mutter Fastrada, so klein und zart, dass sie ihm gerade bis zur Brust reichte, klammerte sich mit erstaunlicher Kraft an seinen Arm. »Sagt es mir, Medicus! Ich will die Wahrheit wissen.«

Tief bewegt sah Vincent auf sie herab.

»Ich fürchte, es sind die Schwarzen Blattern, Mutter«, erwiderte er leise. »Der Allmächtige im Himmel sei uns allen gnädig!«

Sie ließ ihn los und griff nach dem Holzkreuz auf ihrer Brust.

»Diese schwere Prüfung schickst du uns, geliebter Herr«, murmelte sie, »um zu sehen, wie tief unsere Liebe zu dir ist. Aber wir werden dir beweisen, dass wir zu Recht deine Bräute sind.« Sie wandte sich an Mathilda. »Ruf die anderen zusammen. Wir gehen in die Kapelle, um dort zu beten …«

»Zuvor noch auf ein Wort, Mutter«, unterbrach sie Vincent. »Lasst uns draußen weiterreden!«

Gemeinsam gingen sie hinaus.

»Ich muss Euch einige sehr wichtige Regeln einschärfen«, fuhr er fort. »Und bitte Euch, jetzt ganz genau zuzuhören. Sonst wird vermutlich binnen weniger Tage keine einzige Eurer Schwestern mehr am Leben sein.«

»Wir fürchten den Tod nicht, Medicus«, erwiderte sie tapfer, doch ihr spitzes Kinn zitterte dabei. »Unsere Herzen sind rein, wir leben in schwesterlicher Harmonie, getreu den Gelübden, die wir abgelegt haben. Keine von uns ist im Unfrieden mit Gott.«

»Was sich vielleicht ändern könnte, sollte vom Kloster aus der Tod über die Stadt kommen, Mutter Fastrada«, sagte Vincent streng. »Denn nun tragt Ihr nicht nur die Verantwortung für Eure Nonnen, sondern auch für ganz Mainz. Das Kloster ist ab sofort eine gesperrte Zone. Keiner darf hinein, niemand heraus – ohne Ausnahme, verstanden? Wie lange reichen Eure Vorräte?«

»Die Kammern sind gut gefüllt, und wenn wir sparsam wirtschaften, reicht es gewiss für einige Wochen«, erwiderte sie leichenblass. »Das eine oder andere wird natürlich ausgehen oder wegen der Wärme verderben, aber wir sind an Knappheit und Mangel gewöhnt.«

»Die Toten legt ihr vor der Pforte ab. Ich werde veranlassen, dass sie von dort zweimal täglich abgeholt werden.«

Inzwischen spielte ihr Hautton ins Grünliche, doch sie hielt sich tapfer. »So schlimm?«, flüsterte sie.

»Gegen die Schwarzen Blattern ist leider kein Kraut gewachsen«, sagte Vincent. »Wir können die Schmerzen nur lindern, vor allem das Fieber und den Juckreiz, der sich bis zur Qual steigern wird, sobald die Pusteln sich öffnen und der Eiter ausfließt. Aus der Schwanen Apotheke werde ich Euch einen Korb mit Arznei zukommen lassen, der jedes Mal neu gefüllt wird, sobald die Mittel aufgebraucht sind. Noch wissen wir nicht, wie die Seuche sich verbreitet, geschweige denn, wie man sich wirksam davor schützt, doch nach meiner Erfahrung können gewisse Maßnahmen durchaus hilfreich sein: Berührt die Kranken nur mit Handschuhen, ebenso das, was sie am Leib tragen und worauf sie liegen!«

»Und woher sollen wir Handschuhe nehmen? Bei uns trägt sie nur die Schwester, die den Garten pflegt.«

»Auch dafür werde ich sorgen und sie mit in den Korb geben. Wie viele Schwestern hat das Kloster?«

»Zwanzig«, erwiderte sie, und in ihrer Stimme lag eine Ahnung des Stolzes, den sie noch vor Kurzem darüber empfunden hatte.

Zwanzig, dachte Vincent. Zwanzig Leben – aber wie lange noch?

»Tragt immer ein Tuch vor dem Mund«, fuhr er fort. »Verbrennt Bettzeug und Kleidung, sobald eine Tote zu beklagen ist. Räuchert danach die ganze Stube gründlich aus. Und betet, ja, Mutter Oberin, betet – für Euer Kloster und für die Stadt Mainz!«

»Das heißt, Ihr werdet nicht mehr wiederkommen?«, fragte

sie verzweifelt. »Und überlasst die Schwestern und mich unserem Schicksal?«

»Natürlich nicht«, sagte Vincent nach einem tiefen Atemzug. Jetzt war er froh um die Maske, die die widerstrebenden Gefühle auf seinem Gesicht vor ihr verbarg. Johanna, die Kleine, Jakob, Nele und Sabeth – durfte er ihnen das, wozu seine Berufung ihn verpflichtete, überhaupt antun? »Ich sehe regelmäßig nach Euch und bringe neue Arznei mit. Darauf gebe ich Euch mein Wort.«

Draußen angekommen, riss er sich als Erstes die Maske vom Gesicht und genoss die warme Luft, die den Schweiß, der sich darunter angesammelt hatte, schnell trocknen ließ. Im letzten Moment hatte Mutter Fastrada ihm noch ein paar Silberstücke in die Hand gedrückt, die er erst nicht hatte annehmen wollen. Doch sie hatte darauf bestanden und er sich schließlich ihrem Drängen gefügt. Handschuhe und Medizin bekam man nicht umsonst. Und solange das Kloster noch dazu in der Lage war, würde er Geld annehmen. Nun begab er sich im Eilschritt nach Hause. Er musste endlich mit Johanna sprechen, ihr alles sagen, doch als er die Tür mit dem Feuervogel aufgestoßen hatte, fand er nur Sabeth vor, die am Küchentisch saß und mit mürrischer Miene an einem Strumpf strickte.

»Wo sind sie denn alle?«, fragte Vincent.

»Beim Juden«, erwiderte sie knapp. »Johanna ist das Kleid holen gegangen. Nele und die Kleine hat sie mitgenommen.«

Das Kleid – natürlich! Für das Fest beim Kardinal. Aber durfte das unter diesen Umständen überhaupt stattfinden?

»Ich weiß, dass du mir nicht mehr traust«, drang die spröde Stimme in Vincents fieberhafte Überlegungen. »Du denkst, ich bin alt und dumm, nur weil mir manchmal die Wörter aus dem Kopf fallen und ich die Gassen nicht mehr richtig auseinanderhalten kann. Aber diese Augen sehen mehr als deine, Medicus. Das ist kein gutes Haus mehr. Sogar die Weiße geht immer mehr ihrer eigenen Wege, weil Katzen alles spüren. Und wenn du mir die Kleine wegnimmst, wird es dir noch leidtun …«

Verblüfft starrte er sie an.

So viele zusammenhängende Sätze hatte die alte Magd seit Langem nicht mehr von sich gegeben. Noch mehr aber traf ihn der seltsame Unterton, den er herauszuhören glaubte.

Drohte sie ihm?

»Niemand will dir Barbara wegnehmen«, versuchte er sie zu beschwichtigen. »Wir machen uns nur Sorgen …«

»Du lügst!«, zischte sie ihn an. »Ich bin euch allen lästig. Johanna gibt mein Barbelchen jetzt immer der Nachbarin, dieser falschen Schlange!« Ihr Kopf begann hin und her zu ruckeln, so sehr regte sie sich auf. »Dabei will mein Schätzchen viel lieber bei mir sein. Ihr wollt mich loswerden. Das habt ihr im Sinn.«

»Keiner von uns will das, Sabeth.«

Sie schien ihn gar nicht zu hören, stand auf, warf das Strickzeug zu Boden und bewegte sich erstaunlich schnell zur Treppe.

»Lügen, Lügen und nichts als Lügen, Medicus«, brabbelte sie vor sich hin, als wäre sie allein im Raum. »So schleimig wie Krötengrütze. Aber das Schwarze streckt schon seine Hände nach dir aus. Und bevor du dichs versiehst, hat es dich …«

Damit war sie nach oben verschwunden.

Was sollte er tun? Ihr nachlaufen und sie dazu bringen, sich deutlicher zu äußern? Vincent entschied sich dagegen. Er musste endlich die Pestkluft ausziehen, die er nach kurzer Überlegung in einer leeren Truhe in seinem Behandlungsraum verstaute. Danach lief er in den Hof zur Zisterne, riss sich das Hemd vom Leib und goss sich mehrere Eimer Wasser über Kopf und Körper. Egal, dass jetzt auch die Hose pitschnass geworden war, egal, dass Wasser in seinen Schuhen quietschte – am liebsten wäre er ganz in den Brunnen gestiegen, um all das abzuspülen, was ihm auf der Seele lag.

In der Eile hatte er vergessen, ein großes Tuch mitzunehmen, um sich abzureiben, aber die Sonne würde ihn auch so schnell wieder trocknen. Er setzte sich auf den Brunnenrand und schloss für ein paar Momente die Lider. Bunt durcheinander wirbelten die Gedanken in seinem Hirn. Vielleicht hatte er sich getäuscht, und es waren gar nicht die Schwarzen Blattern. Und wenn doch, so ließ die Seuche sich vielleicht auf das Kloster beschränken, und Mainz kam noch einmal mit einem großen Schrecken davon. Vielleicht würde Johanna ihm alles verzeihen, wenn er endlich mit der Wahrheit herausrückte. Vielleicht …

Da waren Schritte. Sie war also zurück.

Er öffnete die Augen und glaubte zu träumen. Da stand sie, das schöne schwarze Mädchen, das er neben Malin gesehen hatte. Ihre Tochter – und seine …

Sie musterte ihn ernst, als wollte sie alles in sich aufnehmen, und erst jetzt fiel ihm ein, wie erbärmlich er gerade aussah: durchnässt, halb nackt, wie geistig abwesend.

Was musste sie von ihm denken?

»Ihr seid Vincent de Vries?«, fragte sie. »Der Medicus?«

Er nickte.

»Ich bin Marie, die Tochter der Wehmutter Malin«, sagte sie. »Euer Kind.«

»Ich weiß«, sagte er törichterweise, und ihre Nachtaugen wurden schmal. »Aber erst, seit ich wieder hier bin«, setzte er rasch hinzu. »Als ich Mainz damals verließ, hatte ich keine

Ahnung von Malins Schwangerschaft. Sie hat es mir vor Kurzem gesagt. Deinen Namen allerdings hat sie mir verweigert. Und sie wollte auch nicht, dass ich dich sehe.«

»Ich weiß«, sagte nun Marie. »Ich habe es auch nicht von ihr, sondern auf andere Weise erfahren. Hast du ihr immer schon gehorcht?«

Die Frage traf ihn mitten ins Herz.

Wie recht sie hat, dachte er. Meine unglaubliche Feigheit hätte sie nicht besser beschreiben können.

»Nein«, sagte Vincent. »Das war es nicht. Aber ich musste mich erst nach und nach an diesen Gedanken gewöhnen.«

»Wegen deiner Frau? Ich habe sie im Kloster gesehen. Wir sind zusammen an einem Tisch gesessen. Ich bringe den Nonnen regelmäßig Mutters Heilkräuter. Sie zahlen ordentlich, und wir können jeden Groschen gebrauchen.« Sie zupfte an ihrem geflickten Kleid, das ihre Anmut eher unterstrich als störte.

Johanna und sie kannten sich? War sie deshalb seit dem Klosterbesuch so merkwürdig?

Auf einmal wurde ihm ganz flau zumute.

»Was hast du ihr gesagt?«, stieß Vincent hervor. »Ich meine, weil sie auf einmal …«

»Nichts«, sagte Marie. »Kein einziges Wort. Sie ist so hell und freundlich, deine Frau. Ich glaube, sie lacht gern. Ihr habt bestimmt ein gutes Leben miteinander.« Sie zögerte, dann sprach sie weiter, und ihre Stimme klang auf einmal belegt. »Bei uns im Wehmutterhaus war es nicht immer leicht. Mutter hat viel geweint, angeblich um ihren toten Mann, meinen Vater. Aber du bist ja gar nicht tot. Und mit ihr verheiratet warst du auch nicht. Dabei hätte sie sich das sicherlich gewünscht. Jetzt bin ich keine Halbwaise mehr, sondern ein Bankert.«

»Sag das nicht!«, rief Vincent. »Ein so hässliches Wort aus einem so hübschen Mund.«

»Die Wahrheit darf man immer sagen. Auch wenn sie wehtut«, erwiderte sie.

»Ich hätte mehr an Malin denken müssen«, sagte er zerknirscht. »Schon damals wusste ich, dass ich nicht für immer in Mainz bleiben würde. Aber es war ein heißer Sommer, und wir beide waren verrückt und jung. Sie hat mich damals getröstet. Dafür bin ich ihr immer dankbar.«

Marie begann ihre Nase zu reiben, eine Geste, in die er bisweilen ebenso verfiel, wenn er am Nachdenken war.

»Einer liebt immer mehr als der andere«, sagte sie. »Anders geht es wohl nicht. Und wenn die Liebe enttäuscht wird, kann sie in Hass umschlagen.«

Wie altkluge Reden sie führte! Als ob sie schon alles erlebt hätte. Hatte Malin ihrer gemeinsamen Tochter Erfahrungen zugemutet, für die sie eigentlich noch zu jung war?

»Und du? Hasst du mich auch?« Beim Aussprechen der Frage wurde Vincent klar, wie viel ihm an ihrer Antwort lag.

»Ich kenne dich doch gar nicht«, erwiderte sie zögernd, hörbar auf der Hut.

»Was sich ändern ließe«, entgegnete Vincent. »Vorausgesetzt, du willst es.«

»Und das würde deiner Frau gefallen?«, fragte Marie nach einer Weile. »Und deinen Kindern? Du hast doch Kinder, oder?«

Vincent nickte. »Einen großen Sohn und ein kleines Mädchen. Beide sind gerade nicht da. Der Junge arbeitet …«

»Ein anderes Mal«, sagte Marie ablehnend, als sei ihr alles plötzlich zu viel geworden. »Mutter mag es nicht, wenn ich zu lange fort bin. Ich kann ja wiederkommen. Jetzt, wo ich weiß, wer du bist.«

✦

Was hatte er getan?

Jakob konnte Nele nicht mehr ins Gesicht schauen, die doch nichts von all dem wissen konnte. Oder ahnte sie trotzdem etwas? Da gab es so seltsame Blicke, die sie ihm zuwarf, als wollte sie tief in seiner Seele lesen. Ihr liebliches Gesicht wurde dabei ganz dunkel und ernst, wie damals, als die Bande sie eingesperrt hatte und er nachts heimlich zu ihr vor das Backhaus gekommen war.

Nein!, hätte er am liebsten laut geschrien. Es ist nicht ganz so schlimm, wie du glaubst, aber doch immerhin schlimm genug. Ich bin nicht bei Marie gelegen, aber ich habe sie geküsst und gestreichelt, und seitdem verlangt alles in mir nach ihr. Ich hasse mich dafür, weil du es doch bist, die ich liebe, aber ich komme nicht dagegen an, so stark ist es.

Kann ich dich lieben und gleichzeitig sie begehren?

Nicht bei Marie zu sein machte ihn unruhig und wild, beinahe wie früher, wenn er gespürt hatte, dass es allmählich wieder Zeit wurde, weiterzuziehen, um an einem neuen Ort zu stehlen und zu rauben. Was hatte sie nur mit ihm angestellt?

Ihre Nachtaugen, wissend und erwachsen in einem Augenblick und schon im nächsten wieder so unschuldig und sehnsuchtsvoll wie die eines Kindes. Die Seide ihrer Haut, ihre warmen, vollen Brüste, die zu groß für seine Hand waren und doch das süßeste Gewicht, von dem er kaum genug bekommen konnte.

Ob sie noch Jungfrau war?

Marie hatte ihn gereizt und geneckt, wie er es nur von erfahrenen Frauen kannte, doch als sie beide fast schon nackt gewesen waren, hatte sie sich plötzlich zurückgezogen.

»Ich weiß jetzt, dass du mich magst, und das ist gut«, hatte sie gemurmelt und sich wieder mit ihrem Rock bedeckt. »Für den Rest warten wir besser noch ein Weilchen.« Verblüffend schnell war sie auf den Beinen gewesen, hatte ihr geflicktes Gewand geschickt zusammengenestelt und war grußlos hinaus in den strömenden Regen gelaufen.

Wie benommen war er weiterhin im Schuppen gelegen, in einem seltsamen Zustand zwischen Wachen und Träumen. Wie es ihm dabei erging, war nicht zu vergleichen mit der satten, trägen Lust, die er unter der alten Trauerweide empfunden hatte. Mittlerweile dachte er nur noch selten daran, vielleicht, weil Agnes Pless die Apotheke seitdem mied. Aufgewühlt fühlte er sich, himmelhoch jauchzend und zutiefst verzweifelt zugleich, wie von Sinnen und zugleich im Kopf glasklar. Nur sein Körper wollte ihm nicht mehr recht gehorchen. Nicht einmal die Kolben hineinzutragen war er noch imstande gewesen, ein Umstand, den Auberlin Sixt am kommenden Morgen mit fragendem Stirnrunzeln kommentierte.

Darüber geäußert hatte er sich nicht, und auch Jakob hatte seinerseits kein Wort über den Blonden mit dem Messer verloren, der so ungeheuerliche Dinge von dem mageren Apotheker behauptet hatte. Allerdings beobachtete Jakob seinen Lehrherrn seitdem ganz genau: die Art, wie er redete und wie er sich bewegte, seine Blicke, die Fragen, die er ihm stellte. Sixt ein Sodomit, der ihn lediglich als Lehrling angenommen hatte, damit er ihm früher oder später zu Willen sein musste? Jakob entdeckte nichts, was darauf hingedeutet hätte, außer eben jene anhaltende Unruhe, die der Apotheker früher niemals gezeigt hatte.

Dass Jakob nun ein Messer besaß, machte ihn stärker und schwächte ihn zugleich. Das Gefühl, Feinden nicht mehr schutzlos ausgeliefert zu sein, war alles andere als übel. Gleichzeitig kannte er jene alte Wut zu gut, die tief in ihm lauerte und nur darauf wartete, wie ein wildes Tier aus einem Käfig zu brechen. Er trug das Messer versteckt in seinem Wams, in das der Gewandschneider eine schmale, längliche Innentasche genäht hatte, als hätte er schon damals geahnt, wozu sie eines Tages gut sein würde. Die Mutter durfte das Messer auf keinen Fall entdecken, sonst würde sie wieder jenen verlorenen Blick bekommen wie jedes Mal, wenn sie um ihn bangte. Irgendetwas hatte sich ohnehin schwer auf ihre Seele geschlagen, das spürte Jakob, auch wenn er keine Ahnung hatte, was es sein könnte.

Während er beim Auswischen und Neueinräumen der Regale vor sich hin sinnierte, ging plötzlich die Tür auf, und sein Vater kam herein, abgehetzt, mit feuchtem Haar und flackerndem Blick. Er nickte dem Sohn nur kurz zu und stürmte dann sofort zum Tresen, hinter dem Sixt stand. Plötzlich aber schien er sich anders zu besinnen und winkte nun auch Jakob heran.

»Was ich euch jetzt sage, darf vorerst diesen Raum nicht verlassen!«, sagte er. »Eine Ausnahme macht der Kardinal, zu dem ich gleich anschließend eilen werde.«

»Was ist geschehen?«, fragte der Apotheker besorgt. »Du machst ein Gesicht, als würde dich ein Rudel Höllenhunde jagen.«

»Es ist schwarz, es ist tödlich, und der Teufel könnte es uns sehr wohl aus dem tiefsten Höllenschlund geschickt haben«, sagte Vincent. »Es sind die Schwarzen Blattern, Auberlin, die man auch Pocken nennt. Im St.-Agnes-Kloster sind zwei der Schwestern bereits davon befallen. Und ich fürchte, bei den anderen wird es vermutlich auch nicht mehr lange dauern.«

»Du bist dir ganz sicher?« Auberlins Nase wirkte plötzlich noch spitzer als sonst.

»Mehr oder minder. Die Symptome sind recht eindeutig.

Ich kenne sie noch aus meiner Straßburger Zeit. Zum Glück war ich damals bereits am Abreisen, aber ich habe noch einige Patienten gesehen und weiß, dass die, die weniger Glück hatten als ich, dort über Wochen wie die Fliegen gestorben sind, jung wie alt, reich wie arm.«

Auberlin stützte sich mit den Ellenbogen auf die Theke, als sei er auf einmal zu schwach, um allein zu stehen.

»Wenn stimmt, was du sagst, und ich habe keinerlei Anlass, an deiner Diagnose zu zweifeln, dann sollten wir zusehen, die Stadt so schnell wie möglich zu verlassen. Nimm dein Weib, nimm deine Kinder – und dann nichts wie weg!«

Vincent sah ihn zwingend an.

»Aber das können wir nicht. Das *dürfen* wir nicht, Auberlin! Wer soll dann ihre Schmerzen lindern, wer ihr Leid erträglicher machen, wenn nicht Männer wie du, der Apotheker, und ich, der Medicus? Wir müssen bleiben und gegen die Seuche kämpfen. So habe ich es in Köln getan, und nicht anders werde ich es in Mainz halten.«

»Mir gefällt, was mein Vater sagt«, mischte Jakob sich ein. »In Köln hat er Nele im Pesthaus gesund gemacht, als alle anderen sie schon aufgegeben hatten. Man muss nicht immer gegen diese Seuchen verlieren. Manchmal kann man auch stärker sein als der Tod.«

»Ach, Junge«, sagte der Apotheker bewegt, »wie sehr dich das heiße Feuer der Jugend adelt! Wüsstest du, was meine Augen alles schon gesehen haben, so würdest du anders reden. Die Schwarzen Blattern sind ebenso gefährlich wie die Pest. Und wen sie nicht umbringen, den lassen sie so entstellt zurück, dass er sich danach sehnt, tot zu sein.«

»Aber noch leben sie, die Weißen Frauen von St. Agnes«, sagte Vincent eindringlich, »und bedürfen dringend unserer Hilfe. Das Kloster werden sie nicht mehr verlassen, bis die

Seuche erloschen ist, das haben sie gelobt, aber ich habe ihnen Medizin versprochen, und die bitte ich dich nun sofort zusammenzustellen: Wermut, Alant, Erdrauch, Ehrenpreis, Quecke und Storchenschnabel gegen das entsetzliche Jucken, dazu Kamille, damit die Wunden sich nicht entzünden, sowie Lavendel, um den Kranken Beruhigung zu schenken.«

»Da wüsste ich noch Wirksameres«, murmelte Sixt. »Für solche Fälle wurde mein spezieller Schlaftrunk gebraut.«

»Umso besser«, sagte Vincent. »Ich denke zudem an Lindenblüten und Weidenrinde gegen das Fieber, auch wenn die Blattern sich wahrscheinlich als stärker erweisen werden. Fällt dir sonst noch etwas ein, Auberlin?«

»Kalte Kompressen, frische Luft und dünne Suppe«, sagte der Apotheker. »Den Rest muss der Allmächtige im Himmel besorgen. Wann muss alles fertig sein?«

»So schnell wie möglich. Rosa steht vor der Offizin. Ich reite jetzt zum Kardinal, um ihm die Hiobsbotschaft zu bringen. Auf dem Rückweg komme ich wieder bei euch vorbei und bringe anschließend den Korb ins Kloster.«

»Aber das kann ich doch machen!«, rief Jakob. »Lass mich dir helfen!«

Vincent fiel das Sprechen plötzlich schwer.

»Ganz gewiss *nicht,* mein Sohn«, sagte er. »Ich hab dich nicht erst gefunden, um dich schon wieder zu verlieren.«

»Dann soll ich stattdessen untätig herumsitzen?«, begehrte Jakob auf.

»Keineswegs«, sagte der Apotheker. »Du hilfst mir bei der Zubereitung der Medikamente. Kann nicht schaden, wenn du dabei ganz besonders aufmerksam bist.«

»Und zwischendrin flitzt du zum Kaufhaus am Brand«, ergänzte Vincent. »Die Nonnen brauchen fürs Erste mindestens sechzig Paar Handschuhe. Keiner der Lederschneider wird so viele auf einmal fertig haben. Du kaufst, was du kriegen kannst, und den Rest bestellst du, verstanden? Aber treib sie an! Zum Warten ist jetzt keine Zeit. Und vielleicht wird das Leder bald schon knapp.« Er gab ihm einen kleinen Beutel mit Geld. »Nimm auch welche, die dir passen! Ich fürchte, du wirst sie nötig haben.«

*

Im Garten vor der Martinsburg waren viele bunte Fackeln aufgestellt, die angesteckt werden sollten, sobald es dunkel war. Philipp von Ehrenstein hatte den Vorschlag gemacht, auch draußen zu speisen, um die laue Sommernacht mit allen Sinnen zu genießen, doch der Kardinal hatte abgewunken. Was wusste dieser Grünschnabel, der nur noch an Pater Fabers Lippen hing und dessen fromme Reden wie süßen Nektar aufsog, schon davon?

Natürlich würde er den Zauber der Sommernacht nutzen, um Johanna zu verführen. Doch dazu wäre ihm die lärmende und sicherlich alsbald auch trunkene Gesellschaft der andern wohl kaum dienlich. Außerdem musste er eine günstige Gelegenheit abpassen, um Agnes loszuwerden, die ihm seit der Abreise des Trierer Erzbischofs wie ein anhängliches Hündchen überallhin folgte. Sie war endlich schwanger, jedenfalls behauptete sie es, und nahm sich daher jede Menge Freiheiten und Rechte heraus, von denen ihn einige bereits verdrossen. Er hatte sich gefreut, als sie es ihm mitgeteilt hatte, das ja. Doch ein Rest von Zweifel hielt sich hartnäckig. So oft hatte er das Bett mit ihr geteilt, ohne dass sie empfangen hatte – und nun sollte diese eine, hastige Begegnung, bei der er noch dazu kaum genesen war, plötzlich zum gewünschten Resultat geführt haben? Er würde ein kritisches Auge auf sie haben, kritischer, als sie es sich vorstellen konnte. Bislang hatte er nichts dagegen gehabt, dass sie sich als Favoritin und Fasthausherrin der Martinsburg aufgeführt hatte, doch nach dem heutigen Abend, der die Wende für ihn bringen sollte, musste alles anders werden. Wie hatte er sie nur so lange ertragen können – ihre Launen, ihre Spiele, ihre schwindende Schönheit, die sie sorgfältig zu übertünchen versuchte?

Alles in ihm sehnte sich nach Johanna, seiner reinen blauen Königin. Endlich kein eitles Geschwätz mehr, sondern stille Inbrunst. Endlich sich im Glanz dieses wunderbaren Augenpaares verlieren und die Hände in ihren blonden Flechten spielen lassen! Endlich morgens keine alte Schminke mehr auf dem Kissen, sondern nur noch zarten Rosenduft, der ihn an seine erste, seine größte, seine heiligste Liebe erinnerte. Wie damals in ferner Kinderzeit schien der Tag auf einmal kein Ende nehmen zu wollen.

In Gedanken hatte er die Kleidung für den Abend wieder und wieder geprüft und sich schließlich für eine elegante höfische Tracht entschieden. Das mit den engen Hosen konnte er dank der Verschiebung des Festes mittlerweile wieder wagen. Die Wunden an den Beinen waren trocken und zudem stark verblasst; wenn er Glück hatte, würden allenfalls kaum sichtbare Narben zurückbleiben. Dazu das blausilberne Wams mit dem weißen Seidenhemd, das ihn jugendlich und frisch machte – und genauso würde er ihr heute entgegentreten: jemand in den besten Jahren, der auch Kardinal und Kurfürst war, aber in erster Linie ein heißblütiger Mann. Ein Mann, der sich wie kaum ein anderer auf das erregende Spiel der Liebe verstand.

Der Gedanke an de Vries streifte ihn kurz, und wie immer verdüsterte sich dabei seine Laune. Der Ehemann von Leys hatte kein großes Aufhebens gemacht, als Albrecht sich seiner

Frau mit eindeutigen Absichten genähert hatte; ähnlich war es auch bei Ursula Redinger verlaufen, die er in jungen Jahren glühend heiß begehrt hatte. Von vielen anderen fiel ihm kaum noch der Name ein, geschweige der ihrer gehörnten Gatten. Kundig und ausgiebig hatte er über die Jahre im Hain der Venus gewildert, und Agnes war zum Glück bereits Witwe gewesen, als sie sich nähergekommen waren.

Doch dieser Medicus schien ihm durchaus ein anderes Kaliber. Offenbar vergötterte de Vries seine Frau, das war ihm im Kreuzgang anzusehen gewesen, und war sich sehr wohl bewusst, welch Kleinod das Bett mit ihm teilte. Seltsam daran war lediglich, dass zwischen den beiden Kindern so viele Jahre lagen. War Johanna lange krank gewesen, oder hatte sie mit anderen Mitteln eine Empfängnis verhindert? Auf jeden Fall stand ihr die kleine blond gelockte Tochter ausnehmend gut und hatte in Albrecht sofort den Wunsch nach weiteren eigenen Kindern geweckt. Wie er jedoch de Vries dazu bringen könnte, hinter ihm zurückzustehen, war ihm bislang leider noch nicht eingefallen. Auf Geld schien der Medicus nicht sonderlich anzuspringen. Seine Honorare waren keineswegs unverschämt, und er drängte auch nicht auf deren sofortige Begleichung, wie er es von anderen seines Fachs hatte erleben müssen.

Dann vielleicht eine weitere Position bei Hof?

Was allerdings bedeuten würde, dass Albrecht ihn ständig vor der Nase hätte, nicht gerade die beste Voraussetzung für eine heiße neue Liebe. Nein, am besten wäre es vermutlich, Johannas Mann mit einem schwierigen Auftrag wegzuschicken, um so alles in Ruhe einfädeln zu können – je weiter, je besser.

Und Agnes? Ach, Agnes!

Sie würde Geld nehmen, das stand fest, dazu alles an Schmuck und Kleinodien, was sie zusammenraffen konnte. In letzter Zeit hatte er zudem herausgefunden, wie viel ihr an Grundbesitz lag. Auch damit würde er sie reichlich bestücken, sofern sie ihm wirklich ein Kind gebar. Und ein Amt, das natürlich auch. Er dachte da an einen Beginenkonvent unweit Aschaffenburgs, der in absehbarer Zeit ohnehin eine neue Vorsteherin brauchte. Eine Mutter mit Kind, das zudem unweit von ihm aufwuchs, damit er seine Freude an ihm haben konnte – es hätte wahrlich schlechtere Lösungen geben können …

»Eminenz?« Philipps Stimme unterbrach Albrechts Gedankenspiele. »Medicus de Vries wünscht Euch zu sehen. Er sagt, es sei sehr wichtig.«

»De Vries?« Albrecht runzelte die Stirn. »Der hat mir doch erst heute Morgen genug Vorhaltungen gemacht! *Tut dies nicht, meidet jenes …*« Ihn zu imitieren verringerte sein schlechtes Gewissen. »Sagt ihm, er soll uns heute Abend die Ehre mit seiner schönen Frau erweisen. Für den Rest ist dann ab morgen wieder Zeit.«

»Eminenz?« Vincent war Philipp gefolgt und ließ sich nicht abweisen. »Ich *muss* Euch sprechen, bitte!«

»Aber doch nicht jetzt, so kurz vor dem Fest …«

»Unbedingt jetzt!« Vincents Stimme wurde noch eindringlicher. »Ihr solltet alles auf der Stelle absagen. Bei Weitem das Klügste, was Ihr tun könntet. Bitte folgt meinem Rat!«

»Seid Ihr von Sinnen, Medicus?«, fragte der Kardinal aufgebracht. »Jetzt überschreitet Ihr Eure Befugnisse aber auf gefährliche Weise.«

Vincent blieb ganz ruhig. Nicht einmal seine Stimme schwankte.

»Wir haben die Schwarzen Blattern in der Stadt, Euer Eminenz«, sagte er. »Zwei Nonnen in St. Agnes zeigen bereits Pockenmale.«

✣

Die Nacht war lau, die Fackeln leuchteten, der Wein war schwer, die Tafel mit erlesenen Köstlichkeiten wie Fasan, Rebhuhn, Schwanenfleisch, Rinderbraten und allen nur denkbaren Süßigkeiten bestückt. Zum Spiel von Laute, Flöte und Rotta speisten die Gäste, tranken, plauderten, lachten. Der Kardinal hatte Vincent und Johanna ganz in seiner Nähe platziert, was ihr nicht nur giftige Blicke von Agnes Pless eingebracht hatte, die ein so üppig gebauschtes grünes Seidenkleid trug, dass man fast denken konnte, sie sei bereits im siebten Monat. Denn auch andere Mitglieder des Hofstaates, eigens für das Fest aus Aschaffenburg angereist, musterten Johanna scheel, allen voran Ann von Otzberg, die Frau des Truchsessen, die derart füllig war, dass die Nähte ihres weißen Kleides bei jeder Bewegung zu platzen drohten.

»Was bin ich froh, wenn wir wieder zurück in unserem geliebten Schloss Johannisburg sind!«, sagte sie inzwischen schon zum dritten Mal. »Diese dicken alten Wände hier machen einen ja richtig schwermütig. Und erst dieses ungesunde Mainzer Klima, so stickig und heiß. An unserem schönen Main dagegen weht immer ein frisches Lüftchen.«

Ein Lüftchen, das den Tod bringen kann, dachte Johanna.

Sie sah, wie Vincent den Mund öffnete und ihn dann wieder schloss, ohne etwas zu äußern. Beim Ritt zur Martinsburg hatte er ihr in knappen Worten über die Blattern in St. Agnes berichtet und ebenso über den Entschluss des Kardinals, das Fest unter allen Umständen abzuhalten.

»Er hat uns geradezu gezwungen, daran teilzunehmen.« Seine belegte Stimme klang ihr noch immer im Ohr. »Eine Absage wollte er nicht gelten lassen.«

»Und weiter?«, hatte Johanna gefragt.

»Wenn die Seuche sich verbreitet, ist unser aller Leben in

Gefahr. Und sobald viele Menschen an einem Ort zusammenkommen, steigt diese Gefahr dramatisch an.«

Er hatte recht mit allem, was er gesagt hatte – doch kein einziges Wort über das schwarze Mädchen! Wieso verschwieg Vincent hartnäckig, was doch ohnehin auf der Hand lag? Dieses Ausweichen und Verheimlichen passte gar nicht zu dem mutigen, offenen Mann, den sie liebte. Vielleicht genoss sie deshalb die vielsagenden Blicke des Kardinals, die immer wieder zu ihr glitten. Ihr blaues Kleid hatte er schon bei der Ankunft bewundert, ebenso das goldene Netz, das ihr Haar hielt. Und auch Miriams zweite Leihgabe schien ihn ganz besonders zu entzücken.

»Ich wünschte, ich wäre diese Perle, die Euren Hals küssen darf«, hatte er gemurmelt. »Lasst mich zumindest davon träumen!«

Es war ihm doch tatsächlich gelungen, sie in Verlegenheit zu bringen! Und da Vincent sich weiterhin so verstockt verhielt und sie noch immer keines Blickes würdigte, als die Tafel sich aufgelöst hatte, widersprach Johanna nicht, als der Kardinal sie hinaus in den Garten führte, in dem auch einige andere Gäste plaudernd flanierten.

»Ihr müsst ganz bald einmal nach Aschaffenburg kommen«, sagte er, während sie über den frisch gestutzten Rasen schritten. »Die Stadt ist schön und mein Sommersitz Schloss Johannisburg um vieles komfortabler als die alte Martinsburg.«

»Wie stellt Ihr Euch das vor, Eminenz?«, fragte Johanna. Es verwirrte sie, dass er heute nicht die Kardinalsrobe trug, wie sie es erwartet hatte, sondern höfisch elegant gekleidet war, was ihn jünger und irgendwie lebendiger wirken ließ. Zudem ging er so nah neben ihr, dass sie die Hitze spüren konnte, die von ihm ausstrahlte. »Meine Kinder, mein Mann … Ich habe doch für sie alle zu sorgen!«

Er nahm ihre Hand, drückte sie an seine Brust. Dann starrte er verwundert darauf.

»Ihr tragt keinen Ring«, sagte er. »Habt Ihr die Trauung ohne diesen guten alten Brauch vollzogen?«

Wie leicht wäre es jetzt gewesen zu lügen, doch etwas in Johanna wehrte sich dagegen. »Wir sind auch so Mann und Frau«, sagte sie. »Niemand könnte mir näher sein als er. Mein Herz gehört ihm. So einfach ist das.«

»Und was ist mit mir?«, fragte Albrecht. »Habe ich denn gar kein Plätzchen in diesem schönen reinen Herzen?«

Johanna entzog ihm ihre Hand.

»Außerdem hat Vincent Euch doch sicherlich gesagt, dass eine der kranken Nonnen aus Aschaffenburg kommt«, sagte sie, weil sie sich immer unsicherer fühlte. »Vielleicht verbreiten sich die Schwarzen Blattern dort bereits.«

Er legte seinen Zeigefinger auf ihre Lippen.

»Euer Mund ist viel zu süß, um solch schreckliche Dinge zu sagen. Der Allmächtige wird uns schützen, Johanna. Er ist immer mit den Liebenden.«

Was redete er da? Und wie kam er dazu, sie jetzt immer enger an sich zu ziehen? Sein Gesicht war nur noch eine Handbreit von ihrem entfernt. Sein Atem war warm und roch nach Lavendel, was sie jäh ernüchterte. Er musste also nach dem Essen heimlich Pastillen gelutscht haben, weil er alles bereits geplant hatte …

Johanna versuchte, ihn wegzustoßen, doch seine Arme hatten sich um sie geschlungen und hielten sie fest.

»Meine blaue Königin!«, flüsterte er. »Mach mich glücklich, darum bitte ich dich von ganzem Herzen. Ein Leben lang habe ich auf diesen einen Augenblick gewartet.«

Sie hielt die Lippen nicht ganz geschlossen, als sein Mund auf ihren traf, was er für eine Aufforderung zu halten schien, denn sein Kuss wurde sofort leidenschaftlich. Zu Johannas Überraschung gefiel es ihr. Er wusste sehr wohl zu küssen, sprengte vor und zog sich wieder zurück, was ihr einen Schauer nach dem anderen über den Körper jagte. Und dennoch war es falsch, was sie hier taten, ganz und gar falsch. Er, der Kardinal, und sie, Vincents Frau …

»Eminenz!« Die tiefe Stimme von Agnes Pless trieb die beiden auseinander. »Die ganze Zeit suche ich schon nach Euch!« Wie eine Rachegöttin stand sie mit einer Fackel in der Hand vor ihnen. »Hier also verbergt Ihr Euch. Und das auch noch in so reizender Gesellschaft!« Der Tonfall strafte ihre Worte Lügen, und nicht minder tat es ihr verzerrtes Gesicht.

»Ich habe meinem Gast nur den Garten zeigen wollen …«

»Euer Mann sucht Euch ebenfalls verzweifelt«, fiel die Plessin dem Kardinal frech ins Wort und starrte dabei Johanna hasserfüllt an. »Aber jetzt kann ich ihm ja sagen, wo und bei wem ich Euch gefunden habe.«

»Ich wollte ohnehin gerade gehen«, sagte Johanna. Was hätte sie jetzt für ein Tuch gegeben, das sie sich schützend über die Schultern hätte ziehen könnnen, aber Miriam hatte sie beschworen, die Wirkung des Kleides mit keiner unnützen Zutat zu verderben. »Ich danke Euch für Eure Ausführungen, Eminenz«, setzte sie noch hinzu. »Dieser Abend in der Martinsburg wird mir unvergesslich bleiben.« Ihr Lächeln fiel bemüht aus. »Euer Eminenz? Wenn Ihr mich nun entschuldigen würdet …«

Ein wenig steif ging sie Richtung Burg und war erst ein paar Schritte weit gekommen, als Vincent ihr schon aufgelöst entgegengelaufen kam.

»Wo steckst du denn?«, rief er aufgebracht. »Einfach so allein in die Nacht zu verschwinden …«

»Ich war bestens behütet und beschützt«, entgegnete sie. »Der Kardinal höchstpersönlich hat mich begleitet.« Nach vorn zu preschen machte es einfacher, ihr schlechtes Gewissen für kurze Zeit zum Schweigen zu bringen.

»Du warst mit ihm im Garten?« Vincent starrte sie fassungslos an. »Nur ihr beide?«

»Und jetzt bin ich müde. Wir sollten nach Hause reiten.«

Er nahm Johannas Hand und zerrte sie wortlos zum Ausgang.

»Hast du dich vom Kardinal verabschiedet?«, fragte Johanna, als sie fast schon draußen waren.

»Wozu?«, entgegnete er finster. »Ich sehe ihn doch schon morgen wieder.«

Jetzt fühlte es sich merkwürdig an, sich auf Rosas geduldigem Rücken so nah zu sein. All die weiten Strecken, die sie auf diese Weise zurückgelegt hatten, hatten das starke Band zwischen ihnen nur noch fester geknüpft. Doch in dieser Nacht stand die Fremdheit wie eine scharfe, dünne Wand zwischen ihnen. Keiner redete, weder Johanna noch Vincent.

Sie hatten gerade die Kaufhalle am Brand hinter sich gelassen, als plötzlich ein Mann aus einem der schmalen Häuser der Korbgasse trat. Er ging ein paar Schritte, torkelte und fiel dann wie ein Stein auf den Boden. Rosa scheute und wäre beinahe gestiegen, hätten Vincents feste Hand und Johannas Stimme sie nicht im letzten Augenblick doch noch beruhigt.

»Bleib sitzen!«, sagte er. Es waren seine ersten Worte, seit sie die Martinsburg verlassen hatten. »Ich sehe nach ihm.«

Er stieg ab, beugte sich über den Mann und wich im nächsten Augenblick wie verbrannt zurück.

»Der Geruch«, sagte Vincent erschrocken. »Und diese verdammten Male. Es sind die Schwarzen Blattern, Johanna!«

✦

Er hatte die Leute im Haus geweckt und dafür gesorgt, dass der Kranke in einem Leintuch wieder nach drinnen getragen wurde. Aber sie misstrauten ihm, das hatte Vincent an ihren Blicken gesehen, weil er, der Medicus, den Gestürzten kein einziges Mal berührt hatte. Und seine Anweisungen, Handschuhe und einen Mundschutz zu tragen, verstanden sie nicht, das erkannte er an ihren leeren Gesichtern.

Auch Johanna fühlte sich nur noch elend, wollte endlich nach Hause zu ihrer Kleinen, die in Neles Obhut war. Den restlichen Weg ritten sie sehr schnell. Vincent brachte die Stute in den Stall, während Johanna schon ins Haus eilte. Nele war am Küchentisch eingeschlafen, die hellbraunen Haare im Kerzenlicht wie einen schimmernden Fächer um sich gebreitet, während Barbelchen in ihrem Korb schlummerte.

»Wir sind wieder da.« Johanna streichelte Neles Kopf. »Du kannst in dein Bett gehen.«

»War es denn schön?«, murmelte das Mädchen schlaftrunken. »Du musst dich morgen unbedingt um Sabeth kümmern. Sie hat keinen Bissen gegessen, sondern die ganze Zeit nur vor sich hingeschimpft.«

»Mache ich«, sagte Johanna. »Das nächste Mal löschst du die Kerze, bevor du einschläfst, sonst brennt uns noch das ganze Haus ab. Und jetzt hinauf mit dir!«

Nele tapste nach oben, während Johanna die Kleine aus dem Korb hob. Barbara schmiegte sich an ihre Brust, dann öffnete sie die Augen und strahlte sie an.

»Mein Herzblatt!« Johanna wiegte sie hin und her. »Schlaf weiter! Ich bin ja wieder bei dir.«

Ein wenig polternd kam Vincent aus dem Stall zurück, nahm sich einen Becher und setzte sich ihr gegenüber.

»Was soll nun weiter werden?«, sagte er.

»Das frage ich dich«, erwiderte Johanna.

»Ihr solltet Mainz den Rücken kehren, die Kinder und du«, sagte er. »Solange noch Zeit ist. Die Schwarzen Blattern können sich rasend schnell verbreiten, und dann ist es zu spät.«

»Und dich hier allein zurücklassen?«, sagte Johanna. »Weshalb dieser seltsame Vorschlag, Vincent?«

»Weil ich will, dass ihr am Leben bleibt.«

»Ach ja?«, sagte sie nach einer Weile. »Oder weil es dir ganz recht käme, eine Zeit lang hier ungestört zu schalten und zu walten?«

»Ich weiß nicht, wovon du sprichst …«

»Verkauf mich nicht für dumm!«, fuhr sie ihn an. »Du weißt es ganz genau. Wann wolltest du mir das mit deiner Tochter sagen? Bei ihrer Hochzeit? Oder wenn sie dir strahlend das erste Enkelkind auf den Schoß setzt? Ich bin enttäuscht von dir, Vincent. Ich dachte, dein Vertrauen zu mir wäre größer.«

Er sprang auf, begann unruhig hin und her zu gehen. »Ich wusste nichts von diesem Kind …«

»Wolltest du deshalb nach Mainz?«, unterbrach sie ihn. »Und sag mir die Wahrheit, wenigstens ein einziges Mal!«

»Ich wusste nichts davon!«, jaulte er auf. »Wie oft soll ich das noch wiederholen? Ich bin mit euch nach Mainz gezogen, um Jakob zu retten.«

»Und deinen eigenen Kopf«, ergänzte Johanna. »Schieb jetzt nicht alles auf den Jungen. Auch du hattest dich in große Schwierigkeiten gebracht.«

»Weil ich Medicus bin.« Er blieb vor ihr stehen, stützte beide Hände auf den Tisch und starrte sie an. »Und dazu kann es jetzt wieder kommen, Johanna, nachdem die Blattern die Stadt überfallen. Die Menschen werden seltsam, sobald sie den Tod riechen, und denken dann nur noch an sich. Du hast gewusst, mit wem du dich zusammentust.«

»Habe ich das wirklich?« Sie strich der schlafenden Kleinen ein Löckchen aus dem Gesicht. »In den letzten Wochen warst du mir oft fremd.«

»Das könnte ich ebenso von dir behaupten!« Er hatte seine Position am Tisch verlassen und sein ruheloses Auf-und-ab-Gehen erneut begonnen. »Verschwindest einfach mit dem Kardinal in den Garten! Was habt ihr dort im Dunkeln so lange gemacht?«

»Nichts«, sagte Johanna und konnte nicht verhindern, dass das Blut ihr dabei jäh in den Kopf stieg.

»Nichts?«, wiederholte Vincent skeptisch.

»Wir haben geplaudert und gelacht …« Wie schrill ihre Stimme klang, sogar in ihren eigenen Ohren.

»Geplaudert und gelacht …«

»Musst du jetzt jeden Satz nachplappern, den ich sage?«, fuhr sie ihn an. »Was sollen wir denn im Garten gemacht haben? Sag du es mir!«

»Du weißt, wie schlecht sein Ruf ist, Johanna. Und ich möchte nicht, dass meine Frau …«

»Die bin ich nicht. Jedenfalls nicht vor dem Altar.« War das wirklich gerade aus ihrem Mund gekommen?

Beide starrten sich schweigend an.

»Was hat er getan, Jo?«, fragte Vincent schließlich. »Ist er dir zu nahe getreten? Wollte er dich zu irgendetwas zwingen? Du musst es mir sagen, Johanna. Du *musst!*«

Die fremden Lippen auf ihrem Mund. Das erregende Prickeln auf der Haut. Seine schmeichlerischen Worte … *Ich wünschte, ich wäre diese Perle, die Euren Hals küssen darf …*

Sie schämte sich so sehr, dass sie Vincent nicht mehr ansehen konnte, aber sie ärgerte sich auch, dass er sie derart in die Enge trieb.

»Ich muss gar nichts«, sagte sie und erhob sich. »Du lügst

mich seit Wochen an, und jetzt machst du mir auch noch ungerechte Vorwürfe. Wenn du kein Vertrauen mehr zu mir hast, kann ich ebenso gut gehen.«

»Du willst – was?« Fassungslos starrte er sie an.

»Du hast ganz richtig verstanden, Vincent de Vries«, sagte Johanna. »Ich habe auch schon vor dir geatmet. Und genau das werde ich jetzt wieder tun.«

Er spürte, wie der Zorn in ihm wuchs. Nicht nur sein Sohn kannte dieses Gefühl. Auch ihm war es durchaus vertraut.

»Dann tu, was du nicht lassen kannst«, sagte er. »Sehr weit kommen wirst du ohnehin nicht – ohne Geld, ohne ein Gewerbe, ohne alles.«

»Das werden wir ja sehen!« Mit Barbelchen im Arm ging sie zur Tür.

»Wenn du dieses Haus verlässt …«

»Was dann? Ich habe keine Angst vor dir, Medicus!«

Er spürte, wie seine Augen feucht wurden. Diesen Triumph wollte er ihr jetzt nicht gönnen. Er wandte sich ab, aber bis er sie trocken gerieben hatte, waren Johanna und die Kleine verschwunden.

Sollte er ihnen nach?

Vincent entschied sich dagegen. Weiter als bis zu Gwen nebenan würde sie es mitten in der Nacht nicht schaffen, dafür war Johanna viel zu vernünftig. Und wenn sie morgen alles eingesehen hätte und um Verzeihung bitten würde, war er natürlich bereit, alles zu vergessen.

Trotzdem klopfte sein Herz überlaut gegen die Brust. Er schenkte sich einen Becher Bier ein und stürzte ihn hinunter.

»Vater?« Das war die Stimme Jakobs, der langsam die Treppe herunterkam. »Ihr habt gestritten?«

»Ein wenig«, sagte Vincent. »Du weißt, ich liebe deine

Mutter von Herzen, aber es ist nicht immer ganz einfach mit den Frauen.«

Jakob nickte, zog sich einen Stuhl heran und sah Vincent erwartungsvoll an.

»Warum schläfst du nicht längst?«, fragte Vincent. »Morgen liegt ein schwerer Tag vor uns allen.«

»Weil ich nicht kann. Schon seit Stunden liege ich wach und grüble. Ich bin mit Nele verbunden, das weißt du, und das möchte ich auch weiterhin sein, aber ich habe vor Kurzem ein Mädchen kennengelernt, das geht mir nicht mehr aus dem Kopf …«

Noch nie zuvor hatte Jakob so vertraut mit ihm gesprochen. All der Ärger und die Wut, die Vincent gerade noch empfunden hatte, lösten sich auf und machten einem warmen Gefühl Platz.

»Willst du mir ein wenig von ihr erzählen, mein Sohn?«, sagte er. »Das kann manchmal sehr helfen.«

Elf

Als Johanna die Augen aufschlug, wusste sie im ersten Moment nicht, wo sie war. Doch Barbaras kleine Hand, die ihr kräftig ins Gesicht patschte, und der feine Geruch nach Lavendel, der dem Laken entströmte, brachten die Erinnerung rasch wieder zurück. Miriam hatte sie aufgenommen, nachdem sie gestern spätabends an die Tür der Baruchs geklopft hatte, und ihr in der Mägdekammer, die derzeit nicht benutzt wurde, das Nachtlager gerichtet. Der Raum war winzig und dennoch heimelig mit den Dachschrägen über dem Bett, in dem sie mit der Kleinen geschlafen hatte. Daneben sah sie auf einer Truhe das kostbare blaue Seidenkleid, in dem sie von zu Hause fortgelaufen war. Die Perle an der Samtlitze und das goldene Haarnetz hatte sie der Freundin noch gestern zurückgegeben, erleichtert, diese wertvollen Stücke wieder los zu sein.

Die Tür stand einen Spalt auf, und so hörte sie von unten Stimmen und Geräusche. Barbelchen schien inzwischen genug von der Erkundung des mütterlichen Gesichts zu haben und begann zu quengeln. Außerdem stank sie zum Gotterbarmen und brauchte dringend eine frische Windel. Wieder schaute Johanna zu ihrem Festgewand. Es am Morgen anzuziehen erschien ihr fast wie ein Frevel, doch was blieb ihr anderes übrig?

Sie setzte sich gerade auf, als Miriam hereinkam, über dem Arm ein helles Kleid, das ganz offensichtlich neu war.

»Endlich wach?«, sagte sie mit einem Lächeln. »Ich dachte, ich bringe was zum Anziehen mit.«

»Danke«, erwiderte Johanna verblüfft. »Aber woher hast du das?«

»Woher wohl?« Miriams Lächeln wurde breiter. »Genäht natürlich. Es sollte ein Geschenk für meine Base werden, die in etwa deine Gestalt hat. Aber nun wirst du es eben tragen.« Sie zog die Nase kraus und schnupperte. »Und Barbara braucht offenbar auch dringend unseren Beistand. Ich helfe dir gern mit Leas Beständen aus – in der kleinen Kammer direkt unter euch. Außerdem solltest du frühstücken. Mit leerem Magen trifft man selten gute Entscheidungen.«

Im ersten Stockwerk stand auf einer Kommode alles bereit: eine Kanne mit Wasser, um die Kleine zu säubern, Ringelblumensalbe, damit sie nicht wund wurde, sowie frische Windeln. Barbara begann zu brabbeln, während Johanna sie fertig machte, dann setzte sie sich die Kleine auf die Hüfte, nahm die schmutzige Windel in die andere Hand und stieg hinunter ins Erdgeschoss.

»Ich helfe natürlich beim Auskochen«, sagte sie. »Niemand macht das gern. Nicht einmal die liebendste Mutter.«

Miriam packte die Windel in einen Korb und brachte diesen in den Hof. »Das erledigen wir später«, sagte sie. »Davor steht noch so einiges andere an.«

In einem ihrer zahlreichen Töpfe hatte sie dicken süßen Brei gekocht, der Johanna und ihrer Tochter besonders mundete, weil sie ihn zusätzlich mit einer Prise Zimt bestreut hatte. Auch Lea bekam ein paar Löffelchen davon ab, bevor sie mit bunten Holzbällchen und Barbara auf die Decke zum Spielen gesetzt wurde.

»Und jetzt will ich endlich alles ganz genau wissen!« Miriam lehnte sich im Stuhl zurück. »Was ist geschehen, das dich aus deinem Haus getrieben hat?«

»Wir haben uns gestritten«, sagte Johanna. »Auf böse, unversöhnliche Weise. Vincent hatte mir verschwiegen, dass er eine Tochter hat. Hier in Mainz.«

»Er hat ein Kind – mit einer anderen?« Schützend legte Miriam die Hände auf ihren Bauch, eine Geste, die Johanna irritierte.

»Du bist doch nicht etwa wieder …«

»Doch!« Miriam strahlte. »Ich weiß, es ist etwas früh, weil mein Augenstern noch so klein ist, aber vielleicht sind unsere Gebete nun endlich erhört worden, und wir werden viele, viele Kinder bekommen.« Dann wurde sie wieder ernst. »Kennst du die Mutter, Johanna?«

»Ich habe sie einmal gesehen, als sie vor unserem Haus herumstand. Es ist Malin, die Wehmutter. Und wir beide haben uns auf Anhieb nicht gemocht.«

»Ich mag sie auch nicht«, sagte Miriam. »Und bin heilfroh, dass nicht sie mich entbinden wird, sondern eine von uns. Auf dem Markt hat sie etwas sehr Hässliches über uns gesagt, als sie Mendels Judenhut entdeckt hatte.«

»Vincent behauptet, nichts von dem Kind gewusst zu haben. Und es sei auch nicht der Grund gewesen, nach Mainz zurückzukommen. Aber selbst wenn er es erst jetzt erfahren hat, so hat er mich dennoch über Wochen belogen.« Zwischen Johannas Brauen stand eine tiefe Falte. »So etwas Wichtiges zu verschweigen! Wie soll ich mit einem Mann leben, dem ich nicht vertrauen kann?«

»Du gehst nicht zurück zu ihm?«

Johanna zuckte die Schultern. »Ich hoffe, irgendwann schon, denn Jakob, Nele und auch die alte Sabeth brauchen mich ja. Und er doch auch. Aber bestimmt nicht gleich. Er soll spüren, wie es ohne mich ist.«

»Von mir aus gerne. Hier ist Platz für euch.«

»Meinst du das ernst? Aber was wird Mendel dazu sagen?«, fragte Johanna. »Ist er schon wieder unterwegs?«

»In der Martinsburg. Und er freut sich, wenn ihr beide unsere Gäste seid.«

»So können Barbara und ich noch ein paar Tage bei euch bleiben? Ich brauche Zeit, um nachzudenken.«

»Auch über den Kardinal?«, fragte Miriam spitzbübisch.

»Wie kommst du darauf?« Johanna begann, nervös an ihrem Mieder zu nesteln.

»Weil du noch kein einziges Wort über den gestrigen Abend verloren hast. Geschweige denn, ob dein Kleid bewundert wurde.«

»Und ob!«, versicherte Johanna. »Ja, der Kardinal hat es gelobt. Und denen, die nichts gesagt haben, sind beinahe die Augen rausgefallen, so haben sie mich angestiert. Am besten aber hat ihm offenbar die Perle gefallen …« Sie verstummte.

»Die Perle? Was hat er darüber gesagt?«

Johannas Gesicht brannte. »Das kann ich nicht wiederholen«, sagte sie leise. »Nicht einmal vor dir.«

Miriam sprang so schnell auf, dass Lea vor Schreck zu weinen begann. Sie nahm sie hoch und tröstete sie, bis die Tränen wieder trocken waren und sie zurück zu ihrer kleinen Freundin konnte.

»Du musst dich in Acht nehmen«, sagte sie. »Ich traue ihm nicht, egal, was Mendel auch behauptet. Für mich ist der Kardinal ein Jäger, der Kleinodien ebenso hinterhersetzt wie Frauen. Er träufelt ihnen sein süßes Gift ein, dabei sollte er doch eigentlich ein heiliger Mann sein. Und wenn sie ihm erliegen, wird er ihrer bald überdrüssig und wirft sie weg. Du könntest alles dabei verlieren. Das sind Männer wie er nicht wert.«

»Warum hast du mich dann so prachtvoll ausgestattet?«

»Deinetwegen, Johanna, nicht seinetwegen. Ich wollte, dass du dich wie eine Königin fühlst. Und das hast du doch, oder?«

Meine schöne blaue Königin …

Johanna gab sich Mühe, die lockende Männerstimme in ihr wieder zum Verstummen zu bringen, und schließlich gelang es ihr.

»Ja, das habe ich«, sagte sie. »Und ich danke dir noch einmal dafür. Außerdem werde ich ihn ohnehin niemals wiedersehen. Und jetzt setze ich auf der Stelle einen großen Wassertopf auf und mache mich an die schmutzigen Windeln – die schwere Arbeit übernehme vorerst ich, verstanden?«

Miriam lächelte. »Gar nicht so übel, eine zweite Frau im Haus zu haben«, sagte sie. »Da könnte ich ja jetzt guten Gewissens auf den Markt gehen …«

»Warte!«, sagte Johanna. Vincent hatte sie beschworen, vorerst niemandem etwas zu sagen, aber sie konnte doch nicht unter dem Dach der ben Baruchs leben, ohne sie zu warnen. »Im Kloster St. Agnes sind zwei Nonnen an den Schwarzen Blattern erkrankt. Und als wir gestern nach Hause geritten sind, ist uns ein Mann vors Pferd gefallen, der ähnliche Symptome gezeigt hat. Vincent wollte heute nach ihm sehen …«

»Die Pocken?« Miriam war kreidebleich geworden. »In Trier haben sie vor einigen Jahren einen Großteil der jüdischen Gemeinde dahingerafft und die halbe Stadt dazu. Was sollen wir denn jetzt nur tun?«

»Auf keinen Fall die Kranken berühren und unbedingt ihre Häuser meiden. Vincent empfiehlt zudem, Handschuhe zu tragen und sich ein Tuch vor den Mund zu binden, aber nicht einmal er ist sich sicher, ob das etwas nützt.«

»Kranke nicht berühren«, murmelte Miriam. Dann sah sie Johanna mit großen Augen an. »Aber was, wenn jemand aus deiner Familie die Blattern bekommt? Was dann?«

✣

Als Gwen ihm ahnungslos lächelnd öffnete, wusste Vincent sofort, dass er den Weg zum Nachbarhaus vergebens gemacht hatte.

»Ich suche Johanna und die Kleine«, sagte er dennoch. »Sind sie bei Euch?«

»Die beiden habe ich vor zwei Tagen zum letzten Mal gesehen.« Ihr freundliches Gesicht wurde besorgt. »Ist etwas passiert? Ich meine, weil sie so früh am Morgen schon fort sind.«

»Nein, nein«, murmelte er. »Entschuldigt! Nur ein Versehen. Dann sind sie bestimmt bei …« Jetzt wäre er auch noch beinahe über die eigenen Füße gestolpert, so unbehaglich fühlte er sich. Atemlos kam er wieder im Haus mit dem Feuervogel an.

Aber wo hatte sie dann Zuflucht gesucht? In der Martinsburg? Nein, das würde seine Jo ihm niemals antun …

»Sie sind nicht drüben?« Neles Stimme zitterte leicht. Sie hielt Mieze im Arm und drückte sie an sich, als fürchte sie, auch noch die Katze zu verlieren. »Ich hätte niemals gedacht, dass Johanna uns alleinlassen könnte.«

»Mit dem Kochen kommst du doch auch so ganz gut zurecht«, sagte Jakob, der munter redete, dessen Gesicht jedoch auffallend müde und blass war. »Wirst sehen, sie ist bald wieder da. Und außerdem kann Sabeth …«

Die Alte schreckte aus dem Stuhl auf.

»Sabeth weiß, wo sie ist«, sagte sie. »Warum hast du sie nicht gleich gefragt? Bei ihrem Liebchen ist sie. Da, wo sie schon so oft in letzter Zeit war.«

Alle Blicke flogen in ihre Richtung.

»Was soll das heißen?«, fragte Vincent brüsk. »Von welchem Liebchen redest du?«

»Die Frau vom Juden«, sagte Sabeth. »Die, die ihr das schöne Kleid genäht hat.«

Mendels Miriam – das war die Lösung!

Jetzt rannte Vincent zu Rosa, die er bereits aus dem Stall geholt hatte, warf den Sack, in dem seine Pestkluft steckte, über den Sattel und saß auf. Der Weg zu den Judengassen war nicht weit und vertraut, und doch erschien die Stadt ihm ganz anders als noch am Tag zuvor.

Ahnte Mainz bereits, was ihm bevorstand?

Es war so leer auf den Gassen, so ungewohnt still, als wage niemand, laut zu sprechen, geschweige denn zu lachen oder zu singen. Spürten die Frauen und Männer, was ihnen bevorstand? Schrecken, Angst und ein fürchterliches großes Sterben, sollte die Seuche ausbrechen?

In Köln hatte der Schwarze Tod die Menschen verändert. Viele waren eigennützig geworden, dachten nur noch an sich, bestrebt, an sich zu bringen, was noch möglich war, und das eigene Leben zu retten ohne jegliche Rücksicht auf andere. Aber es hatte auch das Gegenteil gegeben – Menschen wie seinen Sohn Jakob, den diese Konfrontation mit dem Sterben von seinem falschen Weg abgebracht und zu einem mitfühlenden Wesen gemacht hatte. Gestern Abend, im vertrauten Gespräch, hatte er ihn wieder so erlebt. Jakob war und blieb ein Heißsporn, daran würde sich nichts ändern, aber jetzt überlegte er wenigstens immer wieder, bevor er blindlings handelte – vorausgesetzt, er war nicht gerade Hals über Kopf verliebt. Den Namen des Mädchens, das ihn so verwirrte, hatte er allerdings nicht preisgegeben, und Vincent war nicht weiter in ihn gedrungen. Er hatte Nele sehr gern. Aber war sie wirklich die Richtige für seinen stürmischen Sohn, dem schon die kleinste Fessel unerträglich schien?

Das mussten die beiden unter sich ausmachen. Auch er hatte Herzensangelegenheiten stets für sich behalten, darin waren Vater und Sohn sich bei aller sonstigen Verschiedenheit sehr ähnlich. Er würde den Namen schon erfahren, sobald Jakob so weit war – oder seine Verliebtheit sich wieder gelegt hatte.

Doch jetzt galt es erst einmal, die eigenen Angelegenheiten in Ordnung zu bringen. In diesem Moment nahm Vincent Johanna sehr übel, dass sie ihn so unter Druck setzte. Er stieg vor Mendels Haus ab und schlug mit der Faust an die Tür.

Miriam öffnete und erschrak, als sie sein grimmiges Gesicht sah, fasste sich aber schnell wieder.

»Ist meine Frau bei Euch?«, sagte er. »Und meine Tochter Barbara?«

»Ja, das sind sie. Aber Johanna will Euch nicht sehen.« Beinahe hätte sie ihm die Tür vor der Nase zugeschlagen.

»Moment!« Sein Stiefel, den er blitzschnell in den Spalt geschoben hatte, hinderte sie daran. »Das soll sie mir gefälligst selbst sagen. Holt sie her!«

»Nicht nötig«, sagte Johanna. »Lass gut sein, Miriam! Ich rede mit ihm.«

Sie trug ein helles Kleid, das er nicht kannte, und wirkte frisch und ausgeschlafen, während er bis in die Morgenstunden kaum ein Auge zugemacht hatte. Aus dem Haus hörte er fröhliche Kinderstimmen, die sich selbst genug schienen.

Vincent wurde noch ärgerlicher.

»Du hast alle im Stich gelassen«, sagte er patzig und zog den Stiefel zurück. »Jakob, Nele, Sabeth. Und aus mir einen lächerlichen Toren gemacht, der von Tür zu Tür ziehen muss, um sein Weib zu suchen. Hol die Kleine und komm endlich nach Hause! Das habe ich nicht verdient, Johanna!«

»Ach nein?« Sie musterte ihn gelassen. »Dann denk doch einmal in Ruhe nach, Vincent de Vries!«

»Du kommst gefälligst mit!«, fuhr er auf. »Dein Platz ist bei uns. Bei mir. Hast du das ganz vergessen?«

»Und du, hast du vergessen, dass du Treue und Aufrichtigkeit geschworen hast? Allerdings nicht vor einem Priester. Für dich bedeutet das vielleicht, dass es nicht so wichtig war. Ich dagegen habe fest angenommen, es hätte auch so seine Gültigkeit.« Sie stand da wie angewurzelt, das Kinn angriffslustig nach vorn gereckt.

»Soll das heißen, du kommst nicht mit?« Jetzt schrie er, obwohl er sich vorgenommen hatte, es nicht zu tun. »Wir brauchen dich – alle!«

»Nele ist fast erwachsen, Jakob kann ihr zur Hand gehen, Sabeth versorgt sich selbst, und was dich betrifft, so …«

»Ja?«

» … wird dir eine Zeit ohne mich guttun. Geh in dich, überlege, was dir wichtig ist. Und sobald du es weißt, komm wieder!«

Sie wollte zurück ins Haus, er aber packte ihre Hand und hielt sie fest.

»Du weigerst dich, an meiner Seite zu stehen – ausgerechnet jetzt?«, fragte er. »Das darfst du nicht, Johanna. Du weißt, was uns bevorstehen kann!«

»Ich weigere mich nicht.« Sie machte sich frei. »Ich nehme mir lediglich heraus zu bestimmen, wann ich etwas tue. Und daran wird niemand mich hindern – nicht einmal du.«

Damit war die Türe zu.

Wie benommen stand Vincent noch ein paar Augenblicke davor, dann saß er auf und ritt weg. Eigentlich wollte er zum Kardinal, doch was sollte er ihm sagen, wenn er nicht einmal wusste, wie der gestrige Krankheitsfall sich weiterentwickelt hatte?

Er wendete Rosa und ritt zur Korbgasse, nahe dem großen Kaufhaus gelegen, in dem schon seit mehr als zweihundert Jahren Handel getrieben wurde. Früher hatten hier eher arme Leute gewohnt, jene, die gewässerte Weidenruten mühsam zu Körben geflochten und so der Gasse ihren Namen gegeben hatten. Doch in letzter Zeit waren immer mehr der alten Häuser von anerkannten Handwerksmeistern aufgekauft und umgebaut worden. Der Kranke, an dessen Tür Vincent nun klopfte, nachdem er sich in die Pestkluft gehüllt hatte, war offenbar Kerzenzieher. Direkt neben dem Haus lag sein kleiner Laden.

Ein junges Mädchen öffnete und stieß einen lauten Schrei aus, als es Vincent ganz in Schwarz erblickte.

»Der Tod!«, stammelte sie. »Er ist gekommen, um uns alle zu holen.« Sie wich zurück.

»Beruhige dich!«, sagte Vincent. »Ich bin der Medicus, und was ich trage, ist nur zu meinem und eurem Schutz.« Doch er wusste nur zu gut, wie dumpf und unheimlich seine Stimme hinter der Maske klang. »Ist es dein Vater, der so krank geworden ist?«

Sie nickte. »Er liegt oben«, sagte sie. »Alle sind bei ihm.«

Das war nicht gut, das war ganz und gar nicht gut. Aber ihr jetzt schon an der Haustür Vorhaltungen zu machen verbesserte die brenzlige Lage nicht – ganz im Gegenteil.

»Führ mich zu ihm!«, befahl er stattdessen. »Ich habe Medikamente dabei, die seine Schmerzen lindern können.« Er hatte etwas von den Kräutermischungen abgezweigt, die

Auberlin Sixt für die Nonnen vorbereitet hatte, und ihn angewiesen, weitere Portionen davon fertigzustellen. Sie mussten zusehen, dass sie rechtzeitig Nachschub bekamen. Wenn eintrat, was er befürchtete, würde sehr bald nicht nur das Leder in Mainz knapp werden.

Hinter dem Mädchen stieg er die enge Treppe nach oben und erschrak, als er in der Kammer ankam. Der süßliche Geruch war bereits so stark, dass er ihm Brechreiz verursachte. Dennoch saßen eine Frau und zwei Kinder am Bett des Kranken, und ein kleiner blonder Bub lag sogar dicht neben ihm, die Ärmchen fest um ihn geschlungen.

Vincent bückte sich und hob ihn heraus.

»Das darfst du jetzt nicht mehr machen«, sagte er. »Solange dein Vater so krank ist. Willst du mir das versprechen? Wie heißt du denn?«

»Peterle«, schluchzte der Kleine. »Aber ich wollte doch nur bei ihm sein!«

»Damit hilfst du weder ihm noch dir. Das gilt auch für euch andere. Ihr geht jetzt alle mit der großen Schwester nach unten. Nur eure Mutter soll dableiben.«

Sie gehorchten sofort. Die magere Frau sah ihn mit verweinten Augen an.

»Er wird sterben«, flüsterte sie. »Aber das darf er nicht. Wir brauchen ihn doch. Diese entsetzlichen Male – sie bedecken seinen ganzen Körper.«

Über Nacht hatte die Seuche wie wild weiter ausgeschlagen. Schädel, Gesicht, Arme und Beine waren inzwischen von Pusteln übersät. Der Mann fieberte, warf den Kopf hin und her, schien nicht mehr ansprechbar.

»Seit wann ist er krank?«, fragte Vincent.

»Angefangen hat es schon vor ungefähr zehn Tagen. Als er vom Kloster zurückkam …«

»St. Agnes?«, unterbrach Vincent sie.

Sie nickte müde. »Wir waren so glücklich, als Hans den Auftrag für die Messkerzen bekam«, sagte sie. »Seitdem geht es uns allen viel besser, und wir konnten sogar anfangen, etwas für die Kinder zurückzulegen. Seit zwei Jahren liefert er sie nun schon an die Weißen Schwestern, und alles war gut. Aber nach dem letzten Besuch wurde er müde und hat schon bald über Halsweh und Gliederschmerzen geklagt. Dann fing auch noch seine Nase zu bluten an …«

Er hatte genug gehört.

»Es sind die Schwarzen Blattern«, sagte Vincent unverblümt. »Ich mute Euch die Wahrheit wegen Eurer Kinder zu. Habt Ihr jemanden, zu dem Ihr sie schicken könnt?«

»Meine Schwester«, sagte sie nach einigem Zögern. »Sie wohnt am anderen Ende der Stadt, bei den Großen Bleichen. Die Älteste könnte sie hinbringen.«

»Je weiter, umso besser. Und sie soll gleich mit dortbleiben. Hört zu, es mag seltsam in Euren Ohren klingen, aber macht, was ich Euch jetzt sage: Zieht ihnen neue Kleider an und verbrennt alles, was sie jetzt am Leib tragen. Aber kommt nicht direkt mit ihnen in Berührung. Ihr braucht Handschuhe, und die behaltet Ihr auch an, wenn Ihr Euren Mann pflegt. Außerdem bindet Ihr Euch ein Tuch vor den Mund, sobald Ihr die Krankenstube betretet. Und natürlich schlaft Ihr ab sofort in einem anderen Raum.«

»Und das soll helfen?« Sie klang ganz und gar nicht überzeugt.

»Ich weiß es nicht«, erwiderte Vincent resigniert. »Ich kann Euch nicht einmal sagen, ob einer von Euch die Krankheit schon in sich trägt. Und das ist leider die einzige Wahrheit, die ich zu bieten habe. Aber für den Moment zumindest das Beste, was ich Euch raten kann.«

Er ließ ihr Kräuter gegen den Juckreiz und das Fieber da und beschwor sie, die aufbrechenden Wunden mit Kamillensud behutsam abzutupfen, um weitere Entzündungen zu verhindern. Leider erschien ihm die gesamte Stube nicht sonderlich sauber, und die Spuren von eingetrocknetem Kot, die er auf einer Treppenstufe entdeckt hatte, seien sie nun von Hund, Katze oder Ratte, erwähnte er lieber erst gar nicht. Zum Schluss gab er der Frau noch eine kleine Dosis von Auberlins kostbarem Schlafmittel.

»Für den Fall, dass er gar keine Ruhe mehr findet«, sagte er. »Aber nicht mehr als eine Messerspitze. Sonst wacht er vielleicht nicht mehr auf.«

»Das ist alles?« Sie machte Anstalten, sich an seinen Mantel zu klammern, doch er wich gerade noch rechtzeitig zurück.

»Haltet seine Lippen feucht!«, sagte er. »Wechselt die Wäsche, sobald sie beschmutzt ist – und dann verbrennt auch sie! Singt ihm ein Lied vor. Erzählt ihm etwas, das ihm gefällt. Seid bei ihm, wenn er Euch braucht. Und betet zu allen Heiligen, dass die Pusteln nicht schwarz werden!«

»Und wenn doch?«

»Dann gibt es keine Rettung mehr, und Ihr werdet ihn verlieren, bevor es zweimal Nacht geworden ist.«

War er zu hart gewesen?

Jetzt durfte es nur noch die nackte Wahrheit geben. Am liebsten hätte Vincent das Umkleiden der Kinder und das anschließende Verbrennen von Röcken, Hemden und Hosen mit eigenen Augen überwacht, aber dazu war jetzt keine Zeit.

Sollte er das Haus markieren? Und wenn ja, mit welchem Zeichen? Einem weißen Kreis? In Köln waren es schwarze Kreuze gewesen, die an pestverseuchte Häuser gepinselt wurden, was freilich auch übles Gelichter zum Plündern und

Verwüsten angelockt hatte sowie noch schlimmere Verbrecher, die sich selbst die Finger nicht schmutzig machen wollten und stattdessen lieber andere angestiftet hatten, um mit verseuchten Pestlumpen gezielt Böses anzurichten …

Das Schreckliche bringt oft noch Schrecklicheres hervor. Wie inbrünstig hatte er sich gewünscht, auf lange Sicht davor verschont zu bleiben!

Vincent streifte seine Kluft ab, steckte sie zurück in den Sack und schwang sich in den Sattel. Noch war es zu früh, um wie der Bote des Todes durch die Gassen zu reiten, aber ein düsteres Gefühl verriet ihm, dass es bis dahin nicht mehr allzu lange dauern würde.

Er legte Umhang und Maske erst wieder an, als er die Martinsburg erreicht hatte, und stieß auch hier auf blankes Entsetzen. Die Wachen vor dem Tor kreuzten ihre Lanzen und kannten nicht einmal seine Stimme, obwohl er doch seit Wochen Tag für Tag hier ein und aus ging. Erst als er die Maske kurz abgenommen hatte, war einer bereit, Philipp von Ehrenstein zu holen, und selbst der wich zurück, als er den Medicus erblickte.

»Ich muss Euch zeigen, was vonnöten ist«, sagte Vincent. »Und erst recht dem Kardinal, denn es stehen wichtige Entscheidungen für die Stadt an. Führt mich zu ihm! Wir dürfen nicht untätig bleiben.«

»Seine Eminenz weilt gerade bei seiner teuersten Freundin«, sagte Philipp unbehaglich. »Die Plessin war heute Morgen unpässlich. Er macht sich große Sorgen.«

»Holt ihn trotzdem aus ihren Gemächern!«, verlangte Vincent. »Mainz sollte vorgehen, meint Ihr nicht auch?«

Philipp führte ihn ins grüne Zimmer, dann zog er sich zurück. Überraschend schnell öffnete sich die Tür, und der Kardinal trat ein.

»Welch seltsames Auftreten, de Vries!«, sagte er ungnädig. »Erst erscheint Ihr viel zu spät am Morgen, dann erhebt Ihr merkwürdige Forderungen – und zudem auch noch dieser grauenhafte Aufzug! Sind Euch meine freundlichen Äußerungen über Eure Heilkunst womöglich zu Kopf gestiegen?«

»Ich war niemals klarer als jetzt«, erwiderte Vincent. »Und ich freue mich für Euch, Eminenz, dass Ihr offensichtlich noch nie zuvor solch eine Kluft zu Gesicht bekommen musstet. Venezianische Ärzte haben sie entwickelt, um sich gegen die Pest zu schützen. Ich habe sie während der Seuchenmonate in Köln getragen und denke, angesichts der Schwarzen Blattern, die nun Mainz heimsuchen, kann sie auch hier gute Dienste leisten.«

Heute wieder in der schwarzen Kardinalsrobe mit rotem Knopfbesatz, die ihn ehrwürdiger und älter machte, griff Albrecht von Brandenburg nach einem Sessel und setzte sich. »Sagtet Ihr nicht gestern, es gebe lediglich zwei Fälle im St.-Agnes-Kloster?«

»Ja, genau das sagte ich. Doch auf dem Heimweg mit meiner Frau« – der Mund des Kardinals verzog sich dabei unmerklich – »fiel uns ein schwer kranker Mann wie ein gefällter Baum vors Ross. Meine erste Ahnung wurde heute zur Gewissheit. Er ist ebenfalls an den Pocken erkrankt. Wir haben die Seuche in der Stadt!«

Der Kardinal rang sichtlich um Fassung. »So streift wenigstens dieses widerliche Zeug vom Leib«, sagte er. »Das ist ja, als rede man mit dem Tod höchstpersönlich.«

Vincent gehorchte schweigend.

»*Ein* Kranker in der Stadt«, fuhr der Kardinal fort, »das ist in meinen Augen zwar bedauerlich, aber noch nicht allzu viel ...«

»Die Schwarzen Blattern besitzen in manchem eine fatale

Ähnlichkeit mit der Pest«, erwiderte Vincent. »Ein sichtbar Kranker – das kann Dutzende und sogar noch viel mehr nicht sichtbar Kranker bedeuten, die den Tod bereits in sich tragen. Und jeder weitere Tag wird neue Fälle mit sich bringen. So und nicht anders verläuft es in der Regel. Ich wünschte, ich könnte Euch Tröstlicheres mitteilen. Doch leider kann ich es nicht.«

Albrecht klammerte sich an das goldene Kreuz auf seiner Brust.

»Was sollen wir dann dagegen tun?«, fragte er. »Eine Prozession zugunsten des heiligen Blasius abhalten, zu dem die Gläubigen beten, wenn sie an den Blattern erkrankt sind?«

»Um Himmels willen!«, rief Vincent. »So würden viele Menschen miteinander in Berührung kommen und der Siegeszug der Seuche nur noch schneller fortschreiten.«

»Dann eben einen großen Bußgottesdienst im Dom, bei dem die Menschen ihre Sünden bereuen und Gott, den Allmächtigen, um Vergebung bitten.« Er schloss die Augen, als sehe er alles bereits vor sich.

»Auch sehr gefährlich aus den gleichen Gründen«, kommentierte Vincent. »Allerdings wäre das eine Möglichkeit, viele Menschen auf einmal auf die Gefahren hinzuweisen …«

»… was nicht der Sinn einer guten Predigt ist.« Pater Faber hatte leise den Raum betreten. »Verzeiht, Eminenz«, sagte er mit einer Verneigung zu Albrecht hin, »aber die Türe stand offen, und ich ging vorbei. Da konnte ich nicht umhin zu hören, was gerade besprochen wurde.«

»Nur zu!«, sagte der Kardinal. »Ich hätte Euch ohnehin in meine geistlichen Überlegungen einbezogen, Pater.«

»Menschen, die den Tod fürchten müssen, bedürfen erst recht einer festen klerikalen Führung«, sagte der Jesuit. »Sonst verderben und verrohen sie. Wenn es uns jedoch gelingt, ihre

Seelen zu erheben, wird auch die Bindung an die heilige Mutter Kirche wieder stärker. Das habe ich schon oft erlebt.«

»Was also schlagt Ihr vor?«, fragte der Kardinal.

»Lasst mich im Dom predigen, Eminenz.« Fabers Augen glühten, als würde er innerlich brennen. »Ich werde die richtigen Worte finden. So lange warte ich schon auf diesen Tag!«

»Dann soll es so sein«, entschied Albrecht nach kurzem Überlegen. »Doch ich wünsche, Eure Predigt zuvor zu lesen. Ihr werdet sie mir vorlegen.«

Faber nickte entrückt.

»Und wie sorgen wir in der Zwischenzeit für das leibliche Heil der Menschen?«, fragte Vincent in die Stille hinein. »Sollen die Wohnungen Befallener markiert werden? Denkt Ihr daran, ein spezielles Pockenhaus einzurichten, wie Köln es mit seinem Pesthaus getan hat? Wünscht Ihr, dass die Bader und Ärzte von Mainz zusammenkommen, um gemeinsame Maßnahmen zu treffen? Was genau habt Ihr Euch vorgestellt, Eminenz?«

»Ich hatte eigentlich vor, dieser Tage nach Schloss Johannisburg aufzubrechen«, sagte Albrecht, um danach abermals zu verstummen.

»Davon muss ich Euch als Euer Leibarzt dringend abraten«, sagte Vincent. »Denn die Seuche scheint von dort zu kommen und hat sich womöglich bereits in ganz Aschaffenburg verbreitet. Ihr würdet die warmen Monate unter Umständen nicht überleben. Ebenso wenig wie Eure teuerste Freundin, der die gute Hoffnung ja ohnehin schon genug zu schaffen macht.«

Albrechts Blick begann zu flackern.

»So soll ich also hier ausharren?«, bellte er. »Auge in Auge mit dem aufziehenden Verderben?«

»Die Mauern der Martinsburg sind stark«, sagte Vincent.

»Und ich werde Euch bestens beraten, darauf gebe ich Euch mein Wort. Solange Ihr meinen Aufforderungen folgt, seid Ihr hier noch am sichersten.«

Albrecht schob die Unterlippe nach vorn und begann, den Kardinalsring am Zeigefinger unruhig hin und her zu schieben.

»Ihr könntet Mainz natürlich auch verlassen«, mischte sich zu Vincents Überraschung erneut Faber ein. »Die Kutsche steht bereit, um Euch weit fortzutragen. Doch welch guter Hirte würde das schon fertigbringen, wenn seine Herde ängstlich vor den Zähnen des gefährlichen Wolfs zittert?«

✤

Malin ließ den Brief sinken, den Gallus, der seine Stiefel alle paar Monate am Kölner Wochenmarkt verkaufte, weil er dort fast das Doppelte erzielen konnte, mitgebracht hatte.

Ist ein großes Geheimnis um diesen Mann, schrieb Vetter Enno, der nahe dem Dom eine kleine Silberschmiede betrieb und sonst eigentlich die Mäuse husten hörte. *Seinen Namen gehört haben viele, doch sich zu ihm äußern wollten nur wenige. Schließlich bin ich auf Ennelin gestoßen, Tochter des früheren Apothekers Mechthus, dem die Offizin an den Vierwinden gehört hat. Die hat sein Lob in vollen Zügen gesungen, in das ich nur zum Schein eingestimmt habe, und so konnte ich sie leichter zum Reden bringen. Von ihr weiß ich auch, dass die Witwe Johanna Arnheim des Mordes an ihrem Mann Severin angeklagt war, einem Glasmaler. Um sie zum Geständnis zu zwingen, hat man sie ins Pesthaus gesteckt, wo sie die Kranken pflegen musste. Ennelin hält sie für unschuldig. Johanna hat in großer Not die Zwillinge der Apothekertochter entbunden, diese aber ist unter uns eine laute, unerfahrene Person, die nur wenig vom Leben weiß. Irgendwann waren de Vries und die Witwe Arnheim dann aus Köln verschwunden. Man spricht von Flucht …*

Malin ließ den Brief sinken.

Das war gut, sogar sehr gut. Vincents blonde Frau hatte also einiges auf dem Kerbholz. Und er möglicherweise auch, sollte er ihr geholfen haben, wovon Malin ausging. Der Brief war noch nicht zu Ende. Vielleicht gab es noch mehr zu erfahren, womit sie ihre Rache schüren konnte. Sie setzte gerade erneut zum Lesen an, als Marie mit einem Korb über dem Arm hereinkam. Sie hatte eine rote Litze an das verwaschene Kleid genäht, die ihre Haut zum Leuchten brachte, und sich bunte Bänder in den schwarzen Zopf geflochten.

Und wer zum Teufel hatte dieses Strahlen in ihre dunklen Augen gepflanzt?

Mürrisch starrte Malin ihre Tochter an. Das Mädchen entglitt ihr, das spürte sie. All die Jahre hatte sie versucht, sie zu Zucht und Ordnung zu erziehen, um sie vor dem zu bewahren, was ihr widerfahren war. Doch seit Kurzem überfiel sie immer wieder die Ahnung, dass sie damit gescheitert sein könnte. Das Erbe des leichtsinnigen Vaters ließ sich kaum noch verleugnen, nicht einmal äußerlich. Ihre Tochter sah aus wie eine einzige Versuchung – und das bemerkte gewiss nicht nur sie.

»Musst du dich unbedingt wie ein billiges Hürchen herausputzen?«, blaffte sie sie an, nicht nur aus Ärger, sondern auch aus echter Besorgnis. »Wir sind ein anständiges Haus. Ich hoffe, das vergisst du nicht.«

»Wie könnte ich?«, erwiderte Marie kühl. »Wo du mich doch unablässig daran erinnerst: Du bist eine ehrbare Witwe, ich eine erbarmungswürdige Halbwaise, und wir pflegen das Andenken an den geliebten Verstorbenen bis zum Jüngsten Tag. Außerdem sind es doch nur eine unschuldige Litze auf diesen Lumpen, in denen du mich herumlaufen lässt, und ein paar bunte Bänder – nichts weiter.«

Mutter und Tochter starrten sich stumm an.

Da steckte etwas Aufsässiges in Maries Blick, das Malin neu war. Hatte irgendjemand ihr etwas erzählt? Nein, das war ganz und gar unmöglich. Zu fein war der Faden, mit dem sie das Bild der Vergangenheit gestickt hatte – wie es hätte sein sollen, nicht, wie es wirklich gewesen war.

»Du weißt, wie schnell die Leute zu reden beginnen«, sagte Malin schließlich. »Besonders …«

»… über Wehmütter, in deren Händen Leben und Tod zusammenlaufen«, leierte Marie herunter, als sei es ein Spruch aus dem Katechismus. »Ja, ich weiß. Sonst noch etwas?«

»Wohin willst du?«, fragte Malin.

»Die Kräuter pflücken, wie du mir aufgetragen hast. Und die wachsen nun einmal nicht in meiner Kammer.«

So patzig hatte sie ihr noch nie geantwortet. Am liebsten hätte Malin sie auf der Stelle wieder nach oben geschickt und dort tatsächlich eingesperrt, doch die Kundin, die bald zu ihr kommen würde, bestand darauf, allein mit ihr im Haus zu sein, und auch ihr konnte dieser Wunsch nur mehr als recht sein.

»Ich mag es nicht, wenn Kinder große Reden führen«, sagte sie stattdessen. »Das schickt sich nicht. Und das weißt du ganz genau.«

»Ich bin kein Kind mehr, Mutter. Schon lange nicht mehr«, erwiderte Marie. »Vielleicht solltest du dich langsam daran gewöhnen.« Sie nahm den Korb und ging zur Tür.

Heimlich ins Lilienöl gegriffen hatte sie auch noch. Der süße Duft umwehte sie wie eine zarte Note. Malin verspürte starken Schwindel. Hatte sie die Tochter womöglich schon verloren?

»Du kommst zurück, sobald der Korb voll ist, verstanden?«, raunzte sie. »Und wenn mir nur das Geringste über dich zu Ohren kommt, wirst du mich richtig kennenlernen.«

Marie drehte sich langsam um. »Das würde ich gern, Mutter«, sagte sie ungerührt. »Du ahnst ja gar nicht, wie gern!«

Damit ging sie hinaus.

Malins Herz pochte so laut, dass sie Angst bekam, es würde ihr aus der Brust springen. Marie wusste etwas. Sie *musste* etwas wissen.

Aber was? Und von wem?

Von der Plessin? Aber mit der hatte Marie ja kein einziges Mal allein gesprochen. Und wenn doch? Wenn die Konkubine des Kardinals ihr irgendwo in der Stadt begegnet war, wo sie gelegentlich müßig herumzustreifen pflegte …

Der Schwindel steigerte sich bis zur Übelkeit.

Malin stand auf, ging zum Regal und schenkte sich eine Handbreit von dem Selbstgebrannten ein, mit dem sie den Gebärenden manchmal weiterhalf, wenn es gar nicht vorangehen wollte. Die farblose Flüssigkeit stürzte sie in einem Zug hinunter. Danach brannte die Kehle, und der Magen drohte zu rebellieren, dem Kopf aber hatte es gutgetan. Sie musste Ruhe bewahren, Ruhe und Geduld, allein darauf kam es an. Sobald sie Vincent zu Fall gebracht hatte, könnte sie Marie vielleicht sogar sorgfältig ausgewählte Bruchstücke der Wahrheit offenbaren – aber keineswegs zuvor.

Sie ging zurück zum Tisch, nahm den Brief und begann erneut zu lesen.

Jemand, der den Henker gut kennt, hat zudem behauptet, dass ein gewisser Jakob, Sohn des Medicus, Mitglied einer Räuberbande sei. Zusammen mit seinen Kumpanen oder allein hat er das Leben des Ratsherrn Rutger Neuhaus ausgelöscht. Man konnte ihn stellen und ins Loch sperren. Doch kurz bevor er am Galgen endete, ist auch er spurlos aus Köln verschwunden …

Malin lächelte dünn.

Sein Sohn, das war ja noch viel besser als dieses eingebildete blonde Weib, das sich vor ihr gebrüstet hatte. Ihn zu verlieren würde Vincent wehtun, sehr, sehr weh …

Sie musste der Plessin Bescheid geben, die beim letzten Mal auch so getan hatte, als wäre sie ihrer überdrüssig. Dabei wusste sie doch Dinge über die Konkubine, die bestimmt für keine anderen Ohren gedacht waren. Sie beschloss, ihr ein paar Zeilen zu schreiben und Jockel, Gallus' halbwüchsigen Jungen, zu bitten, sie in die Martinsburg zu bringen.

Und dann würden die Dinge ihren Lauf nehmen …

»Malin?« Anstatt anzuklopfen, stand Walli bereits mitten im Haus. »Hast du Zeit für mich?«

»Weshalb glaubst du, warte ich hier?« Mit der Hübschlerin von der Steingasse machte Malin keine großen Umstände. Zu tief saß in ihr die Verachtung für diese Weiber, die für ein paar Münzen wildfremden Männern zu Willen waren. Aber die Huren zahlten gut, das schon. Und natürlich hatte sie im Frauenhaus immer wieder zu tun, und das nicht nur bei Geburten. »Weshalb bist du denn heute tief verschleiert? Zumindest die männliche Hälfte der Stadt kennt dich doch ohnehin.«

»Ich glaub, es hat mich bös erwischt«, murmelte Walli. »So schlimm wie noch nie. Ich brauche deine Hilfe.«

»Hast du das Essigwasser nach dem Beischlaf wieder vergessen? Ich kann dir nicht jedes halbe Jahr ein Kind wegmachen.«

»Das ist es nicht. Es ist schlimmer. Viel schlimmer.« Walli keuchte unter dem dicken Stoff.

»Die Franzosenkrankheit?« Beinahe hätte Malin laut aufgelacht. Schon damals, im heißen Sommer ihrer Liebe, hatte Vincent sich brennend dafür interessiert und alles, was sie ihm aus ihrer Erfahrung mit erkrankten Frauen berichtet hatte, eifrig in ein dickes Heft gekritzelt. Eines Tages würden seine Abhandlungen darüber in gedruckter Form erscheinen, hatte er behauptet. Vielleicht hatte er sich ja nur an sie herangemacht, um an dieses Wissen zu gelangen.

Walli zuckte die Achseln. »Vielleicht. Ich weiß es nicht.« Sie klang total verzweifelt. »Und wenn doch, dann muss es sich um die allerschlimmste Form handeln. Mir ist schwindelig und heiß. Mein Hals ist rau wie ein Reibeisen. Aus der Nase läuft mir ständig Blut. Und dann das hier…«

Sie schlug den Schleier zurück.

Malin wich zurück, bis sie mit dem Rücken die Wand berührte.

Wo einmal ein zwar gewöhnliches, aber hübsches Frauengesicht gewesen war, gab es jetzt nur noch eine wüste Landschaft dicker roter Pusteln, zwischen denen Augen und Mund kaum noch auszumachen waren. Einige von ihnen, noch größer als die anderen, glänzten schwärzlich.

»Was ist das?«, flüsterte Walli.

Malin streckte die Hand aus, unfähig, zunächst auch nur einen einzigen Ton herauszubringen. Mit aller Mühe gelang es ihr schließlich.

»Die Schwarzen Blattern«, krächzte sie. »Heiliger Blasius, steh mir bei! Du verlässt auf der Stelle mein Haus!«

»Aber wo soll ich denn hin?«, schrie Walli. »Ich möchte mir die Haut in Fetzen reißen, so sehr juckt es überall. Mein ganzer Körper brennt, als würde ich auf glühenden Scheiten stehen. Und der Hurenwirt hat mich auch hinausgeworfen.«

»Geh zum neuen Medicus im Kirschgarten!«, sagte Malin und wurde sofort ruhiger, als sie es ausgesprochen hatte. »Vincent de Vries lautet sein Name. Der Stab mit der Schlange an der Tür zeigt dir, wo du ihn findest.«

»Aber ich hab doch kaum noch Geld. Wie sollte ich denn Freier empfangen – in diesem Zustand?«

»Vertrau mir!« Inzwischen brachte sie sogar wieder ein halbes schiefes Lächeln zustande. »De Vries ist der Leibarzt des Kardinals und wird dir sicherlich helfen.«

✤

Marie kam von den Rheinauen zurück und war nicht mehr weit entfernt vom Kaufhaus am Brand, als sie Jakob eben hineinspazieren sah. Bevor sie es sich noch recht überlegt hatte, setzten ihre Beine sich bereits in Bewegung, und sie folgte ihm. In dem großen, dreistöckigen Gebäude waren die verschiedensten Händler und Gewerbe vereinigt, und von Mutters Erzählungen wusste sie, dass die große Zeit dieses einzigartigen Umschlagplatzes eigentlich schon vorbei war. Dennoch wollte sie wissen, was Jakob hierherführte.

Die vielen Säulen und Bögen machten es ihr leicht, ihm zu folgen und dabei doch ungesehen zu bleiben. Er hielt sich lange bei den Lederleuten auf, die die Handschuhe fertigten, und schien heftig mit ihnen zu handeln. Dabei wurde er jedoch nicht laut oder grob wie andere, wenn es ums Feilschen ging. Aber er hatte den Preis offenbar nach unten gedrückt, denn er wirkte ausgesprochen zufrieden, als er weiterging.

Aber was fing jemand, der dem Apotheker half, mit so vielen Handschuhen an? Vielleicht löste sich das Rätsel ja auf, wenn sie ihm noch ein wenig folgte. Sie ließ ihm einen kleinen Vorsprung und beobachtete, wie er die Treppe hinauf ins erste Geschoss stieg. Dann folgte sie ihm vorsichtig, stets auf der Suche nach Deckung für den Fall, dass er sich umschaute.

Doch Jakob dachte ganz offenbar nicht daran, sondern steuerte geradewegs auf den Stand eines Silberschmiedes zu.

Was er dort sagte, konnte Marie leider nicht verstehen, dazu war sie zu weit entfernt. Nach einer Weile stand der Schmied von seinem Amboss auf und holte eine junge Frau, die wohl seine Angetraute war, denn unter ihrem Gürtel wölbte sich ein kleiner Schwangerschaftsbauch. Sie lachte, spielte mit ihrem Gürtel und streckte endlich ihre Hand aus, um sich von Jakob etwas überstreifen zu lassen.

Er wollte einen Ring kaufen! Und brauchte jemanden, an dem er ihn anprobieren konnte …

Die Aufregung, die Marie bei dieser Einsicht durchflutete, war so groß, dass sie Schluckauf bekam. Jetzt war es noch gefährlicher, entdeckt zu werden, aber sie hatte ohnehin genug gesehen. Sie drehte sich um und lief die Treppe hinunter, so schnell sie nur konnte. Auf einmal war der Streit mit der Mutter vergessen und ebenso ihr Ärger darüber, dass sie Malin nach wie vor anlog.

Jakob kaufte einen Ring für sie!

Hätte etwas Schöneres passieren können?

Marie lief nicht nach Hause, sondern schien zu fliegen, und alles in ihr sang vor Glück. Er liebte sie. Und er meinte es offenbar ernst mit ihr.

Allein das zählte.

*

Vincent war gleich nach dem Abendessen hinter seinen Büchern verschwunden. Nele hatte sich mit dem Eintopf große Mühe gegeben, aber das Rindfleisch war voller Flachsen gewesen, nicht weich genug angeschmort, und zudem war ihr offenbar beim Würzen auch noch das Salzfass aus der Hand gerutscht. Sabeth hatte ihren Teller schon nach ein paar Bissen weggeschoben, etwas von »Fraß« gemurmelt und sich beleidigt in ihr Dachstübchen verzogen. Jakob hatte zwar tapfer aufgegessen, aber auch ihm war anzusehen, wie wenig es ihm geschmeckt hatte. Am meisten enttäuscht aber war das Mädchen selbst.

»Ich kann Johanna eben nicht ersetzen«, murmelte sie, während sie beim Abwaschen die Teller in der Schüssel herumstieß, als wollte sie ihnen an den Kragen. »Wie denn auch – wenn sie bisher fast alles allein gemacht hat und mich immer nur helfen ließ!«

»Du sollst sie auch nicht ersetzen«, versuchte Jakob sie zu beruhigen. »Außerdem bin ich sicher, sie kommt ohnehin bald wieder zurück.«

»Und wenn nicht?« Nele fuhr so heftig zu ihm herum, dass das Wasser ihr ins Gesicht spritzte.

»Dann gründen wir eben unseren eigenen Hausstand«, sagte er. »Wird ohnehin allmählich Zeit, meinst du nicht?« Er zog einen kleinen Beutel aus dem Wams. »Hab heute von Auberlin mein erstes Geld bekommen. Und das fühlt sich gut an, Nele.«

»Jetzt?«, sagte sie zögernd. »Wo Johanna und dein Vater im Streit liegen? Und die ganze Stadt krank werden kann? Hältst du das wirklich für eine gute Idee?«

Er kam ihr so nah, dass er im Schein der Kerze jeden einzelnen der kleinen goldbraunen Flecken sehen konnte, die auf ihrer Nase tanzten, was ihn immer rührte, weil sie ihm dann noch kostbarer und schutzbedürftiger erschien.

Heute jedoch war ihm nach etwas anderem zumute.

Er nahm ihre Hand und führte sie an seine Schamkapsel, die auf Johannas Wunsch weit weniger voluminös ausgefallen war, als es eigentlich der Mode entsprach.

»Und das hier?«, sagte er leise. »Spürst du das? So ist es jedes Mal, wenn ich dich sehe, und erst recht, wenn ich irgendwo allein mit dir bin. Hältst du *das* für eine gute Idee?«

Zu seiner Überraschung reagierte sie nicht schamhaft oder gar ablehnend, sondern warf den Kopf in den Nacken und lachte schallend.

»Dann sollten wir das schleunigst ändern«, sagte sie und sah ihm dabei in die Augen.

»Jetzt?«

»Sobald ich mit dem Geschirr fertig bin.«

Jakob ging zurück zum Tisch, aber nun konnte es ihm kaum schnell genug gehen. Sie hatte noch das Tuch in der Hand, als er sie bereits umfing, an sich zog und stürmisch küsste. Nele erwiderte seinen Kuss und schmiegte sich eng an ihn. Er drängte sie nach hinten, bis sie an die Spülschüssel stieß, die gefährlich zu wackeln begann.

»Wir werden noch pitschnass«, murmelte Nele, als sie zwischendrin kurz Luft holte. »Außerdem könnte dein Vater jeden Augenblick hereinkommen, möchtest du das?«

Er schüttelte den Kopf.

»Ich auch nicht.«

»Aber was sollen wir dann tun?«

»Warte!« Nele löste sich von ihm und gab ihm einen spielerischen Klaps auf den Arm. »Bis St. Johannis dreimal schlägt. Schaffst du das?«

»Wenn ich muss. Und dann?«

»Lass dich überraschen …« Damit lief sie nach oben.

Die Zeit kroch träge dahin und schien sich im Holz der Möbel regelrecht festzukrallen, so langsam verging sie. Doch endlich ertönte die erlösende Glocke: drei Schläge. Jetzt hielt Jakob nichts mehr. Er löschte die Kerzen und stürmte im Dunklen die Treppe nach oben. Die Tür zu seiner Kammer stand nur angelehnt. Eine winzige Ölfunzel brannte auf der Truhe, gerade hell genug, um zu sehen, dass Nele nackt auf seinem Bett lag.

»So lange«, flüsterte sie und streckte die Arme nach ihm aus. »Ich dachte schon, die Zeit würde niemals vergehen.«

Er riss sich die Kleider vom Leib, dann stürzte er zu ihr.

»Wie schön du bist!«, sagte er und begann sie zu streicheln. »So sanft und zart. Wie aus Seide gemacht.«

»Und du erst.« Ihre Stimme klang ein wenig rau. Hatte sie Angst? »Das hab ich mir immer gewünscht. Vom ersten Moment an.«

Sie küssten sich, zart zuerst, dann voller Begierde.

»Hab keine Angst, mein Herz«, sagte Jakob leise, als seine Hand ihren Schoß berührte. »Ich werde dir nicht wehtun. Niemals!«

»Ich weiß«, flüsterte sie zurück. »Ich weiß.«

✣

War sie eingeschlafen?

Doch als er aufstand, um in seinem Wams zu kramen, öffnete sie die Augen wieder.

»Das Laken wasche ich noch im Morgengrauen.« Nele schmunzelte. »Unser Geheimnis soll erst einmal nur uns gehören.«

»Dagegen protestiere ich ausdrücklich. Wozu hätte ich mir sonst die ganze Mühe gemacht?« Jakob schob ihr den Ring über den linken Zeigefinger. Er saß wie angegossen. Nele drehte die Hand hin und her.

»Wunderschön«, sagte sie. »Ein Band aus Silber. Für …«

»… die Ewigkeit. Sabeth und dem Vater sagen wir es gleich morgen früh. Dass wir nun verlobt sind und bald heiraten werden.«

»Und du bist dir wirklich sicher?«, fragte Nele.

»Und ob ich das bin! Von mir aus kann es ab jetzt die ganze Welt erfahren.«

»Ich gehe jetzt trotzdem hinauf in meine Kammer. Steh auf, damit ich das schmutzige Zeug zusammenrollen kann!«

»Ich dachte, wir würden endlich zusammen schlafen. Seite an Seite«, schmollte er. »Und jetzt schmeißt du mich mitten in der Nacht aus meinem Bett.«

»Das werden wir auch. Ein ganzes Leben lang«, sagte Nele. »Aber heute muss ich noch ein bisschen davon träumen – und zwar allein.«

Sie schlüpfte in ihr Gewand, zog das Laken ab, rollte es zusammen und ging hinaus. Jakob lauschte ihr hinterher. Ob das alte Holz der Treppen unter ihren Füßen knarren würde? Doch Neles Schritte waren so leicht, dass er nichts hören konnte.

Nach einer Weile überkam ihn der Schlaf, und in seinem Traum vermischten sich lichtbraune und schwarze Flechten. Mit den Gesichtern war es nicht anders: Über Neles liebliche Züge schoben sich Maries Nase, ihre Wangen, ihr Mund. Sogar die Augen wurden einmal dunkel und dann wieder rauchblau. Eine ganze Weile war es aufregend, diesem Wechselspiel zuzusehen, dann jedoch war es Jakob, als hörte er plötzlich wieder die heisere Stimme des Alten.

Ein Versager und Tunichtgut … nicht einmal zum Stehlen taugst du … Ich werde dir dein Augenlicht nehmen …

Schweißgebadet fuhr er hoch, und jetzt waren auf einen Schlag alle Zweifel und Sehnsüchte wieder lebendig, die er zuvor für kurze Zeit weggeschoben hatte.

Nele war für ihn wie der Tag, Marie wie die Nacht. Aber musste man den Mond hassen, nur weil man die Sonne liebte?

Wie jeden Morgen war es die Weiße, die Sabeth weckte, indem sie sich in ihre Kammer schlich, mit einem sanften Plopp auf das Bett sprang und sie so lange mit dem Milchtritt traktierte, bis sie die Augen aufgeschlagen hatte. In dieser Nacht war Sabeth allerdings ganz von selbst wach geworden, hatte das Stöhnen und Flüstern im Stockwerk darunter gehört und sich mit einem kleinen Lächeln auf die andere Seite gerollt. Die beiden Jungen gehörten zusammen. Sie hatte schon so lange darauf gewartet, und auch Johanna würde nichts dagegen haben, sobald sie zurückkehrte.

Barfuß stieg Sabeth aus dem Bett, klatschte sich Wasser aus der Waschschüssel ins Gesicht und nestelte dann die silbernen Haare auf dem Kopf zusammen. Sie zog eines ihrer wenigen Kleider an und ging nach unten. Die Weiße, gierig nach ihrem morgendlichen Schälchen Milch, folgte ihr.

Unten in der Küche war bestens aufgeräumt, und wieder lächelte Sabeth. Auch wenn das Mädchen manchmal Salz vergeudete wie alle Verliebten, würde es doch eine gute Hausmutter werden. Jakob hatte Glück mit ihr. Sie beschloss, ihm das bald zu sagen.

Ächzend bückte Sabeth sich nach Miezes Napf, klaubte die Knöchelchen heraus, die die Katze wählerisch übrig gelassen hatte, öffnete die Tür, um sie auf die Gasse zu werfen – und erstarrte.

Nur ein paar Armbreit entfernt lag eine leblose Frau in einem billigen Kleid, das viel zu tief ausgeschnitten war für Sabeths Geschmack. Offenbar hatte sie einen Schleier getragen, aber der war verrutscht und hing nun am Gürtel wie eine nutzlose Trophäe. Wo einmal ihr Gesicht gewesen sein mochte, war nur noch eine wüste Kraterlandschaft roter, schwärzlicher und eitriger Pusteln. Auch Arme, Hände und was von den Beinen zu sehen war, waren davon entstellt. Ein

Heer von Fliegen hatte sich auf ihr niedergelassen. Es brummte und summte, ein hässlicher Ton, den man sofort im Ohr hatte. Am schlimmsten aber war der Gestank, den sie verströmte, wie Aas, das schon seit Tagen in der Sonne fault.

Sabeth klammerte sich an die Tür. Da fiel ihr Blick auf den aufgemalten Feuervogel – und er brannte lichterloh.

Sie stieß einen gellenden Schrei aus und lief zurück ins Haus.

Zwölf

Das Sterben hatte begonnen, und das nicht nur in St. Agnes. Novizin Irmengard kämpfte noch immer tapfer gegen den Tod, die junge Baldura jedoch, die sich mit ihr die Krankenstube geteilt hatte, hatten die Mitschwestern schon vor Tagen als übel entstellte Leiche vor dem Kloster ablegen müssen. Oberin Fastrada schien bei jedem Besuch, den Vincent den Weißen Frauen abstattete, immer kleiner zu werden, und ihr Gesichtchen verschwand inzwischen fast unter der weißen Haube, aber sie hielt eisern durch. Inzwischen waren acht weitere Nonnen an Pocken erkrankt, und das kleine Infirmarium fasste die Leidenden schon lange nicht mehr. Auf Vincents Rat hin hatte man zwei große Kammern geräumt, die sie nicht länger für die schwindenden Vorräte brauchten, und dort weitere provisorische Krankenbetten aufgestellt. Zudem hatte Fastrada eigenmächtig die strengen Gebetszeiten gelockert, weil die gesunden Schwestern bereits am Rand ihrer Kräfte angelangt waren.

»Niemand muss jetzt mehr mitten in der Nacht zur Matutin aufstehen, weil uns das alle nur noch weiter schwächen würde. Die Laudes feiern wir dann bei Tagesanbruch gemeinsam. Prim, Terz und Sext und Non dagegen begeht immer nur die Hälfte, damit die anderen einstweilen ausruhen können. Nur zu Vesper und Komplet versammeln wir uns wieder alle, um getröstet in die Nacht zu gehen.«

»Das könntet Ihr nicht besser machen, Mutter«, sagte Vincent bewegt, weil ihr starker Wille und ihre Einsatzbereitschaft ihn tief beeindruckten. »Und ich sehe mit Freude, dass Ihr Euch auch an die von mir empfohlenen Regeln haltet. Wären alle in Mainz so konsequent wie Ihr, hätte die Seuche kein so leichtes Spiel in der Stadt. Doch viele haben bereits wieder vergessen, was ich Ihnen ans Herz gelegt habe, bevor ich noch aus dem Haus bin.«

Mit ihren kleinen, todmüden Augen blinzelte sie nachdenklich zu ihm empor. »Und warum sterben sie uns dennoch unter den Händen weg, Medicus?«

»Weil der Feind, gegen den wir kämpfen, unsichtbar, hinterlistig und leider sehr, sehr mächtig ist«, sagte Vincent. »Meine Vorsichtsmaßnahmen beruhen lediglich auf kühnen Analogieschlüssen und gewagten Vermutungen. Noch weiß die medizinische Wissenschaft so gut wie nichts über diese Seuche.«

»Ich mag an Euch, dass Ihr so aufrichtig seid, Medicus«, sagte die Oberin. »Die Wahrheit habe ich schon immer geliebt, auch wenn sie auf den ersten Blick manchmal hart wirken kann. Eure Frau, die in besseren Tagen unseren Wein so erfolgreich verkauft hat, muss sehr glücklich mit Euch sein.«

Nein, sie hat mich im Gegenteil verlassen, dachte Vincent. Und verlangt, dass ich vor ihr zu Kreuze krieche. Ich habe Fehler gemacht, das weiß ich. Doch zu dieser Zeit, da das Schreckliche über uns kommt, hätte Johanna niemals gehen dürfen.

»Auch eine eheliche Gemeinschaft ist leider alles andere als ein Kinderspiel«, sagte er. »Erst in der Not zeigt sich, wie viel sie taugt.«

»Das klingt resigniert.« Ihre Augen ließen ihn nicht los. »Möchtet Ihr Euer Herz ausschütten? Ich bin eine gute Zuhörerin.«

»Das glaube ich gern.« Er wandte sich zur Seite, weil er diesen durchdringenden Blick plötzlich nicht länger ertragen konnte. »Aber damit muss ich allein fertigwerden. Und jetzt sollten wir gemeinsam die Medikamente inspizieren. Sixt hat bereits um Nachschub in Bingen und Rüdesheim angefragt. Sollten die Blattern uns weiterhin plagen, werden wir den Radius noch erweitern müssen.«

Seite an Seite gingen sie hinunter in den Keller, wo alles kühl gelagert wurde. Der Kräuterbestand war bereits empfindlich geschrumpft, und Vincent entdeckte nur noch acht Paar ungebrauchte Handschuhe.

»Wir müssen uns beeilen«, sagte er. »Damit ihr nicht unversorgt bleibt. Ich schicke meinen Sohn los, um neue zu besorgen. Allerdings steigen die Lederpreise inzwischen ständig an. Es wird immer Menschen geben, die aus der Not anderer Profit schlagen.«

Sie nickte zerstreut, dann hielt sie ihn wieder mit ihrem Blick fest. »Ihr müsst auch auf Euch schauen, Medicus!«, sagte sie. »Nicht nur auf die anderen. Bestimmt stürmen die Patienten bereits Euer Haus, habe ich recht?«

»Pockenkranke lasse ich nicht hinein«, sagte er und musste an die entstellte Tote denken, die vor ihrer Tür gelegen und Sabeth in Panik versetzt hatte. »So verzweifelt sie auch anklopfen. Aber ich gehe in meiner Kluft zu ihnen, oftmals bis spät in die Nacht. Hätten wir spezielle Pockenhäuser wie damals in Köln bei der Pest, würde es mir die Arbeit um einiges erleichtern und die meiner Kollegen mit dazu.«

»Und wieso gibt es keine solchen Häuser hier bei uns in Mainz?«

»Der Kardinal ist dagegen. Ebenso wie der Rat der Stadt. Sie können oder wollen sich den Nutzen nicht vorstellen und schieben Argumente vor, damit es nicht dazu kommt. Dabei liegt alles doch klar auf der Hand. Die Kranken wären isoliert, und die Pflege käme aus einer Hand – so wie bei Euch im Kloster.«

»Passt trotzdem gut auf Euch auf!«, sagte sie leise. »Wir alle brauchen Euch.«

Vincent verließ sie noch um einiges nachdenklicher, als er schon gekommen war. Was war nur los mit seiner Welt? Alles um ihn herum drohte auf seltsame Weise zu entgleiten, angefangen von Jakob, der freudestrahlend die Verlobung mit Nele verkündet hatte und doch in Gedanken stets bei der anderen hing. Weiterhin die alte Sabeth, die kaum noch aß, seit sie die Tote entdeckt hatte, und in ihrer Kammer heimlich weinte. Dazu Nele, die sich nach Johanna sehnte, weil sie gerade jetzt ihren Rat und ihre Nähe gebraucht hätte. Und er selbst – wie sehr sie ihm fehlte und Barbelchen mit dazu! Als wären aus seinem Herzen zwei Stücke herausgebrochen und es wollte nicht mehr richtig schlagen, seit die beiden fort waren. Dutzende Male war er bereits drauf und dran gewesen, zur Judengasse zu laufen und dort den Kniefall zu zelebrieren, den sie offenbar von ihm erwartete. Im letzten Augenblick schreckte er dann doch stets davor zurück.

Er konnte nicht über seinen Schatten springen, das verbot ihm sein Stolz. Johanna kannte seinen Charakter. Sie hatte stets gewusst, mit wem sie sich einließ.

Wieso quälte sie ihn dann so?

Vincent wandte den Blick ab von der neuen Leiche, die zugedeckt vor dem Kloster lag und auf den Abtransport durch die Gehilfen des Henkers wartete. Er saß auf. Bald schon würde es wieder jene hässlichen Massengräber geben, vor denen es ihm während der Kölner Pestwelle stets gegraust hatte. Der Mensch als Abfall, rasch beseitigt, um nicht noch weitere in den Tod zu ziehen, anonym verscharrt, nicht einmal die sechs Bretter wert, die sonst seine letzte Reise begleiteten. Selbst dort hatte es noch Aasgeier in Menschengestalt gegeben, die nicht einmal davor zurückgeschreckt waren, den Verscharrten das Allerletzte abzunehmen. Auch in Mainz war es sicherlich bald wieder so weit …

Der Mensch als des Menschen Feind.

Mit dieser wenig tröstlichen Erkenntnis ritt er weiter zu seinen Kranken.

✣

Miriam war sehr still, als sie mit ihren Körben nach Hause zurückkehrte. Nichts schien sie zu interessieren, auch die Gemüsesuppe nicht, die Johanna inzwischen aufgesetzt hatte. Sie kannte sich inzwischen perfekt mit den milchigen Töpfen aus und mit jenen, in denen nur Fleisch gar werden durfte. Sogar Lea, die gerade aufgewacht war und ihre Ärmchen nach ihr ausstreckte, entlockte Miriam kein Lächeln. Sie holte die Kleine zwar aus dem Korb, aber zum ersten Mal mit ernstem Gesicht.

»Was ist los?«, fragte Johanna besorgt. »Du blutest doch nicht etwa?« Sie wusste, wie viel Miriam und Mendel an dem Geschwisterchen für Lea lag und wie schwer sie an einer vorzeitigen Beendigung der Schwangerschaft zu tragen hätten.

Stumm schüttelte Miriam den Kopf. Dann sah sie Johanna mit großen hellen Augen verzweifelt an. »Kann Gott so ungerecht sein?«, sagte sie. »Das darf er doch nicht!«

Die fromme Miriam, die stets eins mit ihrem Glauben war – und jetzt solche Worte! Johanna spürte, wie eine kalte Hand nach ihrem Herzen griff.

»Doch nicht Mendel?« Sie kniete sich neben den Stuhl, auf dem die Freundin saß, und berührte ihre Hand. »Hat der Kardinal ihn etwa …«

»Ach, der Kardinal!«, schrie Miriam. »Dem sind die Menschen von Mainz doch vollkommen gleichgültig. Oder siehst du, dass er auch nur irgendetwas gegen diese furchtbare Seuche unternimmt?«

»Wer dann?«, fragte Johanna äußerlich ruhig, doch innerlich zitterte alles in ihr.

»Uma«, sagte Miriam tonlos. »Unsere Wehmutter. Die, die allen Kindern in der Judengasse in die Welt geholfen hat und die auch mein Kleines hätte holen sollen …«

»Sie ist tot?«

»So gut wie. Jonathan, ihr Mann, unser Chasan, hat mich erst gar nicht ins Haus gelassen, weil er ja weiß, dass ich wieder schwanger bin. Drinnen habe ich ihre zwei kleinen Söhne bitterlich weinen hören. Und weißt du, was das Schlimmste ist? Ich glaube, Jonathan hat die Seuche auch schon. Sein Blick war vom Fieber glasig, und unter seiner Nase hing lauter verkrustetes Blut.«

»Dann müssen wir diese Kinder holen gehen«, sagte Johanna entschlossen. »Je schneller, desto besser.«

»Aber er wird sie doch niemals weggeben!«, rief Miriam verzweifelt.

»Was ist eigentlich ein Chasan?«, fragte Johanna.

»Jemand, der in der Synagoge singt und Hymnen schreibt oder sie vertont. Weshalb willst du das wissen?«

»Also ein besonders frommer Mann?«

Miriam nickte.

»Dann musst du ihn da packen«, sagte Johanna. »Dass er für seine Kinder verantwortlich ist und der Gemeinde ein Vorbild sein soll. Komm, wir holen sie!«

»Und wenn sie auch schon krank sind?« Miriam drückte Lea so fest an sich, dass diese erschrocken zu weinen begann. »Und ich dann meinen Augenstern verliere und vielleicht auch noch das Kleine, das in mir wächst?« Sie schüttelte den Kopf. »Ich bin nicht so tapfer wie du, Johanna. Du hast die Sterbenden im Kölner Pesthaus gepflegt – fremde Leute, nicht einmal Verwandte. Das hätte ich niemals fertiggebracht. Nein, ich kann diese Kinder nicht aufnehmen. Dazu habe ich viel zu viel Angst.«

»Ich war bei Weitem nicht so tapfer, wie du denkst«, sagte Johanna. »Das habe ich dir schon einmal gesagt. Ich hatte gar keine Wahl, sonst wäre ich am Galgen gelandet. Und doch haben diese dunklen Wochen voller Angst und Schmerz mich eines gelehrt: Wir dürfen nicht vor der Krankheit resignieren, sondern müssen versuchen, gegen sie zu kämpfen. Natürlich wird es dabei stets Verlierer geben, aber eben auch ein paar Sieger. Und kommt es nicht allein darauf an?«

»Und wenn es eine Strafe für uns Juden wäre?«, sagte Miriam unsicher. »Weil mein Mendel diesen – verbotenen Knochenhandel betreibt?«

»Wieso denn Knochen? Ich verstehe nicht ganz … Ist Mendel denn plötzlich Fleischer geworden?«

»Nein, alte Knochen. Das, was sie in euren Kirchen hinter Glas und in Gold stecken und dann anbeten. Ich hab ihn immer davor gewarnt, weil es einem Juden strengstens verboten ist, mit Leichenteilen Geld zu machen. Aber er wollte ja nicht auf mich hören.«

»Du meinst Reliquien?«, fragte Johanna verblüfft. »Die Überreste von Heiligen?«

Ein kurzes Nicken.

»Und was hat dein Mann damit zu tun?«

Miriam begann Leas Köpfchen zu streicheln. »Er besorgt

sie dem Kardinal«, sagte sie. »Seit eure Kirche sich gespalten hat und diese Protestenten …«

»Protestanten«, verbesserte sie Johanna. »So nennen sich die Anhänger Luthers.«

»Wie auch immer!« Miriam geriet mehr und mehr in Rage. »Seit diese Leute das alles nicht mehr in ihren Gotteshäusern wollen, gibt es die Sachen offenbar in manchen Gegenden zu Schleuderpreisen. Und mein Mann ist ein gewiefter Händler, der auch den niedrigsten Preis noch weiter drücken kann. Irgendjemand muss dem Kardinal von Mendels Talent erzählt haben, seitdem ist er für ihn unterwegs. Wusstest du, dass Albrecht von Brandenburg bereits eine riesige Sammlung in der Martinsburg hat? Seine Schatzkammer, so nennt er sie, und er soll sich viele Stunden darin aufhalten. Landauf, landab lässt er Mendel Knöchelchen, Totenbinden und alte Nägel aufkaufen, anstatt den Menschen seiner Stadt zu helfen.«

»Das ist mir neu«, sagte Johanna verblüfft. »Und auch, dass dein Mann damit zu tun hat. Aber ich bin davon überzeugt, dass das alles nicht das Geringste mit den Schwarzen Blattern zu tun hat. Vincent sagt, Krankheiten sind keine Strafen des Himmels – niemals!«

»Was sind sie dann?« Miriam starrte sie gespannt an.

Johanna zuckte die Schultern.

»Das weiß nicht einmal Vincent«, sagte sie. »Schicksalsschläge? Zufälle? Etwas, das über uns kommt wie Hagel und Blitz? Wir müssen die Pocken erdulden, können an ihnen zugrunde gehen oder sie überwinden.«

»Ich wünschte, ich wäre wie du«, sagte Miriam nach einem tiefen Seufzer. »So stark und eigenständig. Aber das bin ich leider nicht. Ich könnte Mendel niemals verlassen, selbst wenn er es hundertmal verdient hätte. Nicht einmal, um ihn wieder zur Vernunft zu bringen.« Sie erhob sich steifbeinig. »Ich muss mich jetzt ein wenig hinlegen«, sagte sie. »Deine Suppe riecht köstlich, aber ich würde jetzt keinen Mundvoll hinunterbringen.« Mit Lea auf dem Arm ging sie nach oben.

Johanna nahm Barbelchen auf den Arm, die die ganze Zeit über seelenruhig mit einem Löffel Wasser von einem Becher in den anderen gepatscht hatte und nun pitschnass war.

»Ich dachte, wir wären hier sicher«, flüsterte Johanna ihr ins Ohr. »Doch das Unheil kommt näher und immer näher. Sollen wir nach Hause zurück, mein Herz? Was meinst du? Aber gelangen wir dann nicht erst recht mitten in Krankheit und Tod?«

Die Kleine musterte sie ernst, als hätte sie jedes Wort verstanden. Dann verzog sie plötzlich das Gesicht, als wollte sie im nächsten Moment zu weinen anfangen.

»Man muss wissen, wohin man gehört«, sagte Johanna. »Willst du mir das sagen?«

✣

Agnes Pless hatte Malins Brief inzwischen so oft gelesen, dass sie jedes Wort auswendig wusste. Manche Sätze darin mochte sie so sehr, dass sie sie sich immer wieder wie kandierte Veilchen auf der Zunge zergehen ließ.

... dass die Witwe Johanna Arnheim des Mordes an ihrem Mann Severin angeklagt war ... Um sie zum Geständnis zu zwingen, hat man sie ins Pesthaus gesteckt, wo sie die Kranken pflegen musste ... Irgendwann waren de Vries und die Witwe Arnheim dann aus Köln verschwunden. Man spricht von Flucht ...

Wer wusste schon, was diese Verbrecherin unter ihrem breiten blauen Band verbarg, das Albrecht den ganzen Abend wie waidwund angestarrt hatte! Den schlanken Hals hätte

Agnes ihr schon da eigenhändig umdrehen können. Rauschte an wie eine Königin und war doch nichts als Lumpenpack, das eigentlich an den Galgen gehörte, während sie sich daneben auf einmal unsichtbar gefühlt hatte.

Zu ihrem Entzücken war Malins Schreiben damit noch nicht beendet, doch den zweiten Teil würde sie vorerst tief in ihrem Herzen bewahren und erst damit herausrücken, sobald der richtige Zeitpunkt gekommen wäre. Der Anflug eines Gefühls für den Sohn des Medicus streifte sie. Jakob war ein hübscher Bursche, das kam ihren Plänen durchaus zugute. Und sie hatte von ihm bekommen, wonach es sie verlangt hatte. Doch damit hörten für Agnes die Sentimentalitäten auch schon auf. War erst einmal seine Mutter erledigt und für alle Zeiten aus Albrechts Sinn, konnte es sich als sehr günstig erweisen, auch den Sohn für immer loszuwerden. Irgendwann redeten die Kerle eben doch, im Suff, in einem anderen Bett oder nur, um sich wichtigzumachen.

Ich habe der Hure des Mainzer Kardinals beigelegen …

Nein, das konnte sie ebenso wenig gebrauchen wie der Teufel das Weihwasser.

Damit es nicht dazu kommen konnte, galt es, klug vorzugehen. Albrecht war kein Mann, der Überraschungen mochte. Folglich musste sie klug und besonnen handeln, damit seine Vernarrtheit in das Weib des Medicus sich in Abscheu und Hass verwandelte. Leider stand ihr kein so großer Spiegel zur Verfügung wie jener, vor dem er Tag für Tag wie ein Pfau seine eitlen Räder schlug. Doch die kleine polierte Silberscheibe, in der sie Frisur und Gesicht überprüfte, warf ein Bild zurück, das sich durchaus sehen lassen konnte. Ihr Blick wirkte weich, die Lippen schienen voller geworden. Mit Scharlach hatte sie dezent nachgeholfen, um ihr Rot dunkler zu machen. Der Goldton des Kleides unterstrich den Teint ihrer

Haut, wenngleich es sie noch immer kränkte, dass sie Albrecht die königsblaue Seide nicht hatte abluchsen können, die er ihr neulich gezeigt hatte. Wahrscheinlich würde sie ihn bald selbst darin sehen können und selbstredend vor Entzücken halb vergehen, sobald er sie nach ihrem Urteil fragte.

Sie lächelte und kontrollierte, ob die Zähne auch sauber waren. Seitlich wackelte einer, was ihr große Sorgen machte, denn wenn er ausfiel, würde er eine hässliche Lücke zurücklassen, die beim Lachen auffallen musste. Zahnlücken machten alt und hässlich, aber was ließ sich dagegen tun? Sagte man nicht: ein Kind, ein Zahn? Ihre Hände strichen über den Bauch, der bislang nur unmerklich gewachsen war.

Du bist jedes Opfer wert, dachte sie. Meine Zukunft, meine Versicherung, mein Ein und Alles. Erblickst du gesund das Licht der Welt, muss ich nie mehr Angst haben.

Aber zuerst heißt es kämpfen – mit allen Mitteln!

Agnes straffte sich, streckte die Brust heraus und machte sich auf den Weg zur Bibliothek. Geschickt gestreute Münzen unter den Wachen und Dienern in der Martinsburg sorgten dafür, dass sie stets wusste, wo der Kardinal sich befand. Seit dem Fest verbrachte er viele Stunden in der Bibliothek, Seite an Seite mit seinem Kammerdiener und mit Pater Faber, der ihr vom ersten Moment an suspekt gewesen war. Natürlich verachtete sie der fromme Jesuit, das verrieten ihr die kalten, geringschätzigen Blicke, die sie streiften, vorausgesetzt, er nahm überhaupt von ihr Notiz. Ständig schwafelte er vom Zölibat und der Keuschheit der Priester und Kirchenmänner, und er hatte sein klebriges Netz der Vorhaltungen und Anschuldigungen auch schon über Albrecht geworfen, der sich bislang um solches Geschwätz noch nie besonders gekümmert hatte.

»Das Kleine und du, ihr solltet am besten an einem ruhigen, sicheren Ort leben«, hatte er zu ihrem Entsetzen erst vor wenigen Tagen gesagt. »Fernab von jedem Gerede. Fern von bösen Menschen, die euch nur Schlechtes wollen.«

»Ihr wollt uns ins Exil jagen?«, hatte sie gemurmelt und die Hand auf seinen Schenkel gelegt, was ihn sonst stets erregt hatte. Dieses Mal jedoch schob er sie weg.

»Exil?« Seine Stimme klang gedehnt. »Was für ein hässliches Wort! Ich hatte da eher an einen hübschen Konvent frommer Frauen gedacht, dem du vorstehen könntest …«

Er wollte sie loswerden, um sich an der blonden Schlange gütlich zu tun, nichts anderes hatte er vor! Selbst ihre Schwangerschaft schien ihn auf einmal nicht mehr sonderlich zu interessieren, und bald schon würde sie einen dicken Bauch und Wasser in den Beinen haben und somit noch unansehnlicher werden.

Inzwischen war Agnes vor der Bibliothek angelangt. Sie setzte ein schmelzendes Lächeln auf, drückte die Klinke hinunter und ging hinein. Zum Glück war Albrecht mit Philipp allein, was ihren Plänen entgegenkam. Jetzt musste sie nur noch den jungen Mann loswerden, der leider nicht auf ihrer Almosenliste stand.

»Ich muss Euch sprechen, Eminenz«, sagte sie und schlug die Augen sittsam nieder. »Mir sind da gewisse Ungeheuerlichkeiten zu Ohren gekommen, die ich Euch nicht vorenthalten darf.«

Philipp von Ehrenstein musterte sie erstaunt.

Worin hatten die beiden geblättert? Es wirkte wie ein alter Stadtplan, aus dem sie nicht recht schlau wurde.

»Jetzt?«, fragte Albrecht gereizt. »Ihr stört, verehrte Plessin. Hat das nicht Zeit bis …«

»Hat es nicht«, sagte sie scharf. »Und wenn möglich unter vier Augen. Ihr werdet gleich verstehen, weshalb ich Euch darum ersuchen muss.«

Wie ein Lauffeuer hatte sich die Nachricht ihrer Schwangerschaft bis in die hintersten Winkel der Martinsburg verbreitet, dafür hatte sie gesorgt. Jeder, ob hochgestellt oder niedrig, sollte wissen, mit wem er es zu tun hatte: mit der Frau, die das Kind des Kurfürsten unter dem Herzen trug. Von allen erwartete sie respektvollste Behandlung, und so erhob auch Philipp von Ehrenstein sich sofort.

»Ruft mich, wenn Ihr mich wieder braucht, Eminenz!«, sagte er. »Ich warte wie immer ganz in Eurer Nähe.« Mit einer kleinen Verneigung ging er hinaus.

»Also?« Albrechts Stimme klang unfreundlich.

Agnes räusperte sich. Jetzt kam es auf jedes Wort an.

»Ich weiß, Euch liegt viel an Eurem Leibarzt«, begann sie. »Und doch soll er …«

»Dir nicht?«, unterbrach er sie. »Immerhin hat er dir zu deiner Schwangerschaft verholfen. Und auch ich bin mit seinen Diensten durchaus zufrieden.« Dass er heute Morgen am anderen Bein ein neues Geschwür entdeckt hatte, behielt er vorerst für sich. Noch war es klein genug, um es vor ihren vorwitzigen Blicken zu verbergen. »Also, was willst du mir über ihn sagen?«

»Dass er aus Köln fliehen musste. Zusammen mit seinem Weib, dieser blonden …« Sie stockte.

Zu ihrer Überraschung begann Albrecht zu lächeln.

»Sie sind nicht verheiratet«, sagte er. »Jedenfalls nicht mit dem Segen Gottes. Das weiß ich von Johanna selbst.«

Wie er ihren Namen aussprach, so zärtlich, fast schon genüsslich! Agnes spürte, wie eine heiße Flamme in ihr erwachte.

»Verheiratet oder nicht – sie leben zusammen, und sie haben zwei Kinder«, sagte sie schroffer, als sie es vorgehabt hatte. »Der Grund für die Flucht interessiert Euch nicht?«

»Flucht, Flucht«, sagte der Kardinal gedehnt. »Was heißt

schon Flucht? Die Pest hat in der Stadt gewütet und dort grausame Ernte gehalten. Das weiß ich bereits. Tausende mussten ihr Leben lassen. Das schöne, reiche Köln war zur Hölle geworden. Und jeder, der seine fünf Sinne beisammenhatte, sah zu, dass er noch fortkam. So wohl auch de Vries und seine Familie.«

»Nun, ganz so war es nicht.« Inzwischen begann Agnes die Situation zu genießen. Sie würde schon noch dafür sorgen, dass seine Ruhe dahin war! »Johanna hatte einen Mann, den Glasmaler Arnheim, der unter seltsamen Umständen ums Leben gekommen ist. Man hat sie angeklagt, dabei die Hand im Spiel gehabt zu haben, und offenbar für schuldig befunden. Anstatt sie jedoch gleich aufzuhängen, hat man sie als Magd ins Pesthaus gesteckt …«

Bewusst hatte sie sehr langsam gesprochen, um die Wirkung ihrer Worte auf Albrecht auszukosten. Und die Wirkung war da, daran gab es keinerlei Zweifel.

Sein Atem ging bereits schneller, das gefiel ihr. Aber warum sagte er nichts?

Mit allem hätte sie gerechnet, aber nicht mit dieser blitzschnellen Reaktion: Wie ein Junger sprang Albrecht plötzlich auf und umklammerte ihr Handgelenk.

»Woher hast du diesen Dreck?«, sagte er. »Rede!«

»Das ist doch ganz gleichgültig.« Sie versuchte sich freizumachen. »Die Nachricht stammt jedenfalls aus sicherer Quelle. Genügt das nicht? Au! Ihr tut mir weh! Was ist denn auf einmal in Euch gefahren?«

»Ich weiß genau, was du damit bezwecken möchtest«, sagte er mit eisiger Ruhe. »Du willst sie madig machen, aber das wird dir nicht gelingen. Sie ist eine Königin, verstehst du, voller Reinheit und Grazie. Und mit mehr Anmut im kleinen Finger, als du jemals hattest oder erlangen wirst.«

Er ließ sie los und sank in den Stuhl zurück.

»Diese Frau hat ein Menschenleben auf dem Gewissen!«, schrie Agnes. »Sie ist eine Mörderin, Eminenz! Eine, die zum Abschaum gehörte, zwischen Lumpen und Pestbeulen …« Sie begann zu schluchzen, so erregt war sie.

»Hinaus!«, sagte er leise. »Was maßt du dir an, Weib? Wüsste ich nicht von deinem Zustand, so würde ich dich augenblicklich von der Martinsburg jagen. So aber kann ich dir nur raten, dich für die nächste Zeit in deine Gemächer zurückzuziehen und mir besser nicht so schnell wieder unter die Augen zu kommen.«

Fassungslos starrte Agnes ihn an, dann raffte sie ihre Röcke und stürzte tränenblind hinaus.

Der Kardinal stützte sich auf den Tisch und schloss die Augen. Nach einer Weile griff er zur Klingel.

»Eminenz?« Mit raschen Schritten kam Philipp an den Tisch.

»Du holst mir die Frau des Medicus«, sagte er. »Ich will sie hier haben. Hier, in der Martinsburg.«

»Zu einer Audienz?« Der junge Mann klang verblüfft.

»Frag nicht lange, sondern tu, was ich dir gesagt habe!« Albrecht wischte sich mit der Hand über das Gesicht. »Du weißt, wo sie wohnen?«

»Im Kirschgarten, ja.« Philipp zögerte. »Was aber, wenn de Vries sie nicht gehen lässt?«

»Es ist ein Befehl seines Kurfürsten. Oder soll ich lieber die bewaffnete Garde losschicken? Also, bring sie her! Noch bevor es dunkel wird.«

*

Was hatte Jakob nicht alles versucht! Gebettelt, gefleht, gedroht – doch der bärtige Handschuhmacher im Kaufhaus am

Brand hatte ihn nur ausgelacht, als er schließlich wütend geworden war, weil dessen Preise überzogen waren.

»Wir können alles verlangen, kapiert?«, hatte er entgegnet. »Der Zunftmeister hat uns beschworen, gutes Geld für unsere Ware zu nehmen, jetzt, wo die Nachfrage so groß ist.«

»Aber deine Handschuhe sind nicht mehr wert als zuvor!«

»Ach nein? Dann lass sie doch einfach liegen. Oder geh zum Hundefänger. Vielleicht gibt der dir ja gute Lederstücke ab.«

Zähneknirschend hatte Jakob schließlich bezahlt. Die Weißen Frauen brauchten dringend Nachschub, und das auch noch schnell, so hatte sein Vater es ihm eingeschärft. Seine Jahre der rastlosen Wanderschaft hatten ihn gelehrt, richtige und falsche Preise zu erkennen. Und was hier verlangt wurde, war Wucher, geschuldet der Not der Menschen.

Er nahm seinen Sack, lief hinaus und musste blinzeln, weil es so hell war. Ein warmer, friedlicher Sommertag, den er am liebsten unter seiner Weide am Fluss verbracht hätte – wäre da nicht dieses Unheimliche, Unsichtbare gewesen, das inzwischen die ganze Stadt in Atem hielt. Särge begannen knapp zu werden; an immer mehr Häusern waren jetzt die weißen Kreidezeichen zu sehen, zu denen Kardinal und Magistrat sich schließlich durchgerungen hatten: ein Kreis mit einem dicken Punkt in der Mitte. Auberlin Sixt arbeitete inzwischen bis tief in die Nacht. Er hatte Boten zu Kollegen in den umliegenden Städten entsandt, in denen die Pocken noch nicht wüteten, und um Kräuter gebeten, die seine inzwischen mager gewordenen Vorräte aufstocken sollten. Und ja, es trafen Lieferungen ein, aber zögerlicher, als er es sich gewünscht hatte, und in geringerer Menge.

»Wir müssten die Möglichkeit haben, all das auf artifiziellem Weg herzustellen«, sagte er verzweifelt zu Jakob, den er immer wieder in die Rheinauen schickte, um nach Heilpflanzen Ausschau zu halten. »Aber leider bin ich kein Alchemist, dem das vielleicht gelingen würde. All die Jahre habe ich mich für einen guten Apotheker gehalten, doch nun wird mir von Tag zu Tag schmerzlicher bewusst, wie sehr ich an die Grenzen meiner Möglichkeiten stoße.«

Er tat Jakob leid und beeindruckte ihn gleichzeitig, weil er trotz seiner Erschöpfung nicht aufgab. In manchen Nächten schien er sogar in der Offizin zu schlafen, um sich gleich bei Tagesanbruch wieder um Medikamente für die Kranken zu kümmern. Er wie auch Jakob trugen jetzt immer Handschuhe, wenn sie in der Apotheke verkauften, doch zu dem Tuch vor dem Mund, das Vincent ebenfalls dringend empfohlen hatte, konnte Sixt sich nicht durchringen.

»Dann könnten die Kunden ja meinen, sie hätten es mit Gaunern zu tun«, seufzte Sixt. »Mein ehrliches Gesicht soll jedermann zu sehen bekommen, der die Schwelle meiner Offizin betritt.«

Jakob trödelte auf dem Rückweg, weil er die Sonne genoss, die ihm den Rücken wärmte. Leider waren heute keine Flaschen auszuwaschen, was ihm einen längeren Aufenthalt im Freien ermöglicht hätte. Sixt hatte ihn vielmehr gebeten, die Regale hinter dem Tresen zu reinigen. Deshalb betrat Jakob die Offizin nicht durch den Ladeneingang, sondern ging als Erstes durch den Torbogen in den Hof, um sich am Brunnen kurz zu erfrischen und gleich einen Eimer Wasser mitzunehmen. Danach öffnete er die kleine Hintertür – und blieb auf der Schwelle stehen, weil er die Männerstimme, die von drinnen zu hören war, sofort erkannte.

»Du wirst mir geben, was ich verlange, Auberlin. Sonst hänge ich dich hin, kapiert?«

Der Blonde, der ihn bedroht hatte! Und er sprach so vertraulich mit dem Apotheker, als ob er ihn sehr gut kennen würde.

Jakob zog das Messer aus dem Wams.

»Ich hab dir doch schon so viel gegeben.« Sixt klang so matt wie ein Schwerkranker. »Geld, Gold. Was willst du noch?«

»Das weißt du sehr genau.« Ein raues Lachen. »Und stiehl mir gefälligst nicht länger meine Zeit! Oder willst du als Sodomit im Loch landen?«

»Wir waren uns einmal so nah, Cuntz. Hast du das alles vergessen?«

Cuntz – jetzt hatte Jakob wenigstens einen Namen zu dem Verbrechergesicht.

»*Du* warst mir nah, Auberlin. Viel zu nah.« Ein hässliches Lachen. »Das würde ich jederzeit vor dem Richter bezeugen. Hast meine Jugend und meine Unschuld hinterlistig ausgenutzt. Ich war arm und elternlos, was blieb mir da anderes übrig, wenn ich nicht verhungern wollte? Aber ich mache mir nichts aus Männern. Ganz im Gegensatz zu dir …«

Jakobs Knöchel wurden weiß, so fest umklammerte er den Messergriff.

» … und jetzt her mit dem Schlafmohn! Dann lass ich dich in Ruhe.«

»Du lügst, Cuntz. Du hast immer nur gelogen, vom ersten Moment an. Hast mir vorgespielt, dass du mich verstehst und liebst – und dabei warst du nichts als ein gieriges Frettchen, das die Hand beißt, die es eben noch gefüttert hat. Glaubst du vielleicht, ich wüsste nicht, dass du der Einbrecher warst, der hier alles durcheinandergeworfen hat? Dass du schon mehrmals versucht hast, zu rauben, was ich dir verweigert habe? Du hältst dich für sehr schlau. Aber ich werde dir immer einen Schritt voraus sein.«

»Zum letzten Mal: Her mit dem Mittel!«

»Nein«, sagte Sixt. »Und noch einmal nein. Das brauchen jetzt andere. Menschen, die mit dem Tod ringen – und nicht solches Gesindel wie du!«

»Gesindel?« Cuntz jaulte auf. »Das wirst du noch bereuen. Du landest am Galgen, Auberlin, verlass dich drauf!«

Es klang wie ein Schlag, dann schien Glas zu bersten. Jakob wollte losstürzen, aber er stand da wie festgewurzelt, das Messer noch immer in der Hand.

✣

Philipp von Ehrenstein stieg vom Pferd und ging auf das Haus des Medicus zu. Von allen Aufträgen, die der Kardinal ihm jemals erteilt hatte, war ihm dieser hier am meisten zuwider, und deshalb wurde er immer langsamer, je näher er der Haustür kam. Er mochte den Leibarzt des Kardinals, und die Schönheit Johannas hatte auch ihn berührt. Albrechts Affäre mit der Plessin hatte ihn niemals wirklich interessiert: Sie war Witwe und dem Kardinal so lange nachgestiegen, bis er schließlich Feuer gefangen hatte. Hier jedoch war es anders – und das gefiel Philipp ganz und gar nicht. Mit großen Hoffnungen hatte er seinerzeit den Dienst bei Albrecht von Brandenburg angetreten, doch seitdem vieles erleben müssen, was sein Urteil verändert hatte. Vielleicht trafen deshalb die Worte von Pater Faber bei ihm auf so fruchtbaren Boden, weil er sich nach Reinheit und Klarheit sehnte wie nie zuvor in seinem Leben.

»Kommt zu uns!«, hatte ihn Faber erst vor wenigen Tagen feurig beschworen. »Wir brauchen Männer wie Euch, die den Aufbruch wagen.«

»Aber ich habe doch so wenig zu bieten«, hatte er entgegnet. »Außer reiten, kämpfen und dienen kann ich nichts.

Und wenn ich Euch zuhöre, fühle ich mich unwissend und dumm.«

»Dumm ist nur der, der sein Ohr vor der Wahrheit und der Güte Gottes verschließt, und das tut Ihr ganz und gar nicht, lieber junger Freund. ›Zu jeder Stunde finde ich ihn‹, sagt Bruder Ignatius, und genau das wünsche ich Euch auch. Eure Seele dürstet nach dem Wort des Herrn, außerdem zeigt Ihr Leidenschaft und Tatendrang. Studieren kann man lernen, wenn man im Frühling seiner Jahre ist, wie Ihr es seid, und vor allem die Bereitschaft dazu mitbringt. Und dienen oder gehorchen« – ein winziges Lächeln – »hat in einem Orden noch niemals geschadet. Unsere Bewegung ist jung, aber ich weiß, bald schon werden wir viele, viele sein. Also, worauf wartet Ihr noch?«

Jetzt stand Philipp vor der Tür. Der Stab, um den sich eine Schlange wand, verriet ihm, dass er richtig war. Doch was war das für eine seltsame Bemalung daneben? Ein Vogel, der sich aus rot glühenden Flammen zu neuem Leben erhob.

Ein Zeichen, das speziell ihm galt?

Er schlug mit der Hand gegen das Holz. Lange Zeit tat sich nichts, dann spürte er eine sanfte Berührung an der Wade und blickte nach unten. Schnurrend ging ihm eine weiße Katze um die Beine. Er bückte sich, um sie zu streicheln, da ging die Tür plötzlich auf.

Eine alte Frau mit einem weißen Haarkranz starrte ihn misstrauisch an.

»Was willst du?«, sagte sie. »Und lass gefälligst die Weiße in Frieden!« Die Katze schoss an ihr vorbei ins Haus.

»Der Kurfürst schickt mich. Er möchte die Frau des Medicus sprechen.«

»Ja, das wollen alle.« Die Alte kniff die Augen zusammen. »Aber das geht nicht. Hast du mich verstanden?«

War sie dumm oder einfach nur alt? Er beschloss, ihr die Abfuhr nicht übel zu nehmen.

»Hör zu«, sagte Philipp, »das ist keine Bitte, sondern ein Befehl. Ich soll sie in die Martinsburg bringen. Und jetzt mach keine Umstände, sondern lass mich zu ihr!«

»Bist du taub?«, krächzte sie. »Sie ist nicht da.« Damit wollte sie die Türe zuschlagen, doch Philipp war mit seiner Schuhspitze schneller.

»Und wo ist sie dann?«, fragte er. »Sag es mir! Es ist wichtig.«

»Bei ihrem Liebchen. Da, wo sie jetzt immer ist.«

»Bei ihrem Liebchen?«, wiederholte er ungläubig. Wenn der Kardinal das erfuhr, würde er außer sich geraten.

»Na, bei der Frau des Juden.« Jetzt klang die Alte ungeduldig, weil er nicht schnell genug begriff. »Dort wohnt sie jetzt. Johanna kommt nicht mehr zu uns zurück. Und meine Kleine hat sie auch dorthin gebracht.«

*

Am liebsten hätte Jakob die Regale aus der Wand gerissen, anstatt sie zu säubern, so durcheinander und aufgebracht war er noch immer. Sixt und dieser Cuntz kannten sich, mehr noch, sie waren ein Paar gewesen. Und wenn stimmte, was Cuntz behauptete, so hatte der Apotheker ihn sogar dazu gezwungen. War Auberlin deshalb Hals über Kopf aus der Offizin gestürzt, weil er seine Schuld nicht länger ertragen konnte?

Jedenfalls ließ sich Jakobs Erinnerung an den Alten, der ihn damals so erniedrigt hatte, nicht mehr wegdrängen.

Du bist Dreck, Junge, nichts als Dreck, und deshalb werde ich dich auch wie Dreck behandeln. Und jetzt runter mit den Lumpen …

Noch immer meinte Jakob die harte Hand zu spüren, die ihn in die Knie gezwungen hatte, und den fauligen Atem zu spüren, der sich nie mehr ganz abwaschen ließ, wie oft und wie lange er auch in Flüssen und Seen gebadet hatte. Der Alte hatte ihn gezeichnet, so war es Jakob vorgekommen, markiert, wie ein Hund sein Terrain. Damals hatte er geglaubt, dass er von nun an für alle Zeiten ein Ausgestoßener sein würde, ganz und gar den Launen dieses Scheusals ausgeliefert. Einer, den die Mädchen zu Recht mieden. Weil sie spürten, dass aus ihm niemals ein richtiger Mann werden konnte …

Er strich sich das Haar aus der Stirn. Ihm war heiß, er war durstig, und er fühlte sich so verloren wie seit Langem nicht mehr. Immer unwilliger wischte er mit seinem Lappen, immer wütender schob er die Gefäße auf den Brettern hin und her.

»Jakob?« Eine helle Stimme riss ihn aus seinen Grübeleien. »Ich wollte nach dir sehen. Du bist ja wie vom Erdboden verschwunden!«

»Marie!« Blitzschnell war er von seiner Leiter herunter. »Es sind so viele Leute krank. Da haben wir hier jede Menge zu tun.«

Sie nickte ernst. »Ich dachte vielleicht, du suchst nach mir«, sagte sie. »Leider habe ich vergeblich gewartet.«

»Ich freue mich sehr, dich zu sehen!« Wie schön sie war mit der roten Litze am Mieder und dem roten Band, das sie in ihren Zopf geflochten hatte! Im nächsten Moment kam Nele ihm in den Sinn, aber er tat ja schließlich nichts Verbotenes.

»Ich jedenfalls habe dich vermisst«, sagte Marie und kam zu ihm hinter den Tresen. »Du mich auch, Jakob? Wenigstens ein ganz klein wenig?«

Er begann zu nicken und konnte plötzlich gar nicht mehr damit aufhören. Ja, auch er hatte sie vermisst, ihre nachtschwarzen Augen, den lieblichen Duft, den sie auch heute wieder verströmte, und das süße Gewicht ihrer Brüste, an das er sich auf einmal wieder ganz genau erinnerte.

»Dann ist es gut.«

Sie lächelte, berührte seinen Arm und traf dabei auf bloße Haut, weil er beim Putzen die Hemdsärmel nach oben geschoben hatte. Es war, als hätte er einen Schlag erhalten. Sein ganzer Körper begann zu kribbeln. Die Nackenhärchen stellten sich auf. Und auch Marie schien es nicht anders zu ergehen, das sah er an ihrem sehnsüchtigen Blick. Jetzt gab es nur noch eins für Jakob: Er musste sie an sich ziehen und diese weichen Lippen küssen, die sich für ihn schon halb geöffnet hatten. Nein, er war kein Dreck, kein Versager, den man züchtigen und nach Belieben demütigen konnte, er war ein Mann – ein richtiger Mann.

Niemals hatte er das deutlicher gespürt als jetzt.

Marie küsste leidenschaftlich zurück, ohne Scham, ohne jegliche Zurückhaltung. Und auch ihre Berührungen unterschieden sich von jenen der letzten Begegnung, sie wirkten sicher und äußerst zielstrebig. Das Hemd hatte sie ihm bereits aus der Hose gezogen, auch das Wams schien sie zu stören, und als er nun seinerseits an ihr Mieder langte, weil er es nicht mehr länger aushielt, warf sie den Zopf zurück und lachte.

»Ich hab von dir geträumt, Jakob«, sagte sie. »Viele, viele Male. Aber dich zu spüren ist besser als jeder Traum.«

Inzwischen war sie halb nackt, ebenso wie er. Im nächsten Moment standen sie nicht mehr, sondern lagen auf dem Boden, ein Knäuel aus Armen, Beinen und verrutschten Kleidern. Für einen kurzen Augenblick wurde Jakob bewusst, was sie taten, und vor allen Dingen, wo. Dann aber spürte er, wie Maries Hand in seine Bruche glitt, und alles Denken setzte aus. Jetzt wurde er so erregt, dass alles um ihn herum in einem roten Nebel zerfloss, und auch ihr Atem ging stoßweise …

»Ist da jemand?«, rief eine Männerstimme. »Auberlin? Jakob? Wo seid ihr denn?«

Jakob erstarrte. Das konnte, das durfte nicht wahr sein! Nicht ausgerechnet er …

»Moment!«, rief er, während Marie ihn fassungslos anstarrte. »Bedeck dich!«, zischte er. »Mein Vater …«

So gut er es auf die Schnelle vermochte, hatte er versucht, seine Kleidung wieder in Ordnung zu bringen, doch sobald er vor seinem Vater stand und dessen Blick sah, wusste er, dass dieser Versuch gescheitert war.

»Jakob?«, sagte Vincent. »Wie siehst du denn aus? Und was zum Teufel machst du da hinter dem Tresen …«

Marie gab einen erschrockenen Ton von sich.

»Du bist ja nicht allein! Mit wem …«

Vincent stürzte hinter den Tresen, packte das Mädchen und zerrte es nach oben. Sie begann zu wimmern und duckte sich, als erwarte sie Schläge, doch dann ließ er sie so plötzlich los, als habe er sich verbrannt.

»Marie?« Nur mit Mühe brachte Vincent ihren Namen über die Lippen, starrte auf das offene Mieder, den Rock, der lose um ihre Hüften schwang, dann auf seinen nur notdürftig bekleideten Sohn. »Jakob? Seid ihr von Sinnen? Was habt ihr getan?«

Maries eben noch aufgelöstes Gesicht wurde auf einmal glatt.

»Dein Vater, Jakob?«, sagte sie mit klarer Stimme. »Nun, mein Vater ist er auch.«

*

Miriam erschrak, als sie öffnete und den fremden Mann vor der Tür stehen sah. Doch Mendel lief schnell zu ihr. Seite an Seite versperrten sie dem Mann nun den Eingang.

»Das ist Philipp von Ehrenstein«, sagte Mendel. »Der Sekretär des Kardinals und mir bestens bekannt. Wünscht Seine Eminenz, mich zu sehen?«

»Ich bin nicht Euretwegen hier, ben Baruch«, sagte Philipp, »sondern auf der Suche nach der Frau des Medicus. Mir wurde gesagt, ich würde sie bei Euch finden.«

»Johanna?« Miriam legte beide Hände auf ihren Bauch. »Was wollt Ihr von ihr?«

»Der Kardinal wünscht sie zu sprechen.«

»Jetzt? Es ist bald dunkel.«

»Jetzt«, wiederholte Philipp. »Seine Anordnung war unmissverständlich.«

»So wartet hier«, sagte Miriam mit deutlicher Missbilligung. »Ich werde sie holen.«

Die Tür ging zu. Nichts anderes hatte Philipp erwartet.

Die Frau des Juden …

Es hatte eine ganze Weile gedauert, bis er begriffen hatte, wen die Alte damit gemeint hatte. Dann war ihm Mendel ben Baruch eingefallen, der kannte den Medicus. Nur auf seine Empfehlung hin hatte der Kardinal ihn nach Mainz gerufen.

Ob die beiden das bald bereuen würden?

Eine ganze Weile verging, bis Johanna erschien. Sie war blass und wirkte erstaunlich gefasst.

»Ich höre«, sagte sie, »Ihr sollt mich zum Kardinal bringen. Weshalb?«

»Seine Eminenz wünscht Euch zu sehen«, erwiderte Philipp. »So und nicht anders lautet mein Auftrag.«

Johanna musterte ihn schweigend.

»Ich bin keineswegs ohne Anstand oder Schutz«, sagte sie,

»nur weil ich hier bei Freunden untergekommen bin. Das solltet Ihr wissen.«

»Niemand denkt das«, sagte Philipp. »Wollt Ihr nun mitkommen?«

»Und wenn ich mich weigere?«, fragte Johanna. »Meinem Mann wird dieser späte Besuch ganz und gar nicht gefallen.«

»Ich würde Euch dringend empfehlen, der Aufforderung des Kardinals zu entsprechen«, sagte Philipp. »Albrecht von Brandenburg ist der Herr dieser Stadt.«

Seine Stimme war ruhig, aber Johanna begann dennoch zu zittern.

»Nicht ohne mein Kind«, sagte sie. »Ohne Barbara mache ich nicht einen Schritt.«

Philipp von Ehrenstein nickte. »So holt Euer Kind!«, sagte er. »Aber lasst Seine Eminenz nicht zu lange warten.«

Wieder schloss sich die Tür. Wieder musste er warten, dieses Mal sogar noch länger. Als die Tür wieder aufging, kam Johanna heraus, die Kleine in einem Tuch vor die Brust gebunden. Über ihrer Schulter baumelte eine bestickte Tasche.

»Mein Besuch in der Martinsburg wird nur von kurzer Dauer sein«, sagte Johanna, als sie Philipps fragenden Blick bemerkte. »Aber die Kleinen brauchen immer irgendetwas.«

Er half ihr in den Sattel, was ihr trotz des Kindes mühelos gelang, dann gab er seinem Ross die Sporen, und sie ritten los.

*

Die Bilder ließen Vincent nicht mehr los, und vermutlich würde er sie bis zum Ende seines Lebens mit sich herumtragen: Jakob und Marie, halb nackt in der Offizin …

Was, wenn er sie nur Augenblicke später überrascht hätte? Dann hätten Bruder und Schwester die schwere Sünde des Inzests auf sich geladen.

Sie konnten es nicht wissen. Weil du nämlich zu feige warst, die Karten auf den Tisch zu legen …

Wie sollte er den beiden jemals wieder in die Augen sehen? Die Schuld lag bei ihm, weil er Johanna hintergangen und Marie niemals offiziell als Tochter begrüßt hatte. Aber wie hätte er auch ahnen sollen, dass ausgerechnet Jakob und sie sich finden würden?

Auch drei große Becher Wein, rasch nacheinander in einer Taverne hinuntergegossen, ließen sein Versäumnis in keinem besseren Licht erscheinen. Jetzt gab es nur noch einen einzigen Menschen auf der Welt, der ihn von den Dämonen erlösen konnte, die ihn peinigten.

Die Judengasse war dunkel, als er sie mit Rosa am Zügel betrat. Aufzusitzen wagte er in seinem jetzigen Zustand nicht mehr. Vor Mendels Haus zögerte er, weil er ihn und seine Frau nicht ängstigen wollte, aber sein Verlangen war so stark, dass es keinen Aufschub mehr duldete.

Er klopfte an. Dreimal hintereinander.

Schließlich öffnete ihm Mendel, in der linken Hand eine Kerze, in der rechten einen Knüppel.

»Ihr?«, sagte er, als er Vincent erkannt hatte, und ließ den Prügel sinken.

»Verzeiht den späten Überfall!« Vincent merkte selbst, wie undeutlich er redete. »Aber ich muss zu Johanna. Sofort!«

»Zu Johanna?«, wiederholte Mendel. »Ich fürchte, das geht nicht.«

»Schläft sie schon? Dann werde ich sie wecken.«

»Johanna ist nicht da.« Jedes Wort schien Mendel riesige Überwindung zu kosten.

»Was soll das heißen?«, fragte Vincent. »Wo soll sie denn sein, mitten in der Nacht?«

»Auf der Martinsburg.« Jetzt stand auf einmal Miriam neben ihrem Mann, barfuß und im Nachtgewand, über das sie nur ein Tuch geschlungen hatte. »Der Kardinal hat sie holen lassen.«

DRITTES BUCH

VERGEBUNG

Dreizehn

Johanna hatte nur schwer in den Schlaf gefunden, war dann aber irgendwann doch erschöpft weggedämmert. Und selbst Barbelchen, die sonst munter wurde, sobald der erste Hahn krähte, schlief noch tief und fest, als die Morgensonne durch das schmale Fenster fiel. Alles hier war fremd: das breite Bett, der hohe Raum, der seidene Wandteppich, die geschnitzten Truhen, der Tisch, auf dem Papier, Tinte und Feder lagen.

Sie waren in der Martinsburg. Allein der Satz erfüllte Johanna noch immer mit Staunen. Denn der Kardinal hatte sie gestern Abend nicht mehr gehen lassen. Philipp von Ehrenstein musste ihm heimlich zugeflüstert haben, dass er sie bei den Baruchs und nicht zu Hause angetroffen hatte, und offenbar hatte ihn das zu Schlüssen veranlasst, die ihr alles andere als recht waren.

»Meine ganze Burg als Euer Obdach, Johanna.« Seine braunen Augen lagen voller Wärme auf ihr. »Wenn das kein großzügiges Angebot ist!«

»Das ist es, Euer Eminenz, und ich weiß Eure noble Güte zutiefst zu schätzen, aber ich muss trotzdem zurück nach Hause«, hatte sie voller Verlegenheit geantwortet, weil ihr das Lügen so schwerfiel.

»Nach Hause?« Wie er das ausgesprochen hatte, so langsam und zweifelnd. »Und ich dachte, gerade da wolltet Ihr im Augenblick nicht sein.«

Wer hatte ihm von ihrem Zerwürfnis mit Vincent erzählt? Vincent selbst doch bestimmt nicht, von ihr hatte er kein Wort erfahren – und Miriam? Das konnte nicht sein!

»Mein Leibarzt kämpft gegen die Seuche wie einst Samson, der den Löwen bezwang«, fuhr er fort. »Das höre ich jeden Tag aus vielen Mündern – aber müsste ihm da nicht erst recht daran gelegen sein, sein Allerliebstes auf der Welt in Sicherheit zu wissen?«

Erleichterung hatte sie bei diesen Worten durchflutet. Er spielte also auf die Schwarzen Blattern an und nicht auf ihren unseligen Zwist, doch als sie sah, wie er sie dabei musterte, kehrten all ihre Befürchtungen wieder zurück. Das waren alles andere als keusche, brüderliche Blicke. Er wollte sie, mit Haut und Haaren, das stand fest. Bei der nächsten Gelegenheit würde er versuchen, den Kuss vom abendlichen Fest zu wiederholen und mehr als das. Doch was sollte sie tun? Albrecht von Brandenburg war der Herr der Stadt, wie sein Kammerdiener sehr richtig gesagt hatte, und sich seinen Befehlen zu widersetzen könnte schlimme Folgen nach sich ziehen – nicht nur für sie, sondern für ihre ganze Familie. Außerdem hatte sie ja die Kleine bei sich, was seinen offensichtlich erotischen Ambitionen sicherlich einen Dämpfer versetzen würde. Welcher Mann begehrte schon eine Frau, die das Kind eines anderen auf dem Arm trug?

Johanna hatte sich also gefügt und war geblieben. Doch heute sah alles anders aus. Die Nacht war verflogen, in der viele Gefahren auf sie lauerten, jetzt war helllichter Tag, und sie würde gehen, wohin sie wollte, ganz egal, was der Kardinal sagte. Dazu brauchte sie allerdings ihr Kleid, und als sie zu dem Stuhl schaute, auf dem sie es schlaftrunken abgelegt hatte, war es verschwunden.

Inzwischen wurde ihr doch reichlich klamm zumute. Nur im Hemd in der Burg des Stadtherrn, neben sich ein kleines Kind, das eine frische Windel und etwas zum Essen brauchte und sie deshalb zum Aufstehen zwang. Ihre Blicke irrten umher, um etwas zu finden, in das sie sich hätte wickeln können, damit sie sich nicht mehr ganz so ausgeliefert fühlte, doch bis auf die dünne Decke, unter der sie geschlafen hatte, gab es hier weit und breit nichts Geeignetes. Noch bevor sie ihre Idee umsetzen konnte, ging die Tür auf, und zwei junge Dienerinnen kamen herein.

»Das Bad ist fertig«, sagte die rundlichere von beiden. »Gleich nebenan.«

»Und danach erwartet der Kardinal Euch zum Frühstück«, setzte die dünne zweite hinzu, die ein wenig griesgrämig wirkte. »Ich sage Seiner Eminenz, dass Ihr nicht mehr lange brauchen werdet.« Damit ging sie wieder hinaus.

»Ich hatte jetzt nicht vor zu baden«, sagte Johanna. »Meine Tochter braucht …«

»Für das Kind steht eine kleine Wanne bereit.« Die rundliche Dienerin lächelte. »Ich habe selbst vier jüngere Geschwister und weiß genau, wie man sie wieder sauber bekommt.«

Weit und breit kein Kardinal, sondern nur dieses junge Ding, das kaum älter als Nele war. Aber vor ihr brauchte sie sich wenigstens nicht zu genieren. Johanna stieg aus dem Bett, nahm Barbara hoch und gab sie dem Mädchen. Dann hängte sie ihr auch noch die Tasche um.

»Wie heißt du?«, fragte sie. »Windeln habe ich bereits dabei.«

»Kathi.« Beim Lächeln entblößte die Dienerin eine stattliche Lücke zwischen den Schneidezähnen, die ihr etwas Vorwitziges gab. »Und Eure Kleine?«

»Das ist Barbelchen. Sie kann es übrigens nicht leiden, wenn sie Wasser in die Augen bekommt.«

Kathi ging hüftschwingend voran. Ob sie für gewöhnlich der Konkubine des Kardinals diente? Jedenfalls schien sie sich mit Frauenangelegenheiten bestens auszukennen. Sie setzte Barbara auf eine dicke Decke neben die kleine Wanne, dann lief sie zu Johanna, half ihr aus dem Hemd und steckte ihre Haare mit zwei großen Hornnadeln nach oben.

»Und jetzt macht, dass Ihr ins Wasser kommt!«, sagte sie. »Es dürfte gerade die richtige Temperatur haben. Wollt Ihr das Halsband nicht ablegen?«

»Das Halsband bleibt dran«, sagte Johanna entschieden.

Sie stieg in den großen Holztrog, in dem Rosenblätter schwammen, und streckte sich wohlig darin aus. Niemals zuvor hatte sie derart komfortabel gebadet, und das feine Öl, das schillernde Blasen auf der Oberfläche bildete, tat sein Übriges. Barbelchen brabbelte und zwitscherte nebenan in ihrer kleinen Wanne und schien das warme Wasser ebenfalls zu genießen. Dann hob Kathi sie heraus, wickelte sie im Handumdrehen und steckte sie wieder in ihr helles Leinenkleidchen, das nicht mehr ganz sauber war.

»Jetzt brauche ich nur noch mein Kleid«, sagte Johanna nach einer Weile.

»Seht Ihr es denn nicht? Es liegt doch dort drüben!«

Auf der Truhe, die ein Stück entfernt stand, war ein königsblaues Gewand ausgebreitet, dessen Mieder mit winzigen weißen Perlen bestickt war.

»Das ist nicht mein Kleid«, widersprach Johanna. »Meines ist aus hellem Leinen, und ich möchte es gerne zurück.«

Kathi zog die Schultern hoch.

»›Bring ihr dieses Kleid!‹ Das hat Seine Eminenz gesagt, und nichts anderes habe ich getan. Und jetzt solltet Ihr Euch beeilen, sonst macht Ihr ihn nur ärgerlich.«

Was blieb ihr anderes übrig?

Johanna ließ sich von Kathi abtrocknen und wollte wieder ihr getragenes Hemd überstreifen. Die Dienerin aber schüttelte den Kopf und half ihr stattdessen in ein dünnes Leinenhemd, das am Saum mit einer breiten Spitzenborte besetzt war. Darüber kam das blaue Seidenkleid, das dank der seitlichen Schnürung so gut passte, als wäre es eigens für Johanna gemacht. Sie löste die Nadeln und begann, ihre Haare zum Zopf zu flechten, Kathi aber schüttelte den Kopf.

»Lasst sie offen!«, sagte sie. »So lautet der Wunsch Seiner Eminenz. Ich kann sie Euch bürsten …«

»Hat er auch noch gesagt, wie ich atmen soll?«, sagte Johanna leicht gereizt, stieß die Bürste zur Seite und fuhr sich mit gespreizten Fingern durch die blonden Locken. »Nur, damit ich auch ja nichts falsch mache!«

Kathi starrte sie mit großen Augen an, und sie bereute ihre Heftigkeit.

»Schon gut«, sagte sie und blieb notgedrungen barfüßig, weil ihre Holzpantinen ebenfalls auf merkwürdige Weise verschwunden waren und Seine Eminenz passendes Schuhwerk offensichtlich nicht für notwendig hielt. »Jetzt gib mir meine Kleine! Und dann lass uns gehen!«

Der Weg durch die Gänge erschien ihr endlos, und sie versuchte sich ihn einzuprägen, was ihr leider misslang. Ihre Füße spürten harten Stein, dann wieder Holz, schließlich erneut Steinboden. Wer einmal in der Martinsburg war, der würde es schwer haben, ohne Hilfe wieder herauszufinden, das schoss ihr dabei durch den Kopf. Wie würde der Kardinal reagieren, wenn sie ihn aufforderte, sie gehen zu lassen?

Einverstanden sein? Oder ihre Bitte kategorisch ablehnen?

In ihrem Magen ballte sich ein hartes Knäuel zusammen, das nichts Gutes verhieß. Und als Kathi schließlich an eine Tür klopfte, sich mit einem Knicks verabschiedete und Philipp von Ehrenstein öffnete, um Johanna und Barbara in Empfang zu nehmen, wurde ihr vor Aufregung speiübel.

Drinnen war ein großer Tisch am Fenster überreich gedeckt: Süßes und Salziges, Gebratenes, eingelegte Fische, was weniger nach einem Frühstück aussah, sondern eher nach einem Festmahl für viele Personen. Doch die beiden einzigen Gäste, die es zu bewirten gab, waren offenbar der Kardinal und sie. Auf blütenweißem Leinen standen vor all den Köstlichkeiten nur zwei Teller und zwei Gläser, silbrig schimmerten daneben zwei Messer und zwei Löffel. An Barbelchen schien niemand gedacht zu haben.

»Wie schön Ihr seid, meine blaue Königin!« Lächelnd kam Albrecht auf sie zu und entließ Philipp mit einem kurzen Nicken, der sich dezent zurückzog. »Diese Seide hat schon Euren Namen gerufen, als sie mir zum ersten Mal unter die Augen kam, und ich finde, mein Hofgewandschneider hat seine Aufgabe bestens gemeistert.« Sein Blick glitt an ihr hinab. »Und auch noch barfuß!«, ergänzte er entzückt. »Auch die reine Mutter unseres Herrn hat aus Bescheidenheit oftmals auf Schuhwerk verzichtet.«

»Ich danke Euch von Herzen, Eminenz«, sagte Johanna. »Aber solch kostbare Gewänder taugen leider nicht für meinen bescheidenen Alltag. Wenn ich die Kleine gefüttert habe, werden sich unweigerlich Spuren von Brei und Milch auf dem Mieder finden, und sobald ich sie hinunterlasse, wischt sie ihre schmutzigen Händchen an meinem Rock ab. Gebt mir also bitte mein Leinen und meine Pantinen wieder! Für Samt und Seide bin ich nicht geboren.«

Er starrte sie an, als habe er derart Ungeheuerliches noch niemals gehört, dann brach er in lautes, amüsiertes Lachen aus.

»Wie köstlich Ihr doch seid!«, rief er. »So frisch von der Leber weg, ohne Euch um Etikette auch nur das Geringste zu scheren. Wir werden viel Vergnügen miteinander haben, Johanna, das weiß ich. Und was die Flecken und die Schmutzfinger betrifft, so beunruhigt Euch nicht: In meinen Truhen ruhen Aberdutzende Seidenballen für neue Gewänder.«

Barbara dauerte diese Unterhaltung eindeutig zu lang. Sie stieß mit den Füßchen zunächst ungeduldig gegen ihre Mutter, dann patschte sie ihr mitten ins Gesicht. Johanna stellte sie auf den Boden, aber die Kleine blieb nicht auf ihren strammen Beinchen stehen, sondern ließ sich auf die Knie fallen und robbte zielstrebig auf den Tisch zu. Entschlossen packte sie einen Zipfel des Tischtuchs und zog fest daran. Johanna rannte los, um das Schlimmste zu verhindern, hatte dabei jedoch offenbar vergessen, wie lang der ungewohnte Rock war. Sie stolperte, verhedderte sich im Saum und stürzte mit einem lauten Plumpsen der Länge nach hin.

Das Geräusch reißender Seide.

Danach ohrenbetäubendes Scheppern und Klirren, weil Barbara Speisen wie Geschirr mit der Decke erfolgreich vom Tisch gezogen hatte. Hühnerbeine, Kuchenstücke, Früchte, Sämiges und Flüssiges vermischten sich auf dem Fußboden mit Scherben und umgekippten Tellern – ein bunter Wirrwarr, als habe die Hand eines Riesen das Fest mit einem ungeduldigen Schlag beendet. Erschrocken begann die Kleine loszubrüllen, während Johanna noch immer in einem Wust aus Seide und Spitze kämpfte.

In diesem Augenblick öffnete sich die Tür, und Philipp brachte Vincent herein.

»Euer Leibarzt, Eminenz«, sagte er mit einem überraschten Blick auf all die Unordnung. »Er sagt, seine Neuigkeiten könnten keinesfalls warten.«

»Johanna!« Vincent lief zu ihr und zerrte sie hoch. Rot vor Scham machte sie sich frei. Barbelchen hörte auf zu weinen und kroch zu ihrem Vater. Er nahm sie auf den Arm und küsste ihr verschmiertes Gesichtchen.

Was musste er denken?

Sie im zerrissenen Kleid zu Füßen des Kardinals, inmitten von Hühnerbeinen und zerquetschtem Mandelmus …

»Barbara«, murmelte sie. »Die Kleine hat …«

»… hatte offenbar schreckliche Langeweile«, ergänzte der Kardinal scheinbar gelassen. »Da hat sie sich die Speisen eben nach unten geholt, anstatt sie oben zu essen. Gut, dass Ihr da seid, de Vries! Ich habe Wichtiges mit Euch zu besprechen.«

Johannas Mut sank bei diesen Worten noch weiter. Was würde er als Nächstes sagen? Und warum sah Vincent so schrecklich aus, das Gesicht eingefallen, die Schatten unter den Augen dunkelviolett. Hatte ihn die Angst um sie derart mitgenommen?

»Die Schwarzen Blattern erobern Gasse um Gasse«, sagte Vincent. »Die Menschen werden immer verzweifelter, Eminenz. Wir müssen alles versuchen, um der Seuche Einhalt zu gebieten! Ein Pockenhaus, Euer Eminenz. Oder irgendeine Art von Quarantäne, so wie die Venezianer es erfolgreich praktizieren. Was muss noch alles geschehen, um Euch umzustimmen?«

»Nichts, denn Ihr habt mich bereits überzeugt, de Vries.« Albrecht von Brandenburg nickte. »Besonders schlimm scheint die Seuche in den Judengassen zu toben. Deshalb habe ich mich auch entschlossen, Eurer Anregung zu folgen und das gesamte Viertel abriegeln zu lassen.«

Miriam, dachte Johanna angsterfüllt. Und ihr Ungeborenes! Lea und Mendel … Gütiger Gott im Himmel, bitte verschone sie! Sie dürfen nicht sterben …

»Exakt aus diesem Grund habe ich auch Euer Weib und Euer Kind in die Martinsburg bringen lassen«, drang Albrechts salbungsvolle Stimme in Johannas verzweifeltes Stoßgebet. »Natürlich hätte ich Euch zuvor fragen sollen, doch dazu fehlte leider die Zeit. Ich bin aber sicher, Ihr wisst es zu schätzen, dass die beiden hier auf der Burg in größerer Sicherheit sind als sonst irgendwo in Mainz – als Gatte ebenso wie als besorgter Vater.«

Johanna und Vincent starrten sich schweigend an.

»Ich gehe mit dir, wenn du willst«, sagte sie schließlich, und es klang wie ein Hilfeschrei. »Mein Platz ist an deiner Seite, und falls du mich brauchst …«

Noch immer antwortete er nicht, sondern schaute sie an wie eine Fremde. Verstand er sie denn nicht? Wo war seine Eifersucht, wo waren seine Vorwürfe, derentwegen sie in Streit geraten waren? Jetzt hätte Johanna viel darum gegeben, wieder jenen wütenden, aufgebrachten Vincent vor sich zu haben und nicht diesen stillen gebrochenen Mann.

»Ich kann Euch leider nicht gehen lassen, teuerste Johanna«, mischte sich Albrecht ein. »Mein Gewissen verbietet es mir. Euer Mann riskiert Tag für Tag sein Leben. Aber was ist mit Euch? Ihr habt einen Sohn und vor allem diese muntere Kleine, die die Mutter braucht. Ihr müsst vernünftig sein. Bleibt in der Martinsburg, bis das Schlimmste vorbei ist! Es soll Euch hier an nichts fehlen.«

»Vincent?« Sie wandte sich zu ihm. »Vincent, ich …«

»Bleib!«, unterbrach er sie rau. »Er hat ja recht. Ich kann euch nicht schützen. Ich kann mich ja nicht einmal selbst schützen vor …«

Er stellte die Kleine unsanft auf den Boden.

»Das ist wirklich dein Ernst?« Johannas Augen bettelten um ein Nein, doch er nickte knapp.

»Als Erstes werde ich zu den Juden reiten«, sagte er. »Danach wartet das Kloster St. Agnes auf mich.«

»Wie viele Tote?«, fragte der Kardinal.

»Wie ich höre, sind dort noch an die zehn Schwestern am Leben. Und die Oberin. Aber das kann sich täglich ändern.«

»Und es ist kein Ende in Sicht? Nichts, was uns Hoffnung machen könnte?«

Vincents Antwort schien nur Johanna zu gelten.

»Bei der Pest glich der Ausbruch einer Welle, die immer höher stieg, bis irgendwann der Scheitelpunkt erreicht war und die Welle umschlug. Von diesem Zeitpunkt an schwächte sich die Seuche ab, bis sie schließlich verebbte. Einiges spricht dafür, dass es bei den Schwarzen Blattern ebenso sein könnte. Mit einem gewichtigen Unterschied allerdings: Wer die Pest überlebt, behält ein paar Narben zurück, mit denen sich aber ohne Weiteres leben lässt. Wer dagegen die Pocken übersteht, bleibt ein Leben lang entstellt.«

Der Kardinal bekreuzigte sich.

»Der Allmächtige sei mit Euch, Medicus!«, sagte er. »Ich werde für Euch beten und für all die anderen, die in Not sind.«

✤

Vincents Herz war bleischwer, als er die Martinsburg wieder verließ. Sie so zu sehen, in diesem zerrissenen Gewand, war mehr, als er ertragen konnte. Er ahnte sehr wohl, weshalb der Kardinal Johanna in Wirklichkeit nicht gehen ließ, und doch steckte hinter Albrechts geschmeidigem Geschwafel mehr als nur ein Körnchen Wahrheit. Der Tod war jetzt überall in Mainz, lauerte hinter jeder Ecke, flog aus jeder Türe. In St. Agnes hatte er bereits bittere Ernte gehalten, und von anderen wusste er, dass auch die Karmeliterbrüder und die Benediktiner von St. Alban außerhalb der Stadt erste Todesfälle zu beklagen hatten. Aus der Martinsburg dagegen war ihm bislang noch kein einziger Pockenfall zu Ohren gekommen – was also sprach dagegen, Johanna und Barbelchen fürs Erste dort zu lassen?

Albrechts Blicke!, erinnerte ihn die lauernde Stimme in seinem Inneren, die sich nicht mehr zum Schweigen bringen lassen wollte. Das Seidenkleid, mit dem er sie ausstaffiert hat! Sie hat keine Schuhe getragen. Was, wenn er sie tatsächlich auf sein Lager zwingt? Der Kardinal leidet an der Französischen Krankheit, auch wenn du bislang zu feig gewesen bist, ihm das unverblümt zu sagen. Ebenso feig wie gegenüber deinen Kindern …

Erneut überfielen ihn die Bilder aus der Apotheke: Jakob und Marie halb nackt, ganz offensichtlich mitten im Liebesakt, dessen Vollzug lediglich sein Erscheinen verhindert hatte. Wie würde Johanna das aufnehmen? Noch immer fehlten ihm die Worte, um das Unaussprechliche für sie auch nur halbwegs fassbar zu machen.

Marie hatte ihr Mieder notdürftig geschlossen, den Rock gerafft und war Hals über Kopf aus der Apotheke gestürzt, während Jakob ihn angeschaut hatte, als sei er der Leibhaftige.

»Mir ekelt vor dir«, hatte er ihm schließlich entgegengespuckt. »Was glaubst du, wie ich mich jetzt fühle? Und erst Marie …« Wutentbrannt hatte er ihm die bestellten Medikamente hingeschoben. »Vielleicht laufen in Mainz ja ein paar weitere Bastarde von dir herum. Weiß Mutter davon? Oder hast du sie auch im Unklaren gelassen?«

»Jakob, ich …«

»Schweig! Ich will nichts mehr hören.« Da war sie wieder in seinen Augen, die alte Wut, die sie giftgrün und gefährlich machte. »Und wenn du auch nur einen einzigen Ton darüber vor Nele verlierst, bevor ich mit ihr geredet habe, dann stech ich dich ab.«

Das Messer in seiner Hand schimmerte silbrig, und Vincent war ohne jedes weitere Wort gegangen. Es hätte ihn zutiefst überrascht, wäre Jakob anschließend nach Hause gekommen, aber natürlich war sein Sohn die ganze Nacht fortgeblieben. Um Nele zu beruhigen, die sich Sorgen machte, hatte er eine Notlüge über Auberlin Sixt erfunden, der in diesen dunklen Tagen mehr denn je die Unterstützung seines Gehilfen brauche und ihn deshalb in der Apotheke behalten habe. Danach hatte er sich nur noch schlechter gefühlt. Ob sie ihm wirklich glaubte, wusste er nicht. Wie würde das Mädchen reagieren, wenn die Wahrheit ans Licht kam?

Inzwischen war er am Flachsmarkt angekommen und erkannte, dass der Kardinal zumindest in diesem Punkt die Wahrheit gesagt hatte. Bewaffnete Männer der Leibgarde riegelten die schmalen Gassen ab, in der die Juden wohnten, und ließen ihn erst passieren, als er Mantel und Maske aus dem Sack geholt und sich übergestreift hatte.

»Ihr seid der Einzige, der hier noch rein- und rausdarf«, sagte einer der Männer. »Und ich beneide Euch wahrlich nicht darum, Medicus.«

Vincent führte Rosa am Zügel und betrat die Judengasse. An nahezu jedem Haus entdeckte er den schrecklichen weißen Kreis, der die Blattern anzeigte – und zu seinem Entsetzen auch an dem von Mendel und Miriam. Als er an die Tür schlug, öffnete ihm Mendel mit müdem, zerfurchtem Gesicht.

»Das Fieber kam mitten in der Nacht«, sagte er. »Und hat sie umgeweht wie der Sturm einen morschen Baum. Noch hat sie keine Male, aber der Rabbi meinte, wir sollten …«

»Lasst mich zu ihr!« Vincent schob ihn zur Seite. »Sie ist oben?«

Mendel nickte.

»Und die Kleine?«

»Schläft unten im Körbchen.«

»Ihr müsst Lea von der kranken Mutter fernhalten«, forderte Vincent, während sie nach oben stiegen.

»Aber das kann ich nicht!«

»Doch, Ihr könnt! Oder wollt Ihr riskieren, beide zu verlieren?«

Als er sich über Miriam beugte, fand er sie schweißnass. Sie hatte die Augen geschlossen und murmelte Unverständliches. Kopf und Gesicht waren unversehrt, *noch* unversehrt, dachte Vincent, aber er hatte mittlerweile auch schon Fälle erlebt, wo die Blattern zunächst an anderen Stellen ausgebrochen waren. Er kontrollierte die Handinnenflächen, dann bat er Mendel, die Decke zurückzuschlagen.

»Ich sehe sie nur als Medicus«, sagte er, als er Mendels Zögern spürte. »Nein, das trifft es nicht ganz«, verbesserte er sich. »Ich sehe sie auch als Freund der Familie. Also tut bitte, worum ich Euch gebeten habe!«

Miriams Beine und Knöchel waren weiß und glatt, doch als er die Füße inspizierte, entdeckte er kleine harte Erhebungen zwischen den Zehen.

»Deckt sie wieder zu!«, sagte Vincent. »Ja, ich denke, es sind die Pocken, doch welche Verlaufsform sie nehmen, werden erst die nächsten Tage zeigen. Ihr werdet sie pflegen?«

»Wie mein Augenlicht«, sagte Mendel erstickt.

»Dann berührt sie ab jetzt niemals mehr ohne Handschuhe! Bindet Euch ein Tuch vor den Mund, sobald Ihr Miriam näher kommt. Haltet Euch nicht auf mit dem Waschen der schmutzigen Wäsche. Packt alles auf einen Haufen und verbrennt es! Ich lasse Euch Arznei da, die flößt Ihr Eurem Weib ein. Und bereitet Kamillensud zu, sobald das Jucken beginnt. Mit dem reibt Ihr Miriams Körper ein. Haltet ihren Mund feucht! Als Nahrung braucht sie nur dünne Suppe, aber es macht auch nichts, wenn sie ein paar Tage fastet. Ihr dagegen müsst essen, damit Ihr bei Kräften bleibt.«

Er gab Mendel ein kleines Döschen.

»Das ist ein starkes Schlafmittel – also Vorsicht! Gebt ihr eine Messerspitze davon, wenn sie gar keine Ruhe mehr findet, aber niemals mehr!«

Erschöpft hielt Vincent inne. Wie oft hatte er diesen Sermon in letzter Zeit schon aufgesagt? Doch dieses Mal war es anders. Der zutiefst erschrockene Mann und die kranke Frau waren Freunde, das machte alles noch viel schwerer. Alles hätte er darum gegeben, um die beiden aus ihrer Not zu erlösen – und hatte doch kaum mehr zur Hand als diese windigen Ratschläge.

»Mir fehlt jetzt die Zeit, um in alle Häuser zu gehen«, sagte er. »Aber ich gebe Euch aus meinem großen Korb, was ich für den Augenblick entbehren kann, und kehre mit Nachschub zurück. Tragt es zu den Nachbarn und macht auch sie mit meinen Maßnahmen bekannt! Je genauer sie sich daran halten, desto größer ist die Wahrscheinlichkeit, dass nicht alle krank werden.«

Mendel nickte, dann wurden seine Augen feucht.

»Ihr wisst, dass sie wieder schwanger ist?«, fragte er.

»Nein«, sagte Vincent. »Ich erfahre es erst jetzt. Aber das ändert nichts an dem, was ich Euch eben gesagt habe. Haltet

Euch noch enger an meine Empfehlungen, denn jetzt geht es ja um zwei Leben!«

Miriams Lider begannen zu flattern, dann schlug sie die Augen auf. Die schwarze Maske schien sie nicht zu schrecken. Sie griff nach Vincents Hand, die im Lederhandschuh steckte.

»Mein Kind«, flüsterte sie. »Mein Kleines … Was wird jetzt …«

»Das eine ruht in Eurem Bauch«, sagte Vincent. »Und Lea …« Er stockte.

»Ja?«

»Ich nehme sie mit«, sagte er entschlossen. »Wenn Ihr wollt. Wollt Ihr, Miriam?«

Sie nickte. »Mein Herzenswunsch. Ich hätte niemals gewagt, Euch darum zu bitten. Vor Kurzem noch habe ich mich geweigert, andere Kinder bei uns aufzunehmen. Wie sehr ich mich jetzt dafür schäme! Aber Johanna ist doch …« Sie hielt inne.

» … sicherlich bald wieder zu Hause«, ergänzte Vincent um einiges zuversichtlicher, als ihm eigentlich zumute war. »Außerdem können Nele und Sabeth einstweilen für Lea sorgen. Jetzt muss ich Euren Schatz nur noch an den Wachen vorbeibringen.«

Wie auf Bestellung begann Lea zu weinen. Vincent und Mendel liefen nach unten, der Vater voran, während der Medicus sich im Hintergrund hielt.

»Meine Maske würde sie wahrscheinlich zu Tode erschrecken«, sagte er. »Wenn sie weiterhin weint und die Wachen sie hören, werden sie mich mit ihr zurückschicken.«

»Was sollen wir dann tun?«, fragte Mendel angstvoll. »Unser Augenstern darf nicht krank werden. Ich liebe sie mehr als mein Leben.«

»Flößt ihr ein paar Krümel von dem Schlafmohn ein!« Vincent deutete auf die Dose. »Bei ihrem geringen Gewicht wird das reichen.«

»Ihr wollt unser Kind vergiften?« Mendel streckte die Dose von sich.

»Nein, retten will ich es. Nur ein paar Krümel – nicht mehr! Und jetzt beeilt Euch! Das Mittel wirkt schnell, aber nicht sofort.«

Lea trank gehorsam die Milch, in der der Mohnsud aufgelöst war, dann wurde sie schnell ruhig. Ihr Atem ging gleichmäßig.

Sie schlief.

Vincent band sie sich mit einem Tuch an den Leib. Er wirkte unförmiger in seinem Umhang als zuvor, aber würde das den Wachen auffallen? Er war ein Medicus in der Pestkluft, nichts anderes würden sie sehen. Trotzdem waren seine Schritte nicht ganz sicher, als er zu Rosa ging, die geduldig vor dem Haus wartete, und nicht ohne Mühe aufsaß. So müssen Schwangere sich fühlen, dachte Vincent, während die Stute langsam hinaus aus der Gasse trabte, wobei er die kostbare Last am Leib spürte. Zweimal ist meine Jo dieses Wagnis für mich eingegangen – und was tue ich? Wenigstens versuche ich, das Kind ihrer Freundin zu retten. Gebe der Allmächtige, dass zumindest das gelingt!

Niemand hielt ihn auf. Keiner nötigte ihn zum Absteigen. Mit wachsender Erleichterung ritt Vincent aus der stillen Gasse.

Zuerst zur Apotheke? Doch die Vorstellung, dort seinem Sohn zu begegnen, hielt ihn davon ab. Stattdessen hielt er direkt auf den Kirschgarten zu, stieg vor seinem Haus ab, entledigte sich des Umhangs und der Maske und trug Lea ins Haus.

»Barbelchen?« Sabeth war verblüffend behände aufgesprungen, und auch Nele ließ ihren Linsentopf stehen und lief zu ihm.

»Nein.« Vincent räusperte sich. »Das ist Lea, Miriams Kind. Die Judengasse ist vollständig abgeriegelt. So gut wie jedes Haus trägt den weißen Kreis.«

»Auch das der Baruchs?«, fragte Nele bang.

Vincent nickte.

»Miriam ist krank, aber Mendel wird sie pflegen. Da dachte ich, ich bringe die Kleine besser zu uns.« Er lächelte kurz. »Hätte sie nicht die roten Löckchen, sie könnte beinahe Barbaras Schwesterchen sein, findet ihr nicht?«

»Aber Johanna …« Nele sah ihn fassungslos an.

»Ist mit Barbelchen auf der Martinsburg.« Er gab sich Mühe, möglichst beiläufig zu klingen. »Und damit fürs Erste in Sicherheit. Ihr beide seid mir bis zu ihrer Rückkehr für die Kleine verantwortlich. Laufen kann sie noch nicht, aber beim Krabbeln ist sie schon ganz schön geschwind. Und wenn sie aufwacht, gebt ihr etwas zu essen! Ihr wisst ja, was kleine Kinder mögen.« Er wandte sich zum Gehen.

»Trägt sie das Böse auch in sich?«, hörte er Sabeth heiser fragen.

Er wandte sich zu ihr um.

»Ich denke, nein«, sagte er. »Sonst hätte ich sie ja wohl kaum zu euch gebracht. Aber was heißt das schon? Es kann in jedem von uns sein – und eben auch in diesem unschuldigen kleinen Mädchen, das nun in einem fremden Haus aufwachen muss. Der Tod ist uns allen jetzt so nah. Aber noch leben wir, Sabeth, du, ich, unsere ganze Familie. Und ich strenge mich an, damit das auch so bleibt.«

✣

Die Frau des Medicus aß an seinem Tisch. Er plauderte mit ihr in der Bibliothek. Sogar an dem Balg, das sie mitgebracht hatte, schien er Gefallen zu finden. Aber suchte er sie nachts auch heimlich in ihren Gemächern auf? Die von ihr bestochenen Diener versicherten, dass es bis jetzt noch nicht dazu gekommen sei.

Aber wie lange noch? Und konnte sie sich wirklich auf diese Auskunft verlassen?

Am liebsten wäre Agnes Pless aus dem Ostflügel gestürmt und hätte Albrecht und dieser Johanna ordentlich Bescheid gegeben, doch leider fühlte sie sich seit Tagen nicht sonderlich wohl. In ihrem Bauch rumorte es, als stünde die Monatsblutung bevor, dabei waren doch ihre Brüste schon dick und schwer, und sie fühlte sich so schwanger, als wäre es nicht mehr lange hin bis zur Geburt. Sie hatte nach de Vries verlangt, und tatsächlich war der Leibarzt des Kardinals schließlich auch erschienen, so mager und müde, dass sie beinahe Mitleid mit ihm bekommen hätte. Dann jedoch verflogen diese sentimentalen Anwandlungen schnell wieder. Hätte er seine Metze nicht ins Spiel gebracht, wäre Albrecht nicht auf Abwege geraten, also verdiente er nichts als Verachtung. Außerdem redete er auch nur sinnlos herum, anstatt ihre Beschwerden wirklich ernst zu nehmen.

»Die Heilkunde der Frauen gehört nur bedingt zu meinem Geschäft.« Das wagte er ihr doch tatsächlich frech zu entgegnen, als sie über Bauchschmerzen und schlaflose Nächte klagte. »Speist zurückhaltend, seid mäßig im Trinken, versucht, Euch mit Angenehmem zu zerstreuen! Und betet wie wir alle in diesen schwarzen Tagen. Das ist das Beste, was Ihr jetzt tun könnt.«

»Und wenn ich mein Kind verliere? Dieses Ziehen, das

mich halb in den Wahnsinn treibt, muss doch irgendwelche körperlichen Ursachen haben.«

»Ihr seid, mit Verlaub gesagt, nicht mehr ganz jung.«

Das hatte gesessen wie ein Lumpenball, den sie hart in die Magengrube bekommen hatte. Was bildete sich dieser Quacksalber ein, der mit einer verurteilten Verbrecherin aus Köln geflohen war und nun vor ihr große Reden schwang? Und wenn er zehnmal der Wehmutter ein hübsches Kind gemacht hatte – sie würde erst ruhen, wenn seine Metze und er erledigt wären.

Um sich nicht vorzeitig zu verraten, biss sie sich auf die Lippen.

»Die Leibesfrucht wächst und dehnt sich aus«, fuhr er fort. »Was Ihr jetzt spürt, wird schon bald noch ärger werden. Ein neues Wesen beansprucht seinen Raum, nicht mehr und nicht weniger.« Sein Blick wurde streng. »Hütet Euch vor allen zu starken Mitteln, auch wenn sie Euch vorübergehend Milderung verschaffen: Bilsenkraut, Belladonna, Schlafmohn und wie sie alle heißen mögen. Sie würden Eurem Kind nur schaden und Euch dazu.«

Was bildete er sich ein? Kanzelte sie ab wie eine Dienstmagd, anstatt ihr wie gefordert Linderung zu verschaffen. Hatte Sixt geplaudert? Oder dieses Früchtchen von einem Sohn? Mehr denn je zuvor verzehrte sie sich nach dem Mittel, das ihr die süßen Träume schenkte. Und wenn der Apotheker nichts mehr lieferte, kannte sie sehr wohl eine weitere Quelle, die sich anzapfen ließ.

Während Agnes sich an den Tisch setzte, um die nötigen Zeilen zu schreiben, durchzuckte sie ein Gedanke, der sie die Feder für einen Moment senken ließ. Natürlich! Warum war sie nicht schon früher darauf gekommen? Das Mittel rief den Schlaf ganz schnell herbei und war wie ein guter Freund, der einen weich und freundlich in die Arme schloss und wohltuendes Vergessen schenkte. Doch schluckte man zu viel davon, dann trat ein anderer Besucher über die Schwelle, grausam, dunkel und unausweichlich.

Jetzt flog die Feder ungebremst über das Papier.

Ich brauche dringend Schlafmohn, Malin, schrieb sie. *Und das nicht zu knapp. Ich weiß, Du empfiehlst den Schwangeren, die Finger davon zu lassen, aber ich verbringe die Nächte inzwischen halb im Stehen, und das kann auf Dauer weder mir noch dem werdenden Kind guttun. Außerdem gibt es da eine gewisse blonde Person in der Burg, Dir ebenso wenig ans Herz gewachsen wie mir, der ich einen tüchtigen Schluck davon verabreichen werde. Der Medicus wird zu weit entfernt sein, um ihr zu Hilfe zu eilen, dafür werde ich Sorge tragen. Wenn sie zu atmen aufhört, wäre Dir wie mir gleichermaßen damit gedient. Sei also nicht zu geizig mit Deiner Gabe!*

Ich lege Dir einen stattlichen halben Gulden bei und hoffe, Du weißt, was das zu bedeuten hat: Kein Wort zu niemandem, was immer auch geschehen mag! Zu Dir zu kommen erscheint mir im Augenblick nicht sinnvoll. Pack in den Korb auch Alchemilla und Hirtentäschel, und dann schick Deine Tochter mit allem in die Martinsburg. Sag Marie, sie soll bei den Wachen nach mir fragen. Dann komme ich zum Eingang und nehme alles eigenhändig entgegen. Keine Diener! Verstanden? Neugierige Augen kann ich nicht gebrauchen. Ich vertraue auf Deine Verschwiegenheit. Beseitige diesen Brief sofort!

A.

Sie las alles noch einmal durch, dann verschloss sie das Schreiben mit Wachs und ihrem Siegel und griff zur Klingel. Eigentlich hatte sie wie gewohnt Kathi losschicken wollen, doch weil diese jetzt der blonden Metze zu Diensten sein musste, blieb ihr nichts anderes übrig, als die mürrische

Ursula damit zu beauftragen. Die stand allerdings schon beim zweiten Läuten auf der Schwelle.

»Euer Gnaden?«, sagte sie ehrfürchtig.

Exakt die Anrede, die Agnes für angemessen hielt. Ihre Laune stieg. Aus dem Beutel an ihrem Gürtel pflückte sie eine kleine Münze, was ein Strahlen auf die ernsten Züge des Mädchens zauberte.

»Zur Wehmutter Malin«, befahl sie. »Auf Antwort brauchst du nicht zu warten. Aber trödel gefälligst nicht herum und geh sofort zu ihr!«

*

In St. Agnes waren zwei weitere der frommen Schwestern gestorben, und endlich fand Vincent heraus, dass Infirmarin Mathilda es trotz seiner Mahnungen nicht über sich gebracht hatte, die Wäsche der Toten zu verbrennen, sondern diese einfach für die nächsten Patienten weiterverwendet hatte. Jetzt lag sie selbst auf einem der schmalen Betten, das Gesicht eine Wüste aus Pusteln und aufgeplatztem Eiter, dem Sterben näher als dem Leben.

Mutter Fastrada betrachtete sie voller Mitgefühl. Ein breiter Leinenstreifen verbarg das meiste ihres schmalen Gesichts. Nur die dunkelblauen Augen darüber waren leuchtend und wach wie am allerersten Tag.

»Sie konnte einfach nicht aus ihrer Haut«, sagte die Oberin beinahe zärtlich. »Und wollte allen nur das Beste. Immer! Doch ihre Sparsamkeit hat sie selbst und andere krank gemacht.«

»Das Leben zwingt uns manchmal zu Änderungen, die wir uns niemals hätten vorstellen können«, pflichtete Vincent ihr bei. »Mein kleines Mädchen sitzt nun auf der Martinsburg, zusammen mit meiner Herzallerliebsten. Dafür hat ein

Judenkind bei uns Zuflucht gefunden. Aber es ist schön, wieder etwas Kleines im Haus zu haben. Alles ist heller geworden seitdem.«

»Die Judengassen hat es übel getroffen?«, fragte die Oberin.

Vincent nickte. »Außer mir schaut nur der alte Bader Schenk nach ihnen. Sie helfen sich selbst, so gut es geht. Und Auberlin Sixt gibt mir Medizin für sie mit. Doch das große Sterben hat auch dort begonnen.«

»Und die Mutter jenes Judenkindes, das Ihr aufgenommen habt?«

Wie klug und genau sie zuhörte! Voller Empathie wandte Vincent sich ihr zu, dann erst fiel ihm ein, dass er ja die Maske trug und sie seinen Gesichtsausdruck nicht sehen konnte.

»Miriam, eine Freundin meiner Frau«, sagte er. »Noch lebt sie. Doch die Pocken haben sie entsetzlich gezeichnet. Falls sie überlebt, wird nicht mehr viel von ihrer einstigen Schönheit zu sehen sein.«

»Miriam«, wiederholte Fastrada leise. »Wie die Mutter unseres Herrn. Die heilige Jungfrau Maria wird ihr helfen, mehr und mehr zur inneren Schönheit zu finden. Dann spielt es keine Rolle, ob das Gesicht glatt oder vernarbt ist.«

»Ihr sprecht, als würdet Ihr sie kennen …«

»Noch vor Kurzem hätte es für mich immer die Unterscheidung zwischen Christen und Juden gegeben. Doch das ist inzwischen Vergangenheit. Die schreckliche Seuche macht uns alle gleich.«

Vincent griff nach ihrer Hand, und für einen Moment ruhte Leder auf Leder. »Passt gut auf Euch auf, Mutter!«, sagte er leise. »Euch zu verlieren wäre mir ein großer Schmerz.«

»Das Gleiche könnte ich auch zu Euch sagen, Medicus.« Ihre Augen lächelten, während sie ihm ihre Hand rasch wieder entzog. »Und hätten die Schwarzen Blattern die Tore unseres Klosters nicht gewaltsam aufgesprengt, so wären wir uns wohl niemals begegnet.« Sie neigte den Kopf.

»Wenn alles vorbei ist und wir beide noch am Leben sind – wiedersehen werden wir uns kaum.« Seine Stimme war dunkel vor Bedauern.

»Nein«, sagte sie. »Sicherlich nicht. Aber bis dahin ist noch so vieles zu tun. Vergessen allerdings werde ich Euch niemals, Vincent de Vries. Fast müsste ich der Seuche dankbar sein, dass sie mir Euch geschickt hat.«

Damit ließ sie ihn allein.

Tief in Gedanken schritt Vincent durch die viel zu stillen Klostergänge. Nicht einmal aus der Kapelle drang jetzt der melodische Gesang der Schwestern, die tagsüber meistens in ihren Zellen blieben, um dort zu beten, sofern sie nicht für die Kranken zu sorgen hatten. Nur morgens und abends fanden sie sich noch zur Andacht zusammen und flehten gemeinsam vor der Marienstatue die Gottesmutter um Hilfe und Schutz an.

Aber half das auch nur das Geringste?

Massengräber waren inzwischen ausgehoben worden und füllten sich mit grässlich entstellten Leichen. Junge und Alte, Reiche wie Arme wurden notdürftig in Sackleinen gehüllt, mit Kalk bestreut und in die Gruben geworfen. Ein Festmahl für Ratten und anderes Ungeziefer, die sich daran gütlich taten und die Seuche weiter verbreiteten.

Oder mussten sie auch an den Pocken zugrunde gehen?

Vincent hatte nicht die geringste Ahnung. Manchmal kam es ihm vor, als ob er gar nichts mehr wüsste. Marie war wie vom Erdboden verschwunden, und Jakob sprach nur noch das Nötigste mit ihm, als wäre zwischen ihnen ein eiserner Vorhang gefallen. Umso mehr vermisste er Johanna, ihr

Lachen, ihre Nähe und auch das Gebrabbel und den warmen Duft von Barbelchen. Seitdem sie weg waren, war sein Leben arm geworden. Nicht einmal auf der Martinsburg hatte er sie in den vergangenen Tagen zu Gesicht bekommen, sondern sich mit den vagen Beteuerungen des Kardinals begnügen müssen.

»Sie könnten fröhlicher nicht sein«, hatte Albrecht von Brandenburg behauptet. »Eure Frau liebt den Garten, und die Kleine tapst munter neben ihr her. Wie klug Ihr doch wart, Medicus, beide in unsere Obhut zu geben. Es ist, als wache ein Engel über sie, der alles Böse von ihnen abhält.« Kaum hatte er diese Worte von sich gegeben, war er plötzlich mitten im Gehen gestrauchelt, als trüge ihn das rechte Bein nicht mehr.

Ein neuer Ausbruch der Franzosenkrankheit, die sich immer wieder tückisch zurückzog, um irgendwann erneut hervorzuschießen?

Der Kardinal hatte sich schnell wieder gefangen und im Weiteren kein Wort darüber verloren, und Vincent war nicht in ihn gedrungen. Albrechts Eitelkeit würde ihn daran hindern, sich in diesem Zustand Johanna zu nähern, so viel war gewiss. Es wurde erst kritisch, sobald er ihn um eine neue Salbe bat, doch noch war es offenbar nicht so weit.

Ein Aufschub also, aber wie lange?

Vincent beschloss, ausnahmsweise früher nach Hause zu reiten. Seine Abhandlung hatte er seit Wochen kaum berührt, ebenso wie die Bücher, die sich auf seinem Schreibtisch stapelten. Seit die Seuche in Mainz wütete, war er zu beidem nicht mehr gekommen. Doch Weisheit ließ sich nur aus Wissen beziehen, das hatten ihn lange Jahre in Theorie und Praxis gelehrt.

Und genau danach verlangte es ihn heute.

*

Solange die Mutter ihr nachschauen konnte, hatte Marie schnurstracks den Weg zur Martinsburg eingeschlagen. Doch kaum war sie weit genug vom Wehmutterhaus entfernt, schlug sie wie ein Hase einen Haken und marschierte in die entgegengesetzte Richtung. Anfangs war sie noch unsicher gewesen, ob sie wirklich zum Kirschgarten gehen sollte, doch ihre Beine waren offenbar schlauer als sie und trugen sie einfach dorthin. Je weiter sie aber kam, desto langsamer wurde sie, und etwas Klammes legte sich auf ihre Brust, zusätzlich zu all dem Schweren, das sich seit jenem Nachmittag in der Apotheke ohnehin schon angesammelt hatte.

Jakob – ihr Halbbruder!

Schrecklicher hätte die Erkenntnis kaum sein können. Jetzt, nachdem sie es wusste und sich sein Bild immer wieder ins Gedächtnis rief, erinnerte sie sich an Züge, die auch der Vater hatte.

Allein das Wort Blutschande jagte ihr neue Schauder über den Rücken. Wie er sie angesehen hatte, voller Ekel und Entsetzen! Und ja, ekelhaft und entsetzlich war es ja auch, was sie um ein Haar mit dem eigenen Bruder begangen hätte. Von allen Männern in Mainz ausgerechnet er! Wie hatte das Schicksal nur so grausam zu ihnen sein können?

Der Mutter gegenüber hatte sie kein Wort darüber verloren, sonst hätte Malin sie womöglich totgeschlagen. Die Tochter, die sie wie ihren Augapfel all die Jahre gehütet hatte, entwürdigt und entehrt in wenigen Augenblicken. Dabei hatte alles sich zunächst so richtig angefühlt, aufregend und schön – sein Atem, seine Haut, sein Drängen. Und auch die eigene Lust war ihr keinesfalls widerlich oder gar falsch erschienen, sondern als etwas, das untrennbar zu ihr gehörte wie die schwarzen Haare oder die dunklen Augen.

Doch nun war alles schmutzig und für immer besudelt.

Nicht nur den Liebsten hatte sie für immer verloren, sondern den Bruder gleich mit dazu. Von dem erst kürzlich gefundenen Vater ganz zu schweigen. Beide waren sie Männer, und für die galten andere Regeln, das hatte die Mutter ihr eingetrichtert, seit sie denken konnte. Wer auf der Strecke blieb, das waren die Frauen und Mädchen – immer.

Doch mit dieser Scham wollte Marie nicht leben. Und vielleicht war das Schicksal doch nicht ganz so grausam, wie sie es ihm unterstellt hatte. Hätte es ihr sonst diesen Korb in die Hände gespielt, in dem die Lösung aller ihrer Nöte lag?

Sie wusste, dass die Mutter ab und zu Schlafmohn von Auberlin Sixt bezog, um Frauen, die sie darum baten und genügend dafür bezahlen konnten, ein wenig Ruhe zu schenken. Eindringlich hatte Malin ihr beigebracht, wie stark dieses Mittel war und wie gefährlich – was ihr beides gelegener kaum hätte sein können. Vorsorglich hatte Marie von zu Hause eine kleine Tonflasche mit verdünnter Milch mitgenommen, in der sich das pulverisierte Mittel besonders gut auflösen ließ.

Im Schatten des Doms hielt sie inne, nahm die Flasche aus dem Korb, öffnete sie und schüttete aus der kleinen Dose großzügig Pulver hinein.

Sollte sie alles nehmen?

Für den Moment entschied sie sich dagegen. Einen Rest ließ sie übrig. Am Endpunkt des Weges konnte sie ja noch immer nachlegen. Die Türme des Münsters erschienen ihr heute höher als sonst, wahrscheinlich weil sie sich noch nie im Leben so niedrig und schmutzig gefühlt hatte.

Langsam ging sie weiter, vorbei an St. Johannis, bis sie schließlich im Kirschgarten angelangt war. Natürlich steuerte sie nicht auf Vincents Haus zu, sondern ging stattdessen durch den Torbogen und landete im Hof. Einen aberwitzigen

Moment durchzuckte sie die Hoffnung, wie beim letzten Mal ihren Vater dort anzutreffen. Doch er war nicht da und die Tür, die ins Haus führte, geschlossen.

Lediglich die Stalltür stand ein Stück offen. Sie hörte die Stute schnauben, die ihr schon beim letzten Mal aufgefallen war, und plötzlich war ihre Sehnsucht nach Leben so stark, dass sie beinahe aufgeschrien hätte. Aber sie würde sich nicht ablenken lassen.

Jetzt konnte sie nichts mehr von ihrem Plan abbringen.

Marie ging zum Brunnen, setzte sich auf den Rand und atmete tief aus. Dann nahm sie die Flasche aus dem Korb, öffnete sie, setzte sie an den Mund und leerte sie in einem Zug.

✣

Die Luft in seiner Studierkammer war so drückend, dass Vincent plötzlich kaum noch atmen konnte. Das Wams hatte er längst ausgezogen, doch die Hitze stand dermaßen in dem kleinen Raum, dass ihm das Hemd wie eine zweite Haut am Körper klebte. Er zog es sich über den Kopf und roch seinen eigenen Schweiß.

Jetzt einen kalten Eimer Wasser über den Kopf!

Mit blankem Oberkörper lief er in den Hof und stutzte. Was lag da zu Füßen des Brunnens? Ein Mädchen mit schwarzem Zopf, die Augen geschlossen …

»Marie!«, schrie er, beugte sich über sie und begann sie zu schütteln. »Marie – was hast du nur getan?«

Vierzehn

Vincent schrie so laut, dass binnen Kurzem Nele und Sabeth in den Hof gerannt kamen.

»Was ist los?«, keuchte die alte Magd. »Du weckst mir ja die Kleine auf. Gerade war Lea friedlich eingeschlafen …« Sie verstummte, als sie das Mädchen auf dem Boden liegen sah. »Ist sie tot?«

»Nein«, sagte Vincent. »Aber ihr Puls ist sehr schwach. Äußerlich kann ich keine Verletzungen feststellen. Sie muss irgendetwas geschluckt haben. Aber was?«

»Dort drüben liegt ein umgefallener Korb«, sagte Nele. »Soll ich nachsehen?«

»Was immer es war, es muss raus. Lauf in die Küche, rühre drei große Löffel Salz in einen Becher mit Wasser und komm schnell damit zurück!«

Nele rannte los, während Vincent das Mädchen in eine halb sitzende Position brachte. In seinen Armen war sie so schlapp wie eine übergroße Lumpenpuppe.

»Marie, Marie, Marie«, sagte er und klopfte fest auf ihre Wangen. »Wach auf! Komm schon, du hörst mich doch! Wie konntest du nur solchen Unsinn machen!«

Marie begann zu zwinkern.

»Du kennst sie?«, fragte Sabeth.

»Ja«, erwiderte Vincent. »Marie ist meine große Tochter.«

Die Alte stieß einen Pfiff aus. »Ist Johanna aus diesem Grund fort?«

Er nickte. »Ich habe viele Fehler gemacht. Aber deswegen darf sie doch nicht sterben!«

Nele kam mit dem Salzwasser angelaufen. Vincent öffnete Maries Lippen und goss etwas davon in ihre Mundhöhle. Sie schluckte, würgte, schloss den Mund, um sich dagegen zu wehren, doch er zwang ihr unerbittlich immer mehr davon hinein.

»Massiere ihren Hals, während ich sie zum Trinken bringe!«, befahl er Nele, die mit fliegenden Fingern gehorchte. »Schlucken muss sie, schlucken.«

Während er ihr das Salzwasser einflößte, schien Marie immer wacher zu werden. Irgendwann beugte sie sich vor und erbrach in einem großen Schwall Weißliches, in dem kleine graue Pünktchen schwammen.

»Ich brauche noch ein paar Becher mit dieser Mischung«, sagte Vincent, während Nele schon halb am Losrennen war. »Schnell!«

Dreimal hintereinander wiederholten sie die grässliche Prozedur, bis Marie nur noch grünliche Galle von sich gab. Doch selbst da war Vincent noch immer nicht zufrieden und steckte ihr den Finger so tief in den Schlund, bis sie erneut würgte und nun wirklich nichts mehr kam. Ihre Haut war aschfahl, und sie zitterte am ganzen Körper. Sabeth war ins Haus verschwunden, weil Lea drinnen bitterlich zu weinen begonnen hatte, während Vincent und Nele noch immer vor dem Mädchen knieten und es mit allen Mitteln ins Leben zurückzurufen versuchten.

»Jetzt schau in den Korb!«, sagte Vincent irgendwann. »Was siehst du?«

»Da sind nur getrocknete Kräuter.« Nele hielt einen Strang hoch.

»Alchemilla.« Vincent schüttelte den Kopf. »Das ist harmlos. Davon kann es nicht kommen. Such weiter, was siehst du noch?«

»Das hier.« Nele hielt ihm eine kleine ovale Metalldose entgegen.

»Die könnte von Auberlin stammen. Dergleichen verwendet er in seiner Offizin. Mach sie auf!«

Nele gehorchte. »Sie ist fast leer«, sagte sie. »Da sind nur noch ein paar dunkle Krumen …«

»Zeig sie mir!« Vincent hielt sich die Dose unter die Nase, roch daran und schüttelte dann den Kopf. »Ich habe einen starken Verdacht, aber ich bin mir nicht ganz sicher. Wir brauchen Auberlin Sixt. Lauf zur Schwanen Apotheke, Nele, und nimm die Dose mit!«

»Und was soll ich ihm sagen?«

»Es geht um Leben und Tod. Er soll bestimmen, was in der Dose ist, und dann alles stehen und liegen lassen und auf der Stelle zu seinem alten Freund in den Kirschgarten kommen. Bring ihn zum Rennen, ich bitte dich! Wir dürfen sie nicht verlieren.«

Nele lief los, während Vincent Marie mühsam hochstemmte.

»Bist ganz schön schwer, Kind«, sagte er. »Aber das macht mir nichts aus. Anstatt dich als Kleine in meinen Armen zu wiegen, wie ich es eigentlich hätte tun sollen, bringe ich dich eben jetzt zum Laufen. Denn das werden wir beide nun tun: laufen und noch einmal laufen, so lange, bis du wieder halbwegs bei dir bist.«

»Kann nicht …«, lallte sie.

»Doch, du kannst, mein Mädchen. Und wie du kannst! Und wenn du dich zwischendrin weiter erbrechen musst – umso besser.« Er griff ihr unter die Arme und setzte sie unsanft auf die Füße. Es gehen zu nennen, was sie tat, wäre leicht übertrieben gewesen. Eher sah es aus, als wäre Marie eine Marionette und Vincent der Puppenspieler, der sie mehr schleppte als führte. Dennoch ging es tatsächlich, wenn auch unendlich langsam, voran.

»Müde …«, murmelte sie verwaschen, kaum vernehmbar. »Schlafen … endlich schlafen …«

»Dazu ist später noch Zeit genug, sobald ich weiß, was genau du geschluckt hast. Jetzt beweg dich, Marie! Und nein, ganz egal, was du auch faselst, ich werde dich nicht in Ruhe lassen, bis Auberlin bei uns eingetroffen ist.«

✣

Die Kleine schrie und fremdelte, als hätte Sabeth nicht tagelang versucht, sie nach und nach an sich zu gewöhnen. So gut waren sie beide schon miteinander ausgekommen, dass Lea beim Essen nur noch auf dem Schoß der Alten sitzen wollte, während die ihr Milch zu trinken gab oder liebevoll zurechtgemachte Bissen in den Mund schob.

Ob Lea eine Großmutter hatte?

Wenn nein, dann brauchte sie dringend eine. In Sabeths Herz war Platz genug für zwei Enkelinnen, auch wenn sie selbst niemals ein Kind geboren hatte. Sie war mit der Kleinen in der Küche auf und ab gegangen, hatte mit Töpfen und Pfannen geklappert, was Lea bislang jedes Mal abgelenkt und wieder zur Ruhe gebracht hatte. Doch heute wollte dieser Trick einfach nicht klappen, und das Kind brüllte nur umso lauter. Wahrscheinlich begriff sie allmählich, dass ihre Mutter nicht da war und es lauter fremde Menschen waren, die sich hier um sie kümmerten. Es hätte geholfen, Lea ein Tuch mit Miriams Geruch mitzugeben oder irgendetwas anderes, das von der Mutter stammte, doch genau das durfte ja nicht sein, wenn sie den Medicus richtig verstanden hatte.

Wie streng er sein konnte, wie dunkel und verschlossen!

Seit Johanna verschwunden war, hatte Sabeth manchmal richtig Angst vor ihm. In Köln hatte er sie einmal zurückgeholt, als Hennes sie aus dem Lilienhaus vertrieben hatte und sie mit Mieze auf den Stufen des Doms gelandet war, allem Bösen schutzlos preisgegeben, doch ob er das auch hier in Mainz noch einmal tun würde?

Sie war sich alles andere als sicher.

Lea riss den Mund so weit auf, dass ihr Gaumensegel zu sehen war, und schrie weiter aus Leibeskräften.

Was konnte sie nur tun, um sie zu trösten?

Ein Gedanke streifte Sabeth, dann flog er wieder fort, während sie sich noch bemüht hatte, ihn festzuhalten. So ging es ihr jetzt ständig, Namen, die kamen und gingen, Bilder, die über sie hereinfielen, um gleich danach wieder zu verblassen. Johanna nannte es Vergesslichkeit und teilte die Tage in blaue und graue ein, je nachdem, wie ausgeprägt sich die Schwäche zeigte. Sabeth jedoch wusste schon lange, dass dies für immer zu ihr gehörte wie die hellen Augen und die weißen Haare, und wenn sie sich nicht gerade verlief oder mit einem Wort kämpfte, mochte sie es sogar. Es war, als würde unablässig Honig in ihrem Kopf fließen, der alles Feste, alle Ecken, alle Konturen verschwinden ließ. Manchmal ging ein Fenster auf, und sie konnte in die Zukunft schauen oder sah etwas, was anderen verborgen blieb. Doch wenn sie dann nach den richtigen Worten suchen musste, verstanden sie sie oftmals nicht. Dann begann erneut der Honig im Kopf zu fließen, und das Fenster schloss sich wieder. So war nun ihre Welt: fließend und leicht, ohne die Sorgen, die sie früher bedrückt hatten und von denen sie nur noch eine leise Ahnung hatte. Kinder konnten diesen Zustand spüren und vielleicht sogar sehen. Deshalb waren sie gern bei ihr.

Kinder und Tiere.

Sabeth begann zu lächeln, während Lea auf ihrem Arm noch immer weinte, wenngleich nicht mehr ganz so verzweifelt. Das war es, wonach sie vorhin gesucht hatte – Tiere.

Vom ersten Moment an hatte Lea die Weiße geliebt, ihre Händchen nach ihr ausgestreckt, sobald sie sie erblickte, und Schnalzlaute ausgestoßen, um sie anzulocken. Mieze war eine stolze Katze, die kam und ging, wie es ihr beliebte, aber sie hatte Barbelchen, die manchmal wüst nach ihr patschte, noch kein einziges Mal gekratzt.

Wo war Mieze?

Das Geschrei im Hof hatte sie wohl aus dem Stall vertrieben, wo sie sonst in der Nähe von Rosa gern ein Nickerchen hielt. Aber obwohl sie eine gute Jägerin war, entfernte sie sich niemals zu weit vom Haus, das wusste Sabeth ganz genau.

»Wir gehen sie suchen, meine Kleine«, murmelte sie Lea ins Ohr. »Und dann wirst du wieder lachen. Warte – ich hole nur noch meinen Stock, damit es mir draußen nicht zu beschwerlich wird.«

Gestützt auf den starken Eichenprügel, den Johanna für sie auf dem Markt gekauft hatte, öffnete sie die Haustür und ging mit Lea auf ihrer Hüfte hinaus. Draußen war es warm und so hell, dass sie die Augen zusammenkneifen musste, um etwas zu erkennen. Vom Nachbarhaus winkte Gwen aus einem Fenster herüber, was Sabeth allerdings ignorierte, damit ihr Gwen nicht auch diese Kleine abspenstig machte. In der Nähe konnte sie sich auf ihre Augen nicht mehr ganz verlassen, doch was weiter weg war, erkannte sie noch immer ganz genau. Wie zum Beispiel die Weiße, die sich an die Nachbarshauswand drückte, als wollte sie die Wärme der sonnendurchfluteten Steine mit dem ganzen Körper in sich aufnehmen.

»Miezmiez!«, rief Sabeth und schnalzte dabei mit der Zunge. »Komm, komm!«

Die Katze drehte den Kopf zur Seite und schien sie nicht zu kennen. Leas Weinen war in stoßweises Schluchzen übergegangen. Sie schien ganz genau zu verstehen, was hier gerade vor sich ging, musste wohl aber noch ein Weilchen traurig bleiben.

»Mieze!«, versuchte die Alte noch einmal sanft lockend ihr Glück, und jetzt spitzte die Katze die Ohren. »Siehst du«, sagte Sabeth zu Lea und streichelte zärtlich deren rote Löckchen. »Sie hört uns ganz genau. Und du hörst mich auch. Findest du nicht, dass jetzt genug geweint ist?«

Die Weiße begann, ihre Schulter zu putzen.

»Das tut sie immer, wenn sie sich schämt«, erklärte Sabeth, während Lea ein winziges Lächeln hervorbrachte. »Dabei gibt es doch dazu gar keinen Grund. Ich denke, sie hat Hunger. Was meinst du, wie schnell sie zu uns kommt, wenn ich ihr ein Stück Trockenfleisch hinhalte, das ich ganz zufällig in meiner Rocktasche habe? Warte, Liebchen, warte …«

Sabeth lehnte den Stock an die Hauswand und fing an, in ihren Röcken zu kramen, als ein blonder Mann in einem braunen Lederwams auf sie zugerannt kam. Er packte Lea, die sofort wieder zu brüllen begann, und wollte sie wegzerren, doch die Kleine klammerte sich fest an die Alte.

»Was fällt dir ein, du Lump!« Sabeth packte den Stock, holte aus und schlug dem Mann hart zwischen die Beine. »Mein Augenstern bleibt bei mir, verstanden?«

Mit schmerzverzerrtem Gesicht hielt er sich den Hosenstall und sank mit einem Ächzen in die Knie.

»Dieb! Mörder! Hilfe!«, schrie nun Sabeth aus Leibeskräften. »Jemand will unser Kind stehlen!«

Aus dem Nebenhaus kam Gwen herausgestürzt, in der Hand einen langen Holzlöffel, den sie angriffslustig schwang. Auf der Gasse blieben die Leute stehen und gafften. Mühsam kam der Mann wieder hoch, stieß einen Schwall unflätiger Flüche aus und machte das Zeichen des Gehörnten in Richtung Haus. Dann stieß er Gwen grob zur Seite und humpelte eilig davon.

»Kennst du ihn?«, fragte Gwen aufgeregt. »Hast du ihn schon einmal gesehen? Wir müssen es dem Medicus sagen …«

Jetzt war Sabeths ganzer Kopf voll von triefendem Honig. Das Kind ins Haus bringen. Nichts anderes wusste sie mehr. Ihre Augen gingen auf, hell und groß.

»Herzenskind«, murmelte sie. »Mir gehörst du, mir, mir!«

✣

Auberlin Sixt ließ den Mörser sinken, als Nele in die Offizin gefegt kam. So schnell war sie gerannt, dass ihr der Atem zum Reden fehlte, und sie stieß nur einzelne Worte heraus.

»Mädchen … Brunnen … Gift …«

»Beruhige dich, mein Kind!«, sagte Sixt väterlich. »Und komm erst einmal zur Ruhe! So verstehe ich ja kein Wort.«

»Jakob?«, krächzte sie.

»Arbeitet draußen und reinigt Gefäße. Du willst zu ihm?« Er starrte auf den Silberring an ihrer linken Hand.

Nele schüttelte den Kopf.

»Keine Zeit … da …« Sie legte die Dose auf den Tresen.

»Die ist ja von hier.« Sixt öffnete sie. »Mein Schlafmittel, das ich nur an ausgesuchte Kunden weitergebe. Und nahezu leer … Woher hast du das? Das kann großes Unheil anrichten, wenn man zu viel davon nimmt.«

»Ein Mädchen.« Endlich konnte sie wieder einigermaßen sprechen. »Sie liegt da wie tot. Der Medicus hat gesagt, Ihr sollt sofort kommen.«

»Sie hat es geschluckt – alles?«

»Wir wissen es nicht. Aber es geht ihr sehr schlecht. Wir brauchen Euch. Bitte!«

»Natürlich komme ich – warte!« Er kletterte auf eine kleine Leiter, angelte nach einem Topf auf dem höchsten Regal und holte ihn vorsichtig herunter. »Das ist meine Spezialmischung: Beifußkraut, Goldrute, Gundelrebe, Kletten- und Löwenzahnwurzel: die können nicht alles retten, aber sehr vieles!«

Er holte einige kleine Stoffbeutel aus dem Topf, erklomm erneut die Leiter und brachte alles wieder an Ort und Stelle. Dann lief er zur Hintertür.

»Jakob«, schrie er. »Ein Notfall. Ich schließe vorne ab. Du kannst ja noch immer durch die Hintertür in die Offizin. Rühr dich nicht von der Stelle, bis ich wieder zurück bin!«

Nele hörte Jakob etwas antworten, aber sie verstand es nicht. Wie gern wäre sie jetzt zu ihm gegangen, um ihm ihr Herz auszuschütten, doch der Medicus hatte verlangt, dass sie sich beeilten, und so hielt sie sich auch daran.

Im Laufschritt verließen sie die Apotheke, nachdem Sixt die Vordertüre sorgfältig abgesperrt hatte, und schafften die ersten Gassen auch in dieser Geschwindigkeit, bis Sixt erschöpft an einer Weggabelung stehen blieb.

»Meine alten Beine sind nicht mehr so schnell«, sagte er keuchend. »Und mein Herz klopft, als wollte es mir aus der Brust springen. Wenn ich derart weiterrenne, ereilt mich noch der Schlag. Und dann ist niemandem damit geholfen.«

»Aber wir müssen doch!«, beharrte Nele. »Das Mädchen …«

Erneut setzte er sich in Bewegung, lief aber nicht, sondern ging mit großen, weit ausholenden Schritten.

»So kommt man auch ans Ziel«, sagte er, als er ihr Stirnrunzeln bemerkte. »Und zwar lebend.«

Vor der Judengasse standen noch immer die bewaffneten Männer des Kardinals, was keiner von beiden kommentierte, aber sowohl Auberlins als auch Neles Blicke flogen ängstlich dorthin.

»Ich hoffe nur, dass die Leute nicht behaupten, Juden hätten die Pocken eingeschleppt, wenn sie das hier sehen«, knurrte Sixt schließlich, während er sich den Schweiß von der Stirn wischte. »Bei der Pest damals war es so. Und hat zu dem Leid, das der Schwarze Tod ohnehin schon verursacht hat, zusätzlich das Leben vieler Unschuldiger gekostet.«

Schweigend setzten sie ihren Weg fort, bis sie den Dom passiert hatten und auf dem Leichhof angekommen waren.

»Die Kranken sollten alle isoliert werden«, sagte Sixt plötzlich. »Da hat mein Freund Vincent ganz recht. Aber siehst du hier irgendwo eigens eingerichtete Blatternhäuser? Ich sehe nur weiße Kreise an viel zu vielen Wänden und habe jeden Tag mehr Verzweifelte in der Offizin, die mich um Medikamente anflehen.«

»Und gebt Ihr ihnen, was sie verlangen?« Inzwischen war auch Nele leicht außer Atem.

»Wir haben doch nichts – außer ein paar Kräutern, die das

Jucken erträglicher machen und das Fieber senken. Ohnmächtig sind wir gegenüber dieser Seuche, ihr vollständig ausgeliefert. Das ist das Allerschlimmste daran.«

Sie hatten den Kirschgarten erreicht und hielten auf das Haus mit dem Feuervogel zu. Bevor sie anklopfen konnten, riss Sabeth bereits die Tür auf.

»Du wirst mir mein Kind nicht stehlen!«, kreischte sie und verstummte jäh, als sie Nele und Sixt erkannte. Brummelnd verschwand sie in der Küche, in der man Lea krähen hörte, während Vincent die beiden in sein Behandlungszimmer rief. Dort lag Marie auf einem Stuhl, die Beine ausgestreckt, die Lider halb geschlossen.

»Ich habe sie ins Haus gebracht«, sagte er. »Aber ich weiß nicht, ob das richtig war, denn sie döst immer wieder weg. Krank vor Sorge und Angst bin ich schon. Ich kann mein Kind doch nicht noch einmal verlieren!«

»Dein Kind?«, fragte Nele verdutzt. »Aber dann ist sie ja Jakobs Schwester! Und Johanna …«

»Marie hat eine andere Mutter«, sagte Vincent rasch.

»Malin, die Hebamme«, ergänzte der Apotheker. »Ja, ihr habe ich von meinem Schlafmohn gegeben. Seit Jahren schon tue ich das, weil es manchmal bei ihrer Arbeit mit den Frauen hilft. Doch bislang ist sie stets verantwortungsvoll damit umgegangen. Aber nun ihr eigenes Fleisch und Blut … Das will mir nicht in den Sinn.«

»Ich denke, Marie hat das Mittel an sich gebracht, ohne lange zu fragen«, sagte Vincent. »Aber wir dürfen jetzt nicht weiter spekulieren, sondern müssen handeln. Was tun wir, Auberlin? Wie retten wir sie?«

Der Apotheker zog die Säckchen aus dem Wams. »Erbrochen hat sie sich bereits?«, fragte er.

»Ausgiebig«, erwiderte Vincent. »Danach hab ich sie zum

Laufen gezwungen, aber irgendwann wurde sie dafür zu schwach.«

»In geringer Dosis bringt Schlafmohn Ruhe. In mittlerer betäubt er und kann Gaunern und Verbrechern bei ihren Untaten helfen. In zu hoher Dosis jedoch ist Schlafmohn ein Gift, das alles im Körper lähmt. Es breitet sich dann überall aus, nicht nur im Magen. Aber an diese Stellen kommen wir nicht, das ist das Problem. Deshalb müssen wir mit dem Magen beginnen.« Er wandte sich an Nele. »Bring uns einen Krug mit heißem Wasser!«

Sie lief in die Küche, während Vincent immer wieder Marie ansprach, die ihn lediglich verschlafen anblinzelte.

»Weshalb mag sie das bloß getan haben?«, fragte Auberlin kopfschüttelnd. »Ein so schönes blutjunges Geschöpf!«

Vincent wurde noch eine Spur blasser. »Egal weshalb, wir müssen ihr helfen«, sagte er. »Eigentlich sollten wir auch die Mutter rufen. Aber ich mag nicht, dass sie Marie in diesem Zustand sieht.«

»Malin ist eine starke Frau«, erwiderte der Apotheker. »Manche würden sie sogar hart nennen, aber das war sie nicht immer. Was keiner besser weiß als du. Vielleicht würde es sie wieder weicher stimmen, könnte sie sehen, wie viel dir an eurer Tochter liegt.«

»Sie wird mir nie vergeben – niemals!«

»Niemals ist ein so großes Wort«, sagte Auberlin. »Ich nehme es am liebsten gar nicht mehr in den Mund, weil das Leben uns doch immer wieder zu unerwarteten Wendungen und Wandlungen zwingt. Oder hättest du dir damals vorstellen können, Johanna jemals zurückzugewinnen und zusammen mit ihr ausgerechnet nach Mainz überzusiedeln? Na also!«

Er nahm Nele den Krug ab und streute jeweils eine kräftige Prise aus jedem der fünf kleinen Stoffbeutel hinein.

»Das lassen wir jetzt ein Vaterunser lang ziehen«, sagte er. »Danach muss Marie alles austrinken – und das mindestens fünfmal am Tag. Drei Tage lang. Anschließend sollte es ihr besser gehen. Außerdem braucht sie jetzt viel Ruhe. Körper und Seele müssen sich erst wieder von diesem unseligen Ausflug an die schwarzen Klippen des Todes erholen.« Er wedelte sich mit einem Tuch Kühlung zu. »Nimm sie unter deine Fittiche! Lass sie bei dir bleiben, während sie sich auskuriert. Rede liebevoll mit ihr. Das ist das Beste, was du zusätzlich zu den Medikamenten tun kannst – und sag Malin Bescheid! Das bist du ihr schuldig.«

»Sie wird leben?«, fragte Vincent bang.

»Ja. Vorausgesetzt, du hältst dich an das, was ich dir eben gesagt habe. Marie hat die Kraft von dir, Vincent, und dazu den starken Willen ihrer Mutter. Sorge dafür, dass sie nicht wieder verzweifeln muss! Ein zweites Mal schafft sie es vielleicht nicht.«

✣

Die Arbeit am Brunnen war beendet. Jakob trug die sauberen Kolben in den Schuppen und betrat danach durch die Hintertür die Offizin. Es war warm und ein wenig stickig in der Apotheke, und in der Luft schwang der Geruch unzähliger verschiedenster Substanzen. Einiges gab es noch zu tun, weil Sixt offenbar stets darauf bedacht war, dass Jakob die Arbeit niemals ausging, und so ging er zum Tresen, wo ein Mörser und raue Gesteinsbrocken bereits auf ihn warteten. Mit dem grünen Malachit fing er an. Später würde er sich an den Lapis machen, den ein Maler für sein Marienblau brauchte.

Jakob hatte inzwischen gelernt, dass man den Stößel gleichmäßig bewegen musste, damit das Pulver besonders fein wurde. Eine ganze Weile arbeitete er konzentriert vor sich hin, als sein Blick auf einmal zum Boden glitt. Hier hatte er mit ihr gelegen – bis sein Vater erschienen war und all die Freude und die Lust zwischen ihnen zerstört hatte. Marie seine Halbschwester! An diesen Gedanken hatte er sich noch immer nicht gewöhnt, und er würde es vielleicht niemals ganz können.

Ob Sixt auch davon wusste? Oder war er zu sehr mit seinen eigenen verbotenen Angelegenheiten beschäftigt?

Etwas Grundlegendes hatte sich zwischen ihnen verändert, seit er das Gespräch mit Cuntz belauscht hatte. Die Vertraulichkeit der ersten Zeit war einer Spannung gewichen, die keinen Platz mehr für die frühere Offenheit ließ. Und das galt beileibe nicht nur für ihn, sondern auch für Sixt. Oder warum sonst hatte er ihm vorher mit keinem Wort verraten, wohin man ihn so dringend gerufen hatte? Missmutig verstärkte Jakob seine Bewegungen, um gleich wieder langsamer zu werden, weil er sonst anstatt des feinkörnigen Pulvers, das die Kunden teuer bezahlten, nur zerdrückte Bröckchen im Mörser haben würde.

Er war durstig. Und sein Magen knurrte. Was hätte er jetzt für ein paar Scheiben Gebratenes gegeben, doch seit seine Mutter fort war, gab es zu Hause nur noch Eintopf und Aufgewärmtes. Im letzten Moment hatte er sich einen Wecken Brot mitgenommen und ein paar Fetzen Trockenfleisch abzwacken können, bevor Sabeth sie an die Weiße verfütterte. Fast kam er sich wieder vor wie in seiner Zeit mit dem Alten, als ihm der Magen oftmals vor lauter Hunger halb in den Knien gehangen hatte.

Als er wieder aufschaute, blickte er in die kalten Augen von Cuntz. Verdammt – er hatte offenbar vergessen, die Hintertür abzuschließen. Der Kerl musste ihn belauert haben und ihm dann heimlich gefolgt sein.

»Darauf habe ich schon viel zu lange gewartet – Jakob.« Cuntz spuckte den Namen aus wie eine faulige Frucht. »Heute kommst du mir nicht mehr davon!«

»Ach ja«, sagte Jakob. »Ich bin schon mit ganz anderen fertiggeworden. Und falls es dich interessiert: Dein Messer leistet mir inzwischen beste Dienste.« Er hatte es aus der Wamstasche gezogen und hielt es nun in der Hand.

»Da fürchte ich mich aber!« Cuntz schwenkte ein größeres Messer in der Rechten. »Wenn dir dein Frätzchen lieb ist, dann gibst du mir endlich, was ich will – sonst mache ich Hack aus deinem hübschen Gesicht.«

Im ersten Moment hatte sich alles in Jakob angespannt. Natürlich würde er ihn in die Schranken weisen, so wie er es schon einmal getan hatte. Doch plötzlich änderte sich seine Haltung. Sixt steckte mit diesem Halunken unter einer Decke – oder hatte es zumindest früher getan. Wer war er eigentlich, zu verteidigen, was der Lehrherr seinem Buhlen womöglich freiwillig abgetreten hatte?

»Was willst du eigentlich?«, raunzte er zurück.

Cuntz begann zu lächeln. »Das klingt ja beinahe, als würdest du allmählich Verstand annehmen«, sagte er. »Ich brauche den Schlafmohn, den der Alte immer heimlich zubereitet. So viel du davon hast. Und zwar gleich.«

Den gab es nur in der Giftkammer. Als Jakob Cuntz' Blick folgte, der zu dem blauen Gefäß neben der Theke glitt, in dem der Schlüssel versteckt war, wusste er, dass dieser das Geheimnis kannte.

»Und was wäre dir das wert?«, fragte Jakob langsam. Wenn alle ihren Nutzen aus den verworrenen Begebenheiten zogen, weshalb dann nicht auch er?

»Ich kann bezahlen«, dröhnte Cuntz. »Gutes Geld für gute Ware. So habe ich es immer gehalten.«

»Wie viel?« War das wirklich seine eigene Stimme?

»Kommt auf die Menge an. Geh das Zeug holen!«

»Aber nur, wenn du hier ruhig wartest.«

Zu seinem Erstaunen nickte Cuntz und sah ihm dabei zu, wie er den Schlüssel aus dem Gefäß angelte und damit zur Giftkammer ging. Und wenn Sixt gerade jetzt zurückkam? Jakobs Hand war auf einmal so zittrig, dass er kaum das Schlüsselloch traf.

Dann sprang die Türe auf. Er ging hinein, und sein Blick glitt über all die Behältnisse, Krüge und Schüsseln, die auf den an den Wänden angebrachten Holzbrettern standen.

Wie sollte er inmitten alldem den Schlafmohn ausmachen können?

Doch der Zufall oder eine ungewohnte Nachlässigkeit des Apothekers kam ihm zu Hilfe. Auf dem länglichen Tisch stand ein kleiner Tontopf, mit einem Deckel verschlossen. Jakob öffnete ihn – da waren sie, die satten dunklen Krumen des Schlafmohns! Wenn er den Topf gänzlich leer machte, würde Sixt sofort Verdacht schöpfen. Es war besser, nur einen Teil zu nehmen. Er nahm also eine der Dosen, in denen Sixt dieses Mittel an die Kunden verkaufte, und füllte sie zur Hälfte. Danach verließ er die Giftkammer und sperrte wieder ab.

»Und das soll alles sein?«, schnaubte Cuntz, nachdem Jakob die Dose geöffnet und ihm einen Blick hinein erlaubt hatte. »Das sind ja kaum mehr als ein paar Messerspitzen. Ich glaube, da sehe ich besser selber nach.«

»Wenn du das versuchst, bekommst du dein Messer zwischen die Rippen. Also, was ist? Nimm es, oder lass es bleiben!« Jakob schloss den Deckel wieder. »Wie viel?«

Cuntz zählte drei Silbermünzen auf den Tresen.

»Her damit!«, sagte er rau. »Und ich brauche bald mehr davon, verstanden?«

»Träum weiter!«, sagte Jakob, der die Münzen eingesteckt hatte und nur noch wollte, dass der andere endlich verschwand. Es fühlte sich nicht gut an, was er getan hatte, ganz und gar nicht gut. »Einmal und nie wieder. Das schreib dir hinter die Ohren!«

Cuntz ging zur Hintertür, dann aber drehte er sich plötzlich noch einmal um.

»Wir sehen uns, Jakob«, sagte er mit schiefem Grinsen. »Ich denke, schon sehr bald. Und dann wirst du um einiges zuvorkommender sein, das schwöre ich dir!«

*

Nele kam mit der Wehmutter zurück, und das Haus schien dunkler zu werden, nachdem Malin es betreten hatte.

»Was hast du mit meinem Kind gemacht?«, schrie sie, kaum war sie über die Schwelle. »Reicht es noch nicht, was du mir angetan hast, du Unhold?« Sie hob die Fäuste, als wollte sie Vincent schlagen.

»Lass uns allein, Nele!«, sagte er. »Es sind alte Dinge, die wir zu bereden haben.« Er drängte Malin in sein Behandlungszimmer und schloss die Türe hinter ihr.

»Wo ist sie? Wohin hast du sie gebracht?« Ihre Blicke waren wie nächtliche Blitze.

»In ein ordentliches Bett, wo sie wieder gesund werden kann. Ich führe dich gleich zu ihr.« Er sah sie ernst an. »Wie ist Marie an dieses Mittel gekommen? Schließt du es nicht vor ihr weg?«

»Natürlich!«, fuhr sie auf. »Aber …« Sie verstummte.

»Marie hatte es in einem Korb, zusammen mit Alchemilla.

Du hast sie damit zu einer deiner Kundinnen geschickt, nehme ich an. Doch anstatt es dorthin zu bringen, hat sie sich selbst bedient.«

Malin wurde grünlich im Gesicht. »Sie hat es geschluckt?«, flüsterte sie. »Alles? Aber dann ist sie ja …«

»Ja, das ist sie – allerdings nur beinahe«, sagte Vincent grimmig. »Ich habe sie erbrechen lassen, bis alles aus dem Magen war. Zudem hat Auberlin ihr ein Gegenmittel verabreicht, das sie gesund werden lässt. Aber es war knapp, Malin, sehr, sehr knapp. Wie konntest du so etwas unserem Kind in die Hände geben, du, eine erfahrene Wehmutter?«

»Es war eine Bestellung. Sie sollte es doch nur dorthin bringen.« Sie biss sich auf die Lippen.

»Zu wem, Malin? Wohin sollte sie es bringen?«

»Du erfährst von mir kein Wort mehr«, sagte sie trotzig.

»Unsere Tochter wäre fast gestorben, und du stellst dich an wie ein trotziges Kind«, sagte Vincent ernst. »Du sagst mir jetzt, für wen dieses Mittel war – und zwar sofort!«

»Es war für die Burg«, presste sie hervor. »Für die Plessin.«

»Agnes Pless?«, sagte er zweifelnd. »Aber sie ist guter Hoffnung, und ich habe sie beschworen, die Hände von diesem Teufelszeug zu lassen, wenn sie ein gesundes Kind zur Welt bringen möchte.«

Malin zuckte die Schultern. »Wer weiß, was sie damit anfangen will … Und jetzt lass mich endlich zu meinem Kind!«

Er ging auf der Treppe voran und führte sie in Jakobs Kammer, in die sie Marie gebettet hatten. Sie begann zu blinzeln, als sie die Stimme ihrer Mutter hörte.

»Mein Herz! Mein Mädchen!« Malin kniete sich neben

das Bett und begann sie zu streicheln. »Ich wäre tot, hätte ich dich verloren. Wie kannst du nur so etwas tun!«

»Jakob«, flüsterte Marie. »Bruder …« Dann sackte sie wieder weg.

»Was meint sie denn nur damit?« Malin sah Vincent fragend an. »Ich verstehe kein Wort.«

»Jakob und sie sind sich begegnet, ohne zu wissen, dass sie Geschwister sind«, sagte er. »Und haben großen Gefallen aneinander gefunden.«

»Du willst doch damit nicht sagen, dass sie …« Angsterfüllt starrte Malin ihn an.

»Nein«, sagte Vincent. »Aber es hat wohl nicht mehr viel gefehlt.« Die Einzelheiten aus der Apotheke würde er niemals preisgeben. Das war ein Geheimnis, das er nur mit seinen Kindern teilte. »Marie trifft keine Schuld«, sagte er. »Keinen von beiden. Sie waren jung und ahnungslos. Die Schuld liegt bei uns, Malin. Weil wir ihnen einen wichtigen Teil der Wahrheit vorenthalten haben.«

»Und als Marie das herausfand, hat sie versucht …« Eine Träne löste sich aus Malins Augenwinkel.

»Sie war verwirrt und allein. Auch hier liegt die Schuld bei uns. In diesem Alter neigt man zu überstürzten Handlungen. Vielleicht war es ja auch nur ein Hilfeschrei. Aber es wäre beinahe ihr letzter geworden.«

Malin stand langsam auf, schwerfällig wie eine uralte Frau.

»Ich kann sie so nicht mitnehmen«, sagte sie. »Nicht in diesem Zustand.«

»Nein. Aber du kannst herkommen und nach ihr sehen, wann immer du willst«, sagte Vincent. »Das wird sie freuen und gesund machen. Ich muss mich ja auch wieder um die Pockenkranken kümmern.«

»Und deine Frau?« Sie sah ihn zweifelnd an. »Was wird sie sagen, wenn ich in euer Haus komme?«

»Johanna und Barbelchen sind in der Martinsburg«, sagte er knapp. »Wieso schaust du mich auf einmal so seltsam an?«

Sie schluckte. Schwieg. Schluckte noch einmal.

»Ich werde nichts von dem vergessen, was du mir angetan hast, Vincent de Vries«, sagte sie. »Aber du hast unser Kind vor dem Tod bewahrt, deshalb rede ich. Der Schlafmohn war nicht nur für den Gebrauch der Plessin bestimmt. Sie wollte damit Johanna aus dem Weg räumen.«

✣

Jakob fiel es schwer, Sixt ins Gesicht zu schauen, als dieser zurück in die Offizin kam, so sehr schämte er sich. Der kurze Moment des Triumphs, den er gespürt hatte, war längst in sich zusammengefallen. Dieser Cuntz war ein Tunichtgut, egal, was auch immer er über den Apotheker behauptete. Es war ein Fehler gewesen, sich mit ihm einzulassen, ein Fehler, den Jakob bereits bitter bereute.

Doch was sollte er tun?

Dass er den versteckten Schlüssel an sich genommen und die Giftkammer für Cuntz aufgeschlossen hatte, wollte ihm nicht über die Lippen.

»Das war knapp«, sagte Auberlin, zog sein Wams aus und trank einen großen Becher Most. »Deine Schwester … Sie wäre beinahe gestorben.«

»Barbelchen? Aber die ist doch bei meiner Mutter …«

»Nicht die kleine.« Sixt ließ ihn nicht aus den Augen. »Die große. Marie, die Tochter der Wehmutter. Schlafmohn hat sie geschluckt, weil sie nicht mehr leben wollte. Ein so junges, schönes Ding …« Er schüttelte den Kopf.

»Marie wollte sich töten? Wo ist sie? Ich muss sofort zu ihr!«

Sixt bekam ihn gerade noch am Hemd zu fassen und hielt ihn fest. »Dazu hast du noch den ganzen Abend Zeit. Sie liegt in deinem Bett und schläft sich aus. Nele und die Alte kümmern sich um sie. Und natürlich dein Vater. Wenn er nicht gerade nach den Pockenkranken sieht.«

Jakob sank in sich zusammen.

»Das ist ganz und gar meine Schuld«, flüsterte er. »Allen habe ich nur Unglück gebracht – Marie, Nele, meinem Vater und mir selbst.« Er bedeckte sein Gesicht mit den Händen. »Ich tauge zu nichts. Ich kann nicht gut sein. Ich schaffe es einfach nicht.«

Auberlin legte ihm leicht die Hand auf die Schulter.

»In meinen Augen bist du gut, Jakob. Du bist ein Kämpfer, das mag ich an dir …«

Jakob stieß ihn weg.

»Ihr habt ja nicht die geringste Ahnung! Ein Dieb bin ich und ein Betrüger.« Er zählte die Münzen auf den Tresen. »Das hab ich bekommen. Und wofür? Wollt Ihr es sehen? Wartet!«

Jakob lief zu dem blauen Gefäß, angelte den Schlüssel heraus, ging zur Giftkammer und sperrte auf.

»Hier bin ich eingedrungen, kaum wart Ihr fort. Und wisst Ihr auch, warum? Euren Schlafmohn hab ich gestohlen und an diesen Cuntz verkauft … Nun, was ist, Apotheker? Haltet Ihr mich noch immer für gut?«

»An Cuntz?«, murmelte der Apotheker. »Ausgerechnet an Cuntz? Aber warum? Er wird die Leute damit betäuben und ausrauben. Er ist durch und durch schlecht, Jakob, dieser Mann besitzt kein Gewissen. Zeig mir, wie viel du ihm gegeben hast!« Er öffnete das Tongefäß, danach wirkte er erleichterter. »Zum Glück nicht alles. Was hätte er damit anstellen können!«

»Und warum war er dann Euer Buhle, wenn er so schlecht ist?«, fragte Jakob.

Sixt fuhr zu ihm herum.

»Du hast uns belauscht«, sagte er. »Ich hätte es wissen müssen. Du warst dann auf einmal so anders. Aber du kennst nur einen Teil der Wahrheit, seinen Teil … Ja, ich liebe Männer, auch wenn die Kirche das verbietet und uns strenge Strafen drohen. Ich bin so, seit ich denken kann, und so werde ich auch sterben. Das hat er ausgenutzt – feige und gemein, um an gewisse Substanzen zu gelangen. Er ist keinen Deut anders als die Hübschlerinnen im Frauenhaus, die die Beine breit machen, sobald das Kupfer klingelt – nur böser und hinterhältiger. Cuntz hat mich bestohlen, mich erpresst, mir das Leben zur Hölle gemacht. Und jetzt geht er auch noch dich an!«

»Ich werde ihm nie mehr etwas geben«, sagte Jakob bewegt. »Mein Ehrenwort. Wenn ich diesen Cuntz das nächste Mal sehe, bekommt er mein Messer zu spüren.«

»Das wirst du schön bleiben lassen! Sonst landest nämlich du am Galgen, und er lacht sich ins Fäustchen. Wenn er wieder auftaucht – und das wird er, so wie ich ihn kenne –, kommst du sofort zu mir. Versprochen?«

»Versprochen!« Jakob konnte gar nicht aufhören zu nicken. »Und Ihr hasst mich jetzt nicht?«

Auberlin versetzte ihm einen liebevollen Stups.

»Wer könnte einen Wirrkopf wie dich schon hassen?«, sagte er. »Und jetzt ab mit dir in den Keller – zum Salbenrühren!«

✣

Mitten in der Nacht war er plötzlich neben ihrem Lager gestanden, eine hochgewachsene Gestalt im schwarzen Talar, nur von hinten durch das fahle Mondlicht erleuchtet, das durch das Fenster fiel. Johanna hätte beinahe aufgeschrien, so erschrocken war sie, als sie den Kardinal erkannte.

»Ich musste kommen«, sagte er leise. »Der Tag mit allen seinen Verpflichtungen hält mich von Euch fern, doch die Nacht ist mein Freund, immer schon.«

Sie lag ganz still, das dünne Laken bis über die Brust gezogen. Neben ihr in dem breiten Bett schlief Barbara, die Händchen zu Fäusten geballt, genauso wie Jakob es als Kleiner stets getan hatte.

»Ihr solltet nicht hier sein«, erwiderte Johanna. »Das wisst Ihr, Eminenz.«

»Lasst den Kardinal aus dem Spiel, Johanna!«, bat er. »Nur für heute. Seht stattdessen den Menschen, der zu Euch gekommen ist – den Mann. Albrecht hat meine liebe Mutter mich genannt. Und ich sehne mich danach, diesen Namen auch aus Eurem Mund zu hören.«

Das würde sie niemals über die Lippen bringen! Albrecht – wenn sie das sagte, wozu würde sie ihn dann erst ermutigen?

»Ich fürchte, das kann ich nicht. Für mich seid Ihr Kardinal und Kurfürst, der Herrscher von Mainz. Wie könnte ich das auch nur einen Lidschlag lang vergessen?«

»Und wenn ich Euch herzlich darum bitte? Wollt Ihr es dann versuchen?«

Sie gab einen unbestimmten Laut von sich und zog das Laken noch ein Stück höher.

»Ich wünschte, ich wäre Euch früher begegnet«, sagte er. »In meinem Leben gab es leider eine bedauernswerte Reihe von Irrungen und Verwicklungen.«

Meinte er damit die Plessin, die wie ein grimmiger Geist in der Martinsburg umherschlich und kaum verhohlen die Fäuste ballte, sobald sie auf sie und Barbelchen stieß? Kathi hatte ausdrücklich vor der Eifersucht der Konkubine gewarnt und Johanna dringend geraten, außer am Tisch des Kardinals ja nichts aus der Küche zu sich zu nehmen, weil Agnes dort besonders viele bestochen habe.

»Doch in Eurer Nähe fühle ich mich wieder jung und unschuldig. Jahre zuvor hätten wir beide gemeinsam …«

»Nein«, widersprach Johanna energisch, die allmählich genug von diesem nächtlichen Balzen hatte. »Auch nicht Jahre zuvor – niemals! Ihr seid ein Mann der Kirche, der sein Leben Gott, dem Allmächtigen, geweiht hat. Ich dagegen bin nur eine einfache Frau, mit einem Mann und zwei Kindern.«

»Vincent ist nicht Euer Mann«, korrigierte sie Albrecht. »Und seitdem ich das weiß, hat meine Hoffnung neue Knospen bekommen.«

»Vincent ist sehr wohl mein Mann«, entgegnete sie ruhig. »Vor Gott und vor den Menschen. Ihn und unsere Kinder liebe ich mehr als mein Leben, und daran wird sich bis zu meinem letzten Atemzug nichts ändern. Das Einzige, was uns beiden noch fehlt, ist der priesterliche Segen. Sobald die Seuche besiegt ist, lassen wir uns trauen.«

»Ich liebe es, Euch so reden zu hören.« Er kam langsam immer näher. »So innig, so klar, so ohne jeden Falsch. Verschließt Euer Herz nicht vor mir, Johanna! Ich brauche Euch. Ich kann und will ohne Euch nicht mehr sein.«

Eine Weile blieb es still, weil Johanna um die richtigen Worte rang. Wenn sie nun das Falsche sagte – was würde er tun?

Sich auf sie stürzen und sie mit Gewalt nehmen?

Oder sie für alle Zeiten hassen?

»Habt Ihr mich deshalb in die Burg bringen lassen?«, fragte sie schließlich. »Dann wäre die Sorge um mich und die Kleine nur ein Vorwand gewesen. Ich gehöre nicht hierher, das wisst Ihr ebenso gut wie ich. Mein Platz ist bei meiner Familie.«

»Nein, nein und noch einmal nein!«, rief er flehend und setzte sich ohne Umschweife zu ihr ans Bett. »Das kann ich nicht so stehen lassen. Die Vorstellung, Euch da draußen zu wissen, in den Fängen der Schwarzen Blattern, die Euch töten oder für immer entstellen könnten, war mir unerträglich. Meine reine blaue Königin! Ich musste Euch Hilfe und Schutz anbieten, versteht Ihr das denn nicht?«

»Vincent sagt, Seuchen kennen keine Mauern oder Schutzwälle. Weil wir nicht wissen, wie sich die Schwarzen Blattern verbreiten, können sie jeden befallen – mich, Euch. Alle. Vielleicht sind sie ja längst in die Martinsburg eingedrungen, und erst die kommenden Tage werden zeigen, wer sie in sich getragen hat.«

»Und das sagt Ihr mir so ruhig ins Gesicht, als wäre es ein *Ave-Maria?*«

Johanna zog das Laken noch ein Stück höher. »Die Pest hat mich vieles gelehrt«, sagte sie. »Zweimal schon bin ich ihr in meinem Leben begegnet. Ich fürchte den Tod noch immer. Aber er ist für mich kein Unbekannter mehr.«

»Ich weiß«, sagte er gedehnt. »Sie haben Euch ins Pesthaus gezwungen. Weil sie Euch für eine Mörderin hielten. Sogar der Erzbischof verfolgte Euch. De Vries und Ihr, ihr musstet bei Nacht und Nebel aus Köln fliehen. Ja, da staunt Ihr, Johanna! Einen Albrecht von Brandenburg kann man nicht betrügen oder hinters Licht führen. Merkt Euch das. Nur ein paar kurze Zeilen von mir – und Hermann von Wied würde auf der Stelle seine Wachen nach Mainz schicken, um Euch holen zu lassen.«

Woher wusste er das? Wer hatte sie verraten? Vor wem musste sie sich in Acht nehmen? Und bedeutete das auch, dass er alles über Jakob wusste? Jetzt packte die Angst sie wie eine eiserne Klammer und schnürte ihr die Luft ab.

Der Kardinal schien sich an ihrer Erstarrung zu weiden. Er schob seine Hand unter das Laken und berührte ihre Wade, dann wagte er sich weiter vor bis zum Schenkel. »Doch dazu muss es ja nicht kommen, und das liegt einzig und allein an Euch. Diese Hand muss niemals in Eurer Angelegenheit eine Feder führen. Lasst sie lieber Euren Körper kosen! Diese Lippen können ebenso gut schweigen. Weil sie hoffen ... weil sie sehnen ... weil sie küssen ...«

Er beugte sich über sie.

Johanna drehte jäh den Kopf zur Seite, weil ihr jetzt sogar sein Atem zuwider war, und sie stieß ihn heftig weg.

Albrecht taumelte, fing sich aber schnell wieder.

»Das ist Eure Antwort auf mein zärtliches Werben, Johanna?« Seine Stimme war kühl.

»Liebe lässt sich nicht einfordern oder gar erzwingen«, sagte sie. »Ich achte und ehre Euch als meinen Kurfürsten und als Kardinal der Heiligen Römischen Kirche. Aber mein Herz gehört Vincent des Vries – für immer und ewig.«

»Für immer und ewig«, wiederholte er nachdenklich. »Das ist in der Tat sehr, sehr lang. Nun, ich werde Euch Gelegenheit geben, über Eure Entscheidung nachzudenken – ausgiebig nachzudenken.« Beinahe lautlos ging er zur Tür und war kurz darauf verschwunden.

Barbelchen schlug die Augen auf und begann herzergreifend zu weinen.

»Scht, meine Kleine!« Johanna nahm sie in die Arme und

begann sie sanft zu wiegen. »Das war nichts als ein böser Traum. Der schwarze Mann kann uns nichts tun, weil die Schutzengel über uns wachen. Und selbst wenn er versucht, uns einzusperren, so finden wir doch einen Weg, seiner Burg zu entfliehen.«

Doch Johannas Stimme klang klein und zittrig, und trotz des warmen Sommermorgens war ihr plötzlich eiskalt.

Fünfzehn

»Ich gehe!«, schrie Jakob. »Es sind meine Mutter und meine kleine Schwester, und ich werde für sie kämpfen!«

»Das ehrt dich, Sohn«, sagte Vincent. »Aber ist es auch vernünftig? Als Malin Marie geholt hat, hat sie mir gestanden, dass ihr Vetter Enno ihr so einiges über uns aus Köln berichtet und sie es an die Plessin weitergegeben hat. Wenn wir Pech haben, weiß auch der Kardinal inzwischen, dass du Rutger Neuhaus getötet hast, und steckt dich sofort ins Loch, sobald du dort auftauchst.«

Seit Marie nicht mehr bei ihnen war, schien das Haus mit dem Feuervogel noch viel leerer geworden zu sein. Die Wehmutter hatte ihre Tochter kurzerhand in einen Leiterwagen gesetzt und nach Hause gezogen, weil das Laufen noch immer zu anstrengend für das Mädchen war. Aber ihre Wangen waren nicht mehr gräulich gewesen, und in die Nachtaugen war eine Spur des früheren Glanzes zurückgekehrt. Jakob hatte sie beim Abschied nicht berührt, so weit waren sie beide noch nicht. Doch als er sein karges Lager in Vincents Behandlungsraum geräumt hatte und zurück in seine Schlafkammer kehrte, glaubte er noch immer etwas von Marie zu spüren. Jetzt jedoch fühlte sich diese Wahrnehmung nicht mehr aufwühlend und erregend an wie bei ihren früheren Begegnungen, sondern eher weich und vertraut. Vielleicht konnten sie eines Tages ja doch so etwas wie Geschwister werden.

»Aber dieses Weib ist gefährlich.« Immer mehr geriet Jakob in Rage. »Und zu allem fähig …« Er verstummte. Wie hatte er sich jemals mit ihr einlassen können? Wie gut, dass keiner in der Familie davon wusste!

»Das ist sie«, versicherte Vincent. »Ich habe ihr vom ersten Tag an nicht getraut. Ein Gefühl wie Mutterliebe scheint ihr vollkommen fremd zu sein. Sie denkt nur an sich und will das Kind lediglich, um den Kardinal an sich zu binden – jenen Mann, der nun eine andere Frau begehrt, die sie natürlich loswerden möchte: meine Frau.« Sein Gesicht war dunkel vor Sorge. »Ich müsste Johanna und unsere Kleine holen, alle beide, aber sie lassen mich nicht zu ihnen. Offenbar auf Befehl des Kardinals hin.«

»Ich gehe«, sagte Nele plötzlich. »Niemand weiß etwas über mich. Ich bin nur ein Mädchen, das Sehnsucht nach seiner Ziehmutter hat. Genau das sage ich, wenn sie mich fragen.«

»Gar keine so schlechte Idee«, sagte Vincent. »Aber wie willst du in die Martinsburg gelangen?«

»Indem ich Johanna etwas bringe und sage, sie hätte es vermisst, ein Band, einen Spiegel, irgendetwas. Frauenkram eben. Das wirkt am wenigsten verdächtig.«

»Du könntest dich auf Philipp von Ehrenstein berufen, falls es Schwierigkeiten gibt«, sagte Vincent. »Der junge Sekretär des Kardinals hat das Herz auf dem rechten Fleck. Er schätzt mich, das spüre ich. Und ich spüre auch, dass ihm nicht gefällt, was Albrecht von Brandenburg mit Johanna vorhat.«

»Mir ist trotzdem nicht wohl dabei«, sagte Jakob düster. »Du kannst dich doch gar nicht verteidigen. Was machst du, wenn sie dich auch noch dabehalten?«

»Mich?« Nele warf den Kopf zurück und lachte. »Kein Mensch wird versuchen, mich einzusperren. Und wenn doch, dann beiße, kratze und trete ich wie eine Furie.«

Sabeth, die halb eingenickt war, hob plötzlich den Kopf.

»Nimm meinen Stock!«, sagte sie. »Der schlägt sie in die Flucht. Auch die Verbrecher, die unser Kind stehlen wollen.«

»Das sagt sie schon die ganze Zeit«, bemerkte Jakob. »Und ich weiß nicht, was sie damit meint. Vielleicht hat sie es ja nur geträumt …«

»Geträumt?«, fuhr Sabeth auf. »Der mit dem Leder war es. Der Feuervogel hat geschrien, aber mein Stock hat ihn geschlagen.«

»Beruhige dich!« Nele streichelte die Hand der Alten. »Wir wissen ja, wie sehr du dich um die Kinder kümmerst – erst um Barbelchen und jetzt um die kleine Lea. Sie lieben dich. Alle Kinder lieben dich.«

Sabeth murmelte etwas und schloss wieder die Augen. Nele aber stupste sie an.

»Wenn ich nicht da bin, Sabeth, wirst du dann das Haus hüten, zusammen mit Jakob? Lea bleibt in eurer Obhut. Denn Vincent muss wieder zu seinen Kranken. Alle warten schon auf den Medicus.«

Die Alte begann heftig zu nicken, dann riss sie ihre Augen plötzlich weit auf.

»Geh nicht!«, flüsterte sie. »Die Decke brennt … Alles brennt – lichterloh …«

Nele stand da wie erstarrt.

»Du musst nicht, wenn du nicht willst.« Jakob zog sie in seine Arme. »Niemand hier zwingt dich zu irgendetwas.«

Langsam entspannte sie sich wieder.

»Du kannst einem aber auch Angst machen!«, rief sie in Richtung Sabeths. »Natürlich gehe ich. Ich hole nur noch eines von Johannas Halsbändern, und dann breche ich auf.«

Vincent begleitete sie hinauf in die Schlafkammer, die sie sonst niemals betrat, und öffnete die Truhe, in der Johanna ihre Habseligkeiten aufbewahrte. Der feine Duft, der der sorgfältig gestapelten Wolle und dem Leinen entströmte, machte ihn fast schwindelig. Dann fiel sein Blick auf die leere Wiege neben dem Bett, und seine Augen wurden feucht. Barbara und Johanna waren sein Ein und Alles – sein Leben. Wenn der Kleinen oder ihr etwas zustieß, würde er sich das niemals verzeihen. Wie hatte er sie nur dem Rachen des Kardinals nicht entreißen können! Er hätte wissen müssen, dass Albrecht Johannas Schönheit und Anmut rettungslos verfallen würde. Schließlich zog er eines ihrer Halsbänder aus blauem Leinen heraus und reichte es Nele schweigend.

»Du bekommst sie zurück, alle beide!« Sie schien zu spüren, was in ihm vorging, und legte ihm tröstend ihre schmale Hand auf den Arm. »Lass dich von Sabeths Gebrabbel nicht durcheinanderbringen! Manches, was sie sagt, hat durchaus Hand und Fuß, anderes dagegen ist nichts als wirres Zeug, und es ist nicht immer einfach, das eine vom anderen zu unterscheiden. Ich sage Johanna, was die Plessin gegen sie im Schild führt, dann wird sie sicherlich Mittel und Wege finden, damit der Kardinal sie gehen lässt. Vertrau deiner Frau! Du hast doch die schlaueste von allen.«

Mit einem halben Lächeln küsste er sie auf den Scheitel.

»Ich habe dich niemals unterschätzt, Nele«, sagte er. »Nicht, seit ich damals erleben durfte, wie du im Kölner Pesthaus um dein junges Leben gekämpft hast. Du machst die Dinge auf deine Weise, ruhig, ohne jedes Aufheben, manchmal nach außen hin vielleicht ein wenig schüchtern, aber du machst sie sehr gut. Und ich bin heilfroh, wenn mein wilder Sohn in deinen Armen endlich Ruhe findet. Aber zuvor musst du mir noch etwas versprechen.«

»Alles«, sagte sie.

»Bring dich nicht unnötig in Gefahr! Sei vorsichtig, geh keinerlei Risiko ein! Lassen sie dich nicht zu Johanna vor, so kehr um und komm auf der Stelle zu uns zurück! Wir überlegen uns dann einen neuen Weg. Wirst du das tun?«

Sie nickte mit ernster Miene. »Versprochen. Soll ich Johanna noch etwas von dir ausrichten?«

»Ja«, sagte Vincent rau. »Dass sie sich leider einen Toren als Mann ausgesucht hat. Einen Toren allerdings, der sie mehr liebt als alles andere auf der Welt.«

✣

Wo blieb das Mädchen mit dem Schlafmohn? Und wieso war Malin nicht im Hebammenhaus? Zweimal hatte sie in den letzten Tagen Ursula bereits durch die glutheiße Stadt gehetzt, zweimal war die Dienerin unverrichteter Dinge zurückgekehrt, ebenso schweißnass wie mürrisch.

»Aber du hast ihr meinen Brief doch gegeben. Oder etwa nicht?«

»Natürlich habe ich das! Sie hat ihn gleich gelesen und gesagt, dass alles nach Eurem Wunsch geschehen wird. Woher soll ich denn wissen, wo sie sich jetzt rumtreibt?«, sagte sie aufsässig. »Ich kenne sie doch gar nicht.«

»Du redest gefälligst anständig mit mir!« Agnes versetzte ihr eine kräftige Kopfnuss. »Und wenn ich dir befehle, einen Weg zehnmal hintereinander zu gehen, dann tust du das, verstanden? Und zwar bereitwillig!«

Ursula nickte weinerlich. Doch davon ließ Agnes sich nicht täuschen. Ihre Zeit in der Martinsburg ging dem Ende zu, das flüsterten die Wände, das ächzten die Dielen, das verrieten ihr die hämischen Mienen der Dienerschaft, die nicht einmal ihre reichlich verstreuten Kupfermünzen mehr überzeugen konnten. Ihr Stern war am Sinken, und wenn sie noch so auffällig den Bauch nach vorne schob, um die Schwangerschaft zu betonen.

Bei Licht gesehen, fühlte sie sich erbärmlich.

Die Haut war fleckig, und über ihre Augen hatte sich ein milchiger Schleier gelegt, der sie matt und alt erscheinen ließ. Zwei Zähne hatte sie schon verloren, und ein dritter wackelte. Zwar hatte sich die quälende Übelkeit der ersten Zeit gelegt, aber noch immer konnte sie beim Anblick gewisser Speisen ein jäher Ekel überfallen, den sie kaum in den Griff bekam. Das Schlimmste aber waren diese anhaltenden Krämpfe, die auf nichts Gutes hindeuteten, egal, was dieser Quacksalber de Vries auch vom Ausdehnen und Wachsen der Leibesfrucht faseln mochte. Sie spürte nichts mehr von der Liebe zwischen Mutter und Kind, von der alle immer erzählt hatten. Ganz im Gegenteil, sie begann dieses Wesen fast zu hassen, das sich in ihr einnisten musste, nur damit sie Albrecht auf Dauer halten konnte.

Aber konnte sie das wirklich?

Was, wenn das Kind mit gletschergrünen Augen zur Welt kam und bis in jede Einzelheit diesem Jakob glich? Oder wenn es verkrüppelt oder entstellt das Licht der Welt erblickte, weil es ja in verbotener Lust gezeugt worden war? Vielleicht trug es sogar ein Mal auf der Wange, geformt wie das Blatt der Trauerweide, unter der sie den Sohn des Medicus voller Geilheit bestiegen hatte?

Die meiste Zeit jedoch fühlte es sich an, als würde sie es

bald verlieren, und das nach all den Mühen, die sie auf sich genommen hatte, um überhaupt zu empfangen. Was wäre sie dann? Ein alter, leerer Schoß, verdammt zu Unfruchtbarkeit und Einsamkeit. Albrecht würde sich mit der blonden Metze trösten, die jetzt zwar noch die Spröde spielte, wie sie von ihren verbliebenen Spionen gehört hatte. Doch auf Dauer konnte kein Weib sich seinem drängenden Werben verschließen, nicht einmal die Frau des Medicus.

Nein, sie musste handeln – und zwar so schnell wie möglich!

Zum dritten Mal hetzte sie nun Ursula los mit dem Befehl, vor dem Haus der Wehmutter auszuharren, bis Malin oder ihr schwarzes Balg sich zeigte. Anschließend sollte sie den Korb in Verwahrung nehmen und ihn eigenhändig in die Burg tragen – und wehe, wenn der Mond sich dann schon am Himmel zeigte!

Für die Zwischenzeit beschloss Agnes, nicht untätig zu bleiben und weiterhin dunklen Gedanken nachzuhängen, sondern ihre restlichen Krumen zusammenzukratzen. Für den ewigen Schlaf war es sicherlich nicht mehr genug, was sie in den Ecken von Sixts Dosen finden konnte, doch um Johanna, falls nötig, für ein paar Stunden außer Gefecht zu setzen, reichte es noch immer aus.

Stunden, die sie für ihre Zwecke bestens nutzen konnte …

*

Miriams Gesicht glänzte gelblich, weil einige der Pusteln aufgeplatzt waren und der Eiter nun zu fließen begann.

»Ich stinke erbärmlich«, murmelte sie. »Aber Mendel behauptet, es mache ihm nichts aus.«

»Du redest wieder klar«, sagte Vincent. »Was bedeutet, dass

dein Fieber gesunken ist.« Das steife »Ihr« hatten sie im Lauf seiner Besuche abgelegt. »Wenn du es jetzt noch schaffst, dich nicht überall zu kratzen …«

»Aber es juckt, als säßen tausend kleine Spinnen unter meiner Haut.« Vorwurfsvoll hielt sie ihm beide Hände entgegen. »Siehst du, was er gemacht hat? Beide fest eingebunden. Als ob ich eine aus dem Tollhaus wäre!« Plötzlich trat ein ängstlicher Ausdruck in ihre Augen. »Wie geht es meiner Lea?«, fragte sie. »Ist sie noch gesund? Weint sie viel?«

»So munter wie ein Fischlein im Wasser«, versicherte Vincent. »Ab und zu fließen ein paar Tränen, wie es bei kleinen Kindern eben so ist, aber dann kommt sofort Sabeth oder Nele angelaufen und küsst sie ganz schnell wieder weg.« Er bemühte sich um einen heiteren Tonfall, der ihm heute schwerer denn je fiel. Und doch wusste er, wie wichtig dieser für die Kranken war. »Am meisten von uns allen liebt sie allerdings Mieze. Wenn du wieder gesund bist, braucht ihr unbedingt auch eine Katze.«

»Und Johanna?«, fragte Miriam weiter. »Ist sie wieder bei dir?«

Er schüttelte den Kopf, den noch immer die schwarze Pestmaske verhüllte.

»Du musst sie dir zurückholen«, sagte Miriam. »Sie gehört doch zu dir – und nicht zu diesem angeblichen Gottesmann, der keine Achtung vor Frauen hat.«

»Beruhige dich!«, beschwor Mendel, der neben dem Bett ausharrte, sie besorgt. »Du bist viel zu krank, um dich so aufzuregen.«

»Weil es um Johanna geht, meine Freundin! Und weil sie doch bei uns war, als …« Miriam schwieg erschöpft.

»Sie kehrt aus der Burg zurück, keine Sorge!«, sagte Vincent ein ganzes Stück zuversichtlicher, als ihm eigentlich zumute war. »Dich sehen darf sie allerdings erst, wenn du wieder ganz gesund bist.« Er ließ noch mehr von der Kamille da, um die offenen Pusteln sauber zu halten, und ging dann mit Mendel hinaus.

»Ich kann dir leider nicht helfen«, sagte Mendel bedauernd. »So gern ich es auch täte. Früher, wo ich nahezu täglich im Palast war, habe ich alles mitbekommen, was dort gewispert und getratscht wurde. Aber nun, nachdem sie die Judengasse abgeriegelt haben, sind meine Quellen versiegt. Dabei geht die Zahl unserer Toten merklich zurück. Gestern hatten wir nur noch drei zu beklagen, und der alte Simon war bereits vor Ausbruch der Seuche sehr krank.«

»Viele eurer Leute halten sich an das, was ich ihnen ans Herz gelegt habe«, sagte Vincent. »So wie du, der bislang auch nicht krank geworden ist. So lässt die Seuche sich besser in Schach halten. Wenn ich doch nur wüsste, womit man sie gänzlich bannen könnte! Es muss ein Mittel geben, davon bin ich fest überzeugt, aber ich bin noch ratlos, welches es sein könnte.«

»Was wirst du jetzt tun?«, fragte Mendel. »Ich mache mir schwere Vorwürfe, dass wir Johanna nicht versteckt haben, als Ehrenstein sie holen kam. Aber es war spät am Abend, wir wurden überrumpelt, und du weißt ja, wie schnell wir Juden bei einem Stadtherrn in Misskredit kommen können …«

»Dich trifft keine Schuld«, sagte Vincent. »Ohne diesen dummen Streit wären meine Frau und meine kleine Tochter jetzt bei mir. Nie mehr werde ich Johanna so weit bringen, dass sie nachts Obdach bei Freunden suchen muss, das habe ich mir bei allen Heiligen geschworen.«

Er verließ das Haus der Baruchs und ritt weiter zum Kloster. Auf sein Klopfen hin ließ ihn zunächst lange niemand ein, doch schließlich öffnete ihm Mutter Fastrada.

»Mathilda ist heute Morgen gestorben«, sagte sie. »Aber Irmengard scheint das Schlimmste überstanden zu haben. Allerdings klagt sie noch immer über den Juckreiz.« Sie breitete die Arme weit aus. »Wir sind ein stiller Orden, hier herrschen Schweigen und Gebet. Das habe ich immer geliebt. Doch jetzt ist die Stille im Kloster so groß, dass sie mir manchmal bedrückend erscheint.«

»Ich kann Euch gut verstehen«, sagte Vincent, als sie vor dem provisorischen Infirmarium angekommen waren. »Ganz Mainz ist viel stiller geworden. Beinahe, als ob die Stadt den Atem anhielte. Aber es gibt auch gute Nachrichten. Miriam, die Frau des Juden ben Baruch, scheint mir auf dem Weg der Besserung. Vielleicht haben Eure Gebete an die Jungfrau Maria auch ihr geholfen.«

Fünf Schwestern lagen auf den schmalen Lagern, alle im fortgeschrittenen Stadium der Krankheit, doch bei keiner fand Vincent jene verräterischen schwarzen Pusteln, die unweigerlich den Tod bedeuteten. Mittlerweile schienen die Nonnen sich daran gewöhnt zu haben, dass ein Medicus im Kloster war, und Irmengard rang sich sogar ein winziges Lächeln ab, als er der Oberin zeigte, wie sie mit dem ausfließenden Eiter verfahren sollte.

»Für Euch habe ich ebenfalls gebetet«, sagte Fastrada beim Hinausgehen. »Damit die Gottesmutter Euch schützt und behütet. Und all diejenigen, die Ihr liebt.«

Er warf ihr einen raschen Blick zu, froh, dass die Maske sein Gesicht, das sein aufgewühltes Inneres spiegelte, vor ihr verbarg. Aber konnten ihre klugen Augen nicht ohnehin direkt in das Herz der Menschen sehen?

»Ich spüre, wie aufgeregt Ihr seid. Und wie traurig«, fuhr sie fort. »Und würde Euch so gern etwas von der Last abnehmen, die auf Euren Schultern liegt. Aber meine eigene ist bereits so schwer, dass ich es leider nicht kann. Deshalb bete ich für Euch, Medicus. Möge der gütige Gott Euch auf all Euren Wegen begleiten!«

»Das klingt für mich nach Abschied, Mutter Oberin«, sagte Vincent.

Ihre Augen über der Tuchbinde begannen zu lächeln.

»Daran muss ich mich wohl gewöhnen«, sagte sie. »Deshalb fange ich schon heute damit an.«

✣

Nele brach in Tränen aus, als die Wachen sie nicht in die Burg lassen wollten.

»Aber ich muss zur Frau des Medicus!«, rief sie. »Johanna ist meine Ziehmutter. Und ich habe hier etwas, das sie dringend braucht.«

»Dann gib es her!«, raunzte einer der Männer. »Irgendwie wird es schon zu ihr gelangen.«

»Niemals!« Nele presste den Beutel fest an ihre Brust. »Ich muss es ihr persönlich übergeben.« Was noch könnte sie vorbringen? Plötzlich fiel ihr der Name ein, den Vincent genannt hatte. »Philipp von Ehrenstein«, sagte sie. »Lasst ihn rufen! Er wird mir weiterhelfen.«

Eine ganze Weile verging, bis ein junger Mann vor dem Tor erschien. Das musste Ehrenstein sein.

Ihre Hoffnung stieg.

»Ich bin Nele«, sagte sie rasch, sobald er vor ihr stand. »Der Medicus hat mich von der Pest geheilt. Und ich werde bald Jakob heiraten, Johannas und Vincents Sohn.« Flehentlich sah sie ihn an. »Bitte lasst mich zu Johanna! Es gibt so vieles, was ich sie dringend fragen muss.«

»Der Kardinal hat alle Besuche untersagt …«

»Aber ich bin doch gar kein Besuch! Johanna ist für mich wie eine Mutter und Barbelchen wie eine kleine Schwester …« Ihre Tränen flossen erneut. »Ich hab solche Sehnsucht nach den beiden!«

»Dann komm!«, sagte Philipp. »Mütter und Kinder soll man nicht trennen. Vielleicht stimmt es sie ja heiterer, dich zu sehen. Und dagegen kann auch Seine Eminenz nichts haben. Folge mir!«

So viele Treppen, Gänge und Türen – niemals im Leben würde sie sich hier zurechtfinden! Nele stolperte hinter dem jungen Sekretär her und versuchte alles aufzunehmen, so gut es ihr auf die Schnelle möglich war.

»Das ist ja wie ein Labyrinth!«, entfuhr es ihr schließlich.

Er blieb stehen, drehte sich zu ihr um. »Was weißt du über Labyrinthe, Mädchen?«, fragte er.

»Vincent hat mir eines gezeigt, in einem seiner dicken Bücher. Wir sind darauf gestoßen, als ich Jakob lesen und schreiben beigebracht habe.«

»Du hast seinen Sohn das Abc gelehrt?«

»Ja«, sagte Nele. »Eine böse Frau hatte ihn Johanna gestohlen, als er noch ganz klein war, und an einen Bettler verkauft. Der wollte Jakob sogar blenden, damit es mehr Geld einbringt. Er war schon fast erwachsen, als wir mit dem Lesen beginnen konnten.«

»Ich konnte längst lesen und schreiben«, sagte Philipp, »und doch begreife ich erst jetzt nach und nach dank einem wunderbaren Lehrer, welche Kraft in Büchern liegt. Deine Geschichte bewegt mich, Nele. Der Sohn des Medicus hat großes Glück, dich zur Frau zu bekommen.«

Ein warmes Gefühl durchflutete Nele. Ja, Vincent hatte recht gehabt. Diesem Mann konnte man vertrauen. Sollte sie ihm sagen, was sie über den Anschlag der Plessin wusste?

Sie entschied sich dagegen.

Inzwischen waren sie vor einer Tür angelangt, vor der zwei Wachen postiert waren.

»Die Tochter des Medicus«, sagte Philipp. »Sie möchte zu ihrer Mutter. Lasst sie hinein!«

Johanna sprang von dem Stuhl auf, auf dem sie gesessen hatte, und lief zu Nele, kaum dass sie sie erblickt hatte. Und auch Barbelchen kam breitbeinig dahergetorkelt.

»Wie kommst du hierher?«, rief Johanna, während sie Nele stürmisch umarmte. »Sie haben dich zu mir gelassen?«

»Das verdanke ich allein Philipp von Ehrenstein.« Nele machte sich wieder frei, hob Barbelchen hoch und begann sie abzuküssen, bis die Kleine genug hatte und wieder auf den Boden wollte. »Vor deiner Türe stehen Wachen. Und ohne ihn wäre ich niemals in die Burg gekommen.«

»Ich weiß«, sagte Johanna. »Nach außen hin ist alles wie zuvor, aber kaum verlasse ich den Raum, heften sich sofort Bewacher an meine Fersen. Nur im Garten kann ich mich noch halbwegs unbeschwert bewegen. Aber jetzt berichte! Wie geht es zu Hause – Vincent, Jakob, Sabeth? Sind alle gesund?«

»Ja, alle sind wohlauf«, begann Nele. Sie musste Johanna warnen, aber womit beginnen? Am besten so einfach wie möglich, geradewegs in das Herz der Dinge, so wie sie es von ihr selbst gelernt hatte. »Die Plessin will dich aus dem Weg räumen«, sagte sie unverblümt. »Zu diesem Zweck hat sie bei der Wehmutter Malin Schlafmohn bestellt, den sie dir in großer Menge untermischen möchte.«

»So weit würde sie gehen?« Johanna drückte die Kleine fest an sich. »Und Malin macht sich zur Handlangerin! Schon jetzt esse ich nur, was auch der Kardinal zu sich nimmt. Doch nun habe ich seine Gunst verspielt, und er speist nicht länger mit mir.« Sie schaute Nele erschrocken an. »Jeder Bissen könnte uns töten! Ich vermag zu fasten und nur noch klares Wasser zu trinken – aber doch nicht mein Kind!«

»Sie hat nichts in der Hand, beruhige dich, Johanna! Denn die erwünschte Lieferung hat die Martinsburg niemals erreicht und ist stattdessen bei uns gelandet. Und Malin bereut inzwischen, was sie getan hat. Von der bekommt die Plessin niemals mehr etwas.«

»Bei euch gelandet?« Johanna schüttelte den Kopf. »Wieso bei euch? Ich verstehe nicht …«

»Marie war damit unterwegs, Malins Tochter. Du weißt, wer ihr Vater ist?«

Johanna nickte stumm.

»Marie muss sehr verzweifelt gewesen sein, denn sie hat diesen Schlafmohn selbst geschluckt. Vincent und der Apotheker haben sie im letzten Augenblick gerettet. Sonst würde sie heute nicht mehr leben.«

Johanna begann, auf und ab zu gehen, während Barbara ihr hinterhertapste.

»Seine Konkubine wird es wieder versuchen«, sagte sie. »Wenn nicht mit diesem Schlafmohn, dann eben mit etwas anderem. Sie hasst mich. Ich stehe ihren Plänen im Weg, weil sie glaubt, ich würde ihr den Kardinal stehlen. Dabei ekle ich mich vor ihm. Und will nur noch nach Hause.«

»Warum sagst du Seiner Eminenz nicht einfach, dass die Plessin dir nach dem Leben trachtet – und aufgeflogen ist?«

»Das würde er mir doch niemals glauben! Ich bin bei ihm in Ungnade gefallen, weil ich ihn zurückgewiesen habe. Aber wie konnte er auch jemals nur einen Augenblick annehmen, dass ich Vincent betrügen würde! Jetzt will er mich zum

Nachdenken zwingen – und zwar ausgiebigst. So hat er es genannt.«

»Wenn du ihm so wichtig bist, dann glaubt er dir vielleicht doch. Er möchte dich ja auf keinen Fall verlieren.«

»Versuchen kann ich es. Auf alle Fälle muss die Kleine aus der Burg – und zwar so schnell wie möglich.« Sie sah Nele ernst an. »Du wirst sie hinausbringen. Und ich weiß auch schon, wie.«

Er war ihr gefolgt, den ganzen Weg durch die heiße Stadt. Wenn die alte Hexe mit dem Balg sich im Haus verschanzte, dann würde er sich eben an die junge halten. Es kam ihm wie Stunden vor, seit sie in der Martinsburg verschwunden war.

Was hatte sie dort zu suchen?

Hoffentlich hatte sie keine Stelle in der Hofküche angenommen und kam erst wieder heraus, wenn es dunkel wurde. Schweiß rann ihm in Strömen über den Rücken, doch er behielt sein Lederwams an. Das Messer steckte in einer der Innentaschen, die ihm ein Sattler eigens eingenäht hatte, dazu ein Stück Seil, für das sich immer Verwendung fand. Noch hatte er keinen genauen Plan. Nur dass er diesen Galgenstrick in die Knie zwingen würde, der sich so dreist über ihn erhob und ihm das Leben schwer machte.

Frauen waren immer das schwächste Glied in der Kette. Frauen und Kinder, das wusste er von seinen Überfällen. Sobald sie schrien und angstvoll zu weinen begannen, knickten die Männer ein, zogen ihre Börsen, öffneten die Truhen, waren plötzlich bereit, alles zu geben, nur damit ihren Liebsten nichts zustieß.

Hübsch war sie ja, die Kleine, hübsch auf eine frische, reine Art, die an einen hellen Junitag erinnerte. Sicherlich hing ihr

Verlobter sehr an ihr und würde bestimmt tun, was er verlangte, um sie wieder zurückzubekommen.

Er fletschte die Zähne.

Er würde ihn zappeln lassen, ganz gehörig sogar, was seine Bereitschaft sicherlich steigerte. Das passende Versteck wusste er auch schon. Jetzt, nachdem die Schwarzen Blattern viele Häuser leer gefegt hatten, hatte er es gestern entdeckt, unweit der Offizin gelegen, was die Wege verkürzte. Vor einer halben Ewigkeit hatte der Apotheker sogar den Plan gehabt, das Gebäude zu kaufen und als Liebesnest für sie beide einzurichten.

Liebesnest!

In einem kräftigen Strahl spuckte er auf den Boden. Als ob bei ihm jemals Liebe im Spiel gewesen wäre! Als ideale Beute hatte er den Alten erkannt, ihn gepackt, nach und nach abhängig gemacht und schließlich genüsslich ausgeweidet, solange es etwas zu holen gab. Seinetwegen hätte das ruhig noch eine ganze Weile so weitergehen können, doch leider war der Alte plötzlich aus seinen süßen Träumen erwacht und hatte ihn von einem Tag auf den anderen auf die Straße gesetzt. Seitdem musste er seinem früheren Gewerbe wieder nachgehen: stehlen, rauben, erpressen.

Verdammt, wo blieb sie nur?

Als er schon kurz davor war, in der nächsten Taverne ein Glas zu trinken, sah er plötzlich aus einem der Nebeneingänge eine unförmige dunkle Gestalt heraushuschen. Wer trug bei dieser Hitze freiwillig einen schweren Umhang und zog noch dazu die Kapuze tief über die Augen? Einer von jenen Wahnsinnigen, die in die Häuser mit dem weißen Kreis gingen und dort die Todkranken pflegten?

Unwillkürlich ging er in Deckung, um bloß nicht mit dem Dahineilenden in Berührung zu kommen, doch als die Gestalt weiterlief, begann es ihm zu dämmern. Für einen Mann war sie doch viel zu klein! Und als ihr nach ein paar Schritten auch noch die Kapuze herunterrutschte, schimmerten im Sonnenlicht geflochtene lichtbraune Haare. Außerdem war die Gestalt genau besehen kein bisschen unförmig. Was er zunächst für eine veritable Wampe gehalten hatte, entpuppte sich als kleines Kind, dessen nackte Beinchen in der Bewegung unter dem Umhang hervorblitzten.

Sein Atem ging plötzlich schneller.

Das hätte ja besser gar nicht laufen können – gleich zwei von ihnen auf einen Streich! Er würde sie mitnehmen und so lange gefangen halten, bis er genügend Schlafmohn beisammenhatte, um halb Mainz damit lahmzulegen.

✢

»Hockt sie noch immer vor der Türe?«, fragte Marie leise.

Malin nickte. »Und da kann sie von mir aus sitzen, bis sie Wurzeln geschlagen hat. Ich mache nicht auf. Und wenn die Plessin höchstpersönlich kommt. Ich wünschte, ich wäre ihr niemals begegnet. Nichts als Verdruss hat dieses Weib uns gebracht!« Sie strich Marie über die Wange. »Wie fühlst du dich? Noch immer so müde und matt?«

»Es wird langsam besser. Aber ich wäre gerne noch ein Weilchen bei ihm geblieben – meinem Vater«, sagte Marie. »Ich mag dieses Wort. Ich habe es bislang viel zu selten sagen können.«

Malin rührte so heftig in dem Tonkrug um, dass der Löffel auf dem Boden schrappte, und schwieg.

»Du hasst ihn noch immer?«, fuhr Marie fort. »Aber ich will euch doch beide lieben! Dich und ihn.«

»Er hat mir so wehgetan. Mich entehrt und verlassen …«

»Mir hat er gesagt, dass er dich lieb hatte. Und dass ihr jung wart und verrückt in einem heißen Sommer. War das gelogen?«

»Mag sein!« Malin spähte vorsichtig zum Fenster hinaus und zog sich dann wieder tiefer ins Zimmer zurück. »Aber ich war für ihn immer nur ein Ersatz, von Anfang an. Geliebt hat er Johanna. Und so ist es bis heute geblieben.«

»Einer liebt immer mehr«, sagte Marie. »Kannst du dir das nicht verzeihen?«

Malin strich ihr über den Kopf.

»Ruh dich aus, mein Engel!«, sagte sie. »Ich kann mir ja Mühe geben, wenn dir so viel daran liegt. Doch Vincent de Vries ist und bleibt ein rotes Tuch für mich. Daran wird sich nichts ändern. Und seine Johanna kann ich schon gar nicht leiden.«

»Aber du kennst sie doch gar nicht! Ich hab sie bei den Nonnen erlebt, hell ist sie und freundlich. Jetzt sitzt sie mit ihrem kleinen Kind in der Martinsburg und soll dem alten Kardinal zu Willen sein. Hast du denn gar kein Mitgefühl für sie, Mutter?«

Malin stand auf.

»Doch«, sagte sie. »Und deshalb gehe ich jetzt auch hinaus und sage dieser Kreatur der Plessin, dass ihre Herrin nicht länger auf mich zählen kann.« Sie strich sich die Haare aus der Stirn. »Bist du nun endlich zufrieden?«

*

Dass jemand ihr folgte, war Nele schon sehr bald aufgefallen, doch sie wagte nicht, sich umzudrehen, bis die Burg ein gutes Stück hinter ihnen lag. Barbelchen war brav, lag in ihrem Tuch und gluckste leise vor sich hin, als verstünde sie ganz genau, worauf es jetzt ankam. Wenn sie nur nicht schon so schwer gewesen wäre! Und der dunkle Umhang so dick!

Neles Waden brannten, so sehr musste sie sich anstrengen, und ihr Kreuz fühlte sich an, als würde es im nächsten Moment durchbrechen. Sie musste den Umhang loswerden, den Kathi ihr gegeben hatte, damit sie statt ihrer die Burg verlassen konnte. Nele blieb stehen, schaute vorsichtig nach hinten und wurde ruhiger, als sie keinen Bewaffneten entdeckte. Auf den Gassen waren nur wenige Menschen, Frauen, die ihre Einkäufe erledigten, um schnell wieder ins Haus zu kommen, ein Müller, der auf einem Pferdefuhrwerk seine Säcke transportierte, ein paar Kinder, die einem Lumpenball hinterherjagten. Barbelchen begann zu juchzen, wie jedes Mal, wenn sie Kinder sah, aber als Nele ihr den Finger auf die Lippen legte und sie ernst dabei ansah, verstummte sie. In der Nähe fummelte ein Mann an seiner Sohle herum. Sie sah nur den braunen Rücken, über dem sich speckiges Leder spannte.

Nele ließ den Umhang fallen.

Besser, sehr viel besser! In dem dünnen Kleid würde sie schneller und leichter vorankommen. Trotzdem erschien ihr der Rückweg mit Barbelchen mindestens doppelt so lang.

Und wenn sie einen Abstecher zu Sixt in die Apotheke machte, um dort kurz auszuruhen und einen Schluck zu trinken? Außerdem würde er erleichtert sein, dass die Kleine wieder in Sicherheit war. Vielleicht konnte er dies schon seinem Freund Vincent sagen, wenn der neue Arzneien abholen kam.

Beflügelt von dieser Idee setzte Nele den Weg fort, als sie plötzlich etwas Hartes an den Rippen spürte.

»Keine falsche Bewegung!«, zischte eine Männerstimme. »Die Klinge ist scharf und lang genug, um dich mitsamt der Kleinen aufzuspießen!«

Sie kannte diese Stimme – aber woher?

»Geh einfach weiter, als sei alles in bester Ordnung! Ich bleibe nah bei dir, wie es sonst nur dein Verlobter tut.«

Der Blonde aus dem Keller, der so freche Reden geführt hatte! Mit einem Mal wusste Nele es ganz genau.

»Was soll ich tun?«, fragte sie und dachte: Wenn nur der Kleinen nichts zustößt!

»Das wirst du schon noch rechtzeitig erfahren.« Der Druck der Klinge verstärkte sich.

Nele wagte kaum noch zu atmen, während Barbelchen weiter fröhlich vor sich hin zwitscherte. Jetzt war es nicht mehr weit bis zur Schwanen Apotheke. Aber wie hatte der Halunke wissen können, wo sie hinwollten?

Wenn sie den Mund aufriss und aus Leibeskräften schrie? Würde Sixt sie dann hören?

»Denk nicht daran abzuhauen!« Er packte sie an den Haaren und zerrte sie zu einem unwirtlichen Haus. Barbelchen begann zu weinen, aber sie konnte sie jetzt nicht trösten. Die Tür stieß er mit einem wütenden Fußtritt auf. Von unten gähnte ihnen der Keller entgegen.

Grob stieß er sie die Treppe hinunter. Sie hatte Angst, zu stürzen und dabei auf die Kleine zu fallen, die inzwischen wie am Spieß schrie. Es roch nach Moder und Mäusekot. Dann hörte Nele, wie eine Tür ins Schloss fiel, und es wurde um sie herum stockfinster.

*

Wieso kam sie nicht zurück? Jakob fand keine Ruhe mehr, lief von der Küche in den Hof und wieder zurück. Zu Sabeth mochte er nichts sagen, aber die spürte auch so, was mit ihm los war.

»Hättest sie nicht gehen lassen sollen«, sagte sie. »Aber auf mich hört ja keiner!«

»Dann sag du mir doch, wo sie ist!«, fuhr er sie an und schämte sich im gleichen Moment für seine Unbeherrschtheit.

»Kann nichts sehen«, erwiderte sie ruhig. »Alles dunkel.«

Es wurde wirklich immer schlimmer mit ihr. Bevor sein Vater zurückkam, konnte er nicht weg, sonst hätte er sich schon längst auf den Weg zur Burg gemacht, um nach Nele zu suchen. Aber so musste er ausharren, bis Vincent endlich da war.

Wie immer streifte der Medicus zuerst die Pestkluft ab, dann ging er zum Brunnen, um sich zu waschen. Ohne sich abzutrocknen, kam er zurück in die Küche.

»Was sagt Nele?«, fragte er, während er sich einen Becher Most einschenkte und ihn durstig leerte. »Hat sie Johanna getroffen und ihr vom Anschlag der Plessin erzählt? Und lässt der Kardinal unsere beiden gehen?«

»Nele ist noch nicht zurück«, erwiderte Jakob dumpf. »Und ich fürchte, das ist kein gutes Zeichen.«

Vincent trank einen zweiten Becher.

»Ich reite zur Burg«, sagte er. »Ich will alles aus seinem eigenen Mund hören. Und dieses Mal werden sie mich zum Kardinal vorlassen, das schwöre ich dir!«

»Dann nimm mich mit!«, bat Jakob. »Zu zweit sind wir unbesiegbar.«

»Du weißt, warum ich das nicht kann. Außerdem ist es nicht gut, Sabeth allein mit Lea zu lassen. Ständig faselt sie von Feuer. Eines Tages zündet sie uns noch das Dach über dem Kopf an, wenn wir nicht aufpassen. Du hast versprochen, die beiden zu schützen, also schütze sie jetzt auch!«

Während Jakob ihm enttäuscht hinterherstarrte, holte er

Rosa wieder aus dem Stall, sattelte sie und stieg auf. Heute trieb er sie regelrecht durch die Gassen, und die Ungeduld, die in ihm wühlte, schien sich auf die Stute zu übertragen. Sie scheute mehrmals, was sonst gar nicht ihre Art war, und wäre fast gestiegen, als ein Karren mit irdenen Töpfen und Schüsseln ihnen entgegenkam. Im letzten Augenblick riss Vincent sie zur Seite. Als er die Martinsburg erreichte, zitterten seine Hände noch immer, und sein Atem war flach.

Die Wachen verwehrten ihm den Zutritt, das kannte er bereits. Doch heute ließ er sich nicht davon beeindrucken.

»Ich bin der Leibarzt Seiner Eminenz und hier in einer wichtigen medizinischen Angelegenheit«, sagte er. »Köpfe werden rollen, wenn ihr mich nicht sofort zu ihm lasst!«

Einer der Männer verschwand nach drinnen, um schließlich mit dem leichenblassen Philipp von Ehrenstein zurückzukommen.

»Ich fürchte, das ist keine gute Idee, de Vries«, sagte er. »Seine Eminenz ist außer sich vor Zorn. Eure Frau hat sein Vertrauen missbraucht und die Kleine aus der Burg schmuggeln lassen. Hätte ich geahnt, was die Verlobte Eures Sohnes im Schilde führt, ich hätte mich niemals für sie verwendet.«

»Nele ist nicht nach Hause gekommen«, sagte Vincent schroff. »Weder mit noch ohne Barbara. Seit Stunden warten wir vergeblich. Wo sind die beiden, Ehrenstein? Was habt Ihr mit ihnen gemacht?«

»Nichts. Gar nichts. Seid Ihr taub, Medicus?«, fragte der Sekretär laut. »Diese Nele hat Eure Tochter entführt und ist mit ihr verschwunden.«

»Das wird mir jetzt zu dumm!« Inzwischen schrie auch Vincent. »Ich will den Kardinal sprechen – auf der Stelle!«

»Wie Ihr wünscht.« Philipp brachte ihn nach oben ins

grüne Zimmer, wo ein zornesroter Albrecht von Brandenburg sich auf Vincent stürzte.

»So missbraucht Ihr meine Geduld und mein Vertrauen!«, schrie er. »Schutz und Obdach habe ich Eurer Buhlin und dem Kind angeboten. Und was tut sie? Hintergeht mich heimtückisch.«

»Johanna ist meine Frau«, erwiderte Vincent mit schmalen Lippen. »Und hieltet Ihr sie nicht wie eine Gefangene in dieser Burg, wo sie nicht nur um ihre Ehre, sondern auch um ihr Leben fürchten muss, so bräuchte sie nicht zu solchen Mitteln greifen.«

»Stopft ihm das Maul, Eminenz!«, ertönte eine Frauenstimme, und aus dem Sessel am Fenster erhob sich Agnes Pless. »Dieser Pfuscher hat kein Recht, solche unverschämten Reden zu führen.«

»Das übernehmt dann doch lieber Ihr selbst, nicht wahr?«, sagte Vincent. »Falls Ihr Euch nicht gerade zur Wehmutter schleicht, um Gift zu kaufen.«

»Eine bodenlose Unterstellung!« Die Plessin griff sich an den Leib. »Werft ihn hinaus, Eminenz! Ins Loch mit ihm – und seine blonde Metze gleich hinterher!«

Mit einer Handbewegung tat Vincent ihr Geschrei ab.

»Die Wehmutter Malin ist bereit, alles zu bezeugen«, sagte er. »Außerdem gibt es da einen Brief, den sie zwar beseitigen sollte, aber doch lieber aufgehoben hat. Alles schwarz auf weiß. Eure teuerste Freundin, Eminenz, ist eine Mörderin!«

»Schweig!« Agnes' Gesicht fiel in sich zusammen. »Das sind Lügen, nichts als Lügen. Bitte glaubt ihm nicht, Eminenz … Schont mich und meine Leibesfrucht!« Sie krümmte sich zusammen und sank zurück auf den Sessel, doch niemand schien von ihr noch Notiz zu nehmen.

»Wo ist mein Kind, Eminenz?«, fragte Vincent. »Wenn Ihr es habt wegbringen lassen, dann sagt es mir jetzt!«

»Ich weiß nichts von Eurem Kind«, schrie Albrecht. »Ich weiß nur, dass ich von lauter Lügnern und Dieben und Mördern umgeben bin. Hinaus mit dir, Agnes!« Sein Zeigefinger wies ihr den Weg. »Ich will dich nicht mehr sehen. Geh!«

»Aber ich liebe dich, Albrecht.« Taumelnd erhob sie sich. »Ich trage dein Kind …« Sie stieß einen markerschütternden Schrei aus, als sie das Blut auf dem Sessel entdeckte. Auch die Rückseite ihres hellen Kleides war dunkel vor Blut.

Jetzt wandte sie sich an Vincent.

»Helft mir, Medicus! Rettet mich! Rettet mein Kind!«

»Lasst Euch in Eure Gemächer bringen!«, sagte Vincent ungerührt. »Und dann solltet Ihr schleunigst nach einer tüchtigen Wehmutter schicken.«

Das Klingeln des Kardinals rief eine Schar von Dienerinnen herbei, die Agnes nach draußen brachten. Philipp von Ehrenstein folgte ihnen.

Jetzt waren sie nur noch zu zweit im grünen Zimmer.

»Gebt mir meine Frau zurück!«, verlangte Vincent. »Zusammen mit ihr werde ich nach Nele und Barbelchen suchen.«

»Sie bleibt vorerst hier. Und das ist mein letztes Wort.« Der Kardinal ging steifbeinig zum Fenster und starrte hinaus. Den besudelten Sessel würdigte er dabei keines Blickes.

»Es ist zurückgekommen, habe ich recht?«, sagte Vincent in die angespannte Stille hinein. »Wo sitzt es dieses Mal? Rechts? Ja, ich denke, es ist am rechten Schenkel. Dort wird es wachsen und immer dicker und praller werden, bis es eines Tages …«

»Schweigt!«, schrie der Kardinal. »Und verschont mich mit Eurem Anblick!«

»Nicht, bevor ich Euch die Wahrheit gesagt habe, Eminenz. Ihr hattet mich nach der Wahrheit gefragt – und hier ist sie: Die Krankheit, an der Ihr leidet, wird auch die Französische genannt. Sie ist ebenso unheilbar wie ansteckend, sobald intime Körpersäfte fließen. Jeder, der mit Euch auf diese Weise in Berührung kommt, kann sie bekommen. Am Ende steht der Tod – unausweichlich. Wenn Ihr also meinem Weib Gewalt antut, macht Ihr sie krank und sprecht damit gleichzeitig ihr Todesurteil. Wollt Ihr das wirklich, Eminenz?«

Mit weit aufgerissenen Augen fuhr der Kardinal zu ihm herum.

»Du lügst!«, krächzte er.

»Jedes Wort ist wahr. Gebt mir meine Johanna – und ich werde Euch helfen, Euer Leiden zu lindern, so wie ich es auch bisher getan habe.«

Albrecht schien ihn gar nicht zu hören.

»Wie lange noch?« Er war kaum zu verstehen.

»Das ist von Fall zu Fall unterschiedlich. In Eurem Stadium vielleicht noch drei, vier Jahre. Dann werdet Ihr Euch vor Gott, dem Allmächtigen, zu rechtfertigen haben.«

Jetzt zeigte Vincents Zeigefinger auf Albrecht. Und er zitterte.

Vincent verließ das grüne Zimmer, sein Herz so schwer wie ein Felsbrocken. Er war nur ein paar Schritte gegangen, als er plötzlich ein Wispern hörte und innehielt.

»Ich bin Kathi«, flüsterte das rundliche Mädchen. »Die Dienerin Eurer Frau. Und das hier hat sie Euch geschrieben.«

✣

Irgendwann war die Kleine mitten im Weinen eingeschlafen, während Nele mit offenen Augen in die Dunkelheit starrte. Wenn man länger hier unten saß, ließ sich nach und nach einiges erkennen, Tonscherben, zerbrochenes Glas, ein paar Lumpen. Es war ein aufgegebenes Haus, das war ihr inzwischen klar. Ein Haus, dessen Bewohner die Stadt verlassen hatten – oder gestorben waren.

Die Pestlumpen des Ratsherrn hatten sie damals krank gemacht. Und seit Wochen trichterte Vincent ihnen ein, bloß nichts anzufassen, was mit Pockenkranken in Berührung gekommen war. Mit ihren Holzpantinen versetzte sie dem ekelhaften Zeug einen wütenden Stoß.

Vincent, dachte sie. Ihn so zu nennen traute sie sich erst seit Kurzem. Zuvor war er stets der Medicus für sie gewesen, unnahbar trotz all seiner Freundlichkeit. Doch seit man ihm Johanna und Barbelchen vorenthielt und Marie in sein Leben getreten war, hatte er sich verändert. Er war weicher geworden, zugänglicher.

Aber auch verletzlicher.

Jakob und er waren sich ähnlicher, als beide es wahrhaben wollten: großherzig und aufbrausend, schnell enttäuscht und dann wieder zu verblüffenden Einsichten imstande. Sie liebte den Sohn, aber den Vater schätzte und ehrte sie, und es machte sie glücklich, dass Vincent auch sie zu mögen schien.

»Du hast so große Stücke auf mich gesetzt«, murmelte sie. »Dann werde ich dich auch nicht enttäuschen. Ich bringe dir dein Kind nach Hause zurück – gesund und unversehrt.«

Die Tür ging auf, der Blonde kam herein, einen Krug in der Hand und einen Wecken Brot, den er ihr vor die Füße warf. Der Wecken war hart und alt. Nur Schweine würde man noch damit füttern.

»Das kann die Kleine noch nicht essen«, protestierte Nele. »Sie hat erst ein paar Zähne.«

»Dann kau es ihr eben vor! Oder fang für euch beide eine saftige Ratte! Hier unten rennen genug davon herum.«

Sie hätte heulen können bei dieser gemeinen Antwort, aber stattdessen biss sie tapfer die Zähne zusammen.

»Was willst du eigentlich von uns?«, fragte sie. »Warum sind wir hier eingesperrt?«

»Ganz einfach.« Er kam ihr so nah, dass sie seinen abgestandenen Schweiß riechen konnte, aber vermutlich stank sie inzwischen kaum weniger. »Dein feiner Verlobter hat etwas, das ich unbedingt brauche. Und ich habe dich – euch.«

✣

Philipp von Ehrenstein wirkte bedrückt, als er das Nachtkleid für den Kardinal bereitlegte, und auch dieser war ungewohnt schweigsam. Er behielt die Soutane an, die er den ganzen Tag schon getragen hatte, und setzte sich vor die aufgeschlagene Bibel an den Tisch.

»Kein guter Tag«, sagte Philipp.

»In der Tat alles andere als ein guter Tag«, pflichtete Albrecht ihm bei. »Bislang ging ich davon aus, dass der Mensch in der Lage ist, nur ein gewisses Maß an Enttäuschungen auf einmal zu ertragen. Doch die letzten Stunden haben mir deutlich gemacht, dass es offenbar anders ist.«

»Agnes Pless …«

»Nicht diesen Namen!«, unterbrach ihn der Kardinal. »Es wird eine ganze Weile dauern, bis ich ihn wieder über die Lippen bringe – wenn überhaupt.«

»Sie leidet, Eminenz. Sie hat das Kind verloren, fiebert und ruft nach Euch.«

»Lasst sie rufen, Philipp! Auch ich leide. Seit Monaten habe ich mich nicht mehr so niedergeschlagen gefühlt.«

Das Bett war aufgeschlagen, die Kerzen brannten. Seidene Pantoffeln standen bereit. Eigentlich hätte der junge Sekretär sich nun dezent entfernen können, doch er machte keinerlei Anstalten dazu, sondern blieb mit hängenden Schultern stehen.

»Dann fürchte ich, Eurer Betrübnis noch einen weiteren Kummer hinzufügen zu müssen«, sagte er schließlich. »Ich habe Euch stets gern gedient, Eminenz, doch nun werde ich Euch bald verlassen.«

»Das darfst du nicht!« Es hörte sich fast an wie ein Jaulen. »Wie soll ich ohne dich auskommen?«

»Ihr werdet einen anderen finden, Eminenz. Einen Besseren. Doch ich muss aufbrechen. Jetzt, da mein Leben endlich einen Sinn hat.«

»Du gehst mit ihm – mit Pater Faber? Er hat mir gesagt, dass er Mainz bald verlassen wird.«

»Ihr wusstet es?«, fragte Philipp überrascht, um sich gleich danach zu korrigieren. »Natürlich wusstet Ihr es! Schon immer konntet Ihr in mir lesen wie in einem Buch. Ja, ich begleite ihn. Die Brüder sollen stets zu zweit reisen, so besagt es die Regel.« Er schmunzelte. »Ich hoffe, ich werde mich der Gesellschaft Jesu würdig erweisen können.«

»Und du bist dir wirklich sicher? Dieser Weg, den die Jesuiten vorschreiben, ist steinig – und anspruchsvoll.«

»Ihr meint, ich sei vielleicht zu ungebildet dazu, weil ich außer reiten, fechten und dienen nichts gelernt habe?« Philipp lachte. »Das habe ich Pater Faber auch gesagt. Doch er hat mich getröstet und mir versichert, dass der neue Orden Priester *und* Brüder braucht. Und als einfacher Bruder will ich mich ab jetzt gern in die Schar der anderen Brüder einreihen …«

Einer der Wachleute kam aufgeregt ins Gemach gestürzt.

»Vergebt, Euer Eminenz!«, rief er. »Ein Fluchtversuch! Der Mann hat sich über die Küche eingeschlichen …«

»Gehen wir, Philipp!« Der Kardinal erhob sich. »Diesen nächtlichen Dienst wirst du mir ja wohl noch erweisen.«

*

Johanna weinte, als der Kardinal in der Küche erschien, blass und zornig, als sei das Jüngste Gericht angebrochen, während Vincent mit unbeweglichem Gesicht dastand.

»Ist es jetzt schon so weit?«, donnerte Albrecht. »Dass Ihr Euch wie Diebe Eintritt in meine Burg verschaffen müsst? Wie habt Ihr mich enttäuscht, de Vries. Maßlos enttäuscht!«

»Ihr zwingt uns ja dazu«, sagte Vincent. »Wir müssen unser Kind suchen und Jakobs Verlobte Nele dazu, die irgendwo in der Stadt verschwunden sind …«

Albrechts Antlitz war wie aus Stein gemeißelt.

»Das werdet Ihr bereuen, Medicus«, sagte er. »Morgen geht ein Schreiben an meinen Mitbruder Hermann von Wied, der erfreut sein wird, die flüchtigen Verbrecher …«

»Albrecht!«, rief Johanna und kniete sich vor ihn auf den schmutzigen Boden. »Ihr habt mich einst beschworen, Euren Namen auszusprechen, und nun, in der Stunde der höchsten Not, komme ich auf diese Bitte zurück: Wenn Ihr jemals auch nur das Geringste für mich empfunden habt, dann lasst mich und Vincent jetzt gehen. Unser Kind braucht uns. Und Nele braucht uns auch. Wir müssen sie finden und retten – ich flehe Euch an!«

Der Kardinal wandte sich ab, als könnte er ihren Anblick nicht länger ertragen. Dann schaute er zu Philipp, der ihm bekräftigend zunickte. Schließlich kehrte sein Blick zu Johanna zurück.

»Im Namen der Gottesmutter will ich Gnade vor Recht ergehen lassen«, sagte er leise. »Auch wenn es mir das Herz in Stücke reißt. Maria, die alle unsere Sorgen kennt, schütze dich, meine blaue Königin! Du kannst gehen.«

*

Vor der Burg fielen sie sich in die Arme, weinten, lachten und küssten sich, bis beide kaum noch Luft bekamen. Dann jedoch schob Johanna Vincent von sich weg.

»Wir müssen die Kleine und Nele suchen«, sagte sie.

»Jetzt? Mitten in der Nacht? Wo willst du da beginnen?«

»Ich weiß es nicht. Ich weiß gar nichts mehr. Nur dass ich kein Auge schließen werde, bis sie wieder bei uns sind.«

»Das will ich doch auch«, sagte Vincent. »Aber wenn wir vor Müdigkeit umfallen, ist niemandem gedient. Lass uns heimreiten und Jakob erlösen! Er wartet sehnlichst auf dich, aber ich hab ihn dazu gezwungen, bei Sabeth und Lea zu bleiben.«

»Lea?« Johanna runzelte die Stirn. »Sie ist bei uns? Aber Miriam ist doch nicht …«

»Sie wird die Pocken überleben. Viele andere hat es schlimmer getroffen. Und jetzt sitz auf! Ich will endlich nach Hause.«

Sie ließ sich überreden, stieg auf, saß aber stocksteif vor ihm auf Rosa.

»Irgendwo hier muss sie sein«, sagte sie, während die Stute durch die leeren Gassen trabte. »Aber wo? Und wer hat sie in seiner Gewalt?«

Jakob kam aus der Tür gestürmt, kaum hatten sie das Haus mit dem Feuervogel erreicht. Er hatte einen dicken Stein und ein Blatt Papier in der Hand.

»Ich weiß, wer sie festhält«, rief er. »Cuntz, dieser Hundsfott! Er fordert Schlafmohn von mir – in Mengen. Damit er in Ruhe stehlen und rauben kann.«

»Den könnte nur Auberlin ihm geben«, sagte Vincent. »Aber wieso sollte er das tun? Einem Schlitzohr und Verbrecher, der unschuldige Kinder entführt?«

»Du kennst ihn nicht. Er ist zu allem fähig. Aber Sixt kennt ihn. Er weiß …«

»Feuer!«, ertönte eine gellende Stimme aus dem Haus. »Die Decke brennt … Alles brennt – lichterloh!«

Vincent rannte hinein, lief die Treppe hinauf und fand auf halber Höhe Sabeth, die schlafende kleine Lea auf den Armen, die der ganze Lärm nicht zu stören schien.

»Muss sie retten«, murmelte die Alte. »Feuer – überall Feuer!«

»Kümmere du dich um die beiden, Johanna!«, sagte Vincent. »Jakob und ich reiten zu Auberlin und wecken ihn. Er wird uns deswegen für alle Zeiten hassen, aber ich weiß keine andere Lösung.«

Wieder der Weg durch die stille Stadt, dieses Mal in umgekehrter Richtung. Auberlin wohnte direkt über der Offizin, und sein Schlaf war tief, daran erinnerte sich Vincent noch aus alten Mainzer Zeiten. Vor der Apotheke angekommen, stiegen sie ab und begannen, Steine an die Fensterscheibe oben zu werfen. Beide trafen gut, und doch dauerte es eine ganze Weile, bis sich ein verschlafenes Gesicht zeigte.

»Was wollt Ihr?«, rief Sixt.

»Wir sind es, Auberlin, Jakob und ich. Wir brauchen deine Hilfe.«

Überraschend schnell war der Apotheker unten, über das Nachthemd nur einen Umhang geschlungen, einen Kerzenleuchter in der Hand.

»Cuntz hat Nele und Barbelchen in seiner Gewalt. Wo kann er sie versteckt halten?«

»Er hat sie entführt?«

Jakob nickte. »Er fordert …«

»Schlafmohn?«

»Ganz genau. Alles, was du hast. Und zwar sofort, sonst wird er sie …«

In diesem Augenblick begannen aus dem Dach eines nahe gelegenen Hauses Flammen zu schlagen.

»Wir müssen zu löschen versuchen – schnell!«, rief Vincent. »Jetzt, wo so viele gestorben sind, liegt die ganze Feuerwehr danieder.«

»Aber das ist doch das Haus, das ich einmal für ihn kaufen wollte«, murmelte Auberlin.

»Für Cuntz?«, schrie Jakob und stürzte los. »Dann weiß ich, wo sie sein könnten.«

Er rannte schnell, Vincent ihm auf den Fersen, in einigem Abstand folgte Auberlin.

»Ihr seid spät dran«, sagte Cuntz, der mit seinem Messer neben der Tür stand. »Ich glaube, die beiden rösten schon.«

In namenloser Wut versetzte Vincent ihm einen Fausthieb aufs Kinn, während Jakob ihm das Messer entwand. Dann hob er sein Knie und stieß es Cuntz ins Gemächt.

»Wo?«, schrie er.

»Im Keller«, jaulte Cuntz. »Ich wollte euch nur einen Schrecken einjagen …«

Vincent stürzte nach unten und warf sich gegen die Tür. In einer Ecke fand er Nele, über Barbelchen gebeugt, um sie mit ihrem Körper zu schützen.

»Raus hier!«, schrie Vincent. »Es brennt – raus mit euch!«

Das schreiende Barbelchen packte er unter den einen Arm,

mit dem anderen schob er Nele hinaus. Mit schwankenden Beinen erklomm sie die Treppe.

Draußen hatten Jakob und Auberlin Cuntz mit Auberlins Umhang gefesselt.

»Du wirst kein Unheil mehr anrichten!« Jakob spuckte ihm mitten ins Gesicht.

»Führt ihn zum Eisernen Turm«, sagte Vincent. »Dort werden die Büttel sich weiter um ihn kümmern. Ich bringe einstweilen Nele und Barbelchen nach Hause.«

»Muss mir noch was zum Anziehen holen«, grummelte Auberlin. »Bei einem Apotheker im Nachtgewand kauft ja kein Mensch je wieder ein.«

Doch dazu kam es nicht mehr.

Inzwischen stand das ganze Haus in Flammen. Holz prasselte, einzelne brennende Balken lösten sich und fielen herab – einer davon traf Cuntz. Das braune Lederwams, das ihn hätte schützen können, trug er nicht mehr. Sein dünnes Hemd und die Beinkleider fingen sofort Feuer. Er schrie und wand sich, fluchte, jaulte, stürzte längs hin und wälzte sich am Boden wie ein Wahnsinniger. Vincent riss sich das Wams herunter und schlug damit auf den Brennenden ein, Auberlin rannte los und kam mit zwei Wassereimern zurück – alles vergebens. Die blonden Haare waren schwarz, die Haut sah wie Leder aus, die Finger wie dunkle Klauen.

Cuntz lebte nicht mehr.

Jetzt kamen aus den übrigen Häusern Menschen gelaufen, bildeten mit ihren Eimern eine Kette und begannen, gemeinsam zu löschen. Einige beugten sich über den Toten, bis jemand ein Tuch über ihn warf und ihn damit vor neugierigen Blicken bewahrte.

»Er hätte den Himmel auf Erden haben können«, sagte

Auberlin nachdenklich. »Und hat sich doch für die Hölle entschieden.«

»Ich muss zu meiner Jo und ihr die Kinder bringen.« Vincent hob Nele aufs Pferd und reichte ihr Barbelchen. »Sie hat lange genug gelitten.«

»Reitet nur voraus!«, sagte Jakob, der plötzlich ganz still geworden war. »Ich gehe gern zu Fuß nach Hause.«

Epilog

Sie hatten den Jungen bei der Trauung den Vortritt gelassen, weil Nele und Jakob nicht länger warten wollten. Als Johanna ihre Gesichter sah, die vor Aufregung glühten, wusste sie, dass es die richtige Entscheidung gewesen war. Und auch dass sie St. Johannis für die Zeremonie gewählt hatten, gefiel ihr, auch wenn sie als Bewohner des Kirschgartens eigentlich nicht zu diesem Sprengel gehörten. Nach dem heißen Sommer, in dem die Blattern in Mainz gewütet hatten, war der September launisch gewesen, der Oktober nicht minder, doch jetzt zu Martini zeigte sich der Spätherbst noch einmal unerwartet von seiner schönsten Seite.

Nele strahlte, als sie in ihrem Kleid aus heller Wolle, über dem sie eine mit rötlichem Rauchwerk besetzte Schaube trug, neben ihrem Bräutigam vor dem Altar stand. Der Ring, den Jakob für sie ausgesucht hatte, war aus Gold und hatte einen winzigen blauen Stein; der Silberreif aus dem Kaufhaus am Brand schmückte ihre linke Hand.

»Willst du, Jakob de Vries, die hier anwesende Nele Achtinger als deine Frau annehmen, sie lieben und ehren …«

Johannas Lippen bewegten sich lautlos zu diesen Worten

mit, als wäre es eine Vorbereitung für ihr eigenes Eheversprechen.

» … in guten wie in schlechten Tagen …«

Vor einem guten Monat hatte Mainz seinen letzten Pockentoten begraben. Noch lag die Erinnerung an das große Sterben wie ein schweres dunkles Tuch über allem, und doch begann die ehrwürdige Bischofsstadt am Rhein langsam wieder zu ihrem gewohnten Leben zurückzukehren. Gassen und Plätze füllten sich, die Tavernen mussten sich nicht länger über fehlende Gäste beklagen, und vor allem in die Gotteshäuser strömten die Menschen in Scharen, um der Toten zu gedenken und für ihre Rettung zu danken – vor allem, wenn Pater Faber seine inzwischen berühmten Predigten hielt. Stets zwischen Speyer, Trier, Worms und Mainz unterwegs, immer in Begleitung von Philipp von Ehrenstein, der inzwischen als Novize die einfache Kutte der Jesuiten trug, verstand er es wie kaum ein anderer, mit seinen einfachen, warmen Worten die Herzen zu erreichen. Er wetterte nicht, noch klagte er an, sondern er wählte eingängige Bilder und Gleichnisse, die alle verstanden und die Trost spendeten.

Welch Ehre und Auszeichnung, dass er sich bereit erklärt hatte, heute die beiden Trauungen in St. Johannis vorzunehmen!

»Bist du aufgeregt?«, flüsterte Johanna, als nun Vincent und sie an der Reihe waren. »Und dir wirklich ganz sicher? Oder willst du es dir lieber noch einmal überlegen?«

»Wie könnte ich das, meine blaue Königin?«, sagte er lächelnd und zwinkerte dabei schelmisch.

Plötzlich war alles wie im Traum, die Worte, die feierliche Orgelmusik, der schwere Goldreif, der leicht und kühl auf ihren Finger glitt. Jetzt war sie vor allen Vincents Frau – und war es doch immer schon gewesen.

Vor der Kirche erwarteten sie Sabeth und Barbelchen, die die Astern aus ihrem kleinen Körbchen bereits hoffnungslos zerrupft hatte, sowie Auberlin, Gwen und ihr Mann. Eine schüchterne Marie hielt sich im Hintergrund und in respektvoller Entfernung die gesamte Familie Baruch, die das christliche Fest nicht hatte stören wollen. Mendel hielt Lea so behutsam in seinen Armen wie eine Kostbarkeit. Miriam hatte ihr Gesicht zunächst hinter einem dünnen Spitzenschleier verborgen, doch als eine frische Bö aufkam und ihn ihr wegriss, lachte sie nur und ließ ihn davonfliegen. Sie war hochschwanger, schien wohlauf, und die Narben im Gesicht verliehen ihr eine leise Melancholie, die gut zu ihrer zarten Gestalt passte.

Barbara sorgte rechtzeitig dafür, dass nicht allzu viel Wehmut aufkam. Weiß der Henker, wo sie an diesem trockenen Tag den Matsch aufgetrieben hatte, mit dem ihre kleinen Hände beschmiert waren, aber sie lief damit zuerst zu Miriam, dann zu Johanna und drückte die Hände fest gegen deren Röcke.

Als die beiden an sich hinabschauten, brachen sie in Gelächter aus.

»Von wegen blaue Königin!«, sagte Johanna. »Keiner sorgt so gut dafür wie meine kleine Tochter, dass ich niemals vergesse, wer ich wirklich bin.«

»Bei mir sind es ja bald zwei«, sagte Miriam verträumt. »Dann nähe ich meine Kleider künftig am besten nur noch in Erdbraun.«

Langsam setzte sich der kleine Zug in Bewegung, und auch Philipp sowie Faber schlossen sich der Hochzeitsgesellschaft an. Die meisten Gäste würden anschließend noch im *Ochsen* mit Gänsebraten tafeln; nur Mendel und Miriam verabschiedeten sich schon jetzt, weil ihre Speisegesetze das verboten, wenn die Schlachtung nicht koscher war.

»Wie geht es ihm?«, fragte Johanna Philipp, der neben ihr schritt. »Weiß Seine Eminenz, dass wir heute geheiratet haben? Vincent behandelt ihn noch immer, aber er spricht niemals darüber.«

»Ich denke, er weiß alles, was in dieser Stadt vor sich geht«, erwiderte er. »Die Plessin hat er übrigens bei den Aschaffenburger Beginen untergebracht. Und er ist zu meiner Freude mehr denn je geistlichen Anliegen zugetan. Faber hat mir gesagt, dass Seine Eminenz ihn sogar wegen Exerzitien zurate gezogen hat.«

Vincent kam von hinten angelaufen und fasste Johanna stürmisch um die Taille.

»Ich muss sie Euch jetzt leider entführen«, sagte er zu Philipp. »Auf diesen Augenblick habe ich schließlich mehr als zwanzig Jahre gewartet.«

Er hielt Johanna in seinen Armen und küsste sie inniglich. Sie genoss seine Ruhe, seine Wärme, seine Sicherheit.

»Auf immer und ewig«, flüsterte er.

»Auf immer und ewig«, flüsterte sie zurück.

Sein Lächeln vertiefte sich.

»Wenn es sein muss, dann gehen wir beide jetzt da rein und feiern mit Kindern, Freunden und Nachbarn ein fröhliches Fest«, sagte er. »Doch die Nacht, die darauf folgt, gehört nur dir und mir, meine Jo!«

Historisches Nachwort

Der Fürst

Albrecht von Brandenburg (1490-1545) aus dem Haus der Hohenzollern ist mit Sicherheit eine der spannendsten und vielschichtigsten Gestalten des 16. Jahrhunderts in Deutschland. Zuerst Co-Markgraf von Brandenburg (mit seinem älteren Bruder Joachim), wurde er Erzbischof von Magdeburg (zunächst ohne jegliche kirchliche Weihen) und apostolischer Administrator für das vakante Halberstadt. Bereits 1514 wurde er zudem Erzbischof von Mainz, Landesherr des Erzstiftes Mainz, Kurfürst und Erzkanzler des Heiligen Römischen Reiches (also Zweiter im Reich nach dem Kaiser), später Kardinal der Römischen Kirche. Als Förderer des Ablasshandels (Johann Tetzel wirkte direkt in seinem Auftrag) und ranghöchster geistlicher Würdenträger des Deutschen Reiches war er einer der wichtigsten Gegenspieler von Martin Luther. Er regierte bis zu seiner Vertreibung 1541 von seiner Residenz in Halle an der Saale aus; danach residierte er in Mainz und Aschaffenburg. Nach seiner Vertreibung aus Halle riet er dem Kaiser zur Gewalt gegen die Protestanten, und den 1540 gegründeten Jesuitenorden nahm er als erster von allen deutschen Fürsten in Mainz auf.

Albrecht war ein Renaissancefürst, wie er im Buche steht:

ein Freund der Wissenschaften und Förderer der Künste, der Kirchen prunkvoll umgestalten ließ und unter anderem bei Lucas Cranach sechzehn Altäre mit insgesamt einhundertzweiundvierzig Bildern in Auftrag gab, die innerhalb von fünf Jahren fertiggestellt wurden – die größte Gemäldesammlung der deutschen Kunstgeschichte. Neben Lucas Cranach förderte er die Maler Grünewald und Baldung Grien; auch mit Dürer stand er in Kontakt. Seine Reliquiensammlung, »Hallesches Heiltum« genannt, war spektakulär: bei seiner Flucht aus Halle nahm er viele seiner gestifteten Kunstschätze mit.

Seine Achillesferse – er war immerhin Kardinal – stellten zeitlebens die Frauen dar. In der Literatur gibt es dazu die verschiedensten Quellen und Behauptungen quer durch die Jahrhunderte, die sich zum Teil heftig widersprechen. Es waren viele, *sehr* viele, davon kann man ausgehen, und er machte daraus auch keinen Hehl. Den Reformator Luther, der ihm den Übertritt zum Protestantismus schmackhaft machen wollte (vergeblich!) und ihm die Ehe mit einer Frau anriet (wie er es getan hatte), lachte Albrecht aus und berief sich dabei auf das Recht des Fürsten, »von vielen Blumen zu naschen«. Fest steht auf jeden Fall, dass er neben weiteren amourösen Kontakten mit Leys Schütz und später der Frankfurter Witwe Agnes Pless in einem eheähnlichen Verhältnis lebte. Mit Leys hatte er eine Tochter namens Anna, die er mit seinem Sekretär verheiratete. Agnes machte er schließlich zur Vorsteherin eines Beginenkonvents, den er im Aschaffenburger Schönetal gegründet hatte. Sie spielt in diesem Roman als Gegenspielerin der einstigen Pestmagd Johanna eine wichtige Rolle.

Denn der Kardinal hatte ein weiteres großes Problem. Vom »vergifteten Pfeil der Venus« getroffen, wie man im 16. Jahrhundert die Syphilis gern umschreibend nannte (andere

Namen: Lues, Franzosen- oder Italienerkrankheit, je nachdem, wo man lebte, »schuld« waren stets die anderen Nationen; Syphilis heißt sie erst seit dem 18. Jahrhundert), hatte er diverse massive gesundheitliche Schäden. Im Roman hindern sie ihn (zunächst) daran, mit Agnes das gewünschte Kind zu zeugen – bis von der Familie de Vries Abhilfe geschaffen wird …

Inzwischen geht man innerhalb der historischen Forschung davon aus, dass die Spätfolgen der Geschlechtskrankheit auch zu dem relativ frühen Tod Albrechts im Jahr 1545 geführt haben.

Albrecht scheint als Charakter äußerst schillernd gewesen zu sein: großzügig und berechnend, nachsichtig und rachsüchtig, wollüstig und machtbewusst – je nach Stimmungslage.

An seinen korrupten, aber auch glänzenden Hof kommt nun Vincent mit seiner Familie – und die tragischen Verwicklungen sind vorprogrammiert, bis in Mainz plötzlich die Schwarzen Blattern ausbrechen …

Menschheitsgeißel Schwarze Blattern

Die Pocken sind vermutlich schon seit Jahrtausenden bekannt. Mehrere Stellen des Alten Testaments weisen auf sie hin. Auch die sechste ägyptische Plage gilt vielen Exegeten als Beschreibung einer Pockenepidemie. Die Mumie von Pharao Ramses V. zeigt Läsionen, die wie Pockennarben aussehen. In China wurden die Pocken vermutlich 250 v. Chr. über die noch nicht ganz fertige Chinesische Mauer durch die Hunnen eingeschleppt, daher auch die dort übliche Bezeichnung »Hunnenpocken«.

Nach Europa kamen die Pocken wahrscheinlich 165 n. Chr. mit dem Einzug der siegreichen römischen Legionen im heutigen Irak. Die Pocken breiteten sich rasch bis zur Donau und zum Rhein aus. Die Folge war ein Massensterben über vierundzwanzig Jahre, das als »Antoninische Pest« in die Geschichte eingegangen ist. Die Bezeichnung *variola* (von lateinisch *varius* = bunt, fleckig) wurde bereits im 6. Jahrhundert geprägt. Entscheidend zur Verbreitung der Pocken trugen die Kreuzritter auf ihren Zügen bei. Seit dem 15. Jahrhundert waren die Pocken in ganz Europa verbreitet und traten immer wieder seuchenweise auf. Über zehn Prozent aller Kinder starben vor dem zehnten Lebensjahr an den Pocken.

Mit den spanischen Eroberern kamen die Pocken im 15. Jahrhundert auch nach Amerika und spielten dort mit über drei Millionen Toten eine wesentliche Rolle beim Untergang der großen Indianerkulturen.

Das Wort *Pocken* selbst kommt aus dem Germanischen und bedeutet »Beutel«, »Tasche«, »Blase« oder »Blatter«. Es ist mit dem englischen *pocket* und dem französischen *poche* verwandt.

Mit einer Kantenlänge von bis zu vierhundert Nanometern gehören die ziegelförmigen Pockenviren zu den größten Krankheitserregern, die dem Menschen gefährlich werden können. Es sind hochkomplexe Viren, die DNA enthalten und von einer verhältnismäßig resistenten Eiweißhülle umgeben sind – aber das wusste man im 16. Jahrhundert natürlich noch nicht.

Man unterscheidet zwei Formen der Erkrankung: die gefährlichen echten Pocken und die harmloseren weißen Pocken. Die »echten Pocken« *(Variola vera)* beginnen mit Fieber, Kreuz- und Gliederschmerzen und einer Entzündung der

Atemwege, die zwei bis vier Tage anhalten. In diesem Stadium tritt bereits ein vorübergehender Hautausschlag auf. Nach einem kurzfristigen Abfall des Fiebers (viele wähnten sich bereits in Sicherheit) bilden sich blassrote, juckende Flecken, die sich zu Knoten entwickeln. Aus diesen Knoten entstehen Bläschen, die zu mit Eiter gefüllten Pusteln heranreifen. Die Pusteln trocknen nach einer Weile und bilden Schorf. Ihre Abstoßung ist mit entsetzlichem Juckreiz verbunden: Man *muss* einfach kratzen. Und leider beginnt der Ausschlag auch scheußlich zu riechen, um nicht zu sagen zu stinken, wenn die eitrige Flüssigkeit in den Pocken sich an der Luft zersetzt. In schweren Fällen können außerdem Erblindung, Gehörlosigkeit, Lähmungen, Hirnschäden sowie Lungenentzündungen auftreten.

Resultat der Erkrankung sind oft entsetzliche, äußerst entstellende Narben auch und gerade im Gesicht, die für immer bleiben. Was übrigens auch noch mehr als zwei Jahrhunderte unverändert anhalten wird und selbst vor höchsten Kreisen nicht haltmacht: Die arme Marie Antoinette hätte wohl ihren Kopf behalten, wären nicht zwei ihrer Schwestern von den Blattern derart entstellt worden, dass sie als »taugliches Ehematerial« für die europäischen Höfe nicht mehr infrage kamen …

Die Patienten leiden unter treppenförmig ansteigendem Fieber, Desorientierung und Wahnvorstellungen. Zwanzig bis fünfzig Prozent sterben während dieser Krankheitsphase. Wer die Pocken dagegen überlebt, ist lebenslang vor einem Rückfall geschützt – daraus entstand die Impfidee.

1807 wurde in Bayern als weltweit erstem Land eine Impfpflicht eingeführt. Baden und Preußen folgten 1815, Schweden 1816, England 1867 und das Deutsche Reich erst 1874. Die ab 1967 weltweit von der WHO vorgeschriebene Impfpflicht gegen Pocken endete in der BRD 1976. Die Impfung wurde mit einer Lanzette meist am Oberarm durchgeführt, wo sich an der Einritzstelle durch die gewollte Infektion eine Pustel und schließlich eine rundliche vertiefte Impfnarbe bildeten – so wie auch am Arm der Autorin und an dem aller Menschen, die in Westdeutschland vor 1976 zur Welt gekommen sind.

Einfache Formen der Impfung sind jedoch schon viel älter, zum Beispiel wurde in China bereits vor mehr als zweitausend Jahren zerriebener Schorf der Pusteln geschnupft. In Indien wurde dieses Material in die Haut eingeritzt. In Europa führte Lady Montague (1689–1762), die Frau eines britischen Diplomaten in Istanbul, die Variolation durch Einritzen von etwas Flüssigkeit aus den Pockenbläschen in die Haut ein.

Entdeckt und erprobt wurde die künstliche Kuhpockeninfektion zum Schutz vor echten Pocken im Abendland u.a. von Sevel, Jensen, Jesty, Rendall und Plett. Selbst auf dem Land wurde sie ab 1787 erprobt. Jedoch erst ab 1796 führte man die Impfung von Edward Jenner mit einer gewissen Breitenwirkung in England ein. Er infizierte damals einen achtjährigen Jungen mit Kuhpocken und nach Ablauf der Krankheit mit echten Pocken – der Junge überlebte. Als Jenners entsprechender Artikel von der Royal Society abgelehnt wurde, infizierte er seinen elf Monate alten Sohn – auch das Baby überlebte.

Natürlich war die Autorin stark versucht, Vincent de Vries sich dazu Gedanken machen zu lassen, aber da die erste Impfung erst mehr als zweihundert Jahre später bezeugt ist, ließ sie es dann doch bleiben …

Als »Schwarze Blattern« (Variola haemorrhagica) bezeichnet man eine besonders schwere Verlaufsform der Pocken. Innerhalb weniger Tage kommt es hier zu massiven Blutungen der

Haut, der Schleimhäute sowie der inneren Organe. Die Patienten sterben meist schon qualvoll in der ersten Krankheitswoche, häufig bereits innerhalb von achtundvierzig Stunden.

Die Tröpfcheninfektion gehört zu den häufigsten Übertragungsformen. Beim Sprechen, Niesen oder Husten gelangen feinste Sekretteile in die Atemwege – der unsichtbare Feind lauert überall. Aber auch durch Schmierinfektion (Kleidung, berührte Gegenstände) kann die Krankheit übertragen werden (Inkubationszeit acht bis vierzehn Tage).

Dichtung und Wahrheit

Albrecht von Brandenburg ist eine historische Persönlichkeit. Historisch bezeugt ist auch Agnes Pless, die nach seinem Tod den Beginenkonvent bei Aschaffenburg geleitet hat. Tatsächlich gelebt hat auch Peter Faber, einer der ersten Jesuiten und als Gefährte des heiligen Ignatius von Loyola verehrt. In Deutschland wirkte er ab 1542 in den Bistümern Speyer, Mainz und Trier vor allem als geistlicher Exerzitienmeister.

Das Kloster St. Agnes der Zisterzienserinnen oder Weißen Frauen (nach ihrem Habit) existierte im 16. Jahrhundert in Mainz; Mutter Fastrada, die wackere junge Oberin, ist meine Erfindung.

Um die Mitte des 16. Jahrhunderts durften sich auch wieder Juden in Mainz ansiedeln, die bei der Pest von 1348/49 verbrannt oder aus der Stadt vertrieben worden waren. Ein richtiges Judenviertel gab es damals noch nicht. Nach den historischen Quellen wohnten sie in der Nähe des Korbmarkts wie Mendel ben Baruch, den wir ja bereits aus Köln kennen, zusammen mit seiner Frau Miriam und der kleinen Lea.

Philipp von Ehrenstein, der im Roman auch den Weg des

neuen Ordens geht, ist meine Erfindung ebenso wie Johanna, Vincent de Vries, Jakob, Barbelchen, Nele, Sabeth, die Wehmutter Malin und ihre Tochter Marie.

Für Mainz sind im 16. Jahrhundert verschiedene Pockenepidemien belegt, allerdings keine ausdrücklich für das Jahr 1542, sondern erst ab 1556. Aus dramaturgischen Gründen und weil Albrecht bereits 1545 starb, habe ich die Seuche ins Jahr 1542 vorverlegt. Doch auch vierzehn Jahre später gab es für die betroffenen Menschen eigentlich nur eines: fliehen oder sterben …

Ausgewählte Literaturempfehlungen

Birgit Adam: Die Strafe der Venus. Eine Kulturgeschichte der Geschlechtskrankheiten. Orbis Verlag, München 2001

Mechthild Dreyer/Jörg Rogge (Hg.): Mainz im Mittelalter. Verlag Philipp von Zabern, Darmstadt 2009

Christoph Nebgen (Hg.): Die Zeit ist ein Bote Gottes. Der heilige Peter Faber SJ und sein Wirken in Mainz. Echter Verlag, Mainz/Würzburg 2014

Horst Reber (Hg.): Albrecht von Brandenburg. Kurfürst, Erzkanzler, Kardinal. Verlag Philipp von Zabern, Darmstadt 1990

Manfred von Roesgen: Kardinal Albrecht von Brandenburg. Ein Renaissancefürst auf dem Bischofsthron. Steiger Verlag, Moers 1980

Manfred Vasold: Grippe, Pest und Cholera. Eine Geschichte der Seuchen in Europa. Franz Steiner Verlag, Stuttgart 2010

Paul Wietzorek: Das historische Mainz. Michael Imhof Verlag, Petersberg 2013

Jonathan Wright: Die Jesuiten. Mythos. Macht. Mission. Magnus Verlag, Essen 2006

Danksagung

Ein herzliches Dankeschön an den Chirurgen Dr. Charles Sassen, der meine Durchführung eines Luftröhrenschnitts im 16. Jahrhundert mit profunden Fachkenntnissen untermauert hat.

Gleiches gilt für Dr. habil. Oliver Peschel, Institut für Rechtsmedizin der Universität München, der mich bei allen literarischen Medizinfragen betreut.

Mein Dank geht an Prof. Dr. Aloys Buch über Wissenswertes zum Thema Erzbischof in Mainz und Fragen der Liturgie.

Ebenso an die junge Religionswissenschaftlerin Elena Wulff, die mir bei der Beschaffung der umfangreichen Literatur freundlich und zuverlässig behilflich war.

Und natürlich an meine wunderbaren Erstleserinnen Sabine, Babsi, Moni, Brigitte & Rita – was wäre ich ohne euch?